W9-AFO-858

Pôle fiction

Du même auteur
chez Gallimard Jeunesse :

Quatre filles et un jean :

1. Quatre filles et un jean
2. Le deuxième été
3. Le troisième été
4. Le dernier été

Toi et moi à jamais

Trois amies pour la vie

L'amour dure plus qu'une vie

Ici et maintenant

Ann Brashares

Quatre filles et un jean, pour toujours

Traduit de l'américain
par Vanessa Rubio-Barreau

Gallimard

Quatre filles et un jean, pour toujours est une œuvre de fiction.
Les noms, les personnages, les lieux et les événements
sont le fruit de l'imagination de l'auteur
ou sont utilisés de façon fictive.
Toute ressemblance avec des événements,
des lieux ou des personnages réels, morts ou vivants,
n'est que pure coïncidence.

Remerciements reconnaissants
à la Liveright Publishing Corporation
pour la permission de reproduire trois lignes
de « I like my body when it is with your »
par e. e. cummings, extrait de *Complete Poems : 1904-1962*
par e. e. cummings,
publié par George J. Firmage, © 1923, 1925, 1951, 1953, 1991,
conseil d'administration
du e. e. cummings Trust, © 1976, George James Firmage.
Utilisé avec la permission de
la Liveright Publishing Corporation.

Titre original : *Sisterhood Everlasting*
Édition originale publiée aux États-Unis par Random House,
une marque de The Random House Publishing Group,
un département de Random House, Inc., New York.

Pour mes trois formidables frères,
Beau, Justin et Ben Brashares,
de tout mon cœur.
Nous ne sommes pas quatre filles,
mais presque…

Si tu ne mets
pas trop longtemps,
Je t'attendrai ici
toute ma vie.

Oscar Wilde

Prologue

Il était une fois quatre femmes enceintes qui s'étaient rencontrées dans une salle de gym. Sans rire, c'est ainsi que ça a commencé. Ces belles femmes rondes et sportives avec leurs bandeaux en mousse autour du front attendaient toutes des filles, qui devaient naître vers le mois de septembre. Quatre filles qui se sont connues bébés, sont devenues des jeunes filles, puis des femmes. Inséparables, comme des sœurs.

Nous, les « filles de septembre », nous n'avons aucun lien de sang mais nous sommes comme des quadruplées. Et notre relation tient compte de notre ordre de naissance, même si nous avons à peu près le même âge.

Lena est l'aînée. Responsable, obéissante, désintéressée, aussi ponctuelle qu'un métronome – et pas toujours très rigolote, il faut bien l'avouer. Elle sait prendre soin des autres. Elle sait réagir en adulte. Elle sait être sérieuse… mais oublier un peu de l'être, ça, elle ne sait pas.

Je reconnais que moi, Carmen, j'ai un caractère de petite dernière typique – accentué par le fait que j'ai longtemps été fille unique. Je suis d'un égoïsme sans bornes quand je m'y mets. Je peux être une vraie peste capricieuse et insupportable, mais je suis d'une loyauté sans faille. Fidèle à ce que nous sommes et à notre pacte. Je voue un véritable culte à notre petit groupe et à ses traditions. Je ne suis pas cool, vous l'avez bien compris. Mais parfois, j'ai un peu l'impression d'être la mascotte : le type qui sue sous son déguisement en peluche, en agitant son énorme tête de nounours pendant les matches de foot. Quand il s'agit de nous quatre, je me donne à fond.

Bee est l'enfant du milieu, libre comme l'air. Elle se moque de ce que pensent les autres – même ceux qu'elle aime. Elle ne connaît pas la peur, elle laisse ça à ses amies. Elle est libre de se lancer dans la course, libre de se battre, libre d'échouer et d'en rire. Elle peut se montrer imprudente car elle a moins à perdre. Cela fait longtemps qu'elle n'a plus de mère. Elle est tellement forte qu'on oublie parfois qu'elle peut se faire mal. On la voit soudain tituber et on s'aperçoit bien avant elle qu'elle a besoin d'aide. Alors, on est de tout cœur avec elle. Elle ne sent pas sa propre douleur, mais elle est sensible à celle des autres.

Tibby est la deuxième enfant du milieu, la plus jeune. Un peu en retrait, elle observe. La gamine silencieuse au milieu d'une grande famille irlandaise, qui récupère les vêtements déjà portés par ses aînés. Parfois cynique, elle juge au premier coup d'œil et fait preuve d'une ironie dévastatrice. Mais elle peut aussi, comme le disait fort justement une de nos vieilles amies, « changer d'avis ». Elle a un don pour mettre au jour les mensonges – ceux qu'on sert aux autres comme ceux qu'on se raconte à soi-même. Tout ça pour protéger un cœur hypersensible. Nous ne faisons que rarement les frais de sa langue acérée. Au contraire, elle s'en sert pour nous faire rire ; elle met sa finesse au service de son art dans les scénarios qu'elle écrit, les courts-métrages qu'elle réalise. Dommage que personne ne se soit décidé à les produire. Parfois, sa vivacité d'esprit s'adoucit pour devenir sagesse. Oui, c'est ce qu'elle nous apporte, sa sagesse.

À une époque de notre vie, notre amitié s'est cristallisée autour d'un jean que nous nous échangions. Sérieusement... un jean ! Nous l'avions baptisé le jean magique et, selon la légende, il avait le pouvoir de faire le lien entre nous quand nous étions séparées.

Nous l'avons perdu en Grèce il y a dix ans pile. Vous vous demandez comment nous nous sommes débrouillées pour rester en relation depuis. Bonne question…

L'amitié résiste mal au temps qui passe. Ce n'est pas une révélation. Ma mère m'a dit un jour qu'une bonne famille, c'était celle qu'on quittait facilement, parce que c'est le but des enfants : partir vivre leur vie. Je me suis souvent demandé si c'était pareil pour l'amitié. Car entre nous, ce n'est pas ça du tout. Nous ne savons pas nous quitter. Et je suis encore pire que les autres. Je reste plantée là, à me cacher les yeux pour ne pas voir les autres qui s'en vont, en attendant qu'on soit de nouveau réunies.

Pour faire une prairie,
prenez un trèfle
et une seule abeille,
Un seul trèfle,
et une abeille,
Et la rêverie.
La rêverie seule suffira,
Si l'on manque d'abeilles.

Emily Dickinson

Traduction Françoise Delphy, Flammarion, 2009, Paris.

Carmen se revoyait encore à treize ans, son numéro de *Girls* dans une main et son crayon khôl dans l'autre, déclarer très solennellement à Tibby qu'elle pourrait passer sa vie à se faire maquiller et coiffer comme une star.

Eh bien, tout compte fait, elle en avait assez. En ce matin d'octobre, dans son camion-loge garé au beau milieu de Manhattan, tandis que deux filles nommées respectivement Rita et Geneviève s'affairaient autour d'elle, l'une pour lui faire son énième brushing, l'autre pour lui étaler une millième couche de fond de teint, Carmen comprit qu'on finissait par se lasser de tout.

C'était vrai. Elle avait même lu un article à ce sujet dans le magazine *Time*.

– On peut même se lasser du chocolat, *mamá*, avait-elle affirmé la veille au soir au téléphone.

Sa mère avait reniflé, pas convaincue.

– En tout cas, c'est ce qu'ils disent.

Tourner une série télé, même une série plutôt pas mal et assez populaire, impliquait de passer plusieurs heures devant le miroir de la loge pour jouer quelques minutes devant la caméra. Et même quand on était maquillée – temporairement, bien entendu, car il y a toujours des retouches –, on patientait encore pas mal de temps en sirotant des cappuccinos. C'était le secret le mieux gardé de l'industrie du petit écran : on s'y ennuyait à mourir.

D'accord, Carmen n'avait pas le premier rôle. Elle jouait l'agent spécial Lara Brennan dans *Enquêtes criminelles*. Elle faisait une brève apparition sur la scène de crime dans presque tous les épisodes et témoignait parfois à la barre.

– Lève les yeux, ordonna Geneviève en brandissant sa brosse à mascara.

En général, Carmen n'avait pas besoin qu'on lui dise quoi faire. Elle savait comment se positionner pour qu'on lui applique le mascara cil à cil. Elle tenait à participer, de peur de finir comme les pauvres poupées qu'elle avait martyrisées enfant.

Elle examina sa coiffure dans le miroir. Elle n'aurait jamais pensé se lasser de ça non plus. Elle plissa les yeux. Ses mèches étaient un peu trop cuivrées, d'une teinte un peu trop vive, cette fois. Elle aurait préféré un ton plus foncé, mais le metteur en scène n'était pas d'accord. Sans doute parce que son personnage s'appelait Brennan et non Garcia.

Elle tripota son téléphone, cherchant qui elle pourrait bien appeler. Elle avait déjà eu Lena une fois et son agent deux. Elle pensa un instant à Tibby, par pur réflexe de loyauté. Depuis que son amie avait suivi Brian en Australie deux ans auparavant, Carmen avait abandonné tout espoir de la joindre en personne. Tibby était partie subitement, en toute hâte… et franchement loin. Les seize heures de décalage horaire constituaient un véritable obstacle. Et puis, elle ne s'était pas installée tout de suite. Quand elle avait eu un numéro de fixe, Carmen avait déjà renoncé à l'appeler. Les appels internationaux entre portables étaient toujours chaotiques, surtout du côté de Tibby. Carmen s'était dit qu'elles reprendraient contact dans quelques semaines, le mois prochain, au printemps. Elle caressait aussi l'idée de lui rendre visite. Au mois de juin dernier, elle avait même fixé une date de départ, Bee et Lena étaient partantes. Mais quand elle avait prévenu Tibby par mail, celle-ci lui avait répondu avec plus d'empressement que d'habitude : « Ce n'est pas le bon moment. »

Une fois n'est pas coutume, Carmen l'avait pris pour elle. « J'ai fait quelque chose qui ne t'a pas plu ? » avait-elle demandé par retour de mail.

« Non, non, Carma, ça n'a rien à voir avec toi. Mais je suis un peu débordée. Bientôt, promis. J'ai vraiment hâte de vous retrouver, Lenny, Bee et toi. »

Oui, il y avait Bee, aussi. Carmen ne l'avait pas vue depuis son bref passage à New York pour Noël. Par moments, elles se parlaient presque tous les jours – enfin, quand Bee n'avait pas perdu son portable ou oublié de régler la facture. Lorsqu'elle était au téléphone avec elle, Carmen ne voyait pas le temps passer. Mais elle hésitait à l'appeler maintenant. Elles étaient un peu en froid depuis quelques semaines. Depuis que Bee avait traité Jones de gros nase.

Pour être parfaitement honnête, elle n'avait pas lancé de but en blanc : « Ton fiancé est un gros nase. » En fait, c'était Carmen elle-même qui l'avait traité de gros nase et Bee avait aussitôt acquiescé. Sauf que Carmen en avait le droit puisqu'elle allait épouser le gros nase en question.

Son portable sonna, lui épargnant finalement d'avoir à choisir. Elle prit immédiatement l'appel. Elle avait déjà ses écouteurs dans les oreilles. Elle était une des rares personnes de sa connaissance à décrocher *avant* de regarder de qui il s'agissait.

– Salut, *baby*.

– Salut, Jones.

– Toujours au maquillage ?

– Ouaip.

Jones était de la partie, il savait comment ça se passait. Et il l'avait déjà eue au téléphone une demi-heure auparavant.

– Tu tournes jusqu'à quelle heure ce soir ?

– Sept heures et demie, d'après Steven.

– Essaie de partir un peu plus tôt, si tu peux, et rejoins-moi directement au Mandarin. C'est la répétition avant le grand gala en faveur d'Haïti. Il faut au moins que tu y fasses un saut.

– Je ne vois pas ce que ma présence changera à la situation en Haïti, répliqua-t-elle.

Ils avaient déjà trois galas de charité dans la semaine.

– Je ne m'inquiète pas pour Haïti, fit-il comme si elle était idiote. Les Shaw nous ont invités et je ne voudrais pas les froisser. Elle va sûrement passer directrice de production l'an prochain. On sera sortis à huit heures. Personne ne va rester jusqu'à la fin.

– Ah oui, bien sûr.

Carmen avait beau être plutôt cynique, elle ne l'était jamais assez. Quelle idée de s'imaginer qu'ils allaient à ce gala pour les Haïtiens et non pour les Shaw ! Si Jones ne l'avait pas éclairée, elle aurait sûrement fait partie de ces crétins qui pensaient faire une bonne action en restant jusqu'au bout.

C'était délicat d'évoluer dans ces sphères. Carmen y était parvenue avec un certain brio, mais elle trouvait difficile de s'y maintenir. Sans Jones pour lui montrer la voie, elle aurait sans doute retrouvé son enthousiasme naturel, serait retombée dans l'anonymat le plus total et n'aurait plus jamais obtenu un rôle de sa vie.

– C'est un jeu, lui répétait-il lorsqu'elle perdait courage. Si tu veux réussir dans ce métier, il faut respecter les règles. Sinon, change de branche.

Il avait trente-neuf ans, dix de plus qu'elle. Et il était dans le business depuis seize ans comme il aimait à le lui rappeler. Mais il n'avait pas besoin de lui faire la leçon. Elle savait parfaitement jouer le jeu quand elle en avait envie.

– J'essaierai d'arriver avant sept heures, dit-elle.

Elle raccrocha, vaguement insatisfaite. Jones ne se moquait pas des galas de charité. Au contraire, il reversait chaque mois cinq pour cent de ses revenus à une association humanitaire. On ne pouvait rien lui reprocher de ce côté-là.

– C'était encore ton copain ? demanda Rita.

Carmen hocha distraitement la tête. En fait, il n'avait jamais rien à se reprocher.

– Il bosse bien à la direction des programmes chez ABC, c'est ça ?

Elle acquiesça de nouveau. Dans le métier, tout le monde cherchait à étoffer son carnet d'adresses.

– Tu as de la chance.
– Oui, fit-elle.
C'était non seulement son copain, mais également son fiancé. Elle avait vraiment de la chance.
Non ?

Lena posa les pieds sur son bureau. Le vernis rose que sa sœur, Effie, lui avait posé lors de sa dernière visite s'écaillait complètement. Elle feuilleta le carnet de croquis qu'elle avait sur les genoux.
Elle s'était promis de ranger son appartement aujourd'hui. Elle devait remplir au moins deux grands sacs-poubelle. Elle n'avait plus de place. Mais impossible de jeter un seul de ses vingt-sept carnets de croquis.
Pourtant celui-ci avait des années. Sur la première page, il y avait un dessin au crayon de Mimi, le cochon d'Inde de Tibby, grosse boule blottie dans la sciure. Lena se rappelait parfaitement le plaisir qu'elle avait eu à gribouiller à traits vifs ce fatras de copeaux de bois. Ensuite venait un croquis de Bridget vautrée sur le canapé, en train de regarder la télé avec un sombrero sur la tête. Ce devait être l'été de leurs seize ans, et elle venait de rentrer de son stage de foot au Mexique. Ce n'était qu'une esquisse. Lena sourit en voyant les hachures avec lesquelles elle avait figuré son bronzage.

Toutes les deux ou trois pages, elle tombait sur un des innombrables croquis de ses pieds. Il y avait également un portrait inachevé d'Effie à quinze ans, tout juste sortie du lit, de si mauvais poil qu'elle ne l'avait pas laissée finir. Trois études de la main de Carmen à l'époque où elle se rongeait les ongles et portait une bague qui changeait de couleur selon l'humeur. Comment aurait-elle pu jeter ça ?

Elle se dit qu'elle aurait moins de mal à se séparer des carnets plus récents. Cela faisait deux ans qu'elle ne dessinait pratiquement que ses pieds, réservant toute son énergie pour ses tableaux. Elle peignait de grandes toiles à la composition rigoureuse, plutôt abstraites. Pour sa carrière, c'était mieux que ses gribouillis censés représenter sa famille, ses amis et ses pieds, pas vrai ?

Pourquoi dessinait-elle toujours ses pieds, d'ailleurs ? Ce n'était pourtant pas son meilleur atout, loin de là. Elle avait de longs orteils, surtout le deuxième et le troisième. Leur seul avantage, c'était de se trouver au bout de ses jambes, pile à la bonne distance pour qu'elle puisse les observer sous différents angles. Ils étaient vivants, mais pouvaient rester tranquilles quand elle le leur demandait et ils ne faisaient pas payer l'heure de pose. Si jamais plus tard quelqu'un s'intéressait à ses croquis de jeunesse, il se dirait sûrement : « Cette fille faisait vraiment une fixette sur ses pieds. » Elle ferait sans doute mieux de jeter ça à la poubelle.

Le téléphone sonna. Elle le coinça sous son menton. Le numéro de l'appelant ne s'affichait pas (ça coûtait presque sept dollars de plus par mois), mais ce ne pouvait être que sa mère, sa sœur ou Carmen – qui l'appelait « juste comme ça », de son portable, en coup de vent.

Elle se racla la gorge avant de prendre l'appel. Comme elle n'avait pas cours aujourd'hui, elle n'avait encore parlé à personne alors qu'il était déjà trois heures de l'après-midi. Et elle détestait qu'on lui en fasse la remarque.

– Salut, Lenny, c'est moi. Tu dormais ?

Mince !

– Non, je…

Lena entendit une ambulance et des coups de Klaxon à l'autre bout du fil.

– … Tu es où ?

– Sur Greenwich Avenue. Je sors d'un nettoyage de peau, j'ai une de ces têtes !

Avec le vacarme environnant, elle n'aurait su dire si c'était Carmen ou Effie, l'une des deux en tout cas.

Coinçant le combiné entre son épaule et sa joue, Lena continua à feuilleter ses carnets de croquis.

– Tu fais quoi ce soir ?

Dans le flot inintelligible qui se déversa à son oreille, elle ne comprit que trois mots : « théâtre », « gala » et « Jones ».

Il s'agissait donc de Carmen.

– Super, marmonna-t-elle en se demandant lequel de ces trois mots l'horripilait le plus.

– Jones a réservé une table.

Facile. Le pire, c'était Jones.

– J'aurais aimé t'inviter, mais je suis sûre que tu ne serais pas venue.

– Tu as raison.

– Et toi ? Tu restes à la maison à regarder un film avec Drew ?

– Exactement.

Parfois, Carmen lui facilitait vraiment la vie.

– C'est nul.

Ouais, enfin presque.

– Non, ce n'est pas nul. Moi, ça me plaît. On ne peut pas toutes mener une vie de star.

– Ce n'est pas la question. Tu vas finir par mourir d'ennui !

Avec un petit rire, Lena s'empressa de changer de sujet :

– Au fait, la scène de baiser avec le flic pourri, ça s'est bien passé ?

– On la tourne vendredi. Il a une haleine de chacal…

Un bus qui passait couvrit la voix de Carmen.

– Tu viens à New York ce week-end ? proposait-elle lorsqu'elle l'entendit à nouveau.

– Pour qu'Effie et toi, vous puissiez me martyriser ?

– Allez, Lenny. C'était sympa, la dernière fois !

– Ah, tu veux parler du dîner où ce directeur artistique complètement saoul voulait me faire un massage dans son Jacuzzi ?

– Bon, d'accord. Je ne te traînerai pas à une soirée et je ne te présenterai aucun homme, promis.

– Je ne peux pas. J'ai cours samedi matin et j'ai un tableau à finir.

C'était vrai, elle avait vraiment envie de passer un week-end tranquille dans son atelier.

– On ne s'est pas vues depuis la rentrée ! Avant, tu venais sans arrêt. Qu'est-ce qui se passe ?

Bonne question. Ce n'était même pas la faute de ce directeur artistique répugnant. Quand Bee, Carmen et Tibby partageaient un appart sur l'avenue C, elle passait presque tous ses week-ends à New York. Mais plus de trois ans s'étaient écoulés – c'était une autre époque. Avant que leur proprio les mette dehors, avant que Tibby décide de s'installer avec Brian et le suive à l'autre bout de la planète, avant que Bee parte pour San Francisco, avant que Carmen devienne une starlette et se mette en couple avec l'insupportable Jones. Avant que sa petite sœur, Effie, s'installe à New York dans une frénésie de soirées open bar, pédicures gratuites et ventes privées, croquant Manhattan par les deux bouts. Maintenant, ce n'était plus pareil.

– Je ne te forcerai à rien, jura Carmen. Tu n'auras pas à acheter, à porter, à goûter ou à dire quoi que ce soit. Je ne peux pas m'engager au nom d'Effie, la jeune journaliste montante, mais je te laisserai errer au Met pendant deux jours si c'est ce que tu veux. En plus, Jones ne sera pas là.

Dans ces conditions, c'était un peu plus tentant.

– Tu me rappelles ? fit-elle, lui ôtant les mots de la bouche.

Lena pensa subitement à quelque chose.

– Hé, Carma ?

– Mm ?

– Est-ce que Tibby t'a envoyé un texto annonçant que tu allais recevoir un truc par la poste ?

Carmen devait être entrée dans un magasin ou sous un porche car il y avait soudain moins de vacarme autour d'elle.

– Oui, confirma-t-elle. Bizarre, hein ? Tu n'as encore rien reçu ?

– Non.

Lena n'avait pas encore ouvert sa boîte aux lettres. Elle était pourtant impatiente de savoir de quoi il s'agissait. Elles étaient si rarement en contact avec Tibby qu'elles se prévenaient toujours aussitôt.

– Les bonnes nouvelles n'arrivent jamais par la poste, décréta sentencieusement Carmen.

Elle était tellement accro à son iPhone qu'elle aurait accepté qu'on le lui greffe sous la peau si ç'avait été possible. Toute autre source d'information lui semblait suspecte. Lena, au contraire, adorait recevoir du courrier. Elle était douée pour attendre.

Comme d'habitude, un bip de double appel mit fin à leur conversation.

– Mon agent, annonça-t-elle. On se rappelle. Bisous.

– *Bye !*

Lena eut à peine dix minutes de répit et son téléphone sonna à nouveau.

Cette fois, c'était sa mère, qui était en voiture – ça s'entendait.

– Salut, ma puce. Je t'appelais juste comme ça.

– Salut.

Au moins, elle n'avait plus la voix rauque maintenant.

– Ça va ?

Elle paraissait détendue, elle n'avait donc pas encore eu Effie. Elle appelait en général ses deux filles à la suite. Et il valait mieux passer la première, les deux sœurs étaient d'accord sur ce point. Leur mère était d'un naturel anxieux. Après avoir parlé à Effie, elle s'angoissait parce qu'elle sortait trop, dépensait trop, faisait n'importe quoi. Après avoir eu Lena, elle stressait parce qu'elle ne sortait jamais, ne s'achetait rien, ne faisait rien. Lena affirmait qu'elle s'inquiétait davantage pour Effie, et Effie l'inverse.

« Elle mourra toute seule dans son lit. Ou

avec son chat », répondait sa sœur quand on lui demandait des nouvelles de Lena. Pour elle, une soirée tranquille, c'était rentrer de boîte à trois heures du matin au lieu de cinq.

– Tu as bien dormi ?

Quelle que soit l'heure de la journée, sa mère lui posait toujours la question.

– Très bien.

Qu'elle ait bien dormi ou non, Lena répondait toujours oui.

– Tu as déjeuné ?

Lena regarda sa montre pour savoir si, raisonnablement, elle aurait dû.

– Oui.

– Tu as mangé quoi ?

– Maman, qu'est-ce que ça peut te faire ?

Sa mère devait croire que, si elle ne lui posait pas la question, Lena ne mangerait plus. Que si elle n'appelait pas, Lena ne parlerait plus. Que si elle arrêtait de l'enquiquiner, Lena n'existerait plus.

Ça ne lui suffisait pas de lui avoir donné la vie, elle pensait devoir la remplir chaque jour également.

– Rien. C'est juste pour parler.

Elle adorait sa mère, elle avait besoin d'elle, et pourtant le moindre mot qu'elle prononçait l'exaspérait.

– Un sandwich à la dinde. Comment va papa ?

– Très bien. J'ai eu Ariadne à propos du

tableau. Quarante sur quarante-huit, ça lui convient, mais elle voudrait savoir si tu en aurais un avec plus de bleu.

– Avec plus de bleu ?

– Elle a refait son salon et acheté un nouveau canapé.

– Tu es sérieuse, maman ? Plus de bleu ?

– Je te répète juste ce qu'elle m'a dit.

– Je n'ai pas d'autres paysages de cette taille. J'ai des portraits, mais pas bleus.

– Ne te mets pas en colère. Elle veut t'aider.

Lena le savait. Et elle avait bien besoin de cet argent. Si ça l'ennuyait que sa mère refourgue ses toiles à ses amies de banlieue qui voulaient les assortir à leurs canapés bleus, elle n'avait qu'à exposer, comme les autres artistes. Elle avait déjà participé à des expositions de groupe, une fois à Boston, l'autre à Providence. Les deux fois, elle avait vendu des œuvres et obtenu des articles élogieux dans la presse locale. Et, les deux fois, elle avait eu une poussée d'aphtes si virulente qu'elle n'avait pas pu manger de la semaine. Quand le propriétaire de la galerie l'avait appelée pour lui lire la critique du *Herald*, elle transpirait tellement qu'elle avait trempé ses chaussettes. Même les choses les plus positives arrivaient à la traumatiser.

– Qui sait ? Une muse va peut-être t'inspirer, fit sa mère pour clore la conversation en évitant toute dispute.

Lena l'entendit couper le contact de la voiture.

– Ce n'est pas aux muses de choisir la couleur du tableau, ronchonna-t-elle.

– Bon, il faut que j'y aille, ma chérie. Je t'appelle demain.

Lena raccrocha, regardant ses pieds. Si ça sonnait à nouveau, elle ne répondrait pas. Elle devrait peut-être faire comme Bee, oublier de payer la facture pour qu'on lui coupe la ligne. Au moins, elle serait tranquille, elle n'aurait pas à s'excuser d'être ce qu'elle était ni à s'inventer des sandwiches à la dinde…

Mais quand le téléphone retentit une heure après, elle n'osa pas laisser sonner. « Et si c'était Tibby ? » Elle savait pertinemment que ce n'était pas le cas, mais elle ne pouvait s'empêcher d'espérer. À quand remontait le dernier appel de Tibby ? Avait-elle seulement répondu à ses mails ? À cause de l'énigmatique texto qu'elle avait reçu dernièrement, elle ne put s'empêcher de répondre, même s'il ne s'agissait sans doute pas de Tibby, mais plutôt d'Effie ou de Carmen qui voulait lui conseiller un film pour ce soir.

Elle avait du mal à l'admettre, mais finalement Lena attendait toujours un coup de fil. Pas des personnes qui l'appelaient sans arrêt. Des autres.

– Bridget, qu'est-ce que tu fabriques ?

Elle redressa la tête.

Eric se détachait à contre-jour sur fond de soleil couchant. Comme tous les soirs lorsqu'il rentrait du travail, il desserrait sa cravate et son col en parcourant les derniers mètres qui le séparaient du perron de leur immeuble.

Elle se leva pour l'embrasser.

– On n'a plus besoin de ça.

– Mais c'est ma table de nuit.

– Tu n'auras qu'à mettre tes livres par terre.

Elle posa une pile de vêtements sur le petit meuble avant de soulever le tout avec précaution pour descendre les marches du perron.

– J'aime bien, moi, avoir une table de nuit.

– Je dois rapatrier les plantes de la cuisine dans la chambre. Elles n'ont pas assez de lumière là-bas, leurs feuilles jaunissent. C'est notre chambre la pièce la plus claire.

– Mais je ne peux pas poser ma tasse de café sur une plante.

– Tu n'auras qu'à la poser par terre, répondit Bridget en titubant sur le trottoir, les bras chargés. De toute façon, on n'a pas de lit. Ça fait bizarre, cette table de nuit toute seule à côté du matelas.

Eric secoua la tête, mais il n'avait pas l'air en colère. Pas franchement.

– Je me demande si, un jour, ce n'est pas moi que tu déposeras sur le trottoir pour qui voudra bien m'emporter.

– Personne ne voudra de toi, affirma-t-elle.

Elle avait toujours quelque chose à déposer sur le trottoir. En fait, elle avait sympathisé avec les SDF qui vivaient dans le parc voisin, et comme elle n'aimait pas leur donner des choses en personne, elle laissait dans la rue tout ce qui pouvait leur être utile ou être revendu au marché aux puces. Elle y avait par deux fois racheté des choses qui lui avaient appartenu !

Eric la taquinait en lui disant qu'elle aurait aimé être SDF, et c'est vrai qu'elle rêvait de vivre à la belle étoile.

– Je préférerais être un cow-boy ou un explorateur, répondait-elle.

Elle n'était sûrement pas née au bon endroit ni à la bonne époque.

– Qu'est-ce qu'on mange, ce soir ? lui demanda-t-il en la suivant dans l'escalier.

– Je ne sais pas. Tu aurais envie de quoi ? On pourrait aller chez Pancho…

Il espérait qu'elle aurait préparé quelque chose ou tout du moins fait les courses, elle le voyait bien. Elle aurait dû. Elle n'avait pas travaillé aujourd'hui. L'agence de travail temporaire ne l'avait pas appelée de la semaine.

Qu'avait-elle fait ? Elle avait occupé sa matinée à chercher ce qu'elle pourrait donner ou jeter. Puis elle avait passé l'heure du déjeuner à la poste pour envoyer à Carmen et Lena des chips mexicaines qu'elle avait achetées à une vendeuse ambulante – les frais de port lui avaient coûté cinq fois plus cher que les chips, mais bon. (Elle en avait aussi pris pour Tibby, même si elle n'avait pas sa dernière adresse en Australie et que, de toute façon, c'était bien trop loin pour expédier des denrées périssables.) Enfin, elle avait passé l'après-midi à chercher son portable dans les poubelles parce qu'elle avait été un peu trop zélée dans son grand rangement matinal. Elle s'était appelée une bonne dizaine de fois de chez la voisine pour le faire sonner, en vain.

– On est déjà allés chez Pancho hier soir.

– Ah bon ? Tu es sûr ?

– Oui. On a des œufs ? Je pourrais faire une omelette, proposa-t-il.

Elle vérifia dans le frigo.

– On en a cinq.

– Ça ira.

– Et j'ai acheté des chips au maïs.

– Parfait.

– On pourrait manger dehors, suggéra-t-elle en sortant les ingrédients.

Ils partageaient la petite cour intérieure avec les deux autres locataires. À côté des poubelles, il y avait une table, deux chaises et un merveilleux citronnier.

Il alla se changer dans leur petite chambre.

– C'était bien ta journée ? lui demanda-t-elle de l'autre pièce.

– Oui, je suis sur un nouveau dossier.

– Une affaire d'immigration ?

– Oui. Un super gamin de huit ans. Javier.

Eric croulait sous une tonne de dossiers, qu'il finissait par traiter presque gratuitement une fois sur deux. Comme sa mère était originaire de Mulege, au Mexique, il parlait parfaitement l'espagnol. Les gens qu'il défendait étaient dans des situations si tragiques qu'il se faisait un devoir de les aider. Les autres élèves de sa promo de l'école de droit de New York travaillaient pour de grosses entreprises et gagnaient deux fois plus que lui, mais ça ne le tentait pas.

– Le cœur n'y serait pas, avait-il coutume de dire.

Elle leva les yeux lorsqu'il ressortit de la chambre avec son jean élimé et son T-shirt Amnesty International. Chaque fois qu'il surgissait devant elle, son pouls s'emballait, comme un écho distant de leur première rencontre, au stage de foot, l'été de ses seize ans. C'était un peu gênant, en fait.

« Entre vous, c'est chimique », lui avait affirmé un vieux vagabond alcoolique qui ne quittait jamais son banc.

– J'ai essayé de te joindre toute la journée. Tu n'as pas eu mes messages ? la questionna Eric.

– Euh… c'est-à-dire que… Je n'avais pas mon portable sur moi.

Elle n'osait pas lui avouer qu'il se trouvait probablement au fond d'une poubelle.

Eric arborait cet air mi-amusé, mi-agacé qu'il prenait quand elle perdait son téléphone, donnait la moitié de leurs affaires à un inconnu ou passait l'après-midi à pêcher avec un certain Nemo qui vivait dans le parc, comme l'autre jour. « En tout cas, avec toi, on ne s'ennuie pas », disait-il souvent pour accompagner ce regard. Pour être honnête, c'était ce qu'il lui fallait, à lui qui était si casanier et attaché à ses petites habitudes. Sinon qui l'aurait entraîné à des festivals de rue ou des concerts gratuits, faire des randonnées à vélo ou planter des fleurs dans un jardin communautaire ? Qui l'aurait convaincu d'essayer le surf, le jiu-jitsu ou les beignets étranges et poilus des restaurants du fin fond de Chinatown ?

– Ne me dis pas que tu as encore perdu ton téléphone !

– Euh… non, non, fit-elle en feuilletant les journaux gratuits qu'elle avait pris à la station de métro.

– Écoute, si tu ne veux pas de ce portable, autant résilier le contrat. Comme ça, Carmen, Greta, Perry, ton père et toutes les personnes qui essaient de te joindre y compris moi ne perdraient plus leur temps à te laisser des messages que tu n'écouteras jamais.

– Tu as raison. Hé, regarde ! fit-elle en désignant une petite annonce. Il y a un deux-pièces à louer sur Guerrero Avenue pour 1 850 dollars par mois. C'est pas mal…

– Mais je me plais ici. Je n'ai pas envie de changer encore. On a déménagé quatre fois en un an et demi.

– C'est sympa, Guerrero, comme quartier. Je parie que c'est un cinquième étage sans ascenseur, mais ça ne me dérange pas si c'est bien ensoleillé.

Elle passait sa vie à traquer le soleil, à la recherche de l'appartement le plus clair de San Francisco. C'était sa seule exigence. Et elle trouvait toujours un endroit plus ensoleillé, et qui serait mieux pour les plantes, ce qui justifiait de déménager à nouveau. Pour le logement qu'ils occupaient actuellement, elle avait signé pendant qu'Eric était au travail. Il avait trouvé leur ancien appartement vide en rentrant parce qu'elle avait omis de le prévenir qu'ils déménageaient.

– On n'habite plus ici, lui avait-elle annoncé en le rejoignant, alors qu'il errait, hagard, dans les pièces désertes.

À l'époque, elle était convaincue que leur nouvel appartement était l'endroit idéal. Mais, finalement, la cuisine manquait vraiment de lumière.

En voyant Eric casser les œufs, aspergeant malencontreusement son jean, Bridget se dit qu'il était vraiment canon. En plus, il l'aimait malgré tout, ce qui n'était franchement pas gagné d'avance.

– Je t'appelais parce que j'étais libre pour le déjeuner. J'aurais aimé qu'on aille t'acheter une robe pour le mariage d'Anna dans la petite boutique que tu aimes bien, sur Union Square.

– Ah, c'est vrai...

Il se réjouissait d'assister au mariage de sa cousine, le week-end suivant. Il trouvait ça romantique. En plus, ça lui donnait l'occasion d'aborder le sujet de façon détournée, car Bee prenait toujours un air un peu paniqué dès qu'il parlait de fiançailles.

– Je n'ai pas besoin d'une nouvelle robe. Carmen va m'envoyer un truc de marque qu'elle porte pour son boulot.

– Elle fait une tête de moins que toi et ses vêtements ne te vont absolument pas. Tu te souviens du machin moulant avec les plumes noires ?

Bridget éclata de rire.

– Bon, d'accord, sur moi, c'était moyen, reconnut-elle.

Il s'approcha pour la prendre dans ses bras et l'embrasser dans le cou.

– Je veux que tu sois la plus belle à ce mariage. Que tu te lâches les cheveux et que tu fasses tourner toutes les têtes ! On a le droit de se la péter un peu parfois, non ?

Le problème, c'est qu'elle n'avait pas envie d'être la plus belle. La mariée passait avant, d'abord. Et puis, elle n'avait rien à prouver de ce côté-là. Elle savait qu'elle était plutôt pas mal. Elle l'avait toujours su. Elle possédait ce dont la plupart des gens rêvaient : des yeux bleus, de longues jambes, un cou gracile, des cheveux naturellement blonds. Elle pensait qu'ils fonceraient un peu avec l'âge, mais non. Elle avait les cheveux de sa mère et de sa grand-mère, c'était son héritage, elle ne s'en débarrasserait pas aussi facilement.

Elle n'avait aucun de ces petits problèmes chroniques qui empoisonnent la vie de la plupart des gens, du genre allergies, acné, mal de dos, papillons devant les yeux, ou passion pour les sucreries et tout ce qui fait grossir. Elle, elle avait directement gagné le gros lot : des tendances dépressives si profondes qu'elles avaient emporté sa mère. Parfois, elle avait l'impression que son physique n'était pas tout à fait honnête, car il ne laissait personne soupçonner ce qu'elle avait dans la tête.

Elle savait qu'elle aurait dû faire un effort pour s'arranger de temps en temps, pour faire plaisir à Eric. Elle appréciait bien son physique, elle. Mais elle n'avait pas un gros stock de vêtements ni de maquillage. Il attribuait ça à un manque total de confiance en elle, c'était faux. En fait, elle se connaissait trop.

Il pencha la tête et s'approcha de la baie vitrée.
– Tu as entendu ?
– Non, quoi ?
Il avait vraiment l'ouïe très fine.
— On aurait dit une sonnerie de portable. Ton portable.
Elle sortit la tête par la fenêtre. Oui, en effet, c'était sa sonnerie.
– Je me doutais bien qu'il était en bas.
Grâce à son ouïe très fine, Eric traqua le téléphone jusque dans la cour et le découvrit dans un grand sac noir. Son rire monta jusqu'à leur appartement.
– Bon sang, Bee ! Alors, j'ai appelé les poubelles toute la journée ?

Un gros paquet de souvenirs ne vaut pas un maigre espoir.

Charles M. Schulz

Deux jours plus tard, en rentrant du travail, Carmen trouva Jones devant l'ordinateur du salon.

– Surprise ! lança-t-il. J'ai réservé une chambre pour ton père au Soho Grand Hotel ce week-end. Une super suite, j'ai eu une offre spéciale.

Il était resté en costume-cravate, ce qui signifiait qu'il avait réservé dans un restaurant hype où elle devrait se contenter d'une demi-feuille de salade parce qu'elle avait déjà pris un sandwich à midi et qu'elle n'avait pas eu le temps d'aller à la gym. On ne rentre pas dans un trente-six en mangeant le midi et le soir. Tout du moins, pas quand on avait ses fesses.

Carmen ôta sa veste et regarda le courrier en objectant :

– Je lui avais dit qu'il pouvait dormir ici…

– Évidemment, il est toujours le bienvenu. Mais c'est plus cool de passer la nuit là-bas, non ?

Depuis la mort de sa femme, Lydia, son père venait lui rendre visite à New York tous les deux mois alors que les parents de Jones restaient terrés à Fresno, ce qui arrangeait bien leur fils. Leur loft n'était pas un palace, bien sûr, mais il était plutôt pas mal. Bien mieux que les apparts de ses amies.

– Je lui proposerai, dit-elle.

– Je l'ai déjà fait, et il est partant.

– Tu l'as eu au téléphone ?

– Oui, il a appelé il y a environ une heure.

Carmen soupira. Quand son père comprendrait-il enfin qu'elle avait un portable ?

– D'accord.

– Tu vas adorer le bar, tu verras. Il va peut-être rencontrer quelqu'un.

– Jones…

Il sourit. Elle ne put s'empêcher de l'imiter. Son sourire était contagieux.

Elle le regarda pianoter sur le clavier. La lumière se reflétait sur son crâne chauve qu'il rasait avec autant de soin qu'elle en mettait à appliquer ses crèmes. Il ne se plaisait que comme ça. C'était son choix, il insistait sur ce point, mais elle se doutait bien que certaines zones de son crâne devaient rester chauves qu'il l'ait choisi ou non. Incroyable, l'énergie qu'on déploie parfois pour rien !

– C'est tout ce qu'il y avait au courrier ? demanda-t-elle.

– Je crois. Pourquoi ?
– Tibby était censée m'envoyer quelque chose.
– Tibby ?
– Tibby.
– Tu n'en parles pratiquement plus.
– Si, j'en parle. C'est à elle que je ne parle plus très souvent.
Voilà pourquoi elle était surexcitée depuis qu'elle avait lu son texto. Elle avait hâte de rentrer chez elle pour ouvrir le courrier.
Jones finit ce qu'il était en train de faire sur l'ordinateur et vint l'embrasser sur l'épaule.
– Mets une belle robe, *baby*. Je te sors, ce soir.
– Où ?
– Au Minetta Tavern.
– Oh, non !
Elle adorait cet endroit. Quel supplice ! Elle n'allait pas pouvoir résister à leur carte !
Elle commença à fouiller dans son dressing. Sa nouvelle robe Gucci ? La Stella McCartney rose de l'an dernier ? Elle n'avait pas besoin de se coiffer ni de se maquiller vu qu'elle y avait déjà passé la journée. Ou alors, la petite Catherine Malandrino que Jones adorait ? Ils finiraient la soirée en faisant l'amour si elle la mettait, c'était sûr.
– On fête quelque chose ?
Il l'embrassa sur l'oreille.
– Oui, j'ai une petite amie superbe, qui va devenir ma femme.

Elle rit.

– Tu l'as tous les jours en rentrant du travail.

– Et ça mérite d'être fêté.

– Euh… oui, de la dinde, ce sera très bien.

Lena s'accouda au comptoir et regarda Drew trancher la viande, transformant petit à petit la grosse masse blanche en fine dentelle. Il en fit une pile immense qu'il étala sur une tranche de pain complet. Le principal avantage de son boulot, c'était qu'il ne payait pas les sandwiches.

– Salade, tomate, poivrons, moutarde… sans mayonnaise, récita-t-il en guettant son approbation du coin de l'œil.

– Oui, s'il te plaît.

Il portait un T-shirt marron à capuche. Étonnant. Tous ses vêtements en avaient une. Il lui arrivait d'en porter jusqu'à trois à la fois quand il mettait un T-shirt à capuche, avec un sweat à capuche et sa parka à capuche par-dessus.

Il coupa son sandwich en deux d'une main experte, le déposa sur une assiette en carton qu'il poussa devant elle avant d'y ajouter un demi-cornichon.

– Merci.

Elle mangea au comptoir pour lui tenir compagnie, comme toujours. Elle avait l'habitude que leurs conversations soient interrompues par les commandes des clients, ça ne la dérangeait pas. Au contraire, c'était très bien comme ça.

Elle l'admira tandis qu'il préparait une tortilla fourrée avec un fromage dont elle n'avait jamais entendu parler. En l'observant, elle se demanda s'il était le genre d'homme – ou même l'homme – qu'elle pourrait épouser. Peut-être était-ce le mystérieux texto de Tibby qui l'avait fait réfléchir au temps qui passait et aux changements qui étaient censés se produire… Elle allait avoir trente ans. D'ici le mois de septembre, elles auraient trente ans toutes les quatre. Bizarrement, puisque ça allait leur arriver à toutes, c'était comme si la responsabilité de cette année de plus était partagée entre elles quatre au lieu de peser sur ses seules épaules.

Même si Carmen prétendait être fiancée (Lena prenait peut-être ses rêves pour des réalités, mais elle avait du mal à la croire), pour l'instant, aucune d'elles n'était mariée. Quand Lena l'avait fait remarquer à Maria, une amie de sa mère, celle-ci s'était exclamée :

– Et alors, qu'est-ce que vous attendez ?

En y réfléchissant, Lena se demandait si elles attendaient « d'avoir trouvé le bon » ou bien si elles s'attendaient les unes les autres.

Drew se laissait pousser la barbe. Visiblement, c'était important pour lui parce qu'il n'arrêtait pas de se caresser le menton. Ses poils blonds étaient clairsemés et plus clairs que ses cheveux, si bien qu'ils ne se voyaient pratiquement pas. Il ne s'était pas rasé depuis la rentrée, pourtant. Selon elle, c'était perdu d'avance mais, évidemment, elle se gardait bien de le lui dire. Depuis son enfance, elle vivait au milieu d'hommes qui étaient obligés de se raser deux fois par jour – la rançon de leurs origines grecques.

– Tu veux venir regarder un DVD chez moi après la fermeture ? proposa-t-elle entre deux bouchées.

– Ouaip, fit-il en essuyant le comptoir.

– Un film ? Ou un épisode de *Mad Men* ?

– Comme tu veux.

Ce n'était pas par politesse. Il était sincère. C'était la seule personne de son entourage qui ne soit pas butée et qui ne lui imposait ni ses goûts ni ses idées.

– Peut-être *Mad Men*, alors.

Il préférait la laisser choisir parce qu'il n'arrivait jamais à savoir ce qu'elle aimait vraiment, même quand ils regardaient un truc ensemble. Il fallait avouer qu'elle laissait rarement transparaître ses émotions. Tout se passait à l'intérieur, son visage restait impassible.

Son sandwich terminé, Lena s'assit à une table en attendant que les derniers clients quittent la boutique. Le menton dans les mains, elle regarda Drew ranger les ingrédients, fermer la cuisine, éteindre les lumières.

– On y va ?

Elle le suivit dehors, puis le regarda baisser le rideau de fer grinçant et le verrouiller. En marchant, il ne la prit pas par la main ni le cou, et c'était très bien comme ça. Ils marchaient côte à côte sur le trottoir. Ensemble, mais chacun dans sa petite bulle.

Quelques mois plus tôt, Effie – qui venait de rompre par deux fois ses fiançailles (et de revendre les deux bagues sur E-bay) – avait affirmé que, à presque trente ans, il n'était plus temps de sortir avec un homme qu'on estimait « non épousable ». Lena n'était pas sûre que Drew entre dans la catégorie « épousable ». En fait, pour être honnête, elle savait parfaitement que non. Drew était attentionné et intelligent. Il avait les yeux d'un joli bleu et aimait presque tout ce qu'elle aimait. Mais jamais elle ne l'épouserait. Elle le savait, et pourtant elle n'était pas pressée de rompre. Au contraire. C'était un soulagement de ne pas être aspirée dans la spirale infernale du mariage.

Lena était bien, là, à marcher à côté de lui. Sauf que ça ne suffisait pas. Drew n'en était peut-être pas conscient, mais elle oui.

L'été de ses seize ans, elle était tombée amoureuse d'un garçon, en Grèce, sur la petite île de Santorin. Kostos faisait la fierté de ses grands-parents, les meilleurs amis des siens. L'année suivante, il lui avait brisé le cœur par courrier et elle avait découvert plus tard qu'il avait épousé une fille du village qu'il avait mise enceinte. Deux ans plus tard, lorsqu'il était venu la rejoindre aux États-Unis, elle l'avait envoyé se faire voir.

La dernière fois qu'elle l'avait vu, c'était l'été de ses dix-neuf ans, quand elle était retournée à Santorin avec Tibby, Carmen et Bee pour retrouver leur jean magique malencontreusement égaré. Le dernier soir, Kostos avait mis les choses au clair : il n'y avait jamais eu de bébé, la fille l'avait manipulé, il avait fait annuler le mariage. Il disait qu'il n'avait jamais cessé d'aimer Lena. Qu'un jour, ils seraient ensemble, pas tout de suite, mais un jour. Il lui avait murmuré ça en grec, à l'oreille. Elle l'entendait encore.

Alors qu'elle avait vingt-deux ans et qu'elle venait d'obtenir son diplôme à l'école d'art de Rhode Island, il lui avait envoyé une longue lettre, visiblement sur un coup de tête, pour lui proposer de venir passer l'été à Santorin avec lui. Sans obligation aucune, avait-il précisé.

Il aurait pu lui envoyer le virus Ébola glissé dans une enveloppe, ça n'aurait pas été pire. Partagée entre désir et désespoir, elle avait longuement hésité. Elle avait fini par dire oui. Elle paniquait encore plus. Elle avait réservé un billet. Elle devait arriver à Fira le 4 juillet. Elle avait appelé sa grand-mère, tout prévu pour son séjour.

Plus les jours passaient, plus elle était angoissée. Elle n'arrivait même plus à dormir. Son estomac et ses intestins s'étaient ligués contre elle en décidant d'arrêter de fonctionner. Une nuit, elle avait eu de telles douleurs dans la poitrine qu'elle avait dû filer aux urgences, craignant que son cœur ne se soit également rebellé.

Le 3 juillet au matin, alors qu'elle devait partir le soir même, elle avait annulé. Par mail.

« Ce n'est pas le bon moment », avait-elle prétexté en avançant de vagues excuses qui lui semblaient minables alors même qu'elle les tapait sur son clavier.

Kostos avait mis deux longues journées à lui répondre. Il n'avait pas essayé de la convaincre. Il était déçu, disait-il, mais il s'en remettrait. Au lieu de partir pour la Grèce, elle avait encore passé l'été dans son atelier de Providence.

Elle ne l'avait plus revu ni recontacté après ça. Six ans s'étaient écoulés sans qu'ils échangent un mot. Mais tandis que sa vie se traînait, la sienne avait décollé. C'est un article du *Wall Street Journal* collé sur son chevalet par un soi-disant ami de l'école d'art qui le lui avait appris : Kostos Dounas était le plus jeune cadre de toute l'histoire de sa banque. Il venait de négocier un contrat de plusieurs milliards de dollars entre deux géants des affaires. Lena avait scruté le portrait où il posait, sérieux, tiré à quatre épingles, sans parvenir à reconnaître son « vieux » Kostos. D'abord parce qu'il s'agissait d'un croquis raide et guindé, sans la moindre sensibilité artistique, mais également parce qu'elle avait l'étrange impression qu'il avait basculé dans un monde complètement différent du sien.

Cette intuition s'était confirmée au fil des années. Elle avait beau ne pas lire les journaux économiques, son nom et sa photo la poursuivaient. Elle ne pouvait pas y échapper. Le magazine *Time* l'avait cité parmi les jeunes de moins de trente-cinq ans les plus influents de la planète. Et tous ceux qui venaient de Santorin ne pouvaient s'empêcher de se vanter de sa réussite. À commencer par sa grand-mère. Même son père se lançait parfois dans un vibrant éloge, sans voir les regards assassins que lui jetait sa femme. Une fois, en passant devant le kiosque à journaux de la gare, Lena s'était retrouvée nez à nez avec Kostos qui faisait la couverture de *The Economist*.

« Il doit m'avoir oubliée », s'était-elle dit en croisant son regard qui fixait la foule, sans la distinguer des autres passants.

Kostos lui avait dit « un jour », mais ça semblait un peu présomptueux, maintenant. Il était tellement loin de sa petite vie tranquille ; il vivait dans un univers parallèle qui n'avait rien de commun avec le sien. Autrefois, il représentait un chemin possible, « un jour, peut-être ». Dorénavant, c'était une route qu'elle n'avait pas prise, une route qui avait filé tellement loin qu'elle ne voyait même pas où elle menait.

Avait-elle des regrets ? Elle se posait parfois la question. Et si elle était montée dans cet avion ? Et si elle l'avait rejoint en Grèce cet été-là, comme il le souhaitait ? Aurait-elle pu vivre à ses côtés ?

Probablement pas, se disait-elle. L'intensité de ses sentiments l'aurait submergée. Elle aurait craint pour son cœur fragile. Elle aimait sa vie. Elle aimait ses petites habitudes. Rien ne lui plaisait plus qu'une journée sans rien d'autre à faire que passer de longues heures tranquille dans son atelier.

C'est seulement dans ce calme que ses talents d'artiste s'étaient épanouis, que sa vocation d'enseignante avait germé. Elle était la seule étudiante de sa promo à qui l'on avait proposé un poste de professeur à la fin de son master. Et les élèves devaient maintenant s'inscrire sur liste d'attente pour suivre son cours. Elle en était fière. Aurait-elle accompli tout ça dans l'ombre de Kostos le Magnifique ?

Deux ans plus tôt, quand sa grand-mère Mamita était morte juste avant son quatre-vingt-douzième anniversaire, Kostos lui avait envoyé une belle lettre de condoléances. Le Kostos des magazines avait beau lui sembler complètement étranger, ces mots venaient de la personne qu'elle avait aimée. C'était peu dire que cette lettre l'avait touchée.

Elle l'avait gardée sur elle nuit et jour pendant deux semaines. Elle avait déchiré quatre brouillons avant de pouvoir lui répondre. Elle hésitait sur chaque mot, rayant, recommençant, si bien qu'à la fin, ça ne voulait plus rien dire. Elle avait tant d'émotions à exprimer qu'elle se sentait vidée d'avance.

Et pourtant. ç'aurait été quelque chose de vivre à ses côtés, non ? Elle n'avait jamais ressenti cela pour personne d'autre. Loin de là. Évidemment, plus tard, ce serait bien plus amusant de se remémorer des aventures romanesques et passionnées plutôt qu'un train-train figé. Se souvenir, c'était facile ; mais vivre, c'était plus dur.

Il y avait plein de choses qu'elle aurait aimé essayer pour les ajouter à sa collection de souvenirs, mais qu'elle n'osait pas risquer : le deltaplane, la spéléologie, l'ecstasy…

Avec Drew, ils s'arrêtèrent à l'épicerie du coin acheter un pot de Ben & Jerry. Elle aimait la glace avec des bouts de cookie dedans. Lui aussi.

Vingt minutes plus tard, ils attendaient l'ascenseur dans le hall de son immeuble quand elle se rappela brusquement quelque chose.

– Il faut que je regarde si j'ai du courrier.

Il laissa sans rechigner l'ascenseur arriver et

repartir pendant qu'elle tirait la petite clé de son sac. Au milieu du tas de paperasse habituel, elle trouva une grosse enveloppe jaune envoyée par Tibby. Elle l'ouvrit avec un frisson d'excitation aussi plaisant que déplaisant.

Elle revint vers l'ascenseur tout en en sortant le contenu. Elle mit un instant à comprendre de quoi il s'agissait. En bas d'une feuille imprimée, Tibby avait noté, d'une écriture encore plus illisible que d'habitude :

« C'est une idée complètement dingue. Pourvu que tu sois partante. »

C'était visiblement une réservation au nom de Lena, pour un aller-retour en avion au départ de New York. Il y en avait pour six cent trois dollars, que Tibby avait réglés par carte bleue. Départ le 28 octobre, soit dans moins de quatre semaines, retour six jours plus tard.

Il y avait ensuite la copie d'un billet similaire pour Carmen, puis pour Bee, celui-ci au départ de San Francisco.

« J'arriverai la veille pour tout préparer et venir vous chercher à l'aéroport », avait écrit Tibby au bas de la dernière page.

Puis, en dessous : « Lena, préviens-moi par mail quand tu recevras cette lettre. »

Et encore en dessous : « Je vous en prie, dites OUI ! »

Mais le plus fou, c'était la destination : Fira, la plus grande ville de Santorin.

S'il y avait une chose pour laquelle Bridget était douée, c'était grimper des pentes à vélo. Voilà ce qu'elle se disait en gravissant la colline à l'angle de Duboce et Divisadero dans la lumière dorée de la fin d'après-midi.

À part quelques photos et souvenirs, la seule chose à laquelle elle tenait, c'était justement son vélo. Malgré son style un peu vieillot, il était moderne et fonctionnel. Eric le lui avait offert pour ses vingt-cinq ans et elle avait passé les quatre dernières années à l'apprivoiser. Bien qu'elle n'ait aucun talent artistique, elle l'avait peint de couleurs vives et orné de fleurs en tissu. Son vélo et un sac de fringues, elle n'avait rien emporté d'autre pour s'installer en Californie.

Dans les quartiers de Mission et du Castro, on connaissait cette jolie blonde avec des fleurs sur son vélo. Elle était fière d'entendre les voisins ou les commerçants parler d'elle. « Il n'y a pas une colline dans cette ville qui résiste à la blonde au vélo à fleurs. »

Autrefois, au lycée, puis à la fac, tout le monde applaudissait ses exploits sportifs. C'était elle qui marquait le plus de buts, courait le plus vite, faisait le plus de pompes. Elle évoluait dans l'univers structuré et sécurisé d'une équipe de foot universitaire, où même quand on perdait un match, ce n'était qu'un jeu. Elle y pensait en dévalant l'avenue qui longeait Dolores Park avant de tourner dans la rue perpendiculaire sans même freiner.

Le problème avec ce petit univers rassurant, c'est qu'il ne pouvait pas durer éternellement et qu'il vous lâchait du jour au lendemain dans le chaos du monde. Un monde régi par des gens qui aimaient s'écouter parler et rester enfermés. Bridget en était donc réduite à chercher des moyens de se dépasser qui lui permettaient de retrouver ce sentiment perdu. Comme les collines.

En arrivant dans sa rue, elle aperçut Eric qui l'attendait, assis sur le perron. C'était rare qu'il rentre avant elle.

Il se leva pour l'embrasser et lui tendre une lettre.

Elle en profita pour lui soutirer quelques baisers de plus en demandant :

– C'est pour moi ?

– Oui, de la part de Tibby.

– C'est vrai ? Génial !

Elle s'empressa de retourner l'enveloppe et regarda l'adresse de l'expéditeur.

– Tu n'avais pas eu de nouvelles d'elle depuis longtemps, non ?

Bridget acquiesça.

– Un moment, oui.

Elle réfléchit avant de préciser :

– Pour son anniversaire, je lui avais envoyé

un mail avec une photo d'elle dans sa blouse de chez Wallman. Elle m'avait répondu quelques lignes.

Elle retourna à nouveau l'enveloppe.

– Pourquoi l'a-t-elle envoyée à ton bureau ?

– Parce qu'elle sait qu'on n'a pas d'adresse fixe.

– Mais si, répliqua Bridget, agacée. C'est juste qu'on en change souvent.

Elle parcourut le courrier des yeux.

– Waouh.

– C'est quoi ?

– Un billet d'avion.

– Pour qui ?

– Pour moi. Attends…

Elle prit le temps de lire toutes les pages, y compris les annotations de Tibby dans le bas.

– Ça alors ! Elle a acheté des billets pour nous trois. Elle a préparé tout un voyage en Grèce.

Bridget sentit les larmes lui monter aux yeux et brouiller les mots sur le papier.

– C'est dingue, hein ?

– Sacré projet. Vous allez dans la maison de famille de Lena ? Quand ça ?

– Départ le 28 octobre. Je n'en reviens pas !

Elle sautillait sur place.

– Combien de temps ?

– À peine une semaine. C'est juste une réunion de famille.

Eric vit ses larmes, sa joie.

– Super, Bee. Je suis content pour toi. Tu vas me manquer, mais je suis content.

Elle hocha la tête. C'était tellement inattendu. Comme si un vœu qu'elle n'avait jamais osé faire se réalisait soudain.

– Je pense que c'est vraiment, vraiment ce dont on a toutes besoin…

Soudain ses pieds prirent racine, et ses bras s'allongèrent en fines branches. En atteignant le laurier, Apollon, toujours amoureux de Daphné, décida de réserver à cet arbre une place spéciale dans son cœur.

Encyclopedia Mythica

Le vendredi soir, en sortant du travail, Carmen alla retrouver son père au Soho Grand Hotel. Le hall était intimidant, tout en angles droits et teintes sourdes. Elle qui était actrice, habitait un spacieux loft à Nolita, avec un dressing rempli de tenues hors de prix, un petit ami – que dis-je ? – un fiancé qui travaillait pour une grande chaîne de télé, c'était son monde, pourtant la froideur des lieux la glaça.

– Pourriez-vous prévenir Albert Lowell que Carmen est arrivée ? demanda-t-elle à la femme hautaine de la réception.

Celle-ci décrocha son téléphone avec ses ongles interminables et s'entretint avec son père à voix basse comme si elle le connaissait intimement alors que Carmen n'était qu'une étrangère.

– Il descend, l'informa-t-elle.

– Merci.

Carmen s'installa dans un fauteuil face aux ascenseurs et consulta brièvement ses différentes boîtes mail depuis son portable.

Bien qu'elle l'ait reconnu à son polo bleu clair, l'homme qui se dirigea vers elle n'était pas celui qu'elle attendait. Son père était grand, cet homme était voûté. Il avait les cheveux châtain clair, cette personne était poivre et sel. Son père avait une démarche assurée, cet homme paraissait complètement perdu. Quand il lui rendait visite chez elle, elle ne remarquait aucun de ces détails. Il avait suffi d'un décor de palace pour changer radicalement sa vision des choses.

Elle se leva.

– Salut, p'pa.

Il la prit dans ses bras.

– Bonjour, ma petite brioche.

Elle le serra plus fort que d'habitude, la gorge nouée de tristesse.

– Ta chambre te plaît ? lui demanda-t-elle en relâchant son étreinte.

– Parfait, parfait. J'ai tout ce qu'il me faut. Et il y a des super cacahuètes dans le minibar. Des trucs épicés. Délicieux.

Elle était contente que Jones ne soit pas là pour l'entendre vanter les cacahuètes avec autant d'enthousiasme. D'habitude – partout ailleurs que dans cet endroit –, son père lui avait toujours semblé assez classe, pourtant.

Non mais franchement, qui était-elle pour

laisser Jones juger son père alors qu'il n'était même pas là.

Jones n'y était pour rien, en fait. C'était elle, pas vrai ? Elle préférait lui faire porter le chapeau parce qu'elle n'assumait pas de remettre son père en cause. Elle préférait faire l'innocente.

– Tant mieux, dit-elle. Tu veux qu'on aille quelque part prendre un thé ? Ou sinon, on peut prendre un verre ici, au bar. On doit rejoindre Jones à huit heures dans un restaurant de Bond Street.

– C'est dans le coin ?

– Oui, tout près. À dix minutes à pied.

– Toi, tu préfères quoi ?

– Je connais un pub sympa au bout de la rue. Allons-y.

Elle n'aimait pas du tout l'influence que le Soho Grand Hotel avait sur eux deux.

Elle s'aperçut en traversant le hall que son père était en jean, lui qui n'en portait pratiquement jamais.

Son cœur se serra en l'imaginant en train de choisir sa tenue, cherchant ce qui conviendrait pour cet hôtel à la mode en plein cœur de Soho.

Une fois dans le pub irlandais, elle attendit que son père redevienne lui-même.

Il commanda un cocktail au whisky décoré d'une cerise au marasquin. Elle prit un verre de vin blanc. Elle était toujours un peu gênée de boire de l'alcool devant lui.

– Comment va Paul ? s'enquit-elle.

Elle le savait parfaitement étant donné qu'ils échangeaient régulièrement des mails, mais comme c'était le héros de la famille, maintenant, le sujet semblait sans risque.

– On est contents qu'il soit rentré d'Afghanistan. Il va bien. Il me demande souvent de tes nouvelles. Quelle vie, hein ?

– Ouais.

Elle considérait Paul comme son demi-frère même si, depuis que sa mère était morte, il n'y avait plus vraiment de lien entre eux. C'était la seule personne de la famille que Jones n'avait pas encore rencontrée.

– Il m'a envoyé une vidéo où l'on voit des F16, dont le sien, décoller d'un porte-avions. Impressionnant, affirma son père.

Autrefois, la fierté palpable dans sa voix aurait rendu Carmen jalouse, mais Lydia était morte d'un cancer du sein un an et demi auparavant, si bien qu'elle n'éprouvait que de la tristesse. Et puis elle était actrice, elle passait à la télévision. Elle savait que son père était fier d'elle également.

– Et Krista, ça va ?

C'était un peu plus délicat, mais il était assez fin pour s'en rendre compte. Il dînait chez Krista, la fille de Lydia, tous les dimanches soir.

– Très bien. Le bébé doit avoir… bientôt un an, il me semble.

– Tommy ?
– Non, Tommy, c'est celui du milieu.
Elle n'était pas sûre que cette erreur soit à son avantage.
– Alors le bébé, c'est Joey ?
– Oui, et l'aîné va sur ses cinq ans.
– Jack.
– Oui, Jack.
Bien qu'elle soit plus jeune, Krista avait déjà réussi à mettre au monde trois garçons. Carmen ne savait pas si elle trouvait ça impressionnant ou grotesque. Mais ça l'arrangeait que Krista comble les besoins en enfants de la famille car Jones refusait catégoriquement d'en avoir.
– Tu les as gardés récemment ?
Avec Lydia, autrefois, ils jouaient les baby-sitters tous les vendredis soir. Maintenant, il se portait parfois volontaire pour le faire seul. Quel courage.
Il confirma d'une mimique amusante.
– Oui, sacré boulot.
Carmen acquiesça. Elle se réjouissait que Krista soit restée à Charleston, dans une belle maison avec une grande salle à manger à quelques kilomètres de chez son père, qu'elle lui donne des petits-enfants et qu'elle veille sur lui. Elle lui en était reconnaissante. Oui, entre autres sentiments, c'était la gratitude qui dominait.
Aussi terrible que cela paraisse, c'était un juste retour des choses, finalement. Quand Carmen

était petite, son père avait joué un rôle assez virtuel dans sa vie. Maintenant, elle n'était qu'une fille virtuelle pour lui.

– Comment va ta mère ? lui demanda-t-il.

Il se sentait toujours obligé de poser la question à un moment de la conversation. Ce qui jadis semblait une question rituelle prenait aujourd'hui une autre dimension.

C'était fou, la situation s'était complètement inversée. Avant, son père vivait heureux en couple, entouré d'une famille chaleureuse, tandis que sa mère était seule et légèrement déprimée. À l'époque, c'était sa mère qui demandait d'un ton envieux : « Comment va ton père ? » Maintenant, sa mère était mariée à un grand avocat et elle habitait une belle maison de Chevy Chase avec Ryan, le jeune frère de Carmen qui avait onze ans. Et c'était son père qui demandait comment elle allait avec une pointe d'envie dans la voix.

– Ah, j'ai un truc important à te dire, décréta Carmen.

Elle n'y tenait plus. Son père était LA personne à qui elle brûlait d'annoncer la nouvelle.

– Quoi ?

– Tibby m'a envoyé un billet d'avion. Pour Santorin.

Il haussa les sourcils.

– L'île des grands-parents de Lena ? Où vous êtes toutes parties quand vous étiez étudiantes ?

Son père n'oubliait jamais ce genre de détails.
– Oui, on va se retrouver là-bas toutes les quatre.
Elle sentit les larmes lui monter aux yeux. Elle avait tellement hâte, envie, besoin de faire ce voyage ! Elle n'en était pas consciente avant de recevoir le billet, mais maintenant elle avait l'impression que, sans ça, elle aurait dépéri.
– Formidable, affirma son père en opinant du chef. Tibby doit avoir une bonne situation.
– Je crois que Brian gagne bien sa vie pour eux deux. Enfin, j'ai l'impression. Il a monté sa propre boîte de logiciels. C'est un surdoué dans son domaine.
– Eh bien, tant mieux. Vous partez quand ?
– Le 28 octobre, dit-elle en se délectant de la date. Je suis surexcitée qu'on se retrouve toutes ensemble.
Sa réserve s'était évaporée dans les vapeurs d'alcool du pub.
– J'ai vraiment trop hâte !
Son père prit une gorgée de whisky en la dévisageant pensivement.
– Je vous revois encore toutes petites. Je me demande quand ces quatre filles ont disparu pour être remplacées par les jeunes femmes de maintenant.
Carmen hocha la tête.
– Moi aussi.

Durant les quatre dernières années, Lena avait perfectionné son grec grâce à une heure de conversation hebdomadaire avec Eudoxia. Un organisme de cours par Internet les avait mises en contact et, au début, Lena payait seize dollars pour passer une heure au téléphone avec elle. Elle aurait pu discuter en grec avec nombre de personnes de son entourage, y compris ses parents, mais ils la connaissaient tous et, quand ils lui parlaient, ils voulaient parler d'elle. Eudoxia présentait, tout du moins au début, l'avantage d'être une parfaite inconnue, plus toute jeune, un peu à côté de la plaque et dure de la feuille qui plus est.

Au bout d'un an, Eudoxia avait proposé qu'elles se retrouvent en personne dans un café (grec) à mi-chemin entre leurs domiciles. Au départ, Lena devait débourser seize dollars plus le prix du café et parfois des gâteaux mais, un an plus tard, Eudoxia avait commencé à refuser d'être payée. Et, depuis un an, elle insistait même pour régler la note, sous prétexte que son mari, agent de police à la retraite, avait une bonne pension et un boulot d'agent de sécurité dans un magasin de chaussures. Lena avait proposé de l'aider à pratiquer son anglais en échange, mais elle ne voulait pas en entendre parler.

Ce mercredi à seize heures, Lena entra donc dans le café et repéra Eudoxia à leur table habituelle. Quelle que soit l'heure à laquelle elle arrivait, elle était déjà là. Elle se leva d'un bond pour serrer Lena dans ses bras. Elle était aussi dodue, moelleuse et flasque que Lena était mince.

– Toi, tu as une nouvelle à m'annoncer, affirma la vieille dame en grec.

Lena l'embrassa sur la joue avant de répondre :

– Comment fais-tu pour toujours tout deviner ?

La serveuse apparut, une jolie Grecque aux cheveux bruns, que Lena voyait plus souvent que ses meilleures amies.

– Ce sera juste un café pour moi, aujourd'hui, fit-elle, reprenant mot pour mot la phrase rituelle de son professeur.

Elle était assez douée pour imiter les accents. Elle avait tellement l'habitude de reproduire l'intonation et les expressions d'Eudoxia qu'elle parlait sûrement grec comme une vieille dame de soixante-quatre ans originaire de Salonique.

Lena attendit sa tasse de café fumante avant d'annoncer la grande nouvelle :

– Je pars pour la Grèce.

Eudoxia baissa la tête et frappa du plat de la main sur la table, signe d'une intense excitation. Quand elle se redressa, ses boucles brunes dansaient autour de son visage et les tasses tremblaient encore dans leurs soucoupes.

– C'est *fantastique* ! Quand ça ?

– Le 28 octobre. Tibby a tout organisé. Elle

a acheté des billets pour nous trois. On la retrouve là-bas.

– Tibby ?

Eudoxia connaissait toute l'histoire des quatre filles. Elle parlait des amies de Lena comme si c'était les siennes.

– Oui, Tibby.

Voyant qu'elle allait à nouveau taper sur la table, Lena retint sa tasse.

– En Grèce ! C'est formidable ! For-mi-dable !

– J'ai encore du mal à y croire.

– Moi aussi.

– J'ai hésité à accepter parce que ça coûte vraiment cher et tout. Mais j'ai envoyé un mail à Tibby et elle m'a dit que j'étais obligée de dire oui. Et que je participais en fournissant l'hébergement.

– Vous allez loger dans la maison de tes grands-parents à Oia ?

– Oui, elle n'est toujours pas habitée. Mon père doit se rendre là-bas pour la mettre en vente, mais il n'a pas encore trouvé le temps. Et vu la situation économique là-bas…

– Il a peut-être envie de la garder ?

– Non, je crois qu'il veut la vendre. Il n'arrête pas de se plaindre qu'il doit payer les impôts et les charges.

Lena regarda un instant fixement sa soucoupe.

– Mais il a peur de se retrouver devant toutes

leurs affaires sans savoir quoi en faire. Il a horreur de ne pas savoir ce qu'il doit faire.

– C'est toi qui vas devoir t'en charger, alors.

Lena acquiesça.

– Peut-être.

L'un des avantages d'Eudoxia, c'était que sa vie n'avait rien de commun avec celle de Lena, à part ses cours de grec. Un peu comme un psychanalyste ou un barman. Lena pouvait lui raconter ce qu'elle voulait sans se soucier de l'exactitude de ses propos ni de l'effet qu'ils risquaient de produire chez elle.

Eudoxia but une gorgée de café. Elle paraissait pensive.

– Qu'est-ce qui est arrivé à Tibby ?

– Comment ça ?

– Vous ne l'avez pas vue depuis longtemps. Vous ne vous parlez presque plus. Mais, d'après ce que tu m'as dit, ça n'a pas toujours été le cas. Pourquoi a-t-elle organisé ce voyage à ton avis ?

Sous la table, Lena heurtait distraitement son sac du bout de sa chaussure.

– Je pense qu'on lui manque tout simplement. Et qu'elle a envie qu'on se retrouve.

– Tu crois que c'est tout ?

– Qu'est-ce que ça pourrait être d'autre ?

– Je ne sais pas, je ne la connais pas, avoua Eudoxia.

Elle appela la serveuse pour commander un

friand au fromage avec l'air coupable qu'elle prenait quand elle cédait à la gourmandise.

Quand il arriva, elle le coupa soigneusement en petits morceaux avec son couteau.

– Tu vas peut-être croiser ton beau jeune homme là-bas, dit-elle avec une note de malice dans la voix.

Elle appelait toujours Kostos « ton beau jeune homme », alors que Drew était « le vendeur de sandwiches ».

Lena aurait bien fait mine de ne pas comprendre l'allusion mais c'était peine perdue.

– Je ne pense pas. Il est tellement occupé. Il travaille à Londres, maintenant.

– Il fait des allers et retours. C'est ce qu'il disait dans sa lettre.

Lena plaqua ses mains sur ses joues en feu. C'était sa faute. Elle avait passé des heures et des heures à tenter de lui rapporter la teneur de cette lettre dans un grec maladroit. Eudoxia avait fini par remarquer la passion qu'elle y mettait. Lorsqu'elle l'avait appelée « ma Daphné », Lena avait demandé pourquoi. « Tu ne connais donc pas notre belle mythologie ? » Et, depuis, elle essayait régulièrement d'orienter la conversation sur Kostos.

Quant à Drew, elle avait bien vu que ce sujet ne suscitait aucune passion.

– Tu devrais lui envoyer une lettre pour le prévenir, affirma Eudoxia. Tu pourrais lui écrire en grec ! s'enthousiasma-t-elle. Je t'aiderais ! Il serait sacrément surpris !

Elle tapa à nouveau sur la table.

Lena hésitait. Elle imaginait le nombre de personnes qui devaient solliciter Kostos au nom du passé. Elle n'avait aucune envie de faire pareil.

Au silence qui accueillit sa proposition, Eudoxia comprit que ce n'était pas la peine d'y compter.

Elle se pencha vers Lena.

– Promets-moi au moins que tu l'appelleras, ma Daphné. Que tu ne repartiras pas sans lui avoir téléphoné.

Lena se contenta de rire tout en pensant : « Même pas en rêve ! »

– Peut-être, répondit-elle en grec. On ne sait jamais ce qui peut se passer…

Quand vous sautez de joie, avant de retomber, vérifiez toujours que personne n'ait déplacé le sol.

Stanislaw J. Lec

Carmen avait l'habitude de marchander avec Dieu. Elle savait que ce n'était pas bien, mais elle ne pouvait pas s'en empêcher. Lorsqu'elle avait neuf ans, les parents de Lena l'avaient invitée à passer le week-end à Disney World. Ils devaient prendre l'avion tous ensemble pour se rendre à Orlando, en Floride. Plus le grand jour approchait, plus l'excitation montait. La veille du départ, elle s'était tournée et retournée dans son lit, incapable de trouver le sommeil. Petit à petit, sa joie avait cédé la place à l'angoisse de mourir avant l'aube. Son désir était tel qu'il en devenait monstrueux et menaçait d'engloutir le plus grand bonheur de sa vie. Elle avait supplié Dieu de la garder en vie deux jours seulement, lui promettant qu'il pourrait faire ce qu'il voulait d'elle ensuite.

Vingt ans plus tard, le 27 octobre au soir, elle se coucha avec la même peur au ventre. Elle gigotait, s'agitait, sortait un bras, une jambe de sous la couette en suppliant Dieu de veiller sur elle jusqu'à ce qu'elles soient toutes réunies à Santorin le lendemain. C'était tout ce qui lui importait. Après, il pourrait bien faire d'elle ce qui lui chantait.

Que pouvait-elle lui proposer en échange ? D'être meilleure. De dépenser moins d'argent en chaussures. De participer au tournoi de baseball de sa chaîne afin de récolter des fonds pour je ne sais quelle œuvre de bienfaisance. De parrainer un lycéen. D'appeler son père deux fois par semaine sans faute. De lire l'édito du *New York Times* tous les matins. De ne plus chercher sur Internet des photos où l'on voyait en gros plan les bourrelets de rivales ayant obtenu les rôles qui lui étaient passés sous le nez.

Elle se sentait un peu bête, mais c'était tout de même une chance de pouvoir marchander avec Dieu, qui n'était pas trop dur en affaires et ne risquait pas de venir réclamer son dû.

Lena, qui s'enorgueillissait pourtant d'être très cérébrale, avait parfois la capacité d'abstraction d'un lézard. Ce n'est qu'en voyant Bridget et Carmen, courant vers elle cheveux au vent à travers le terminal de l'aéroport JFK de New York, qu'elle se rendit compte à quel point elles lui avaient manqué.

Bridget l'atteignit la première et lui sauta au

cou sans même ralentir. Lena se laissa emporter par son élan.

Carmen arriva quelques secondes plus tard, trottinant sur ses sandales à semelles compensées. Elle lui serra le bras au point de lui laisser une marque. Elle lui cria si fort dans les tympans qu'elle en eut les oreilles qui sifflaient. Elle lui marcha sur les pieds avec un tel entrain que Lena en eut les larmes aux yeux et se mit à rire. C'était tellement bon d'avoir mal comme ça !

Bee tenta de les soulever toutes les deux en même temps. Lena retrouva les sensations familières : l'odeur mentholée de son shampooing, la douceur de sa joue contre la sienne, le gel capillaire au pamplemousse de Carmen, son rouge à lèvres poisseux. Les parfums, les couleurs, tout lui paraissait plus vif chez ses amies que chez les autres.

Elle leur était reconnaissante de ne pas avoir trop changé. Ces dernières années, à chacune de leurs rencontres, sa joie était toujours teintée d'angoisse à l'idée qu'elles ne soient plus les mêmes. Elle ignorait d'où pourrait surgir le changement : un sourcil hautain, l'oubli d'un de leurs rituels, des pattes-d'oie au coin de l'œil, le moindre petit détail risquait d'éloigner l'une d'elles des autres, de remettre en question leur relation ou leur passé.

Bee était particulièrement accommodante

sur ce point. C'était un musée de Bee sur pattes. Son T-shirt mauve délavé collectionnait les accrocs et les reprises depuis la troisième. Ses cheveux blonds étaient toujours aussi longs et fous, avec quelques nattes maigrichonnes ici et là, en mémoire de sa phase « tresses africaines » de CM2. Elle traînait sur le marbre poli de l'aéroport les mêmes tongs en cuir hors d'âge qu'elles avaient achetées ensemble en se baladant sur un marché l'été après la fac. Et Lena lui pardonnait de lui avoir volé sans vergogne ses vieilles chaussettes bleues tombantes lors de leur dernier voyage en Grèce.

Quant à Carmen, elle avait déjà un peu changé depuis la dernière fois qu'elles s'étaient vues, il y avait à peine deux mois : ses mèches étaient légèrement plus claires, son jean légèrement plus serré, ses sourcils légèrement plus fins. Mais elle avait toujours été comme ça, alors... Ses multiples essais de coiffure et de maquillage ne changeaient pas son expression enthousiaste. Carmen était toujours en perpétuel changement. Le contraire aurait été inquiétant.

Tibby viendrait les chercher à l'aéroport de Fira.

– Elle m'a envoyé un texto en arrivant là-bas hier. Elle a ouvert la maison, les informa Lena, tout excitée, même si elles avaient probablement reçu le même message.

Elles se mirent en route d'un pas sautillant, traversant le long terminal en se tenant la main, sans la moindre gêne. Lena avait un magazine sous le bras, des bonbons dans son sac, et un creux à l'estomac très inhabituel. Elle mordait la vie, gaiement et sans arrière-pensée, un luxe qu'elle s'offrait rarement. Elle avait l'intention de savourer la moindre miette de ce voyage, du plateau-repas à la couverture râpeuse qu'il faudrait se partager en passant par les postillons de Carmen dans son oreille (à ce niveau-là, ça ne s'appelait plus ronfler) pendant la nuit, jusqu'à la magnifique vue de la caldeira juste avant l'atterrissage.

Et, surtout, elle avait hâte d'apercevoir Tibby à l'arrivée. Le cœur battant, elle imagina son visage en forme de cœur constellé de taches de rousseur. Elle ne l'avait pas revue depuis cette soirée, il y avait deux ans, quand elles s'étaient retrouvées au pub pour fêter le rôle de Carmen dans *Enquêtes criminelles*. Sur le seuil de la porte, Tibby leur avait jeté un dernier regard par-dessus son épaule en leur disant au revoir. Sur le coup, Lena ignorait qu'il s'agissait d'un adieu, mais Tibby s'en doutait peut-être. Elle n'avait jamais trop aimé les démonstrations d'affection. Et elle ne voulait sans doute pas jeter une ombre sur la grande soirée de Carmen. Mais à peine une semaine plus tard, Brian avait reçu une proposition de boulot qu'il ne pouvait pas refuser et ils s'étaient envolés tous les deux pour l'Australie. Au début, ce ne devait être que pour quelques mois. Mais ça faisait deux longues années, et même avec son cerveau de lézard, Lena en prenait la mesure maintenant que l'heure des retrouvailles approchait.

Il ne manquait plus que Tibby pour que son bonheur soit total.

Lena pouvait se convaincre d'à peu près n'importe quoi, et elle avait presque réussi à se persuader qu'elle pourrait être elle-même sans ses amies. Mais tandis qu'elles papotaient toutes les trois gaiement tout au long de l'interminable processus d'embarquement, puis en montant à bord d'un avion plein de couvertures et d'oreillers comme pour une gigantesque soirée pyjama, elle sentit s'afficher sur son visage des expressions dont elle ne se souvenait même plus. Leur bavardage familier faisait renaître l'ancienne Lena. Elle existait à travers ses amies, toutes les parties d'elle-même qu'elle avait oubliées étaient en elles. Elle se retrouvait complète en leur présence.

Éblouie par l'éclairage artificiel, les yeux rougis par une nuit trop courte, Carmen vit le même air hébété se peindre sur le visage de ses amies. Le petit bout d'Amérique qu'elles avaient emporté avec elles dans l'avion s'était volatilisé à la seconde où elles avaient mis les pieds dans cet aéroport surchauffé.

– On est en retard ? s'inquiéta Lena.

Bee plissa les yeux pour déchiffrer le tableau des arrivées.

– Ou peut-être en avance ?

– Je ne sais pas si mon téléphone indique la bonne heure, fit Carmen en le scrutant avec perplexité.

Elle s'attendait à voir Tibby dès la sortie de l'avion. Elles s'étaient toutes les trois conditionnées à patienter jusqu'à cet instant, pas une seconde de plus. Aussi, après dix minutes à tourner la tête de tous côtés, le cœur battant, Carmen était sûre et certaine que Tibby ne les attendait pas aux arrivées. Et leur excitation commençait à retomber comme un soufflé.

– Elle est peut-être au retrait des bagages ?

– Ouais, sûrement.

– C'est toujours compliqué ce genre de trucs.

– C'est peut-être elle, suggéra Bridget en désignant une femme replète coiffée d'un turban bleu.

– Ça ne fait quand même pas si longtemps, s'esclaffa Carmen.

Elle continuait à scruter les environs, dévisageant tous les passants à travers les grandes baies vitrées du hall des arrivées. Elle regrettait d'avoir rangé ses lunettes par pure coquetterie.

– Allons chercher nos sacs.

– Ouais, elle doit être là-bas.

Telle une créature à six pattes, elles se dirigèrent vers le panneau « bagages », sans cesser de guetter le visage constellé de taches de rousseur de leur amie.

Ça sentait fort la cigarette et le soleil éclatant qui baignait l'aéroport contrariait leurs esprits chamboulés par le décalage horaire. Pour elles, on était au beau milieu de la nuit. Elles avaient préféré passer le voyage à discuter plutôt qu'à dormir. Carmen le regrettait un peu maintenant. Elle se sentait vaguement barbouillée par le manque de sommeil.

Elles se plantèrent devant le tapis roulant des bagages. Tout occupées à chercher Tibby des yeux, elles ne cessaient de rater leurs sacs. Le gros polochon de Bridget fit plusieurs fois le tour du tapis avant qu'elle ait le réflexe de l'attraper.

Elles espéraient tellement l'apercevoir enfin qu'elles osaient à peine échanger trois mots. Elle devait être là, quelque part. Derrière cette colonne. Derrière cette porte. Si près que Carmen avait l'impression de pouvoir la faire apparaître par la seule force de son esprit. Tous les gens qui défilaient devant elle arboraient une fraction de seconde le visage de Tibby.

Une fois en possession de leurs bagages, elles s'assirent dessus, au milieu du hall. Comme si elles déclaraient forfait à dix mètres de la ligne d'arrivée du marathon. Tout s'était si bien passé jusque-là. Elles caressaient déjà leurs médailles. Elles entendaient déjà les applaudissements. C'était idiot d'échouer si près du but.

– Il y a un problème. On a dû se tromper de date, d'heure, je ne sais pas, marmonna Bridget.

– Ou alors elle s'est perdue en venant à l'aéroport.

– Ce n'est pas facile de circuler sur cette île. Elle a dû partir d'Oia trop tard. Elle doit se faire balader par un chauffeur de taxi véreux en ce moment même.

– Tu n'as pas de message sur ton portable, Carma ? demanda Bridget, contre toute attente.

– Il ne fonctionne pas ici, je t'ai dit.

– Elle a dû essayer de nous appeler, affirma Lena.

Bridget acquiesça.

– On va l'attendre ici.

– Oui, jusqu'à ce qu'elle arrive, compléta Lena.

Elles seraient sans doute restées toute la journée assises sur leurs bagages si un préposé aux chariots ne les avait poliment chassées de l'aéroport aux alentours de midi. Le personnel avait visiblement hâte de prendre sa pause. Ici, les gens rentraient déjeuner chez eux, surtout qu'il n'y avait pas d'autre vol prévu avant deux heures.

– Mais si on va directement chez Lena, j'ai peur qu'on la croise en chemin, expliqua Carmen à l'employé qui ne comprenait visiblement pas un mot de ce qu'elle racontait.

Quand Lena essaya de traduire, elle se sentit encore plus stupide. Elle n'attendait pas de réponse, elle se parlait juste à elle-même.

Au comble du désarroi, elles entassèrent leurs bagages dans un taxi. Lena adressa quelques mots en grec au chauffeur. Carmen avait mauvaise conscience de quitter l'endroit où elles étaient censées retrouver Tibby. Elle n'avait pas oublié le refrain qu'on lui répétait petite : « Si jamais tu te perds, surtout ne bouge pas, on te retrouvera. »

Bridget comprenait ce qu'elle ressentait.

– Ne t'en fais pas. Elle doit être à la maison en train de se demander ce qu'on fabrique. Elle n'a pas pu venir à l'aéroport pour je ne sais quelle raison, c'est tout, et elle s'est dit qu'on allait la rejoindre. Elle nous attend là-bas, c'est sûr. Où veux-tu qu'elle soit ?

Lena acquiesça, Carmen également, mais elles gardèrent le silence durant tout le trajet.

Elles parcoururent la dernière montée à pied, car le sentier était trop étroit pour un véhicule de cette taille. Bridget s'était chargée des trois sacs.

– Notre petite mule personnelle, commenta Carmen.

Lena tenta d'ouvrir la vieille porte couleur jaune d'œuf en appuyant sur la poignée, au cas où Tibby serait à l'intérieur, mais elle était verrouillée.

Heureusement qu'elle avait la clé.

– Hou hou ! fit-elle en entrant.

Les trois filles, hors d'haleine et étourdies par le soleil, pénétrèrent dans la pénombre confinée de la maison.

– Hou hou ?

– Tib-by ! cria Carmen.

Sa voix forte résonna dans le silence.

Lena entrouvrit un volet. Bridget posa les sacs.

Petit à petit, ses yeux s'accoutumant à l'obscurité, Carmen reconnut le décor familier.

– Y a quelqu'un ? insista-t-elle.

– J'ai l'impression qu'elle n'est pas là.

– On aurait dû rester à l'aéroport, soupira Carmen. Et si elle est là-bas, hein ?

L'épuisement aidant, elle avait de plus en plus de mal à garder ses pensées pour elle-même.

– Elle est sans doute coincée sur la route, affirma Lena d'un ton posé. Elle va finir par rentrer.

Elle s'aventura dans la maison.

– Regardez, elle est arrivée, en tout cas. Elle a mis des fleurs partout !

Elle ouvrit un autre volet. Sa grand-mère les

avait habituées à ne pas les ouvrir sans réfléchir pour préserver la fraîcheur de la maison.

Il y avait un bouquet de roses sur la table de la salle à manger, un autre dans le salon et un troisième dans la cuisine. Un grand saladier débordant de fruits et de légumes était posé sur le plan de travail.

– Elle est allée faire les courses, constata Carmen.

Elle avait découvert deux miches de pain sur le frigo ainsi que de l'eau, du lait, du beurre, du fromage et des œufs à l'intérieur. En entrouvrant une grande boîte en carton, elle aperçut un beau gâteau.

Les larmes lui montèrent aux yeux. C'était rageant de savoir Tibby si proche et de ne pas pouvoir la voir.

En montant l'escalier, elle entendit Lena affirmer :

– Elle va sûrement arriver d'un instant à l'autre.

En haut, elle trouva d'autres roses roses et blanches dans des pots de confiture et des tasses. Elles avaient déjà décidé que Bridget dormirait avec Tibby dans une chambre, Carmen avec Lena dans l'autre. Ça leur aurait fait trop bizarre d'occuper celle de Bapi et Mamita. Tibby savait que Lena préférait la chambre qui donnait sur la caldeira, aussi avait-elle déposé ses deux sacs dans celle du fond.

Par égard pour son amie également, elle avait bien rangé ses affaires, elle qui était une incorrigible bordélique.

Lena, qui avait dû appeler Tibby avec le téléphone fixe de la maison, annonça :

– Ça ne répond pas. Je tombe sur sa messagerie. Si ça se trouve, son portable ne fonctionne pas non plus ici.

Carmen tournait en rond dans la petite pièce si pleine de sa présence qu'elle s'attendait presque à la voir surgir de sous le lit. La façon dont elle avait abandonné ses chaussures dans un coin la ramena brutalement deux ans en arrière. Elle la voyait presque, là, devant elle. Elle n'avait pas changé.

Toutes les trois, elles avaient de grands pieds, du trente-neuf de Carmen au quarante-deux de Lena en passant par le quarante de Bridget. Avec son minuscule trente-six, Tibby semblait porter des chaussures de petite fille, en comparaison. Entre elles, elles pouvaient se prêter leurs tongs ou leurs espadrilles, avec Tibby, c'était impossible. Déjà elle portait été comme hiver de gros croquenots immondes mais, de toute façon, ils étaient si ridiculement petits qu'elles n'auraient pu y glisser un orteil.

L'odeur si particulière de Tibby lui fit à nouveau monter les larmes aux yeux. Pas une bonne odeur de parfum ni une mauvaise odeur de pieds, c'était son odeur à elle, point. Elle lui manquait tellement. Ça lui faisait tant de peine de ne plus la voir. Soudain Carmen se rendit compte qu'elle avait étouffé ses émotions et laissa la tristesse la submerger.

Lena disait toujours qu'elle redoutait les choses avant qu'elles n'arrivent. Carmen se demandait si, au contraire, elle ne s'autorisait pas à éprouver du chagrin maintenant que les retrouvailles étaient proches.

Le destin n'a rien d'un aigle, il se faufile comme un rat.

Elizabeth Bowen

Bridget avait l'impression qu'elles étaient les trois fourmis du collier de Felicia, l'arrière-grand-mère de Tibby, piégées dans leur perle d'ambre. Ça l'avait marquée. Elle qui parvenait à peine à se rappeler la date de son anniversaire, le jour où sa mère était morte, l'adresse de son père, l'année où elle avait obtenu son diplôme de fac, elle repensait fréquemment à ces trois maudits insectes, prisonniers d'un bijou appartenant à une vieille dame complètement secouée.

Il faisait nuit. C'était l'heure de dîner et Tibby n'était toujours pas là. Elles n'avaient pas envie de manger, de parler, ni de faire quoi que ce soit sans elle. Elles restaient paralysées, assises dans le salon. Bridget avait la sensation bizarre qu'en réalité elles avaient passé pratiquement deux ans comme ça, en suspens.

Elles étaient quatre. Elles avaient toujours été quatre. Il ne pouvait rien se passer entre elles tant qu'elles n'étaient pas toutes présentes, ç'aurait été une trahison. Impossible de donner le top départ de leur semaine magique tant que Tibby n'était pas là.

Lena ne tenait pas en place.

– Vous croyez qu'elle s'est perdue ? Les routes sont dangereuses par ici. J'espère qu'elle n'était pas au volant.

– Lenny, elle a vingt-neuf ans. Elle peut se débrouiller seule. Elle conduit très bien. Et même si elle a eu un petit accrochage, ça ne doit pas être bien grave.

Lena acquiesça.

– Elle met toujours sa ceinture et, par ici, on ne peut pas rouler à plus de vingt kilomètres à l'heure, alors.

Hochant toujours la tête, elle retourna dans la cuisine vérifier que le téléphone fonctionnait. Par chance, son père avait négligé de faire couper la ligne. Il y avait bien une tonalité, comme la dernière fois qu'elle avait décroché, une demi-heure plus tôt.

– Si ça se trouve, elle n'a même pas le numéro, murmura-t-elle.

– Oui, tu as raison, confirma Carmen, juchée toute raide sur l'accoudoir du canapé.

Bridget fit la moue.

– Lena, arrête ! Quand elle va voir le nombre d'appels en absence, elle va te prendre pour une folle.

– Mais non, je ne l'appelle pas, je vérifiais juste, répondit-elle en revenant dans le salon.

Carmen se rongeait les ongles.

– D'après les provisions qu'il y a dans la cuisine, elle avait prévu de préparer à dîner. Quoi qu'il arrive, elle va se débrouiller pour rentrer à temps, non ?

À neuf heures, le vent s'était levé et le mystère commençait à devenir pesant.

– Ils dînent très tard par ici, affirma Carmen.

– Elle s'est peut-être enfuie au bras d'un beau Grec, suggéra Bridget.

Elle voulait faire de l'humour mais elle ne se trouvait même pas drôle.

Entre neuf et dix, elles restèrent prostrées. Bridget se leva deux fois – la première pour regarder par la fenêtre (elle ne vit rien étant donné qu'il faisait nuit noire), la deuxième pour ouvrir la porte. Elle sonda la rue déserte et sombre, balayée par de fortes bourrasques, avec l'espoir fou que ce serait pile le moment que choisirait Tibby pour faire son apparition.

– Si seulement on savait qui appeler, gémit Lena.

– Tu crois que ses parents en savent plus que nous ? demanda Carmen.

– Non, et puis il est quatre heures du matin là-bas.

– Et Brian ? intervint Bridget.

Carmen releva la tête.

– Vous avez son numéro ?

Elle secoua la tête, aussitôt imitée par Lena. Elles n'avaient que le portable de Tibby, pas de numéro de fixe en Australie où elles auraient pu le joindre.

– Je me demande où il est.

– En Australie, je suppose. Il n'est pas venu avec elle.

Lena prit un air pensif.

– On ne sait rien d'eux, finalement. Sont-ils seulement encore en couple ? Ils sont partis là-bas ensemble, mais on ignore ce qui s'est passé depuis. Elle ne nous a pas parlé de lui depuis longtemps.

Bridget haussa les épaules. Elle avait les jambes qui s'engourdissaient à force de rester dans la même position.

– Elle nous aurait prévenues s'ils avaient rompu.

– Elle ne nous a pas raconté grand-chose, ces derniers temps.

Bridget acquiesça. Ce n'était pas la première fois qu'elles avaient cette conversation.

– Je me demande pourquoi elle a fait autant de mystère.

À la lumière des événements de ces dernières heures, ces non-dits étaient encore plus perturbants. Comment avaient-elles pu laisser s'installer ce silence ? Comment avaient-elles pu se satisfaire d'en savoir si peu ?

– Ce n'est pas un hasard. Elle doit avoir une raison d'être injoignable, affirma Lena.

Carmen croisa et décroisa les jambes.

– Elle nous a quand même envoyé des mails. On en a toutes reçu quelques-uns. C'est normal, elle vit à l'autre bout du monde. Et puis, elle a repris contact, maintenant.

Bridget secoua la tête. Elle s'en voulait. Elle n'aurait pas dû laisser la relation se distendre, il aurait fallu insister davantage pour avoir de ses nouvelles. Ou même sauter dans un avion pour l'Australie s'il le fallait.

– Quand elle va pointer le bout de son nez, on va la coincer pour qu'elle nous explique un peu tout ça avant qu'elle ne s'évapore à nouveau, promit-elle.

Carmen croisa les bras, les clavicules saillantes.

– Elle était sans doute trop occupée, comme nous toutes. Brian est fou d'elle depuis ses quinze ans et pareil pour elle. Il n'y a pas de raison qu'ils se soient séparés. Et puis, ce serait impossible qu'elle ait traversé ça sans nous en parler.

– Il y a quelque chose qui cloche, décréta Bridget.

Elles avaient tacitement attendu minuit pour le constater à voix haute. Elles avaient attendu que ce soit Bee qui le déclare.

Lena se prit la nuque des deux mains.

– Qu'est-ce qu'on fait ? On appelle la police ? Le consulat ?

Elle y pensait depuis la tombée de la nuit. Les innombrables affichettes qu'elles avaient collées quand elles avaient perdu le jean magique dix ans plus tôt défilaient dans sa tête. Elle avait la sensation d'étouffer.

Cette île était pire qu'un trou noir. La preuve : ce petit bout de terre avait réussi le tour de force de se laisser à moitié engloutir par l'océan, bon sang ! Ce qu'on y perdait disparaissait à tout jamais.

Bridget se leva pour arpenter la pièce.

– J'ai envie d'aller faire un tour dehors, voir si je la trouve.

– Appelle d'abord le consulat, Lena, décida Carmen.

Lena dénicha le numéro dans l'un des vieux annuaires de ses grands-parents, mais elle tomba sur un serveur vocal. Pas moyen d'avoir quelqu'un en ligne.

Carmen était livide.

– La police, alors ?

Lena composa le numéro de l'antenne locale. Le cœur battant, complètement paniquée, elle cherchait comment dire tout ça en grec. Elle dut laisser sonner quelques minutes avant que quelqu'un ne décroche.

– *English ?* fit-elle aussitôt, les joues cuisantes.

– *A little. No*[1]. Vous préférez rappeler plus tard ? lui demanda-t-il en grec.

– Non, c'est urgent, répondit-elle, également en grec.

Elle était passée d'une langue à l'autre sans s'en rendre compte. Elle expliqua, en grec apparemment, que Tibby avait disparu. Elle soutint la conversation pendant quelques minutes, sous le regard stupéfait de ses deux amies. Dès qu'elle eut raccroché, elles se ruèrent sur elle.

– Tu parles grec ? s'étonna Carmen.

– J'ai pris des cours.

– Qu'est-ce qu'ils t'ont dit ? voulut savoir Bridget.

– L'agent m'a conseillé de rappeler quand elle aurait disparu depuis plus de vingt-quatre heures. Elle n'est pas considérée comme personne disparue avant. Mais il a tout noté, son nom, son âge, sa description et le numéro d'ici.

Elle serra les lèvres. Elle se sentait brusquement épuisée, elle tombait de sommeil.

– Je ne sais pas quoi faire d'autre.

– On va attendre, décréta Bee.

Personne ne proposa de manger ou de dormir. Seul le fait de parler les réconfortait.

Lorsque les premières lueurs de l'aube s'infiltrèrent par les persiennes, elles avaient passé en

1. NdT : « Un peu. Non. »

revue tout ce qui avait pu arriver. Elles avaient enchaîné deux nuits blanches et le monde entier leur paraissait des plus étranges. Carmen avait depuis longtemps retourné la chambre du fond à la recherche d'un petit mot, d'un indice qui aurait pu les mettre sur la trace de Tibby. Mais elle n'avait pas osé ouvrir son sac.

– Il doit y avoir une explication logique. C'est forcé.

On frappa à la porte environ deux heures après le lever du soleil.

Elles qui étaient affalées – Carmen et Bee sur le canapé, Lena dans le fauteuil – se retrouvèrent debout devant la porte presque instantanément.

Ce n'était pas Tibby. Plutôt tout le contraire. Deux hommes en uniforme, l'un jeune, l'autre moins. Le plus âgé fit un pas en avant.

– Lena Kaligaris ?

Elle leva la main comme à l'école.

– C'est moi.

– Vous avez appelé l'antenne de police hier soir, lui dit-il en grec.

– Vous parlez anglais ? demanda-t-elle.

Elle n'avait aucune envie d'être la seule à entendre ce qu'il avait à dire.

– Oui, un peu.

Il jeta un coup d'œil vers son collègue.

Lena s'efforçait de déceler un certain détachement, une légèreté rassurante dans leur comportement très professionnel. En vain.

– Vous avez appelé à propos de votre amie Tibby.

Il le prononçait « Tébi ».

– Elle n'est pas rentrée ?

Lena sentit Bee lui prendre la main.

– Non, pas encore. Tout va bien ?

C'était idiot. La police ne se déplaçait pas quand tout allait bien.

Il échangea un nouveau regard avec son collègue.

– Tôt ce matin, un bateau de pêche est passé au large de Finikia... Ils ont appelé les gardes-côtes. Et... Enfin... ils ont trouvé un corps. Une jeune femme. En maillot de bain. Une nageuse, comme vous dites. Elle a dû se noyer quelques heures auparavant. Nous sommes désolés mais nous pensons qu'il pourrait s'agir de votre amie.

Il y eut un bruit venu de nulle part. Peut-être de Carmen. Peut-être d'elle-même. Lena secoua la tête pour chasser les pensées, les horribles idées qui tentaient de s'infiltrer dans son crâne. Elle sentit la main de Bee qui tremblait dans la sienne.

– Non, je ne pense pas. Non. Je ne crois pas qu'elle soit allée se baigner. Ça doit être quelqu'un d'autre.

Ce n'était pas sa voix. On aurait dit Mamita, ce ton sec, têtu, buté. Non, cette femme qui s'était noyée n'était pas leur amie, elle n'avait rien à voir avec elles, c'était un drame étranger à leurs vies.

– Êtes-vous de la famille ? Des proches ? Quelqu'un pourrait venir pour…

L'agent de police s'essuya le front avec son mouchoir.

– … pour identifier le corps, si c'est votre…

– Il correspond à la description que vous avez donnée au téléphone, renchérit le plus jeune, en grec. Si c'est une erreur, nous en sommes vraiment sincèrement désolés.

Et si ce n'était pas une erreur ? Il ne serait pas désolé, alors, si c'était bien elle ?

Lena n'arrivait plus à respirer rien qu'à cette idée.

Mais il se trompait forcément.

– Je ne vois pas pourquoi elle serait allée se baigner. On est fin octobre, personne ne se baigne, s'obstina Mamita à travers ses lèvres.

Le plus âgé secoua la tête.

– Les plages sont encore bondées. Il fait doux pour la saison. L'eau n'est pas trop froide mais il y a des courants dangereux.

La sueur qui dégoulinait sur ses tempes confirmait ses dires.

Lena sentait grattouiller, farfouiller sous son crâne, comme une horde de souris déterminées à s'échapper. Combien de temps encore pourrait-elle continuer à les ignorer ?

– Nous ne sommes que des amies, affirma Bridget.

Ses lèvres tremblaient tellement que le cœur de Lena se serra.

– Toutes ? Il n'y a personne de sa famille ?

Bridget secoua lentement la tête comme si ça lui coûtait énormément de faire ce geste.

– Non, juste des amies.

Lena n'avait même pas besoin de jeter un coup d'œil à Carmen pour voir l'indignation se peindre sur son visage.

« Comment ça, *juste* des amies ? Nous comptons plus que sa famille ! Vous n'avez aucune idée de ce que nous représentons pour elle ! »

– Vous ne savez pas où se trouve sa famille ? Elle n'est pas mariée ? Nous avons trouvé des vêtements et un portable sur la plage d'Ammoudi. Nous pensons qu'ils lui appartiennent peut-être. Le téléphone correspond à une ligne ouverte en Australie. Nous avons essayé de l'appeler mais nous sommes tombés sur le répondeur.

– Elle vit en Australie en ce moment, mais sa famille est aux États-Unis. Elle n'est pas mariée, répondit Bridget.

– Nous sommes comme sa famille, ne put s'empêcher d'ajouter Carmen avec un seul sanglot, vite étouffé.

Lena secoua la tête pour tenter de chasser les souris et déclara :

– On peut appeler ses parents si vous voulez.
– Vous préférez que je m'en charge ? proposa le policier.
Lena se força à respirer.
– Non, je vais le faire.

C'est ainsi que finit le monde. Sans fracas, dans un sanglot.

T. S. Eliot

En y repensant plus tard, Bridget eut l'impression que, ce jour-là, elle avait deux systèmes cérébraux qui fonctionnaient en parallèle sans jamais se synchroniser, comme deux engrenages tournant à pleine vitesse, mais trop éloignés pour s'emboîter.

Un de taille réduite, centré sur les menus détails. « Tibby n'est pas bien, là. Pourquoi l'ont-ils installée sur cette table ? Elle doit avoir mal à la tête. Lève-toi, Tibou. » Ses ongles de pied vernis en orange, les taches de rousseur familières qui constellaient ses tibias, l'éclat d'un piercing doré sur l'aile de son nez, la couleur étrange de sa peau. Pourquoi la mettaient-ils dans un sac ? Comment pouvait-elle supporter ça ? Elle était du genre à hurler quand on lui rabattait la couverture sur la tête pour jouer à cache-cache. « Ne le fermez pas ! Non, pitié ! Il fait vraiment froid ici. Elle risque d'attraper du mal. » Avec Tibby, un banal petit rhume avait vite fait de dégénérer en pneumonie.

Le deuxième engrenage, plus grand, traitait les réflexions abstraites, les mystères insondables. « Tibby n'est plus vraiment là. Elle est partie. Elle ne reviendra plus. Plus jamais. »

Chaque fois que ces deux engrenages auraient pu s'emboîter, s'entraîner pour faire progresser Bridget dans la compréhension des choses, ils se rataient. Ils continuaient à tourner chacun de leur côté, sans la mener nulle part.

« Tu es mon amie. Tu es là, j'ai besoin de toi. » C'était vrai, c'était ce qu'elle ressentait. « Tu es partie. Tu ne reviendras pas. » C'était aussi vrai.

Entre vivant et mort, il n'y a pas de terrain d'entente.

Même longtemps après, Lena douta que son cerveau ait été connecté ce jour-là. Elle faisait des choses, disait des choses, voyait des choses, mais tout ça rebondissait dans sa tête comme autant de balles de ping-pong. Elle était consciente qu'il s'agissait de choses terribles, qui l'accablaient sur le coup, mais elle les oubliait au fur et à mesure. Elle ignorait comment elle avait réussi à se rendre au poste de police, puis à l'hôpital, où elle s'était assise, qui conduisait, à quoi ressemblait le sous-sol de l'hôpital, ce que l'inspecteur leur avait dit, puis, plus tard, ce qu'elle avait dit à la mère de Tibby, Alice Rollins, quand elle l'avait appelée, et ce que celle-ci avait répondu.

Elle oubliait tout instantanément, comme si elle n'avait plus aucune mémoire immédiate. Mais elle se rendait également compte avec effroi que ses yeux et ses oreilles enregistraient le moindre détail. Ces images, ces mots attendraient leur heure, enfouis bien profondément, et resurgiraient à un moment ou à un autre – cette nuit, demain ou dans des mois, des années – pour la torturer. Ils s'insinueraient dans ses rêves et ses pensées. Réapparaîtraient de façon étrange, ainsi elle se demanderait pourquoi elle détestait telle ou telle voiture sans être jamais montée dedans, pourquoi elle était écœurée par le parfum d'une personne à qui elle n'avait même jamais adressé la parole ou le goût d'un certain thé qu'elle ne se rappelait pas avoir bu.

« Oh, si, tu t'en souviendras. »

Elle savait qu'il existait deux types de mémoire : une à court terme et l'autre à long terme. À court terme, Lena était seulement consciente du lieu où elle se trouvait et de rien d'autre. À long terme, elle sentait qu'elle se fissurait de partout et qu'elle risquait de tomber en miettes.

Dans la soirée, sans manger ni échanger un mot, elles rentrèrent à la maison et montèrent une à une au premier étage. Bridget se rendit dans la chambre qu'elle était censée partager avec Tibby et s'écroula sur le lit comme un arbre scié à la base. Elle tendit l'oreille, pensant que les autres iraient aux toilettes ou dans la salle de bains, mais elle n'entendit rien. Pas un mot. Pas un bruit. En cas de grand drame, mieux valait éviter les petits traumatismes, comme de croiser son reflet dans le miroir en se brossant les dents, sachant ce qu'on savait.

Au bout d'un moment, Bridget changea de lit. Elle s'allongea sur celui où Tibby avait posé son sac. Elle se glissa dans les draps et prit le sac dans ses bras. Elle sentait l'odeur de Tibby. À une certaine époque, elle ne pouvait distinguer son odeur tant elle lui était familière, presque autant que la sienne. Mais aujourd'hui, elle y arrivait. Elle s'accrochait à cette partie de Tibby qui était encore vivante. Il y avait plus de Tibby ici que dans ce sous-sol d'hôpital glacé.

Chaque fois que cette image lui revenait en mémoire, ne serait-ce qu'une fraction de seconde, elle l'éblouissait comme un flash trop puissant, laissant un blanc terrifiant dans son esprit. Elle pressentait que désormais sa vie allait se diviser en deux parties : il y aurait un avant et un après cette vision. Jusqu'à ce jour, sa vie n'était qu'innocence et joie inconsciente de ne pas encore avoir vu cette image. Le reste de sa vie en porterait l'ombre à jamais.

Et si la seconde moitié contaminait la première ? Elle imaginait soudain les milliers d'images de leur vie ensemble se ratatiner et fondre comme dans la scène finale de *Citizen Kane*. Tibby l'avait obligée à regarder ce film jusqu'au bout, pour enrichir sa culture cinématographique, qui se limitait à *Princess Bride* et *Napoleon Dynamite*.

« Désolée, Tibou. Maintenant que tu n'es plus là pour m'éclairer, je crois que je vais retomber dans mon ignorance crasse. »

Allongée dans le noir, Carmen essayait d'imaginer où se trouvait Tibby et ce qu'elle ressentait. C'était vraiment la chose à ne pas faire, mais elle voulait faire preuve de bravoure, car Tibby lui semblait terriblement courageuse d'être morte.

Elle n'arrivait pas à comprendre comment elle pouvait être partie pour cet endroit où elles ne pouvaient pas la suivre. Elle voulait se représenter le moment où cela s'était produit, elle tentait de savoir si Tibby avait eu peur. C'était vraiment la chose à ne pas faire, mais elle continuait, malgré tout, parce qu'elle ne voulait pas laisser Tibby affronter cela seule. C'était le seul moyen que Carmen avait trouvé pour l'accompagner.

Plus tard dans la nuit, elle se dit que ça n'avait aucun sens. Normalement, Tibby aurait dû quitter ce monde dans les mêmes conditions qu'elle y était venue. Elles auraient dû être ensemble. Elles étaient nées ensemble. Elles avaient grandi ensemble. Elles auraient dû se marier en même temps, ou à peu près. Elles auraient dû avoir des enfants au même moment. Elles auraient dû pouvoir se lamenter ensemble sur les bouffées de chaleur de la ménopause, se moquer ensemble des femmes qui abusaient des liftings, devenir grands-mères ensemble et mourir toutes les quatre à plus ou moins dix-sept jours d'intervalle. Voilà comment cela aurait dû se passer. Carmen avait l'impression qu'il y avait eu une erreur dans le processus, un raté dans la chaîne et qu'il suffisait d'en informer la personne responsable pour que tout s'arrange. C'était juste une erreur.

Sauf que cette erreur était irréparable, non ? Elles n'étaient plus sur la carte ; elles étaient passées dans un autre univers, inférieur, étranger, un univers auquel elles n'étaient pas du tout adaptées.

Carmen n'arrivait pas à se faire à cette idée. Elle n'arrivait pas à croire que Tibby était passée du côté de la mort, ce grand concept, froid et indifférent.

« Elle est à nous ! »

Assise en haut de l'escalier, toute seule dans le noir, Lena comprit que, dans le fond, leur bonheur à chacune prenait racine dans leur amitié, leur proximité. Elles menaient chacune leur vie de leur côté, une vie autonome et bien remplie. Leur amitié n'était qu'une facette de cette vie, mais une facette qui donnait sens à toutes les autres.

Le socle de ce bonheur était constitué d'une multitude d'émotions et de souvenirs, comme ce jour où, lors de leur dernier été à Santorin, elles avaient contemplé ensemble l'endroit où le ciel rejoignait la mer ; ou ce soir d'été où, lors d'une coupure de courant dans leur appartement de New York, elles s'étaient installées par terre, sur des couvertures, avec des bougies et avaient passé la nuit à bavarder en mangeant les deux litres et demi de glace qui risquaient de se perdre dans le congélateur. Et même ce fameux soir, au pub, où Tibby leur avait fait ses adieux sans le leur dire, Lena avait éprouvé un sentiment de sérénité, de confiance en l'avenir qu'elle n'avait pas ressenti depuis.

Ce socle de bonheur s'érodait lorsqu'elles étaient séparées, plus en contact, pas en phase. Il s'était carrément fissuré quand Lena avait appris que Tibby était partie pour l'Australie sans un mot d'explication et qu'elle n'arrivait même pas à joindre Bee ni Carmen.

Et maintenant ? Si elles ne pouvaient être pleinement heureuses les unes sans les autres, qu'allaient-elles devenir ?

Malgré
toutes nos inventions,
Face aux peines
de cœur, nous sommes
complètement
dépourvus.

The Shins

Lena s'était efforcée d'accueillir les parents de Tibby le plus chaleureusement possible à leur arrivée à Santorin. Elles avaient fait ce qu'elles pouvaient. Avec Bridget et Carmen, silencieuses et sombres comme des ombres sans corps, elles avaient réussi à louer une voiture pour se rendre à l'aéroport et les attendre à l'atterrissage de leur avion. C'était un lieu qu'elles avaient pourtant en horreur.

Lena avait aéré la chambre de ses grands-parents et changé les draps, mais les Rollins avaient préféré descendre à l'hôtel. D'accord. Ils avaient besoin de se retrouver seuls avec leur chagrin, avait expliqué le père de Tibby. Lena se demandait s'ils avaient vraiment le choix de toute façon. On est toujours seul avec son chagrin.

Durant ces trois jours sinistres, Alice n'était venue qu'une seule et unique fois à la maison d'Oia. Et une fois, Lena avait rejoint les Rollins à la morgue où elle avait joué les interprètes. Ils souhaitaient éviter une autopsie complète. La cause de la mort avait déjà été identifiée – noyade accidentelle –, et ils tenaient à rentrer aux États-Unis le plus tôt possible. Durant ces trois mêmes jours, Carmen avait traîné Lena et Bridget pour leur rendre visite à leur hôtel à Fira, une fois également. Ils avaient réussi à dénicher le seul bâtiment gris et sévère de cette pétillante ville de vacances qui les narguait nuit et jour avec ses bateaux de croisière claironnants et ses terrasses bondées de touristes éméchés.

Dans le hall lugubre, ils étaient restés tous les cinq tête baissée devant une tasse de thé amer. Alice était aussi pâle et translucide que du lait écrémé. Son mari se mordillait frénétiquement les lèvres.

Des nombreux sujets qu'ils n'avaient pas abordés, le plus important était sans nul doute Brian. Un inspecteur du poste de police avait pourtant rapporté avoir reçu un appel d'un homme affolé, à la suite du message qu'il avait laissé sur le répondeur au domicile de Tibby, en Australie. Il ne se rappelait plus son nom, il l'avait noté dans le dossier.

– Mais ce n'était pas son mari. Juste son petit ami, avait-il conclu en grec.

– Vous l'avez prévenu ? avait insisté Lena.

– Oui, oui, je lui ai dit.

Cependant, entre son ton peu concerné et son anglais rudimentaire, elle craignait que le dialogue n'ait pas été très aisé. Elle plaignait ce pauvre petit ami, qui ne pouvait être que Brian, mais elle n'avait pas eu le cran de creuser le sujet et encore moins de l'appeler elle-même. Elle était trop pétrifiée par la violence de ses émotions pour prendre une quelconque initiative. Elle ignorait si les parents de Tibby l'avaient contacté, mais elle en doutait.

Lena regardait leur petit groupe avec détachement, comme si elle était étrangère à tout ça. Sans aucun lien avec eux ni avec elle-même, sans aucun affect. Ils se dévisageaient avec un mélange d'incrédulité et de réprobation, se rejetant la responsabilité les uns les autres d'être tombés dans ce trou sans fond. Ils étaient dans le même pétrin, mais incapables d'y faire face ensemble. Pour survivre, il faut se centrer sur soi. Ils étaient donc devenus des étrangers, sans but commun, sans rien à partager. Dans une situation d'urgence, chacun a un rôle, une mission, on fait équipe, l'adversité rapproche. La mort, c'est une tout autre histoire. Il n'y a rien à faire. La mort vous laisse seul face au vide.

Lena se sentait glacée. Si froide que tous les poils de ses bras se hérissaient. Glacée à l'extérieur tandis que, sous la surface, mille émotions contradictoires bouillonnaient.

Ils ignoraient comment s'apporter le moindre réconfort les uns les autres. Elle devinait que, au fond, chacun d'eux s'estimait le plus durement touché.

L'unique fois où Alice leur avait rendu visite, c'était pour reprendre les sacs de Tibby. Il fallait le faire. Bridget lui avait proposé de les apporter à leur hôtel, et même de trier les affaires avec elle, mais elle avait refusé.

Alice avait passé un long moment enfermée dans la chambre du fond pendant qu'elles étaient assises toutes les trois en rang d'oignons sur le canapé. De temps à autre, elles entendaient un reniflement ou un sanglot résonner là-haut, guère différents de ceux qui leur échappaient.

Alice avait fini par redescendre et avait laissé tomber un sac au beau milieu du salon.

– Je crois que c'est pour vous, les filles, avait-elle annoncé.

Son visage était marbré. Rouge et blanc.

– OK.

Elles avaient regardé fixement la valise. Sans bouger.

– OK, avait répété Alice en les regardant comme si elles étaient censées faire quelque chose.

Sauf qu'elles ne savaient pas quoi.

Alice n'avait pas l'air de toucher le sol. Elle n'était qu'un regard. Qu'une douleur.

Bridget comprenait ce qu'elle devait ressentir en voyant les amies de sa fille. On ne pouvait pas lui en vouloir. Combien de fois Bee avait-elle souhaité que ce soit la mère d'un autre enfant qui soit morte plutôt que la sienne. Pour un peu, elle lui aurait demandé pardon d'être en vie.

Alice les aimait, c'était sûr. Mais pour elle, en cet instant, elles n'étaient que les filles des autres.

Voilà dans quel état d'esprit se trouvait Bridget. Un détachement philosophique, une lassitude telle qu'elle se reconnaissait à peine.

Ce n'est qu'une fois entourée de gâteaux fourrés à la fraise, de biscuits apéritifs au fromage, de sachets de crocodiles et de bougies – tous sortis du sac de Tibby – que Carmen comprit de quoi il s'agissait et prit conscience de la cruauté de la chose.

C'était le dernier soir – Carmen et Bridget repartaient le lendemain. Elles ne pouvaient plus repousser l'échéance. Il fallait qu'elles ouvrent ce sac resté au milieu du salon. Il y avait des trucs dedans. Elles étaient obligées de le vider, elles n'avaient pas le choix. Alors, Carmen avait sorti le CD, déchiffré les titres notés en pattes de mouche. Une terrible compil de morceaux de la fin des années 1980, Paula Abdul, Janet Jackson et George Michael.

Tibby s'était donné du mal, allant jusqu'à faire venir *leurs* gâteaux fourrés à la fraise des États-Unis, pour les apporter d'Australie jusqu'ici.

Tibby, qui avait toujours été la première à se moquer, sourire narquois aux lèvres, du rituel du jean magique, les avait réunies pour célébrer leur cérémonie, même sans jean.

Sous les friandises et les accessoires, Carmen découvrit une liasse de paperasse, paquets et enveloppes.

La première page était une véritable relique.

– Oh, c'est pas vrai ! s'exclama-t-elle, le cœur battant comme s'il était englué dans la mélasse. Je ne savais pas qu'elle avait conservé ça.

Elle entendait la même lourdeur dans le souffle de Bridget.

L'espace d'un instant, la surprise les tira de leur torpeur.

Elles reconnurent l'écriture de Lena sur un papier à en-tête de chez Gilda, le club de gym.

Nous établissons par le présent acte les règles régissant l'utilisation du jean magique.

Ce n'était pas juste. C'était trop cruel d'être forcées de voir ça et de se souvenir. Carmen n'avait qu'une envie : retrouver sa douce torpeur le plus vite possible. Elles n'osaient pas se regarder. Elle glissa la feuille sous un paquet de gâteaux. Elle ne pouvait pas supporter ça plus longtemps.

Il y avait un autre papier, couvert de l'écriture de Tibby, encore moins lisible qu'autrefois. Leurs noms étaient inscrits en haut. Carmen tendit la page à Lena sans aller plus loin.

Lena lut en silence. Elle rougit d'abord, puis toute couleur quitta son visage. Elle releva les yeux.

– Je ne comprends pas ce que ça signifie.

La façon dont elle prononça cette phrase effraya Carmen.

Bridget se leva pour faire les cent pas derrière le canapé.

– Ça raconte quoi ?

Lena détourna la tête. Elle posa la feuille, les mains tremblantes.

– Pourquoi tu ne nous dis pas ? insista Carmen.

Elle ne voulait pas savoir, elle avait besoin de savoir.

– Je ne peux pas. Je ne comprends pas.

Ses mains se crispèrent sur son visage, des mains de squelette.

– Bon, ben, lis alors.

Carmen paniquait. Qu'on en finisse et vite.

Lena posa sur elle un regard noir qu'elle ne lui avait jamais vu.

– Je n'ai pas envie.

Elle avait une voix sèche, froide, qu'elle ne lui avait jamais entendue.

Bridget tendit le bras et prit la lettre. Elle retourna derrière le canapé, se balançant sur ses pieds nus tout en prenant connaissance de son contenu. Elle se mit à lire tout haut, d'un ton détaché, comme s'il n'y avait personne pour l'écouter.

Je préfère vous écrire ce que j'ai à vous dire, car ce serait trop dur de vous l'annoncer de vive voix. C'est probablement la dernière fois que nous sommes réunies seulement toutes les quatre. Voilà, je l'ai écrit, mais je ne me sens pas capable de vous le dire en face. Je ne fais pas ça pour vous dire au revoir, pourtant c'est un peu ça quand même. Je veux vous remercier pour tout ce que nous avons partagé ensemble, tout ce que nous avons été les unes pour les autres. Je vous aime car vous avez fait de ma vie ce qu'elle est. Dans tout ça, le plus dur, c'est de vous quitter. Mais l'avantage, c'est que le meilleur de moi-même est en vous. Vous êtes ce que je suis et ce que je préfère en moi reste en vous.

La voix tremblante de Bridget se brisa. Elle abandonna la lettre sur la table basse et monta au premier. Lena rangea le contenu du sac à l'intérieur puis le ferma. Carmen posa sa tête sur la table. Tout ça dans le silence le plus complet.

Après, Bridget constata que Lena avait disparu. Même lorsqu'elle leur appela un taxi pour les emmener à l'aéroport, elle n'était pas vraiment là. Ce n'était plus qu'un trou noir. Un trou noir qui n'attirait rien à l'intérieur.

Si injuste que cela puisse paraître, Bridget aurait voulu que Lena laisse tout tomber pour voler à son secours. C'était comme ça d'habitude. Jusque-là, le destin s'était montré plutôt clément avec elles, égrenant les drames un par un, de sorte que lorsque quelque chose de terrible arrivait à l'une d'elles, les autres étaient là pour la soutenir.

Les explosions venaient de l'extérieur, elles pouvaient se blottir ensemble pour s'en protéger.

Cette fois, l'explosion venait du cœur du groupe. C'était un sabotage interne.

Après la lettre, Bridget vit Carmen de l'extérieur, comme une étrangère. Sa voix un peu trop forte, ses dents un peu trop blanches, ses clavicules un peu trop saillantes. C'était vraiment à ça qu'elle ressemblait maintenant ? Le pouvoir des souvenirs était tel qu'il adoucissait les traits, celui de l'amour magnifiait le visage d'un ami. Ce pouvoir, on en prenait conscience quand il avait disparu.

Bizarrement, Bridget repensa à l'appartement qu'elles avaient partagé sur l'avenue C. Pendant deux ans et demi, elles avaient payé un loyer bien en dessous des prix du marché. Il ne pouvait qu'augmenter tout doucement, au fil des mois, grâce à la ténacité des jeunes bobos sans le sou qui les avaient précédées ces trente dernières années.

Et puis, un jour, le propriétaire avait envoyé des Nicaraguayens équipés de ceintures d'haltérophilie pour démolir leur parfaitement misérable petite cuisine. Ils les avaient laissées trois semaines durant avec un gros trou au milieu de l'appartement, d'où sortaient des moignons de tuyau et des câbles qui se tortillaient comme des serpents sans tête. Au bout du compte, le gardien grincheux avait bouché le trou avec des placards et de l'électroménager bas de gamme, tout en plastique. Et pour la peine, leur loyer avait doublé d'un coup, rattrapant le niveau des prix du marché.

Elles avaient déménagé le mois suivant. C'était la fin d'une époque. Tibby s'était installée avec Brian à Long Island. Bridget avait passé une année à squatter les canapés ou les carrelages de divers amis, quand elle n'avait pas de plan de sous-location ou de garde d'appartement, avant de partir, direction San Francisco.

Carmen partageait la chambre d'une assistante juridique boulimique dans les beaux quartiers. Lena, qui avait obtenu un meilleur poste d'enseignante, demeurait à Providence.

Tout ça pour dire que ce qu'on possède, chérit,

parfois sans se rendre compte de sa chance, peut du jour au lendemain devenir au-dessus de nos moyens.

Bridget faisait les cent pas dans le salon des grands-parents de Lena en attendant qu'il soit l'heure d'aller faire les cent pas ailleurs. Elle redoutait tellement la déception, la peine qui devaient se lire sur le visage de Carmen qu'elle n'osait pas la regarder. Elle aurait préféré rejoindre Tibby en sautant dans la caldeira plutôt que de voir ce regard suppliant : « Pitié, il faut qu'on continue à s'aimer. Pitié, il faut qu'on continue à faire comme si. Il faut qu'on continue à croire en nous. »

À un moment, les yeux de Bridget tombèrent malgré tout sur Carmen, cependant elle ne vit pas ce qu'elle attendait. Ce fut un choc mais pas celui auquel elle s'était préparée. Le regard de Carmen était aussi vide que le sien. Elle ne suppliait pas, ne réclamait rien du tout. Et finalement, c'était encore pire. Même Carmen ne semblait plus croire en elles.

Tibby, qui avait horreur du changement, avait un jour affirmé que, quoi qu'il advienne, le présent ne pouvait changer le passé. Que le passé était fixé, scellé, intouchable.

Elle se trompait. Chaque fois que Bridget jetait un coup d'œil en arrière, le passé, qu'il soit proche ou lointain, prenait une nouvelle forme, charriait de nouvelles images, mettant en lumière des failles qu'elle n'aurait jamais soupçonnées, insinuant le doute dans son esprit. Après ce qui était arrivé à Tibby, elle ne pouvait plus se fier à rien, ni à leur amitié, ni à leur passé commun. C'était assez ironique de contredire Tibby en de pareilles circonstances, mais elle ne croyait plus en leur passé. Cette prise de conscience avait un goût d'autant plus amer que c'était justement Tibby qui avait prouvé sa fragilité.

Carmen regardait distraitement par la fenêtre du taxi qui longeait la route de la côte pour les emmener à l'aéroport, tout en sabotant la manucure qui lui avait coûté une fortune. Elle ne pouvait s'empêcher d'arracher et de cracher ses rognures d'ongle, manie qu'elle avait pourtant abandonnée depuis le collège. Jamais elle n'avait vu un ciel aussi gris sur cette île. Les nuages étaient bas, un vent violent soufflait par bourrasques. Elle essaya de se calmer en contemplant la caldeira, qui devait être quelque part par là, sans parvenir à la repérer.

Alors elle repensa à la lourde enveloppe qui reposait au fond de sa valise. Elles en avaient trouvé trois dans le sac de Tibby, une pour chacune d'elles, avec leur nom dessus et quelques instructions au dos, dont la date à laquelle elles étaient censées les ouvrir. Lena les leur avait distribuées avant de refermer le sac pour de bon, aussi hébétée que Carmen et Bridget. Elle avait annoncé qu'elle le mettrait dans la cave de ses parents, à moins qu'elles n'aient une autre suggestion – ce qui n'était pas le cas.

Carmen repensa alors à l'autre papier qu'elles avaient trouvé à l'intérieur – le «pacte» du jean magique, comme elles l'avaient pompeusement intitulé. Elles avaient de grandes espérances à l'époque. Avec une ironie surprenante venant de sa part, elle ne put s'empêcher de faire un bilan : combien de règles avait-elle enfreintes ? Elles n'avaient pas prévu la peine qu'encourrait celle qui ne respecterait pas le pacte, elles auraient dû.

De quel pouvoir pouvaient donc être investies quatre filles de quinze ans pour faire la loi ? Était-ce parce qu'elles n'avaient pas respecté le pacte qu'elles avaient perdu le jean et rompu le charme ? Était-ce parce que Carmen avait en plusieurs occasions frotté le jean avec un torchon mouillé, enfreignant la règle n° 1 ? Était-ce parce qu'elle avait si souvent pensé qu'elle était grosse alors qu'elle portait le jean, au mépris de la règle n° 3 ? Elle avait bien dû également se décrotter le nez, inutile de mentir, et elle l'avait porté à deux reprises au moins avec son T-shirt rentré dedans et une ceinture. Dommage pour les règles n° 5 et n° 9.

Mais c'était surtout la règle n° 10 qui s'affichait en lettres de feu dans son esprit. C'était la numéro 10 qu'elle avait bafouée. Qu'elles avaient toutes bafouée. Et c'était la seule qui importait véritablement, celle qui avait causé leur perte.

10. Rappelez-vous que ce jean symbolise notre amitié. Prenez-en soin. Prenez soin de vous.

Mais pourquoi vouloir briser un cœur en parfait état ?

Taylor Swift

Lorsque Carmen et Bridget furent parties, Lena s'assit à la petite table en Formica blanc dans la cuisine de ses grands-parents. La table où elle prenait son petit déjeuner avec son Bapi, l'été de ses seize ans. Assis face à elle, il mangeait chaque matin son bol de Rice Krispies sans prononcer un mot.

La cuisine n'était pas comme ça, à l'époque. Ni les autres pièces d'ailleurs. Tout lui paraissait tellement fané, presque flou, maintenant. Elle avait du mal à croire qu'il s'agissait de la même maison. Mais c'était pareil pour tout. Jusqu'à ses propres pieds et poignets qui lui semblaient étrangers. Ça venait peut-être de ses yeux.

Parfois, elle était plongée si profondément dans ses pensées – sans réfléchir à quoi que ce soit de précis, juste à broyer du noir – qu'elle mettait un temps fou à se rappeler où elle se trouvait et pourquoi. Un peu comme si elle s'endormait et se réveillait plusieurs fois par jour, si souvent qu'elle en oubliait presque de vivre entre les deux.

Le téléphone sonna, elle décrocha. C'était à nouveau la dame du bureau du coroner. Elle parlait vite – de papiers à signer, de dates, de rendez-vous. Lena avait beau l'écouter attentivement, elle n'arrivait pas à suivre. Elle entendait les mots, les comprenait, mais elle les oubliait aussitôt et, le temps qu'elle arrive à s'en souvenir, la dame en avait déjà prononcé des dizaines d'autres.

Ces derniers jours, Lena avait fait de gros efforts, vraiment. Elle savait que les Rollins, Bridget et Carmen comptaient sur elle. Parce que ça s'était produit chez elle. Mais son grec n'était pas à la hauteur. Elle n'était pas à la hauteur. Son cerveau n'aurait sûrement pas pu digérer ce qui s'était produit quelle que soit la langue de toute façon.

– Vous avez compris ? Vous avez compris ? répétait la femme à l'autre bout du fil.

Lena se cramponnait au combiné de ses deux mains.

– Non, vraiment, je ne comprends rien.

Elle n'y avait pas pensé tout de suite mais, dès que l'idée lui vint à l'esprit, Lena n'hésita pas. Elle appela les renseignements pour avoir le numéro et le composa l'après-midi même.

C'était un numéro local. Elle laissa sonner plusieurs fois et tomba sur un répondeur.

Elle écouta son message, qui était en grec. Puis d'une voix qu'elle reconnut à peine, elle dit en anglais : « Kostos, c'est Lena Kaligaris. Je suis à Santorin. Désolée de te déranger, mais si tu es là, j'aurais besoin de ton aide. Appelle-moi chez mes grands-parents, s'il te plaît. »

Elle lui redonna le numéro au cas où il l'aurait oublié.

Puis elle raccrocha. Son cœur battait toujours à coups sourds. Elle guetta les pas de Bee et de Carmen, qui étaient pourtant parties depuis le matin.

En se disant au revoir, elles n'avaient même pas pu se regarder en face. Un nauséabond mélange de culpabilité, reproches et peur s'était insinué entre elles : « Qu'est-ce qu'on a fait ? Comment a-t-on pu laisser passer ça ? Est-ce que vous étiez au courant, vous ? Et moi, est-ce que j'étais au courant ? Pourquoi vous ne m'avez rien dit ? Pourquoi je ne me suis rien dit ? »

Elles avaient laissé Tibby leur échapper et sombrer dans la nuit *sans même s'en rendre compte*.

« Ça veut dire quoi, hein ? Qu'est-ce que ça fait de nous, alors ? Qu'est-ce qu'on est devenues ? »

Lorsque Bridget appela Eric de l'aéroport d'Athènes en lui annonçant qu'elle rentrait, il décida de prendre son après-midi pour venir la chercher et passer un peu de temps avec elle. À sa descente d'avion, à San Francisco, elle repéra aussitôt son visage inquiet dans la foule.

Il vint vers elle et la serra dans ses bras.

– Je suis désolé, lui murmura-t-il à l'oreille.

Puis il la berça en ne cessant de répéter :

– Je suis désolé, tellement désolé.

Mais il avait beau le répéter encore et encore, il avait beau le dire du fond du cœur, les mots tournoyaient dans son oreille sans pénétrer jusqu'à son cerveau. Parfois, il parvenait à la réconforter. Parfois, il prononçait juste les mots qu'il fallait, mais aujourd'hui, il en était incapable. Rien n'aurait pu la consoler. Elle était hors d'atteinte.

Dans la voiture, elle regarda le paysage défiler par la fenêtre. Elle contempla les collines brunes en se demandant quand elles redeviendraient vertes. Eric n'essaya même pas de faire la conversation.

En arrivant dans leur quartier, l'espace d'un instant, elle eut du mal à se rappeler où elle habitait. Elle revoyait l'endroit où ils avaient emménagé quand Eric l'avait rejointe à San Francisco, ce petit studio sur Oak Street. Elle ne se souvenait plus de rien après ça.

En entrant dans leur appartement, elle eut l'impression de pénétrer chez quelqu'un d'autre – alors que c'était elle qui l'avait choisi, elle qui avait forcé la main d'Eric pour le prendre. Elle remarqua qu'il avait préparé tout ce qu'elle aimait : un *burrito* aux haricots rouges de chez Pancho, un avocat bien mûr, des dés de mangue, des cookies aux flocons d'avoine et un pichet de limonade. Elle se tourna vers lui et le remercia en le prenant par le cou. Elle était touchée, vraiment. Même si tout ça ne lui disait plus rien du tout. Même si elle était incapable d'avaler quoi que ce soit.

– Et maintenant, la grande surprise ! annonça-t-il en ouvrant à la volée la porte de leur chambre.

Bridget balaya la petite pièce du regard, incrédule. Il y avait un lit. Un immense lit à baldaquin, très haut avec sommier et matelas à ressorts, couette douillette et montagne d'oreillers.

– On a des draps neufs et tout et tout, précisa Eric, tout fier.

Il s'avança dans la chambre, elle le suivit.

– Je me suis aperçu qu'on n'avait jamais eu de lit, déclara-t-il en le tapotant du plat de la main. On a toujours dormi sur un simple matelas posé par terre, un futon ou un truc comme ça. Je me suis dit qu'il était temps d'avoir un vrai lit, tu vois. J'ai eu du mal à choisir. Il y en a tellement de sortes. J'espère qu'il te plaît.

Il se tourna vers elle. Elle ne pouvait pas articuler un son. Elle s'assit sur le pas de la porte et éclata en sanglots.

– Qu'est-ce qu'il y a, Bee ? s'inquiéta-t-il en s'agenouillant auprès d'elle. Qu'est-ce qui se passe ?

Elle n'arrivait même pas à reprendre sa respiration. Il la prit dans ses bras, mais elle hoquetait toujours.

– Je t'en prie. Dis-moi ce qui ne va pas.

– Je… je ne veux pas de ce l-lit, bégaya-t-elle.

– Mais pourquoi ? Qu'est-ce qui cloche ? Je pensais que tu aimerais…

Elle releva la tête pour mieux le regarder.

– Ce n'est pas ça, il est t-très b-bien. M-mais t-tu imagines…

Elle dut s'interrompre pour reprendre son souffle.

– … il doit être im-impossible à déplacer. Co-comment on va faire pour dé-déménager ?

– Mais je ne veux pas déménager. Je veux rester ici. Je veux m'installer avec toi. Je peux m'occuper de toi, Bridget.

Elle avait l'impression que ses poumons s'étaient retournés. Ils ne pouvaient plus se remplir d'air. C'était affreux ce qu'elle ressentait, mais elle n'arrivait pas à l'expliquer. Elle ne pourrait jamais lui faire comprendre.

Ce devait être le lendemain du départ de Carmen et de Bridget. Lena fouilla ses souvenirs. Oui, le lendemain du jour où elle avait eu le bureau du coroner et où elle avait laissé le message à Kostos. Elle était restée longtemps assise dans la cuisine, puis elle s'était allongée sur le canapé dans le noir. Un certain temps. C'était sûrement le lendemain, mais il était possible qu'un jour de plus se soit écoulé et qu'une nouvelle matinée se soit glissée sous la porte sans qu'elle s'en rende compte.

Enfin, elle pensait tout de même que Kostos était arrivé le lendemain de leur départ.

En entendant frapper, elle rassembla son courage pour se lever du canapé et aller ouvrir. Elle ne s'attendait pas à le voir. Elle ne s'attendait à rien. En principe, des coups à la porte signifiaient qu'on avait de la visite, mais tout comme elle avait perdu la notion du temps, son esprit avait du mal à mettre en relation cause et effet.

Les choses surgissaient sous ses yeux, restaient un moment ou disparaissaient. La chose, en l'occurrence, c'était Kostos.

Il écarta les bras, elle se blottit dedans. Il la serra fort, elle enfouit son visage dans sa chemise. Son odeur lui était familière. Il était soudainement réapparu dans son monde. Voilà qui était étrange, surprenant, bizarre même, elle le savait, sans le ressentir vraiment.

– Entre, dit-elle en l'entraînant jusqu'au canapé.

Constatant qu'elle ne voyait pas son visage alors qu'il était assis à côté d'elle, elle s'aperçut qu'il faisait tout noir, avec les volets fermés.

– Il fait un peu sombre, ici, marmonna-t-elle en se relevant pour entrouvrir une fenêtre.

Les rayons de soleil s'empressèrent d'entrer, bien plus nombreux qu'elle n'avait souhaité en inviter.

Elle nota qu'il avait l'air triste. Quand il lui prit la main et la serra dans la sienne, elle eut envie de lui demander ce qui n'allait pas. Puis elle se souvint. Finalement, elle préférait oublier, sauf que ça ne durait jamais assez longtemps.

– Tibby n'est plus là, dit-elle.

Elle n'avait aucune idée d'où venaient toutes ces larmes. Ses joues étaient trempées. Ce devait donc être de ses yeux.

Il hocha la tête. Va savoir comment, il était déjà au courant. C'était un soulagement car elle ne voyait pas comment elle aurait pu aligner assez de mots pour lui expliquer.

– Elle s'est noyée.

Il acquiesça à nouveau.

– Ici.

– C'est ce qu'on m'a dit.

– Je croyais que tu étais à Londres.

– J'y étais.

– Comment tu es arrivé ici ?

– En avion.

À son tour de hocher la tête. Pourtant, elle était perplexe. Alors, il était venu exprès ? Parce qu'elle l'avait appelé ? De Londres ? C'était bizarre, non ? Différentes possibilités lui traversèrent l'esprit sans qu'elle soit à même de les examiner vraiment.

– Je pensais pouvoir me débrouiller avec la police, le coroner, l'ambassade et tout ça, mais je ne suis pas sûre finalement.

– Je vais essayer de t'aider.

Elle acquiesça.

– Ils sont tous repartis. Les parents de Tibby, Carmen et Bridget, je veux dire. Tous. Hier. Je crois.

Elle s'interrompit. Elle allait ajouter que Tibby était repartie avec eux. Le corps de Tibby. Mais elle ne savait pas comment formuler les choses. Il y avait sûrement une manière de dire.

– Oui, hier, je crois.

– Je vois, dit-il.

– Au début, on pensait que c'était un accident, mais finalement, il semblerait qu'elle savait qu'elle allait se noyer.

Il pencha la tête sur le côté, perplexe.

– Qu'est-ce que tu veux dire ?

Il n'avait plus seulement l'air triste mais également surpris.

– Eh bien, il se pourrait qu'elle nous ait fait venir ici pour nous dire au revoir.

Elle n'avait pas osé le dire tout haut ni même le penser et voilà qu'elle se confiait à lui. Elle qui d'habitude pesait le moindre de ses mots avant de le prononcer, elle ne réfléchissait plus du tout. Elle se contentait d'ouvrir la bouche, les mots sortaient tout seuls.

– Qu'est-ce qui te fait penser ça ?

Son visage était doux. Il lui tenait toujours la main.

– Parce qu'elle nous a laissé des trucs. Pour nous dire au revoir.

Kostos acquiesça. Il resta un moment silencieux.

– Tu es sûre ?

Elle secoua la tête.

– Non. Je ne suis plus sûre de rien. Mais elle parlait de devoir continuer sans elle. Elle nous a laissé des enveloppes à ouvrir plus tard, quand elle ne pourrait plus être avec nous.

– Elle prévoyait peut-être de partir quelque part, non ? De déménager ? suggéra Kostos.

Lena réfléchit.

– Dans sa lettre, elle explique quel souvenir elle souhaiterait qu'on garde d'elle.

De sa main libre, il se frotta les yeux.

– Comme si elle pressentait que quelque chose allait lui arriver ?

– Oui.

– Et tu crains qu'elle ait fait en sorte que ça lui arrive. Exprès.

C'était trop. Lena ne pouvait pas franchir ce pas. Effectivement, voilà ce qu'on aurait pu penser. Mais c'était impossible.

– Vous en avez parlé au coroner ou à la police ?

Elle secoua la tête, sous le choc.
– Non, je n'arrive pas à y croire.
Elle n'avait pas l'impression de pleurer, pourtant ses joues étaient à nouveau mouillées. Pourvu qu'il ne l'ait pas remarqué.
– Pourtant, ça y ressemble bien.
– Ça y ressemble bien.

Bridget s'assit à la table de la cuisine, puis se releva. Elle arpenta la pièce sombre. Mangea un morceau d'avocat qui lui resta sur l'estomac. Elle n'arrivait pas à fixer son regard sur Eric, ni sur rien d'autre d'ailleurs. Elle avait l'impression que ses yeux vibraient dans ses orbites. Elle essaya de se rasseoir sans y parvenir. Elle ne tenait pas en place. Voyant qu'Eric l'observait d'un air préoccupé, elle s'efforça de se maîtriser. Il attendait qu'elle lui parle de Tibby, mais elle en était incapable.
– Je vais faire un tour, annonça-t-elle. Je dois acheter un truc au drugstore.
Il se leva en proposant :
– Je peux y aller, ça ne me dérange pas.
– Non, merci. J'ai besoin de me dégourdir les jambes. Je suis restée assise des heures dans cet avion.
– Mais tu n'as rien avalé.
Elle remballa le *burrito* dans son papier d'alu pour le manger en chemin.
– C'est un truc de fille, ça ne peut pas attendre.

Elle était déjà sur le palier.

– Tu ne veux pas que je t'accompagne ? insista-t-il en la suivant.

– Non, non, je reviens tout de suite.

Sans même jeter un regard en arrière, elle dévala l'escalier et laissa la lourde porte claquer dans son dos.

Elle marcha droit devant elle. Vite, sans savoir où elle allait. Elle s'arrêta juste le temps de jeter le *burrito* dans une poubelle. Elle aurait bien aimé avoir son vélo, mais elle ne voulait pas faire demi-tour pour aller le rechercher. Elle ne se rendit pas au drugstore. Elle n'avait pas besoin d'acheter quoi que ce soit. Elle avait juste besoin de bouger.

En remontant Divisadero Street, elle vit le soleil se coucher. Des traînées rose orangé, sur un ciel gris foncé. Mais elle resta insensible à cette beauté flamboyante, elle ne la touchait pas, elle restait à la surface, simple reflet dans ses yeux.

Elle aurait continué à marcher tout droit, dans la marina, et jusque dans l'océan, mais une image revenait sans cesse la hanter comme la sonnerie du réveil qui se répète à intervalle régulier, de plus en plus forte, toutes les cinq minutes : Eric l'attendait. Eric assis à la table devant les petits plats qu'il lui avait préparés. Eric qui s'inquiétait pour elle. Elle ne parvenait pas à chasser cette pensée.

Finalement, la sonnerie retentit si violemment qu'elle dut s'arrêter, tourner les talons et rebrousser chemin. Elle rentra chez elle d'un pas pressé, canalisant son adrénaline pour échafauder un plan. Un mauvais plan. Un plan minable. Mais le seul qui lui semblait jouable.

– Je commençais à me faire du souci, dit Eric en la voyant arriver.

Elle fonça s'enfermer dans la salle de bains. Elle ne s'était même pas donné la peine de rapporter un sac de courses.

– Il n'y a pas de quoi, affirma-t-elle à travers la porte.

Elle s'assit sur l'abattant des toilettes, la tête entre les mains.

« C'est l'homme que tu aimes », lui rappela une petite voix.

« Je ne sais même pas ce que ça veut dire, répliqua une autre voix. Je ne sais plus comment on aime. »

Elle repensa au lit. Le lit à baldaquin. Elle ressortit de la salle de bains lorsqu'elle s'en sentit capable.

Eric était en train de lire des journaux juridiques à la table de la cuisine. Il avait rangé toutes les assiettes.

Elle resta sur le seuil, penaude. Elle passa la main dans ses cheveux. Ils étaient tout emmêlés, elle ne les avait pas lavés depuis des jours.

– Hé, fit-elle doucement.

Il lui sourit, un sourire inquiet.

– Tu veux regarder un truc ?

Elle acquiesça. Au moins, elle n'aurait pas à faire la conversation. Il passa beaucoup de temps à parcourir leur petite étagère pour choisir le DVD avec soin. Pas d'histoire triste, déprimante ou trop émouvante. Finalement, il sortit *Princess Bride*. Il savait qu'elle adorait ce film. À défaut d'être captivant, c'était distrayant.

Il s'installa sur le canapé, elle s'assit par terre, entre ses genoux, tout en cherchant un moyen moins radical que l'amputation pour empêcher ses jambes de gigoter.

Finalement, le film n'était ni captivant ni distrayant. Arrivé à la scène du marais de Feu, Eric bâillait à s'en décrocher la mâchoire et Bridget ne tenait plus en place. Elle prit la télécommande pour couper la télé.

– Va te coucher, dit-elle, je sais que tu es fatigué. Je défais mes bagages et je te rejoins.

– Je préférerais que tu viennes maintenant, fit-il d'un air résigné.

– Il faut que je sorte quelques affaires. Et puis je suis encore à l'heure grecque.

Elle s'arrêta avant d'ajouter une troisième excuse bidon.

Lorsqu'il fut au lit, elle entreprit d'ouvrir sa valise dans le salon pour en sortir machinalement ses vêtements. Bientôt, elle entendit son souffle régulier s'échapper de la chambre.

Eric sombrait toujours dans le sommeil à peine la tête sur l'oreiller. Il dormait profondément, avec le sentiment du devoir accompli – il avait bien travaillé, il l'avait bien mérité.

Dans un état d'agitation extrême, Bridget se posta à la fenêtre de la cuisine. Puis elle se planta à la porte de la chambre, à le regarder dormir. Elle ne pouvait pas se coucher. Elle se sentirait prisonnière, dans ce lit. Elle tira sans bruit son sac à dos du placard. Elle l'emporta dans le salon et y transféra la moitié des affaires qu'elle avait sorties de sa valise. Elle se sentait prisonnière dans cet appartement.

Elle roula son duvet et l'attacha à son sac à dos, puis posa le tout dans l'entrée. Elle alla chercher son portable, le fourra dans sa poche. Puis elle s'approcha du grand lit et se pencha pour embrasser Eric sur la tempe.

– Je n'y arrive pas. Désolée, murmura-t-elle, trop bas pour qu'il puisse l'entendre.

Elle griffonna un message qu'elle laissa sur la table.

Je ne peux pas rester. Il faut que je bouge. Je suis désolée.
Je t'aime.

Avec son sac sur le dos et une boule dans la gorge, Bridget marcha dans la ville. Elle traversa Cole Valley, grimpa jusqu'à Haight, parmi les hordes de noctambules excités. Elle redescendit par Fulton Street jusqu'à l'océan et se retrouva sur la plage, dans le noir. Elle ôta ses chaussures, ses chaussettes pour s'approcher du bord. Le Pacifique est immense. Il peut tout avaler. Elle tira son portable de sa poche et le jeta aussi loin que possible dans les vagues. Voilà ce qu'elle lui offrait en entrée.

Elle étala son duvet sur le sable et se glissa à l'intérieur, sans parvenir à cesser de trembler. Allongée sur le dos, elle contempla les étoiles en se demandant quand le brouillard allait l'engloutir.

Elle était prisonnière de son corps. Prisonnière de son esprit. Prisonnière de ses souvenirs. Des gens qu'elle aimait. Elle aurait voulu pouvoir échapper au mal qu'ils lui faisaient. Elle aurait beau quitter Eric, quitter leur appartement, partir pour l'autre bout du monde, elle ne pourrait échapper à ce qui lui faisait vraiment mal. Ce soir, même le ciel avait des airs de prison.

Kostos partit en lui expliquant qu'il devait aller chercher quelques affaires. En refermant la porte derrière lui, Lena se demanda si elle n'avait pas rêvé toute la scène.

Mais il revint peu de temps après, avec une sacoche en cuir et deux sacs de courses. Quelques minutes plus tard, il était déjà pendu au téléphone pour appeler un contact au consulat américain, puis un autre au poste de police. Visiblement, il connaissait tout le monde, il savait tout sans qu'elle ait eu besoin de lui dire un mot. Finalement, elle était peut-être bien en train de rêver.

Il raccrocha le téléphone, rangea les courses, lui prépara des œufs brouillés avec des tartines grillées et du thé bien sucré. Elle s'assit en face de lui à la petite table de la cuisine pour manger. Cela faisait tellement longtemps qu'elle n'avait pas mis de nourriture dans sa bouche que ça lui fit bizarre, comme si ses dents avaient oublié comment mâcher, sa langue comment avaler. Elle fit une pause, le menton dans la main. C'était épuisant de manger.

Elle contempla son visage, attentive aux détails plus qu'à l'ensemble. Elle n'arrivait pas à le considérer dans son entier. Elle avait tant d'émotions à l'intérieur et, même si elle ne les ressentait pas vraiment, elle savait qu'elles étaient puissantes et elle en avait peur. C'était comme quand on passe au-dessus d'un orage en avion, même si on n'est pas en dessous, on sait ce que ça donnerait si on y était. On sait qu'on devra finir par atterrir.

Ses pommettes, son nez et ses mâchoires étaient plus marqués que dans son souvenir. Ses expressions les plus fréquentes s'étaient gravées dans son visage : il avait des rides au coin des yeux causées par le rire, l'inquiétude et la myopie sans doute ; de fines lignes encadraient sa bouche. Elle les regardait bouger quand il parlait.

Il avait toujours les mêmes pattes, auxquelles les années avaient donné des reflets argentés. « Tu as vieilli », pensa-t-elle. Mais c'était bien son Kostos, l'homme de ses souvenirs, et non celui des magazines. Peut-être qu'ils étaient deux ?

Elle pensa distraitement à regarder ses mains. Il ne portait pas d'alliance, mais il avait un anneau d'argent au majeur. Elle ignorait ce que ça signifiait en Grèce ou à Londres et, de toute façon, elle était incapable d'une réflexion ordonnée.

– C'est bizarre, dit-elle tout bas, à Kostos, à ses œufs, à elle-même.

Je crois que, dans le fond,
je suis un fantôme.
Comme nous tous,
il me semble.

John Astin

Cher papa,

Je te remercie de m'avoir laissé tous ces messages et je suis désolée de ne pas t'avoir rappelé. Le mot que tu m'as envoyé était très gentil. Je me doute que tu aimerais être là pour l'enterrement, mais Alice préfère que tu viennes à la cérémonie commémorative qui se tiendra au printemps. Je sais que tu veux me soutenir, et j'apprécie vraiment. Je t'appellerai quand je serai rentrée à New York ou peut-être que je passerai te voir à Charleston un de ces jours. En tout cas, merci, papa, et à bientôt.

Je t'embrasse,
Carmen

Carmen regarda longuement son e-mail sans appuyer sur « envoi ». Elle était dans son ancien lit. Son ancien lit dans la nouvelle maison de sa mère. Et bizarrement, elle avait l'impression qu'elle avait échangé les rôles avec son père.

Autrefois, elle était furieuse qu'il ignore ses états d'âme, en décrétant abruptement que souffrir la rendait plus forte et que les coups durs aidaient à grandir. À l'époque, elle aurait aimé partager ces choses importantes avec lui, que ça les rapproche. Et maintenant qu'il était prêt à entendre sa souffrance, à lui montrer le chemin, c'était elle qui refusait. Qui d'eux deux se défilait, maintenant ? Elle ne voulait pas entendre sa souffrance, ni lui montrer la sienne.

Elle jeta un coup d'œil à son téléphone. Elle avait reçu cinq nouveaux messages – une diversion bienvenue. Elle reconnaissait bien là ses manœuvres habituelles : elle essayait de gagner du temps, elle évitait les vraies questions, elle se laissait flotter au-dessus de tout ça. Elle les reconnaissait pour les avoir observées chez lui. Et dans le soutien souffreteux qu'il proposait de lui apporter, elle voyait l'ancienne Carmen qui voulait se montrer plus courageuse qu'elle ne l'était en vérité.

– Tu as envie de dormir ? demanda Kostos à Lena, qui bâillait, sa tasse de thé à la main.

– J'aimerais bien, mais je ne sais pas si je vais y arriver.

Il avait un visage ouvert, franc, sympathique. Ça n'avait jamais changé, même quand il piétinait sans vergogne tous ses espoirs.

– Couche-toi sur le canapé. Je répondrai si le téléphone sonne ou si on frappe à la porte. Je m'occupe de tout.

C'était comme s'il lui disait : « Je m'occupe de tout, les grandes questions, le tourment et le chagrin, pour que tu puisses te reposer un peu. Je veille sur toi. »

– Merci, je vais essayer.

Elle s'allongea, bras croisés sous la tête. Il la recouvrit d'un plaid en laine, comme s'il était chez lui et non le contraire. Le fait est qu'il avait passé plus de temps qu'elle dans cette maison. Elle n'était venue que quatre fois, toujours pour y perdre quelque chose : son cœur, son grand-père, le jean, Tibby. Et avec Tibby, le sentiment de sécurité que lui donnait l'impression de comprendre vaguement le monde qui l'entourait. Il lui effleura la cheville sans le vouloir.

Il s'assit dans le fauteuil vert en tapisserie, en face d'elle. Elle l'observa sans gêne tandis qu'il se levait pour prendre sa sacoche et en sortir un journal. Elle avait complètement oublié qu'elle était censée dormir et qu'on ne dévisageait pas les gens comme ça.

Il posa ses pieds sur la table basse et la regarda. Elle ferma les yeux, mais ils ne voulaient pas rester clos. Ses paupières n'étaient pas lourdes, bien au contraire, elles étaient toutes légères et fines. Elles lui semblaient même trop courtes pour recouvrir ses yeux. Bizarre.

Ses paupières avaient peut-être rétréci à force de le regarder. Elle se tourna face au dossier du canapé. Elle scruta le tissu – un motif psychédélique d'hortensias, mêlant vert, bleu, jaune, ocre et bordeaux. Ce canapé n'irait décidément avec aucun tableau.

Elle commença alors à se demander ce qu'il allait devenir. Encore une chose dont son père ne saurait pas quoi faire. Elle l'imagina dehors, à l'abandon, dans la petite rue tortueuse, encore plus défraîchi sous le soleil brûlant de l'île.

Elle imagina le jour où ses grands-parents l'avaient acheté à Fira, dans un petit magasin de meubles encombré. Sa grand-mère, emballée par ses couleurs ; son grand-père, toujours calme et silencieux. Elle imagina ce qu'il donnerait dans son studio de Providence. Il ne rentrerait pas. Ou alors il faudrait qu'elle se débarrasse de son lit. Pourquoi pas ?

Lorsqu'elle se retourna, elle s'aperçut que le journal de Kostos était tombé sur ses genoux, sa tête avait basculé en arrière et ses paupières étaient closes. Elle le regarda dormir en pensant : « Finalement, c'est moi qui veille sur toi. » De le voir, là, endormi, c'était un vrai festin pour les yeux, aussi alléchant qu'intimidant.

Même en ces circonstances, ses yeux se repaissaient de lui. D'habitude, elle n'osait pas, elle détestait être surprise en train de regarder. Là, elle pouvait le contempler autant qu'elle voulait. Pour un instant, il n'appartenait plus au grand monde des affaires, il était à elle.

Elle fit une chose étrange : elle sortit le carnet de croquis et le fusain qu'elle avait toujours dans son sac. Cela faisait longtemps qu'elle ne s'en était pas servie. Pendant que Kostos dormait paisiblement, elle fit son portrait. Son cerveau avait beau être hors service, ses yeux étaient en état de marche. Même de là-haut, bien au-dessus du cœur de l'orage, on pouvait dessiner. C'était un cadeau du ciel.

Lorsqu'il ouvrit les paupières, il mit un instant à se rappeler où il était. Un air penaud se peignit sur son visage. Il voulait veiller sur elle. Vraiment. Mais le chagrin et le tourment étaient des gamins indisciplinés, une épreuve pour le meilleur des baby-sitters.

Pendant que Kostos était au téléphone dans la cuisine de ses grands-parents, Lena se posta à la fenêtre, contemplant la rue, la maison d'en face. Elle aurait pu monter là-haut afin d'admirer le magnifique panorama sur la caldeira, mais dans certains cas, on préfère ne pas voir plus loin que le bout de son nez.

Elle écoutait sa voix. Si autrefois elle l'électrisait, aujourd'hui, elle l'apaisait. Allez savoir pourquoi, l'image de son cousin hyperactif qui avait besoin de stimulants pour se calmer lui traversa l'esprit.

Kostos, comme elle s'en doutait, était la personne idéale pour gérer ce genre d'affaires. Il avait déjà gagné la confiance de l'employé du consulat, la police s'adressait directement à lui pour régler les derniers problèmes. Elle s'aperçut à un moment qu'il était passé de l'anglais au grec, sans s'en rendre compte car elle comprenait toujours.

Lena eut une pensée pour Eudoxia. « Elle avait raison, je l'ai appelé finalement », se dit-elle tristement.

Kostos se tut un moment et, quand elle vint le voir dans la cuisine, elle le trouva en train de démonter le robinet de l'évier qui gouttait. Elle l'observa quelques instants du pas de la porte, sans gêne, et sans penser qu'il pourrait être gêné.

– Ça fait longtemps que personne n'entretient plus cette maison, dit-elle.

– Qu'est-ce qu'elle va devenir ?

– Mon père dit qu'il va la vendre. Mais pour ça, il faudrait qu'il vienne ici, qu'il mette tout en ordre, qu'il se débarrasse des meubles.

Kostos acquiesça.

– J'ai du mal à me dire qu'elle va appartenir à quelqu'un d'autre.

Lorsqu'il eut fini de remonter le robinet, il releva la tête en suggérant :

– Tu pourrais t'en occuper.

– De quoi ?

– De réparer la maison.

– *Moi ?*

– Je t'aiderais.

Juste en dessous d'elle, le gros nuage d'orage crépita. Elle ravala ses larmes.

– Le problème, c'est qu'il faut que je rentre.

– Pourquoi ?

Ce n'était même pas la peur qui la faisait hésiter. Elle aurait pu rester. Elle le regarda dans les yeux.

– L'enterrement.

Il blêmit, hochant lentement la tête.

– Oh… évidemment. C'est quand ?

– Demain. Je rentre demain. L'enterrement a lieu le lendemain. Jeudi.

Elle était incapable de se situer dans le temps, mais elle se souvenait d'avoir entendu Alice répéter jeudi. Dans l'esprit de Lena, ce jour n'avait rien à voir avec Tibby, c'était juste l'un des rares points de repère à l'horizon.

Il ouvrit la bouche, s'apprêtant à dire quelque chose, puis se ravisa. Il essora l'éponge dans l'évier avant d'essuyer le plan de travail.

Elle alla dans la salle de bains se rafraîchir le visage et se moucher. Quand elle revint, Kostos, le dieu de la finance, était en train d'examiner les gonds de la porte de derrière qui refusait de s'ouvrir.

Le corps de Bridget était en pleine rébellion, son esprit n'y pouvait rien. Il ne pouvait rien à rien, d'ailleurs. Elle ne pensait à rien, n'était rien, ne tenait à rien, ne possédait rien. À part son vélo.

Le deuxième jour, elle retourna le chercher pendant qu'Eric était au travail. Tout le long du chemin, elle se demanda comment ouvrir le garage alors qu'elle n'avait pas la clé. Elle l'avait rangé là avant de partir pour la Grèce.

Son cœur se serra. Elle était tellement heureuse la veille de prendre l'avion, elle pensait que ce voyage allait redonner un sens à sa vie – et non la briser. Elle chassa ce souvenir de sa mémoire.

Eric avait la clé du garage sur son trousseau. Bridget n'en avait pas l'usage. Elle ne prenait jamais la voiture et préférait accrocher son vélo devant l'entrée, c'était plus simple. Et si elle crochetait la serrure ? Ou alors elle pourrait passer par la fenêtre… Elle avait un certain talent pour les deux.

Mais en arrivant, elle trouva la porte du garage ouverte, comme si Eric l'avait laissée ainsi exprès pour elle. Son vélo était dans le fond.

Son esprit n'avait rien à dire, et c'était tant

mieux. Elle poussa son vélo jusqu'à la 16e Rue avant de l'enfourcher. Elle n'était pas aussi contente qu'elle l'aurait cru. Il lui semblait brusquement étranger. Ces fleurs en tissu, c'était idiot. Elle se demandait ce qu'elle avait bien pu leur trouver.

Elle grimpa jusqu'à Pacific Heights, épuisant ses jambes impatientes à gravir les collines les plus raides, puis redescendit vers Presidio. Elle prit en direction du nord et s'arrêta à Fort Point juste le temps d'arracher les fleurs de son guidon et de son panier. Elle se hissa sur un muret pour les jeter dans l'océan avide. Qu'il les engloutisse aussi.

Kostos s'était dit que marcher un peu lui ferait du bien et Lena s'était dit qu'il avait sans doute raison. Puisqu'elle n'arrivait pas à tenir en place, autant essayer de bouger.

Lorsqu'elle sortit sur le perron, le soleil si éclatant lui fit courber la tête. Elle dut plisser les yeux et cligner des paupières, pour résister à l'agression.

Elle jeta un regard à la maison des grands-parents de Kostos, de l'autre côté de la route. Ils lui faisaient toujours un peu peur, depuis ce premier été où elle s'était donnée en spectacle devant eux. D'accord, c'était il y avait des années, mais elle n'oubliait pas facilement ses erreurs. Elle s'était dit qu'elle passerait au moins leur dire bonjour. Elle s'était dit qu'elle irait parler un peu de sa grand-mère avec Rena. Elle leur avait même apporté un cadeau, et un petit mot de sa mère. Mais depuis que la police avait frappé à la porte, tous ses projets avaient été chamboulés.

– Tu habites chez eux? demanda-t-elle en désignant la porte.

Elle était si proche que, ce premier été, elle s'était dit qu'elle n'avait pas intérêt à trébucher, sinon elle risquait de rouler jusqu'au beau milieu du salon des Dounas.

– Non, je leur rends toujours visite quand je suis là. Mais j'ai mon chez-moi.

– Tu as gardé l'appartement de Fira?

Elle se rappelait qu'il avait emménagé là-bas quand il avait épousé Mariana.

Après un instant de confusion, il comprit à quoi elle faisait référence.

– Non, non.

À son expression, elle vit à quel point cela lui paraissait impensable.

– Il y a quelques années, j'ai acheté en face d'Oia, en surplomb de la caldeira.

– Une maison? Rien qu'à toi?

Il parut gêné.

– Une maison de vacances.

– C'est bizarre de partir en vacances chez soi, non? s'étonna-t-elle, ce qui le mit encore plus mal à l'aise.

Elle décida d'arrêter, avec ses questions idiotes. Elle n'avait pas l'intention de lui faire subir un interrogatoire.

Ils gravirent la colline au lieu de la descendre. De toute façon, dans un sens comme dans l'autre, c'était délicat.

Tout en marchant, elle tint un long monologue dans sa tête. Elle voulait s'excuser pour le malentendu – d'avoir cru qu'il vivait encore chez ses grands-parents, d'avoir oublié qui il était. C'était parce que, elle, elle n'aurait jamais eu le courage ni les moyens de s'acheter une maison – et encore moins une résidence secondaire. Elle avait déjà du mal à réunir l'énergie et la somme nécessaires pour acheter un grille-pain… Le peu qu'elle gagnait partait en courses et loyer. Et même quand elle avait un peu d'argent, elle ne s'achetait pas grand-chose – elle n'était pas attachée aux choses matérielles, à part les photos, les souvenirs, les carnets de croquis. C'était courant chez les étudiants, surtout les étudiants en art, et tous ceux qui refusaient d'aller de l'avant.

Kostos, lui, avait depuis longtemps dépassé cela. Il avait la trentaine. Un poste très important. Il avait fait la couverture d'un magazine renommé, bon sang. Ce n'était pas parce que Lena était prisonnière du passé qu'il devait l'être lui aussi.

C'était délicat de grimper là-haut, car au

sommet de la colline se trouvait la petite oliveraie où ils avaient partagé toute une palette d'émotions – la honte, le désir, la trahison et le pardon, entre autres. S'il l'emmenait jusque-là, elle craignait cette fois de se retrouver en plein cœur de l'orage.

Mais il évita cet écueil et la mena au bord d'une falaise où ils s'assirent, surplombant la mer.

Elle se retrouva face au panorama qu'elle redoutait de voir. Et lorsque, devant l'horizon d'azur, sa vue se brouilla, elle comprit pourquoi. Le paysage avait déclenché quelque chose dans son cerveau. Un truc qui s'était ouvert, ou fermé. L'horizon tremblota, devint complètement flou et les larmes roulèrent sur ses joues. Elle avait du mal à respirer. Elle était secouée de spasmes.

Elle sentit vaguement sa tête rouler contre l'épaule de Kostos, son bras l'enlacer. Elle avait l'impression d'être soluble dans l'eau. Le sel de ses larmes la faisait fondre, elle devenait molle comme une limace. Mais elle ne lutta pas. Elle en était bien incapable.

Elle se rappelait avoir un jour pleuré comme ça dans les bras de Bee. Et c'était à cause de Kostos. Elle se rappelait avoir pleuré comme ça une autre fois, dans les bras de sa mère. Encore à cause de Kostos. Et voilà qu'elle se retrouvait dans les bras de Kostos à pleurer à cause de Tibby et de sa vie entière.

Qui aurait pu imaginer que la situation s'inverserait et que lui, la source de tous ses malheurs, pourrait un jour la consoler ? Elle l'avait hissé tellement haut sur son piédestal qu'elle avait du mal à croire qu'il se trouvait là, à ses côtés, dans un moment pareil. C'était sans doute une hallucination, mais elle n'osait pas le pincer ou le questionner, aussi se laissa-t-elle faire.

Elle pleura longtemps. Elle s'en rendit compte à la lumière du jour qui avait baissé. Kostos était un homme patient. C'était dans sa nature, comme ses manières polies, sa culpabilité, son sens démesuré des responsabilités. La culpabilité, c'était sa faute, elle le savait.

Elle avait déjà eu le cœur brisé. Elle était une experte en chagrins d'amour, et ce n'était pas du tout pareil. Elle n'avait pas l'impression d'avoir le cœur brisé, non, plutôt… vide. Comme si elle n'était plus qu'une silhouette, creuse à l'intérieur. Et la silhouette pleurait à chaudes larmes cet intérieur qu'elle avait perdu. Le passé pleurait à chaudes larmes ce présent réduit à néant. Tibby faisait tellement partie d'elle-même que Lena ne pouvait poursuivre sa vie sans elle.

– Je perds toujours tout ici, constata-t-elle.

Même s'il ne pouvait pas comprendre l'allusion, il réfléchit longuement avant de suggérer :

– Peut-être que tu gagnes des choses en échange, aussi.

– Peut-être…

Elle s'attarda un instant sur cette pensée avant de secouer la tête.

– Non, rien que je puisse conserver.

Bridget réalisa l'un de ses vieux fantasmes. Aux alentours de minuit – elle avait un peu perdu la notion du temps –, elle attacha son vélo à un réverbère et étala son duvet sur un banc de Dolores Park. Elle s'allongea sur le dos, la tête posée sur son sac, et contempla des morceaux de ciel à travers les branchages d'un arbre.

Elle s'efforçait de passer inaperçue, pour éviter que ses amis ne la repèrent et n'avertissent Eric – le grand Mexicain en costume, comme ils l'appelaient. Sinon il allait s'imaginer qu'elle était déjà devenue SDF. Elle découvrit, à mesure que la soirée avançait, que si la plupart affirmaient dormir dehors, ils squattaient en réalité les églises et les refuges des environs. Au beau milieu de la nuit, tout était désert.

Elle dormait presque lorsqu'elle sentit une présence. Elle ouvrit les yeux et, ne voyant rien, les referma. Au bout de quelques minutes, son souffle devint plus régulier. Et soudain, une ombre s'abattit sur elle. Quelqu'un tentait de lui prendre son sac à dos.

Par chance, remontée à bloc par l'adrénaline et le chagrin, elle réagit presque instantanément, en se raccrochant à ses affaires.

Ses yeux mirent un peu plus de temps à s'adapter à l'obscurité. C'était un homme avec un bonnet en laine et une barbe.

– Rends-moi mon sac ! rugit-elle.

– J'ai un couteau, la menaça-t-il.

Elle tira encore plus fort. Qu'est-ce que ça pouvait bien lui faire qu'il ait un couteau ? Qu'il la tue avec son couteau, très bien. Mais il ne lui prendrait pas son sac.

Elle se dressa d'un bond, immense. Elle était plus grande que lui et beaucoup plus en colère. Elle avait presque tout donné aux gens qui vivaient dans ce parc, seulement c'était son choix. Pas question de le laisser décider.

Avec plus de force qu'elle ne s'en serait crue capable, elle lui reprit son bien. Il voulut la renverser, mais elle était musclée et bien campée sur ses jambes. Tenant son sac d'une main, de l'autre, elle lui envoya un grand coup de poing dans la mâchoire. Vu comme elle s'était fait mal, il devait être sonné. Surpris, il porta sa main à son menton, elle en profita pour lui assener un autre coup à l'oreille.

S'il avait un couteau, elle n'eut pas le temps de le voir car il tourna les talons et s'enfuit, semblant comprendre qu'elle était encore plus dingue que lui. Elle hésita un instant à le suivre pour le frapper à nouveau. Ç'avait beau être un voyou ou un junkie, il tenait plus qu'elle à la vie.

– Dégage, cracha-t-elle.

Elle avait mal à la main, mais elle avait son sac. Elle ne voulait plus rien donner.

Ce soir-là, Lena et Kostos s'assirent tous les deux sur le canapé. Au début, ils étaient côte à côte, chacun à un bout, puis ils se tournèrent l'un vers l'autre. Elle s'assit en tailleur. Il ôta ses chaussures. Finalement, au fil de la soirée, ils s'allongèrent face à face, chacun la tête sur un accoudoir, avec un coussin pour le confort, jambes pliées, leurs pieds se frôlant à peine. La conversation allait, venait, ralentissait et repartait librement, comme une troisième personne dans la pièce, sans qu'aucun d'eux ne la contrôle, toujours bienveillante.

Lena s'assoupit un instant. En se réveillant, elle s'aperçut qu'elle avait allongé ses jambes et qu'il avait mis ses grands pieds sur ses genoux. Pas la meilleure partie de sa personne.

– Tu n'as pas idée de ce que signifiait cette lettre pour moi, se surprit-elle à dire.

Elle ne savait même pas pourquoi elle avait prononcé cette phrase. Ce devait sûrement être en rapport avec son rêve. Mais après tout pourquoi pas ? Elle n'avait plus rien à cacher. C'était *son* hallucination, elle pouvait bien lui dire ce qu'elle voulait !

Il prit ses pieds entre ses mains. Perplexe.

– Quelle lettre ?

Quelle lettre. Comme s'il y avait d'autres lettres. Misère, elle menait une petite vie tellement étriquée. Évidemment, lui, il devait en avoir écrit une dizaine durant cette seule semaine. Elle prit sa respiration.

– La lettre que tu m'as envoyée à la mort de Mamita.

Il hocha la tête.

– C'était comme ma propre grand-mère. Chaque fois que je passe dans cette rue, je pense à elle. Elle me manque tellement.

– Elle t'aimait beaucoup aussi, tu sais. Elle était si fière de toi. Elle avait l'impression que tout le monde avait déserté cette île. On est tous partis faire nos vies ailleurs, mais toi, le héros d'Oia, tu es toujours revenu.

Il haussa les épaules. Il ne tenait presque jamais rigueur de quoi que ce soit à personne.

– Tout le monde s'en va un jour ou l'autre. À part les touristes. Les Allemands. Eux, ils restent.

Elle sourit. Enfin, c'était sûrement un sourire.

– Je n'avais jamais compris la relation que tu avais avec elle avant de lire cette lettre, après, j'ai su.

– Ça me fait plaisir, dit-il.

Puis il baissa les yeux avant d'ajouter :

– Mais je l'ai déçue.

– Mamita ?

– Oui.
– Impossible.
– Si.
– Comment ça ?

Soudain, son visage s'était fermé. Elle n'était plus sûre de vouloir le suivre. Il s'interrompait rarement pour chercher ses mots aussi longtemps. Au bout d'un moment, il releva la tête et lui sourit, mal à l'aise.

– Je n'ai pas épousé sa petite-fille.

L'esprit de Lena fonctionnait au ralenti. Elle voyait presque la phrase s'afficher lentement dans sa tête, comme sur un prompteur. Kostos n'avait pas épousé la petite-fille de Mamita. Lena était la petite-fille de Mamita – enfin, l'une de ses petites-filles, mais sans doute celle à laquelle il faisait référence. Kostos ne l'avait pas épousée, c'était ce qu'il voulait dire. Il était censé l'épouser et il ne l'avait pas fait.

Elle le regarda, paniquée. Elle n'aurait jamais cru qu'il prononcerait ces mots tout haut. Elle avait eu tellement de mal à les comprendre qu'elle ne pouvait pas espérer camoufler l'effet qu'ils lui faisaient.

Non, il ne l'avait pas épousée, c'était un fait. Il avait épousé quelqu'un d'autre. Il avait divorcé aussi. Il avait continué à mener sa vie, visiblement sans regret. Quel garçon aurait laissé une grand-mère grincheuse lui dicter qui épouser – une grand-mère grincheuse qui n'était pas la sienne qui plus est ?

Kostos avait les yeux baissés, dans le vague. Il pensait sans doute à Mamita.

– Avant de mourir, elle m'a demandé pourquoi. Je n'ai pas su lui donner une explication valable, mais je lui ai dit que je t'aimais. Alors, elle m'a répondu : « Ça me fait une belle jambe ! »

Kostos releva la tête pour poser les yeux sur Lena.

Il sourit afin de détendre l'atmosphère, mais elle avait l'air bouleversée, elle le savait. Elle n'avait pas la force de se recomposer un visage plus serein.

Il paraissait s'en vouloir.

– C'était il y a longtemps, fit-il.

Elle ne savait pas quoi dire. Elle le regardait, bouche bée comme une carpe.

– Tellement de choses ont changé depuis, s'empressa-t-il d'ajouter.

Il ne voulait visiblement pas la laisser dans le rôle du poisson pendu à l'hameçon.

Elle acquiesça, incapable de prononcer un mot. Elle se redressa, replia ses pieds sous ses fesses.

– Désolé d'avoir abordé le sujet.

Elle aurait aimé lui dire tant de choses. Clore le sujet, tourner élégamment la page et refermer le chapitre avec grâce, passer à autre chose et poursuivre sa lecture.

Mais elle avait aussi envie de creuser la question à fond, de lui demander si son amour se conjuguait à un temps du passé. Elle aurait voulu lui dire qu'elle l'aimait toujours et que, même si cet amour était sans espoir, depuis longtemps révolu, il continuait à la consumer, année après année. C'était une pelote de sentiments, tellement enchevêtrés qu'elle ne parvenait pas à les démêler.

– Je suis désolé, tu n'es pas obligée de répondre quoi que ce soit.

Il se leva pour aller dans la cuisine. Lena se roula en boule, jambes repliées sous le menton. Peut-être qu'elle faisait une attaque. C'est sans doute pour ça que son cerveau avait lâché et qu'elle était incapable d'articuler un mot.

Il revint avec du pain, du fromage, deux pommes et une bouteille de vin rouge. Il trancha le pain avec soin, éplucha les pommes, versa le vin, laissant la tension qui régnait dans la pièce se dissiper peu à peu.

Elle posa son assiette sur ses genoux.

– Merci.

Il leva son verre.

– À l'amitié.

Elle imita son geste, puis s'efforça de sourire.

Ils mangèrent et burent en silence durant quelques minutes.

– Tu sais ce que j'aimerais ? dit-il.

Elle secoua la tête.

– Je voudrais t'écrire une lettre à propos de Tibby, une lettre pour te consoler, j'aimerais vraiment.

Il avait l'air au bord des larmes.

– … mais je ne sais pas ce que je pourrais te dire.

Touchée par sa sollicitude, elle mit un temps à trouver ses mots :

– Je ne sais pas non plus.

Il acquiesça, l'air défait. Ça lui fendait le cœur de le voir dans cet état. Il avait géré pour elle tous les soucis avec l'administration locale. Il lui avait préparé des œufs, du thé, du pain et du fromage. Il avait réparé le robinet de la cuisine et la porte de derrière. Il avait même nettoyé les placards pendant qu'elle avait le dos tourné. Il était resté allongé des heures avec elle sur ce canapé. Il lui avait tenu les pieds.

Allez savoir pourquoi. Allez savoir ce qui – à part un sentiment de culpabilité par rapport à Mamita et un sens aigu des responsabilités – l'avait poussé à faire ça. Mais, si étonnant que cela puisse paraître, Kostos, son fournisseur habituel de chagrin, l'avait merveilleusement réconfortée.

Elle avala le morceau de pain qu'elle avait dans la bouche et s'éclaircit la voix :

– Le simple fait que tu sois là compte autant qu'une lettre.

Lena entendit le vent mugir dehors jusque tard dans la nuit. Un orage se préparait. Elle en avait la chair de poule.

Il était minuit passé, elle pensait qu'à un moment donné, Kostos finirait par rentrer dans sa « maison de vacances » qui devait offrir plus de confort que le vieux canapé de ses grands-parents. Mais non. Il resta là, avec elle, ou plutôt avec ses pieds, à siroter du vin, discuter par instants, puis somnoler.

« Drôle de soirée pyjama », pensa-t-elle. Elle avec son chagrin, lui avec sa culpabilité. En principe, ces sentiments ne se fréquentaient guère, mais ce soir, ils les avaient réunis.

Y avait-il encore du désir entre eux ? ç'avait été tellement intense autrefois. Mais elle était trop détachée d'elle-même, trop triste, trop vide, trop perdue pour voir clair en elle. Et lui ? À part de la sympathie, que ressentait-il pour elle aujourd'hui ?

Il était si grand, assuré, traversant le temps avec une telle aisance qu'elle se sentait encore plus ratatinée, petite, rouillée, une misérable silhouette creuse affublée de grands pieds.

Elle essayait d'imaginer de quelle manière il la voyait. Puisqu'il n'avait pas pu se résoudre à épouser la pauvre petite-fille de Mamita, il l'avait prise en pitié.

Dans son attitude, aucun romantisme ne transparaissait ; aucune sensualité dans ses gestes. La position de son corps, tassé avec elle sur ce canapé, n'avait rien de suggestif.

Comment aurait-elle réagi s'il en avait été autrement ?

Ç'aurait été affreux. Cela l'aurait sans doute flattée ou rassurée sur le coup mais, en de telles circonstances, cela aurait été pitoyable. S'il avait exprimé le moindre désir envers elle, elle n'aurait pas pu s'en réjouir, seulement se sentir rabaissée. Et plus tard, elle lui en aurait voulu.

Alors pourquoi être déçue ? Pourquoi regretter quelque chose qui n'était pas souhaitable de toute façon ? C'était le meilleur moyen de se gâcher la vie, elle le savait pour l'avoir souvent pratiqué.

Qu'il ait ou non un jour envisagé de l'épouser, en tout cas, il savait prendre soin d'elle à un moment extrêmement délicat et, en soi, c'était une forme d'amour. L'amour que l'on portait à un proche, l'amour que l'on portait à un ami. Quel qu'il soit, elle était trop en manque pour le refuser.

Elle n'aurait pas cru pouvoir trouver le sommeil dans une situation pareille – lui, elle, leurs jambes entrelacées ! Pourtant, quand elle rouvrit les yeux, le jour filtrait à travers les persiennes. Elle avait dormi, vraiment dormi, pour la première fois depuis plusieurs jours.

Kostos était face à elle, paisiblement assoupi,

les bras passés autour de ses chevilles. Elle aurait voulu graver cette image dans son esprit, l'imprimer à jamais, la conserver pour y revenir plus tard, lorsqu'elle aurait retrouvé ses cinq sens en état de marche.

Dieu a la fâcheuse habitude d'offrir des noix à ceux qui n'ont pas de dents.

Matt Groening

Le lendemain matin, Bridget avait encore la main gonflée et endolorie. Elle se demanda s'il s'agissait juste d'une contusion ou si elle avait quelque chose de cassé. Elle déchira un vieux T-shirt pour se faire un bandage, ça ne la soulagea pas, mais elle se sentait plus protégée.

En passant chez Pancho prendre un *burrito*, elle fut contente de reconnaître les vendeuses habituelles qui lui souriaient, avec leur petit filet sur les cheveux. Elle regrettait de ne pas parler espagnol. Elle aurait aimé être comme Eric, qui rêvait en espagnol. Non, en fait, elle aurait aimé penser et rêver dans un langage qu'elle-même ne comprenait pas.

En détachant son vélo, elle eut une idée. Elle grimpa Guerrero jusqu'à la station-service. Elle dépensa une bonne partie du peu d'argent qu'elle avait pour acheter une carte de la Californie. Finalement, son sac sur le dos ne la gênait pas trop pour pédaler. Elle prit donc la direction de la Grande Vallée avec un chapeau sur la tête, sa main bandée et trois bouteilles d'eau.

La ville de Davis était à une centaine de kilomètres, sous un soleil de plomb. À certaines heures de la journée, on ne trouvait pas d'ombre, même en passant par les petites routes. Le ciel semblait la narguer : « Tu voulais du soleil ? Eh bien, en voilà ! »

Il était presque cinq heures du soir lorsqu'elle arriva au petit bungalow gris. Elle attacha son vélo sous la véranda, puis frappa à la porte, jeta un coup d'œil par la fenêtre, mais il n'y avait personne. Elle aurait sans doute pu trouver le moyen d'entrer, mais elle préféra éviter de se montrer trop envahissante.

À la place, elle s'assit dans un fauteuil en osier, sous la véranda, savourant enfin un peu d'ombre. Elle dut s'endormir car, lorsqu'elle rouvrit les yeux, elle vit Perry remonter l'allée. Elle se leva pour le serrer dans ses bras. Puis elle recula d'un pas et constata qu'il avait vraiment l'air content de la voir.

Il bafouilla :

– Je… J'ai appris… Je suis désolé… pour Tibby…

– Je sais, le coupa-t-elle.

– Et… ça va, toi ?

– Ouais, répondit-elle avec un peu trop d'empressement pour être honnête.

Elle se pencha pour reprendre son sac à dos.

– Ça vous dérange, Violet et toi, si je passe quelques jours chez vous ?

– Bien sûr que non, tu peux rester aussi longtemps que tu veux. Où est Eric ?

– À la maison, dit-elle d'un ton qui coupait court à toute autre question.

– Qu'est-ce que tu t'es fait à la main ?

Elle eut un instant d'hésitation avant de hausser les épaules.

– Je me suis cognée, rien de grave.

Son frère n'était pas du genre à insister et c'était tant mieux. Il se retourna afin de glisser sa clé dans la serrure. Ses cheveux étaient redevenus blonds depuis qu'il vivait en Californie. Il était en meilleure forme, plus costaud que lorsqu'il vivait sur la côte Est. Elle le voyait régulièrement depuis, et pourtant elle s'attendait toujours à retrouver le Perry d'autrefois.

– Ça va, les études ?

– Très bien. J'ai presque fini. Je commence mon internat en juillet.

– C'est dingue ! Il faudra t'appeler docteur ?

Perry se mit à rire.

– Si tu veux, mais je ne pourrai pas t'être d'un grand secours au niveau médical.

– À moins que je ne sois un oiseau, fit-elle en le suivant dans la fraîcheur de la maison.

– Mm, ou bien un chien, un cheval, un espadon !

– Un espadon ?

– Non, peut-être pas, tu as raison. Un dauphin, plutôt. Là, je pourrais te soigner.

– Tu bosses toujours pour l'association des oiseaux pleins de pétrole ?

– Le réseau d'aide aux espèces mazoutées, oui, confirma-t-il en souriant.

Perry passait toute sa vie en cours ou à étudier, et consacrait le peu de temps libre qui lui restait à sauver les animaux blessés. C'était sa raison de vivre.

Le temps qu'il se change et qu'il prépare un pichet de limonade, Violet était rentrée.

Elle fut surprise de voir Bridget, mais se montra chaleureuse. Elle la serra dans ses bras.

– Je suis désolée, c'est une sacrée épreuve que tu traverses.

Violet avait un visage pointu constellé de taches de rousseur, les yeux noirs, et des lunettes de fille sérieuse. Elle travaillait dans un labo de l'école vétérinaire, où elle faisait des recherches sur les maladies infectieuses des animaux. Avec Perry, ils s'étaient mariés deux ans plus tôt sur la plage de Monterey, au milieu des éléphants de mer. Violet avait trente-trois ans. Ils avaient l'intention de faire un bébé dès que Perry aurait obtenu son diplôme de véto.

Pendant qu'il faisait des pâtes au basilic, elle prépara une salade. Bridget mangea avec appétit, puis s'endormit sur le canapé sans même s'être brossé les dents. Lorsqu'elle se réveilla quelques instants plus tard, ils étaient en train de nettoyer la cuisine. Elle surprit leur conversation.

– Tu crois qu'elle va bien ? fit Violet à voix basse.

Elle n'entendit pas la réponse de Perry.

– À ton avis, Eric est au courant qu'elle est ici ? Tu penses qu'on devrait l'appeler ?

Bridget n'arrivait pas à se rendormir, mais elle ne trouva pas non plus le courage de se lever du canapé. En dix ans, la situation s'était complètement inversée. Autrefois, c'était elle la plus « normale » des deux. Elle avait des amies incroyables, elle faisait ses études dans une bonne fac et jouait dans l'équipe de foot, tandis que Perry restait enfermé dans sa chambre devant son ordinateur, tellement absorbé par ses jeux de rôle qu'il en oubliait de manger. On murmurait dans son dos, on s'inquiétait pour lui. Pas pour elle.

Maintenant, Perry avait une femme, une maison, des amis, un but dans la vie, bientôt un diplôme et un métier assuré. Et elle ? Les études, le foot, ce n'était pas grave. Mais les amies. Sans elles, elle ne savait plus qui elle était. Sans elles, elle n'avait plus rien. Elle n'était plus rien.

Le lendemain matin, Kostos fit du café avant d'accompagner Lena au ferry. Elle était contente de devoir prendre le bateau avant l'avion. Elle n'était pas encore assez rassurée pour quitter la surface de la terre. Elle avait trop peur de ne plus rien retrouver à sa place en atterrissant.

Il porta son gros sac et celui de Tibby. Il la tira par la main pour la faire presser et lui éviter de rater son bateau. Il promit de fermer la maison, de vérifier que tout était en ordre d'un ton tellement solennel qu'elle se demanda s'il n'allait pas considérer qu'il était de son devoir de repeindre les murs et de cirer le parquet.

Ils se dirent au revoir précipitamment, et sans doute pour longtemps. Peut-être pour toujours. Bien plus expressive dans les gestes que par la parole, elle le serra fort en enfouissant son visage dans sa chemise. Il devait avoir le même pressentiment, car il la serra également comme s'il craignait de ne jamais la revoir.

Il l'embrassa fougueusement, pas sur le visage, mais au-dessus de l'oreille. Elle aurait été bien incapable de qualifier ce genre de baiser.

Puis ils relâchèrent leur étreinte. Sur quels mots conclure ? « On s'appelle », « N'oublie pas de m'écrire », « À la prochaine ! » ?

Tout ça n'avait aucun sens. Y aurait-il seulement une prochaine fois ? Son Bapi n'était plus là. Mamita non plus. La maison serait bientôt vendue. Ils ne s'étaient jamais retrouvés de leur plein gré. C'était les circonstances, généralement mauvaises, qui les réunissaient. Ces derniers jours n'avaient été qu'une parenthèse douillette hors du temps. L'heure était venue de reprendre le cours de leur vie – une existence bien remplie dans le cas de Kostos, une pitoyable tragédie pour Lena.

– Merci, dit-elle d'une voix chargée de sanglots.

C'était les mots qui convenaient.

Elle traîna les deux sacs jusqu'au bateau, se faufila entre les autres passagers pour trouver un petit espace libre le long du bastingage. Elle le chercha des yeux. Le cœur lourd, elle sentit les machines se mettre en branle, l'éloigner du quai. Elle voulait graver son visage dans sa mémoire. Tel qu'il était en cet instant. Elle ne voulait pas le perdre.

Et si c'était sa vie ? Et si elle était venue ce fameux 4 juillet, il y avait des années, au lieu d'annuler ?

Elle imagina Kostos planté là où il était, sauf que les moteurs tournaient dans l'autre sens, le bateau arrivait au lieu de partir. Était-ce la vie qu'elle aurait dû avoir le courage de mener pour avoir le droit de garder Tibby ?

Il resta là, planté sur le quai. La foule se dispersa, mais il ne bougea pas tandis que la distance qui les séparait grandissait. Pourtant, sur cette mer d'huile, sans un souffle de vent, elle aurait presque pu s'imaginer que c'était lui qui s'éloignait et qu'elle restait sur place.

Elle n'avait pas choisi l'option courageuse. Elle avait choisi sa petite vie lâche et étriquée. Elle n'avait pas eu le droit de garder Tibby.

Elle cessa enfin de lui faire signe, laissa retomber son bras, et le regarda fixement jusqu'à ce qu'il ne soit plus qu'un petit point au loin. La parenthèse se refermait, et il n'était pas dedans. Elle n'avait jamais le droit de rien conserver.

Elle se tourna vers l'horizon, vers cette ligne floue entre le ciel et la mer, vers le grand vide, l'endroit où allaient toutes les choses qui lui étaient arrachées.

Sauf que, ce matin-là, l'horizon n'était pas vide. Ce matin-là, elle pouvait à peine ouvrir les yeux parce qu'il y avait quelque chose d'immense, de flamboyant au beau milieu. Le soleil.

Elle était de ceux qui n'attendent pas grand-chose de la vie.

Larry McMurtry

Après l'enterrement, Carmen s'allongea sur le lit de sa mère et se laissa masser le dos, comme quand elle avait des malheurs, petite. Elle regrettait l'époque où il suffisait d'un bon massage du dos en pleurant tout son saoul sur l'oreiller de sa mère pour que le chagrin s'envole – aujourd'hui rien ne pouvait consoler.

Au moins, l'enterrement était passé, elle n'avait plus à s'angoisser pour ça. La cérémonie avait été courte, triste, avec une poignée de proches sous le ciel gris de novembre : la famille de Tibby, Carmen et sa mère, Lena et ses parents. Carmen s'était vaguement demandé où était Brian, s'il était au courant. Elle se demandait beaucoup de choses, mais elle ne posait pas de questions. Elle était effarée par son ignorance, sans chercher à en savoir plus. C'était sans doute mal, seulement elle n'avait pas l'énergie nécessaire pour faire autrement.

Ils avaient murmuré des prières, debout, sur une pelouse clairsemée. Mais personne n'avait fait d'éloge funèbre. Seul le pasteur avait parlé de Tibby, et encore, en l'appelant Tabitha. Alice répétait qu'ils feraient une vraie cérémonie commémorative au printemps. C'était trop tôt, trop soudain, trop précipité, trop confus, pour faire quoi que ce soit de plus que d'enterrer le corps rapatrié par avion. Au printemps, ils verraient. Alice leur avait à tous donné la permission de ne pas venir, mais seule Bridget l'avait prise.

« Je viendrai au printemps », avait-elle décrété d'une voix atone. Carmen était convaincue que ça lui ferait plus de mal de ne pas venir que d'être là, mais elle n'avait pas réussi à traverser le fossé qui s'était creusé entre elles pour le lui dire.

Carmen espérait éprouver un soulagement, une fois l'enterrement passé. Elle s'était trompée. Avant, au moins, toutes ses angoisses se concentraient sur cette épreuve. Et maintenant, alors, qu'allait-elle en faire ? Elle ne pouvait pas traîner ce chagrin dans sa vie normale. Trop lourd, trop massif, il ne passait pas la porte de son loft. Mais elle n'avait pas le choix, elle n'avait pas de vie de rechange.

Elle aurait pu rester là, recroquevillée sur le lit de sa mère.

Mais non, elle commençait à avoir le dos qui

chauffait. Elle n'était pas à l'aise. Elle avait du mal à respirer. Elle fut obligée de se redresser.

Sa mère la regarda avec tristesse, désolée de ne pas pouvoir la consoler. Elle était pleine de compassion, mais Carmen savait qu'elle était bouleversée et aussi angoissée.

« Même toi, tu ne peux pas m'atteindre où je suis », pensa-t-elle.

Perry et Violet étaient trop calmes. Ils parlaient à voix basse. Ils mangeaient sans bruit. Même quand ils mettaient de la musique, on l'entendait à peine.

Bridget était bruyante. Elle marchait à pas lourds, espérant couvrir l'écho sinistre de ses pensées. En vain. Au bout d'une semaine, elle n'en pouvait plus. Elle leur laissa un mot, enfourcha son vélo, et fonça dans la nuit, direction Sacramento.

À la périphérie de la ville, elle aperçut les néons d'un pub avec billards sur le côté de la route. Elle gara son vélo sur le parking. Elle l'accrocha, hissa son sac sur son dos et entra à l'intérieur.

Ah, du bruit, enfin !

Elle se détacha les cheveux et les secoua avant de s'approcher. Le gars qui tenait le bar devait avoir la cinquantaine, elle lui sourit et souleva son sac en demandant :

– Ça vous embêterait de me garder ça ?

Son ton charmeur dissipa toutes les réserves qu'il aurait pu avoir.

– Exceptionnellement, fit-il en le rangeant derrière le bar. Qu'est-ce que je te sers, miss ?

– Je vais prendre une Bud.

Elle ne buvait pas très souvent et, quand c'était le cas, elle n'était pas difficile. Elle pensa à Carmen avec ses cocktails compliqués ou son verre de vin blanc.

C'était loin d'être sa dernière bière de la soirée, mais ce fut la seule qu'elle paya. Le gars qui lui offrit les deux suivantes semblait à peine sorti du lycée. Puis il vint l'inviter à danser avec un air insistant qui ne lui plut pas.

– Non merci, répondit-elle franchement.

Il parut plus agacé que vexé.

– Allez, je t'ai payé deux bières.

– Et je t'ai remercié. Tu ne m'as pas achetée, moi.

Elle le planta au bar pour se rendre au coin billard. C'était bondé, la musique était forte.

Une serveuse surgit devant elle avec une bouteille de bière sur un plateau.

– De la part du gentleman près du juke-box, expliqua-t-elle en lui adressant un clin d'œil.

Bridget regarda dans la direction qu'elle avait indiquée. Le gars souleva son chapeau de cow-boy. Il avait la peau mate, des cheveux bruns, raides, aux épaules. Les manches relevées de sa chemise écossaise découvraient ses avant-bras tatoués. Elle s'approcha de lui.

– Merci.

– Tout le plaisir est pour moi.

Il la dévisagea avec intérêt.

– Je te propose une partie de billard, beauté ?

Il était détendu, sûr de lui. Il ne devait pas être très vieux. Trente, trente-cinq ans tout au plus. Sa peau burinée suggérait qu'il devait travailler dans une ferme des environs. Son col ouvert laissait deviner un autre tatouage sur son torse. Elle se demanda ce qu'il représentait.

– Avec plaisir.

Vu la rapidité avec laquelle on lui libéra une table, elle en déduisit que ce devait être un habitué des lieux.

En la voyant en arrêt devant le présentoir à queues de billard, il demanda :

– C'est une vraie partie ou un cours ?

Elle fit mine de ne pas comprendre.

– Tu veux que je t'apprenne à jouer ?

Il partit d'un grand éclat de rire qui lui fit chaud au cœur. Pour la première fois depuis des semaines, il se dégelait un peu.

Elle tendit la main.

– Je m'appelle Bridget.

Il la serra, un peu surpris par cette soudaine formalité.

– Travis, fit-il.

– Travis, répéta-t-elle. J'aime connaître le nom de mon adversaire avant de lui mettre la pâtée.

Il lui offrit encore deux bières pendant qu'elle gagnait trois parties coup sur coup. La tête lui tournait un peu. À cause de la bière, de la foule qui se pressait autour de la table, du regard que Travis posait sur elle.

La tête lui tournait tellement qu'elle perdit la quatrième partie. Elle rit lorsqu'il demanda à la salle entière d'applaudir sa victoire.

C'était visiblement un gars du coin, et qui était apprécié. Il jouait bien, si ce n'est mieux qu'elle. Mais elle avait profité de l'effet de surprise pour remporter les premières manches. Elle était très douée et s'était beaucoup entraînée pendant ses moyennement brillantes études et les quelques années qui avaient suivi l'obtention de son moyennement brillant diplôme.

– Si on faisait équipe ? suggéra-t-il. On pourrait tous les battre !

Leurs deux premiers adversaires étaient deux vieux Mexicains qui prenaient ça très au sérieux et qui leur donnèrent du fil à retordre. Lorsque Bridget tira la dernière boule, tout le bar l'acclama. Travis la souleva de terre et l'embrassa sur la bouche.

Il devait s'attendre à ce qu'elle se dégage de son étreinte, mais pas du tout. Le baiser s'éternisa et devint plus fougueux tandis que les hourras de la foule faiblissaient. Bridget sentait le sang battre à ses tempes, affluer dans son ventre. Elle était remplie de bière. Elle se souvenait à peine que sa vie s'était arrêtée deux semaines et demie plus tôt. Elle pouvait presque oublier que l'enterrement avait eu lieu, et qu'elle n'y avait pas assisté.

Finalement, ils ne battirent personne d'autre car ils avaient bien mieux à faire que de jouer au billard. Ils étaient comme aimantés. Elle prit une autre bière au passage tandis qu'il l'attirait dehors. Il suffisait qu'elle continue de boire et qu'il continue de l'embrasser pour empêcher la tristesse de l'envahir à nouveau.

Il l'attira sur le côté du bar, un coin tranquille et sombre où il jeta son chapeau dans l'herbe. Puis il la prit dans ses bras et la plaqua contre le mur. Ça faisait une éternité qu'on ne l'avait pas embrassée avec une telle ardeur. Elle en avait le souffle coupé. Une sensation si violente qu'elle pouvait s'y perdre.

Il passa ses mains dans son dos, sous son haut. Il détacha son soutien-gorge, souleva sa tunique. Là, elle frissonna soudain au contact d'une peau étrangère contre la sienne.

« Tu es ivre », se dit-elle avec ivresse.

Elle déboutonna sa chemise, pressée de découvrir enfin son tatouage, mais il était tellement grand, elle était tellement près qu'elle n'arrivait pas à voir de quoi il s'agissait.

Lorsque Travis se colla à elle, elle sentit son érection à travers son jean. Elle voulait lui demander, pour son tatouage, mais elle oublia la question aussi vite qu'elle se l'était posée.

Il entreprit de déboutonner son jean. « Je vais vraiment faire ça, là, maintenant ? » s'interrogeait une partie d'elle un peu moins ivre que le reste.

Il avait défait sa braguette avant qu'elle ait pu trouver une réponse satisfaisante. Ses deux mains se posèrent sur ses fesses nues.

Elle avait beau être complètement saoule, il y avait une question qu'elle devait lui poser à tout prix.

Elle s'arracha à ses baisers un instant pour demander :

– Tu as un préservatif ?

– Non. Y en a besoin ?

– Oui, y en a besoin.

– Ah, merde, dit-il en ôtant ses mains de son pantalon. Tu es sûre ?

– Sûre et certaine.

– OK, fit-il, avec un effort visible pour dompter son impatience. Ne bouge pas, je vais en chercher un.

Bridget sentit le premier picotement de honte l'envahir tandis qu'elle reboutonnait son jean, le second tandis qu'elle rattachait son soutien-gorge et rajustait sa tunique. Elle s'assit dans l'herbe, contemplant le ciel où ne brillait qu'un minuscule copeau de lune. Les larmes inondèrent son visage.

« Qu'est-ce que je suis en train de faire ? »

En revenant, Travis remarqua tout de suite que l'ambiance avait changé.

– Ça va ?

– Non, dit-elle, ça ne va pas.

La bière ne pouvait pas mentir.

Elle se roula en boule, enserrant ses genoux, brusquement refroidie.

– Tu vas être malade ?

– Non, non…

Elle s'interrompit un instant pour réfléchir à cette suggestion.

– Si, peut-être bien.

Elle fila derrière le bâtiment pour vomir ses tripes. Après, elle se sentit mieux, et pire en même temps. La nausée était passée, la ramenant brutalement sur terre.

Elle retourna s'asseoir dans l'herbe. Travis s'assit à côté d'elle.

– Ça va mieux ?

– Pas vraiment.

Elle se roula à nouveau en boule, posant sa tête sur ses genoux.

« Bon sang, ce que je suis nulle. »

Il lui caressa tendrement les cheveux.

– Tu es une fille superbe et une vraie championne de billard.

– Merci, marmonna-t-elle à l'intention de ses genoux.

– Tu veux qu'on se revoie un soir ? Demain ? proposa-t-il. On peut y aller plus doucement, si tu veux.

Elle releva la tête, tenta d'esquisser un sourire.

Au moins, elle avait choisi un type bien pour faire ses conneries.

– J'ai un petit ami, dit-elle en reniflant.

– Ah.

Il acquiesça.

– Évidemment. Il a de la chance.

Elle secoua la tête.

– Non, pas sûr qu'il en soit convaincu.

Il faut être quelqu'un.

Bob Marley

– Je crois qu'on devrait reporter le mariage, Jones, annonça Carmen.

Elle était assise dans la cuisine de leur loft. Chez sa mère, la table était en pin, en merisier, bref dans un bois quelconque, avec mille et une rayures et traces de verre. Douce et polie. La table de leur loft, comme le reste de leur cuisine, était en inox. Une matière froide et dure, sur laquelle on ne laissait pas la moindre marque. Et qui faisait mal aux coudes. Qui l'avait choisie ? Jones ? Elle ? Sûrement Annaliese, leur décoratrice d'intérieur. « Je la déteste, cette table », pensa-t-elle.

Jones leva les yeux de la machine à expresso. Il était sur le point de se faire un café, mais se ravisa, estimant sans doute que le vacarme de l'eau qui bout et de la vapeur qui monte serait malvenu après une telle déclaration.

– Carmen.

– Je suis incapable de penser à ça maintenant.

Comment veux-tu que je choisisse les fleurs et les hors-d'œuvre dans un moment pareil ? Impossible.

– Et pourquoi donc ? Enfin, on en a déjà discuté. À quoi veux-tu penser, alors ? À Tibby ? Tu vas passer tes journées à ruminer ? À pleurer votre amitié ? Combien de temps vas-tu rester bloquée là-dessus ? Tu crois vraiment que ça sert à quelque chose ?

Carmen le dévisagea. Des larmes brûlantes jaillissaient de ses yeux, elles refroidissaient en roulant sur ses joues et le temps qu'elles coulent dans son cou ou s'écrasent sur la table, elles étaient glacées.

– Je ne vois pas quoi faire d'autre.

– Passe à autre chose. Appelle ton manager. Contacte ton agent. Demande-leur de te trouver des auditions. Regarde les fleurs, teste les traiteurs, achète-toi la robe de mariée la plus dingue, la plus belle, la plus chère de New York. Vas-y !

Carmen regarda fixement une larme posée comme une perle sur la surface métallique de la table. Puis une autre et encore une autre. Elle les écrasa du bout du doigt.

– Je ne sais pas si j'en suis capable.

Jones avait traversé des épreuves. Il fallait bien le reconnaître. Son frère était mort d'une overdose à dix-huit ans, alors qu'il en avait deux de moins.

– Tu ne peux pas laisser le chagrin te définir, avait-il affirmé le jour où il le lui avait confié, environ trois mois après leur rencontre.

Ils n'en avaient plus jamais reparlé depuis.

Soit il encaissait très bien, soit très mal, Carmen n'aurait su le dire.

– Tu crois qu'en passant tes journées à traîner à la maison en jogging, tu lui rends hommage ?

Elle secoua la tête.

– Carmen, c'était OK la première semaine. Les dix premiers jours, passe encore. Mais là, tu ne fais pas avancer les choses.

Elle secoua à nouveau la tête.

– Je ne dis pas que tu dois oublier. C'est impossible, évidemment. Mais il faut apprendre à vivre avec ton chagrin, l'intégrer à ta vie et aller de l'avant. Tu verras, avec le temps, c'est de moins en moins lourd à porter.

Cette fois, Carmen hocha la tête. Ils avaient déjà eu cette conversation.

– D'accord ? fit-il comme un entraîneur renvoyant son poulain sur le ring.

Elle haussa les épaules.

– Je ne sais pas si j'en suis capable.

Jones la dévisagea un long moment. Elle savait qu'elle était mal coiffée et qu'elle avait le teint cireux. Son jogging n'était pas des plus seyants. Il devait se dire qu'elle était vraiment moche, que finalement il valait mieux ne pas l'épouser. Elle pensa aux jolies filles qui papillonnaient autour de lui à son bureau, avec leurs beaux cheveux raides et soyeux.

Il posa sa tasse dans l'évier avec fracas, ce qui la fit sursauter.

– Très bien, Carmen. Si tu ne veux pas te marier, c'est ton choix.

Il se dirigea vers la porte et se retourna.

– Je t'aime. Je veux t'épouser. Je t'épouserais dès aujourd'hui si c'était possible. Je veux continuer à aller de l'avant. Tu me connais. Si tu ne veux pas, c'est toi qui vois.

Carmen enfouit son visage dans ses mains.

– Mais moi, je ne fais pas marche arrière, déclara-t-il en enfilant son manteau.

Il ouvrit la porte.

– Ça, je m'y refuse.

Bridget dormit dans un champ pour la troisième nuit consécutive et se réveilla sous un soleil de plomb. Elle avait enfin trouvé le coin le plus ensoleillé de Californie mais, bizarrement, ça ne lui plaisait pas.

Elle ne s'était pas encore remise de sa gueule de bois de l'autre soir, au bar. Ce n'était pas normal. Elle ne pouvait pas continuer à mettre ses nausées sur le compte de l'alcool. Ou alors c'était parce qu'elle se sentait coupable. Qu'elle se dégoûtait.

Elle pédala jusqu'à Sacramento pour trouver

un truc à manger qui calmerait cette atroce envie de vomir. Après avoir avalé un pain au lait et un thé au jasmin, elle passa à vélo devant un centre de planning familial. Elle s'arrêta.

Une part d'elle-même frissonnait à l'idée de ce qu'elle avait failli faire l'autre soir, tandis que l'autre regrettait de ne pas l'avoir fait. Elle avait envie de sauter le pas, de franchir la ligne, de laisser sa vie d'avant derrière elle. Elle voulait tout détruire. De toute façon, ça ne pourrait pas être pire.

Elle entra dans le bureau en rejetant ses longs cheveux en arrière et signa le registre. Suivant le protocole, elle se rendit ensuite aux toilettes pour un prélèvement d'urine. Elle dessina un petit soleil souriant sur son gobelet en plastique chaud. Lorsqu'elle revint dans la salle d'attente, ils passaient une vieille chanson d'Earth Wind & Fire qui lui fit esquisser un pas de danse. Elle n'avait aucune envie de s'asseoir.

Elle était libre. C'était déjà ça. Elle n'avait pas d'obligation, on ne l'attendait nulle part. Elle dormait à la belle étoile. Elle allait dans le mur mais, au moins, elle était libre.

L'infirmière entra dans la pièce en lançant :

– Bridget Vreeland.

– C'est moi, dit-elle.

Il ne lui restait plus que son nom, et ça l'embêtait un peu. Elle hésitait à en changer. Elle pourrait se faire appeler Sunny. Sunny Rollins, comme le saxophoniste. Ou Sunny Tomko. Elle avait déjà emprunté l'ancien nom de Tibby quand elle avait eu besoin d'une nouvelle identité. Tibby la laisserait bien faire une deuxième fois.

Elle suivit l'infirmière dans une salle d'examen.

– Je dois mettre une de ces tuniques ? demanda-t-elle.

Elle n'avait peur de rien.

– On va discuter un peu d'abord, répondit l'infirmière.

Elle n'était plus toute jeune. Au moins la soixantaine. Bridget lui trouva le regard plein d'espoir, mais un peu triste. Difficile de déterminer ce qui l'emportait.

– Que puis-je faire pour vous ?

– J'ai besoin d'une contraception.

– Vous en avez une actuellement ?

– J'avais un anneau cervical, mais je crois qu'il n'est plus efficace. Je ne me souviens plus quand je devais en changer. J'ai dû laisser passer la date.

– À quand remontent vos dernières règles ?

Bridget réfléchit. Elle n'en avait pas la moindre idée. Elle avait eu bien d'autres soucis en tête ces derniers temps.

– Je n'en sais rien, avoua-t-elle franchement.

– Vous avez eu des rapports ?

– Quand ? Aujourd'hui ?

– Pas forcément aujourd'hui. Mais disons ces deux ou trois derniers mois.

Elle n'avait pas fait l'amour avec Eric depuis la veille de son départ pour la Grèce.

– Pas ces quinze derniers jours, mais avant oui.

– Vous êtes mariée ? En couple ?

– J'ai un petit ami.

Elle ignorait pourquoi elle répétait ça. Elle avait planté ce prétendu petit ami sans explication. Elle ne pouvait décemment pas continuer à l'appeler ainsi.

– Vous voudriez un nouvel anneau cervical ?

– Oui. Je pense.

– Bien. Y a-t-il un risque que vous soyez enceinte ?

– Non.

– OK. Allez-y, déshabillez-vous et passez la tunique avec l'ouverture sur le devant. Je vais vous examiner rapidement, puis vous poser l'anneau.

Il y avait davantage d'espoir que de tristesse dans son regard, décida Bridget. Mais une fragilité étonnante pour quelqu'un qui était depuis si longtemps sur cette terre.

– Super. Merci.

– Vous avez fait le prélèvement d'urine ?

– Oui, madame.

Bridget avait passé la tunique lorsque l'infirmière revint, avec une expression plus grave.

– Vous pensez que l'anneau ne me convient pas ? demanda Bridget sur le ton de la conversation. La pilule, ce serait peut-être mieux ? Le truc, c'est que je risque de l'oublier. C'est pour ça que j'avais choisi l'anneau à la base.

– Bridget.

Le ton avec lequel elle avait prononcé son prénom la fit taire.

– Oui ?

– Asseyez-vous.

Elle sauta sur la table d'examen et, tenant sa tunique en papier d'une main, passa les pieds dans les étriers.

– Non, non, ne vous installez pas tout de suite. Il faut qu'on parle cinq minutes.

Bridget se redressa, laissant ses pieds pendre dans le vide.

– Je ne peux pas vous poser un anneau cervical ni vous prescrire une autre forme de contraception avec une grossesse en cours.

Bridget la dévisagea. Elle plongea ses yeux dans les siens, dans l'espoir d'y trouver une autre signification à ce mot.

– Vous pensez que je suis enceinte ?

– Je sais que vous êtes enceinte. J'ai fait refaire le test deux fois. Les faux positifs sont extrêmement rares passé quatre ou cinq semaines.

– Non, je ne crois pas. C'est impossible. Vous êtes sûre que vous ne vous êtes pas trompée de gobelet ?

Le souffle court, Bridget balançait ses pieds d'avant en arrière. Elle croisa les bras.

– On peut faire un autre prélèvement d'urine si vous voulez. Mais je suis pratiquement certaine que le résultat sera le même.

– J'ai un anneau pourtant.

– L'anneau délivre une hormone qui bloque l'ovulation pendant un certain temps. Mais vous avez raison, il ne doit plus être efficace.

Bee n'arrivait plus à respirer. Si elle avait pu prendre une bonne inspiration, elle aurait pu souffler et nier l'évidence. Mais non. Elle avait les seins gonflés et douloureux depuis plusieurs jours. Elle avait souvent la nausée, mais elle avait mis ça sur le fait que son cœur était brisé et sa vie un désastre, sans compter sa gueule de bois persistante.

Elle pensa à son ventre, à son utérus où tout cela était censé se tramer. « Oh, mon Dieu ! » Elle avait besoin d'air. Elle se leva d'un bond.

– Il faut que je sorte, dit-elle.

Elle avait une voix bizarre.

– Bridget.

Elle s'aperçut alors qu'elle était nue sous une tunique en espèce de papier. Ses vêtements étaient entassés à l'autre bout de la pièce. Elle se figea. Elle ne savait plus quoi faire. Ça lui paraissait insurmontable de marcher jusque là-bas pour se rhabiller.

L'infirmière passa derrière elle et lui prit la

main. Bridget tremblait de tous ses membres. Elle avait les mains glacées alors que celles de l'infirmière étaient chaudes et sèches. Elle la força à se rasseoir, s'installa à côté d'elle et la prit par les épaules. Tout était trop bizarre pour que Bridget puisse en concevoir une gêne quelconque. Elle réussit enfin à inspirer une bouffée d'air qui l'aida à retrouver un peu ses esprits.

– Je peux m'en débarrasser ? demanda-t-elle, consciente que ce n'était pas ainsi qu'on formulait les choses en principe.

L'infirmière acquiesça lentement.

– Oui, vous pouvez interrompre la grossesse.

– Alors allons-y ! lança-t-elle avec empressement. Ça peut se faire tout de suite ?

– Bridget, c'est une lourde décision. Je fais ce métier depuis des années, j'ai une longue expérience. Vous vous en voudriez de passer à l'acte sans avoir réfléchi un minimum.

Bridget secoua la tête. Elle ne voulait pas prendre une lourde décision. Elle ne voulait pas réfléchir à quoi que ce soit. Elle voulait que ce soit fini. Point.

– Rentrez chez vous. Prévenez votre petit ami. Vous pourrez en discuter ensemble. Revenez avec lui quand vous serez sûre que c'est ce que vous voulez, il pourra vous tenir la main.

Bridget ne put chasser le visage d'Eric de son esprit. Les larmes la submergèrent soudain, venues du plus profond d'elle-même. Pour Eric, mais pas seulement. Pour tout ce qu'elle avait perdu ou gâché, tout ce qu'elle était sur le point de perdre ou de gâcher. Parce qu'elle n'en était pas digne. Elle n'était pas digne d'Eric ni de personne. Tout ce qu'elle méritait, c'était d'être seule.

L'infirmière lui caressa doucement la tête, pendant qu'elle pleurait tout son saoul. Au bout d'un moment, elle lui caressa le dos. Elle lui tenait la main en lui passant des mouchoirs en papier.

Bridget ne méritait pas non plus toute cette gentillesse, mais elle la laissa faire.

– Je ne peux pas le lui dire, déclara-t-elle finalement.

– Si vous l'aimez, vous devez le faire. Que vous vouliez ou non avoir un enfant ensemble un jour, je vous assure que votre couple ne survivra pas si vous ne le prévenez pas.

« Je crois qu'il est déjà mort », pensa Bridget mais, par respect pour cette infirmière, elle partit en promettant de réfléchir mûrement. Si elle tenait à prendre sa décision à la légère, au moins, elle le ferait ailleurs.

L'infirmière la raccompagna à la porte. Bridget s'aperçut alors qu'elle lui tenait toujours la main. Elle sortit une carte de visite de sa poche et nota un numéro de portable au dos.

– Vous pouvez m'appeler quand vous voulez.

Je suis sérieuse, *à n'importe quelle heure*, d'accord ?

– Merci, répondit Bridget.

Elle regarda la carte, puis le badge fixé sur la blouse de l'infirmière. Et vit alors qu'elle s'appelait Tabitha.

Le canapé où Carmen passait ses journées à pleurer était un meuble vintage des années 1950 recouvert d'un revêtement orange brillant dont le nom compliqué désignait tout bêtement une sorte de plastique. Contrairement à celui de chez sa mère, qui conservait la trace de toutes les tasses renversées et de toutes les larmes versées, sur celui-ci, tout glissait.

Lorsque Carmen se décida à se lever, elle se traîna jusqu'à la salle de bains pour se moucher et faire pipi. Là, elle aperçut son reflet dans le miroir. Elle était monstrueuse. D'une monstruosité monstrueuse. À son retour de Grèce, la première semaine, lorsqu'elle se voyait dans la glace, elle s'apitoyait sur son sort. Maintenant, elle se dégoûtait.

Qu'allait-elle bien pouvoir faire ? Allait-elle rompre avec Jones parce qu'elle était trop triste, trop folle et trop lâche pour l'épouser ? Allait-elle le quitter dès ce soir ? Partir, s'installer à l'hôtel en attendant de trouver un nouvel appart ?

Sans lui, qu'est-ce qui lui restait ? Sans ce loft ? Rien.

Elle serait seule. Sur l'épaule de qui pourrait-elle sangloter ? Personne. Pas Lena. Ni Bee. Elle ne pouvait même pas imaginer leur parler.

Elle allait se remettre à pleurer. Pas Paul. Ni son père. Autour d'elle, tout n'était que mort et chagrin, le monde était plein de gens trop fragiles pour qu'on puisse s'appuyer sur leur épaule.

Il y avait bien sa mère. Mais elle ne savait pas quoi lui donner, et Carmen ne savait pas quoi réclamer. Sa mère avait repris le cours de sa vie : elle redécorait sa maison, cherchait une nouvelle école pour Ryan. Elle serait ravie de se concentrer sur des problèmes tangibles comme le choix des fleurs ou des hors-d'œuvre. Elle appréciait Jones. Le chagrin de Carmen la terrifiait.

Et ses autres amis ? Ses amis de New York ?

Ses amis de New York se réduisaient à sa styliste, sa maquilleuse, son agent, son attachée de presse et l'assistante qui lui préparait ses cappuccinos. Des gens qui attendaient quelque chose d'elle. Qui faisaient partie de son public. Elle ne pouvait pas s'effondrer devant eux, elle était censée garder une certaine contenance.

Quant aux autres acteurs, ils étaient impossibles. Ils prenaient parfois un verre ensemble, mais cela en restait au sourire de façade et aux « Comment ça va, ma chérie ? ». Comme elle, ils avaient de vrais « amis d'avant » et pas besoin de s'en faire d'autres.

À sept heures du soir, Carmen guettait le retour de Jones dans sa robe Catherine Malandrino, avec Billie Holiday en musique de fond et un Martini prêt à être bu. Une mise en scène un peu cliché, mais efficace.

Jones traversa la pièce en faisant mine de valser.

– Alors, on dit septembre ?

– Avril, plutôt, rétorqua Carmen.

Il se figea entre deux pas de danse.

– Avril de cette année ?

– Avril de cette année.

Avec un large sourire, il lui tapa dans la main.

– Ah, je te retrouve, *baby* !

Puis il la souleva de terre, la porta dans la chambre et lui fit l'amour sans même replier leur beau dessus-de-lit ou lui ôter sa robe. Son portable avait beau vibrer, biper, sonner, au bord de l'apoplexie, pour une fois, il l'ignora.

Après, ils restèrent longtemps allongés à discuter du lieu, de la liste d'invités et du meilleur endroit pour partir en lune de miel au mois d'avril. Carmen était une sacrée bonne actrice quand elle le voulait.

En sortant du planning familial, Bridget chercha son vélo un bon moment. Elle était sonnée, elle avait mal à la tête et les yeux qui brûlaient. Elle l'avait peut-être laissé devant la boulangerie.

Elle arpenta les rues sous un soleil de plomb, essayant de revenir sur ses pas. Elle avait l'impression que le monde s'était à nouveau arrêté pour repartir de zéro. La première fois, c'était le monde où vivait Tibby, où les filles de septembre tenaient un rôle central dans sa vie, source de joie et de réconfort. Ce monde avait pris fin du jour au lendemain et une nouvelle ère avait commencé sans elles. Une nouvelle ère où il n'y avait plus qu'Eric et elle, et leur grand lit à baldaquin. Mais elle l'avait quitté.

Elle était passée à un monde où elle menait une vie de vagabonde, sale et enceinte, mais à vélo. Apparemment, ça aussi, c'était fini.

Elle aperçut enfin son antivol cassé qui gisait sur un trottoir à quelques mètres du planning familial. Voilà donc ce qui était arrivé à son vélo.

Elle ne s'arrêta même pas. Elle marcha droit devant elle, en direction de l'ouest. Elle se demanda si dans cette nouvelle existence elle ne pourrait pas se réincarner en une forme de vie inférieure, du genre termite ou crevette, des créatures qui ne traînaient pas le fardeau de la conscience.

Le lendemain après-midi, le soleil était trop chaud, son sac à dos trop lourd. Même les crevettes ressentent la douleur. Elle tendit le pouce. Avec ses longs cheveux flottant au vent, même dans l'état où elle était, elle n'aurait pas à attendre longtemps pour être prise en stop. Elle laissa passer les deux premières voitures qui ralentirent. Dans la troisième, il y avait un couple. Elle s'installa à l'arrière.

– Vous allez où ? demanda le conducteur.

Il avait la petite cinquantaine, un bouc et une chemise hawaïenne. Elle lui retourna la question :

– Vous allez où, vous ?

– Sonoma.

– Ça me va.

La femme se retourna. Elle avait les cheveux châtains bouclés et l'air soucieux d'une mère.

– Vous habitez où ?

Même avec son esprit de termite, Bridget savait qu'il valait mieux ne pas inquiéter les gens sympathiques qui l'avaient prise en stop.

– À San Francisco.

– Vous voulez qu'on vous dépose là-bas ? proposa la femme.

– Non, merci. Je suis en vacances.

– Nous aussi. Je m'appelle Tom, et voici ma femme, Cheryl.

– Moi, c'est Sunny, répondit-elle. Enchantée.

Bridget quitta Tom et Cheryl dans une station-service sur la route 80, au sud de Sonoma. Et elle marcha en direction du soleil couchant. Le temps qu'il ait disparu dans l'océan, elle était arrivée à Petaluma. Devant une banque, elle s'assit sur un banc en pensant à Anna, la cousine d'Eric, qui devait se marier le surlendemain. Enfin, dans l'ancien monde où étaient restés son vélo, son utérus vide et sa santé mentale. Elle n'était même plus sûre qu'Anna allait bien se marier.

Bridget s'acheta une part de pizza en sortant de la ville et marcha vers l'ouest dans la nuit. Les voitures la frôlaient, l'une d'elles aurait pu la faucher.

Les jours qui suivirent passèrent dans un brouillard, elle dormait dans des parcs, s'achetait à manger dans des snacks ou des distributeurs, progressant toujours plus loin vers l'ouest, le plus loin possible. Point Reyes. Après, c'était l'océan.

Elle avait les bras écarlates à cause du soleil, les cheveux sales et emmêlés, mais elle ne sentait plus rien. Elle était passée de termite ou crevette à une forme de vie encore inférieure, une créature dénuée de système nerveux. Un microbe, une amibe ou une algue bleu-vert, peut-être.

Elle était arrivée à l'océan, mais elle ne pouvait pas s'arrêter de marcher, aussi continua-t-elle vers le sud. Elle passait ses journées à dormir et à marcher, traversant Inverness, Dogtown, Bolinas puis Stinson Beach. On pouvait aller loin dans cette direction. Jusqu'au Mexique même. Elle s'imagina traversant Half Moon Bay, Big Sur, San Luis Obispo, Redondo Beach, Ensenada, jusqu'à Cabo, à la pointe de Baja. Elle avait beau ne plus rien sentir, elle se mit à pleurer. C'était un réflexe involontaire de son corps, comme la sueur qui lui coulait dans le dos. Elle pleura pendant un ou deux kilomètres avant de s'arrêter et de s'asseoir.

À Stinson Beach, elle jeta son sac dans le sable. Finalement, elle ressentait quelque chose. Ce n'était pas du chagrin, mais de la colère. Elle était furax. Plus elle y réfléchissait, plus la colère montait. Elle en voulait à ce lit idiot et à Eric qui l'avait acheté, pensant qu'il lui plairait.

Elle en voulait à son utérus. Elle n'était pas capable de prendre soin de qui que ce soit, à commencer par elle-même. Est-ce qu'il y avait pensé, à ça ? Elle était du genre à laisser le bateau couler avec les femmes et les enfants à bord. Un piètre capitaine.

Elle en voulait à son vélo de s'être fait voler. Elle en voulait à son antivol qui n'avait pas fait son boulot. Elle en voulait à son père qui avait bazardé son vieux vélo sans même lui en parler. Elle lui en voulait d'avoir bazardé toutes leurs affaires, même les chaussures de sa mère, lorsqu'il avait vendu leur maison pour s'installer dans un appartement.

Elle repensa aux chaussures de sa mère, soigneusement conservées pendant tant d'années. Elle faisait trois pointures de moins que Bridget qui, de toute façon, ne les aurait jamais portées, mais ce n'était pas une raison pour les jeter comme ça.

La colère monta encore d'un cran. Comment sa mère avait-elle pu les abandonner avec toutes ces chaussures dont ils ne savaient quoi faire ? Et ses vêtements ? Et ses gardénias qui avaient dépéri un à un dans une pièce trop sombre. Avait-elle seulement pensé à ce qui arriverait à tout ce qu'elle avait laissé derrière elle ? Peut-être qu'elle s'en fichait, tout simplement. Qu'elle s'imaginait que le monde n'existerait plus une fois qu'elle l'aurait quitté.

Enfin, Bridget en voulait à Tibby. Elle était furieuse après Tibby. Elle donna un coup de pied dans le sable et s'en mit plein dans les yeux, dans la bouche, dans les cheveux.

– Comment as-tu pu faire ça ? hurla-t-elle face à l'océan. Moi, je ne t'aurais jamais fait un truc pareil !

Elle se laissa tomber sur la plage et resta là sans bouger. Les heures passèrent, elle ne se donna même pas la peine de sortir son sac de couchage. Elle resta couchée sur le dos à regarder le ciel.

Tibby l'avait-elle seulement aimée ?

En natation synchronisée, si l'une des nageuses se noie, est-ce que les autres sont censées couler aussi ?

Steven Wright

Certains affirment que c'est le premier mois le plus dur. D'autres, les trois premiers. Le chagrin, c'est comme un nouveau-né, les trois premiers mois, c'est l'enfer et, au bout de six mois, on finit par s'avouer vaincu, on réorganise sa vie en fonction de lui, on lui fait de la place.

Alors qu'elle longeait la rivière de Providence, frissonnant dans un manteau en laine qui aurait mérité de prendre sa retraite depuis bien longtemps, Lena avait l'impression d'être partie dans le mauvais sens. Elle était aussi peu douée pour le chagrin que pour le reste, elle faisait tout mal et à l'envers.

Le premier mois n'avait pas été le pire. Elle était sous le choc, horrifiée, hébétée, comme si elle avait reçu un coup de massue sur la tête, mais elle ne se rendait pas vraiment compte que Tibby avait disparu. En ce matin de décembre, au bout d'environ deux mois et demi, elle avait fini par y croire. La nature a horreur du vide, si bien qu'un truc sombre et sinistre occupait maintenant la place libre au fond de son cœur.

Chaque jour qui passait l'éloignait davantage de l'époque où Tibby était encore vivante et la tuait un peu plus. Chaque jour qui passait enterrait un peu plus profondément l'idée que Lena se faisait du monde autrefois.

Ce matin-là, elle s'était réveillée en pensant à Carmen. Elle était triste pour elle. Généralement, elle chassait ce genre de pensée, mais à l'aube, son esprit assoupi était encore vulnérable et la compassion avait réussi à s'y infiltrer. C'était l'image de son maudit iPhone qui lui était apparue. Chaque fois que Carmen regardait son portable, leur photo s'affichait en fond d'écran : elles quatre bébés, regardant par-dessus le dossier d'un canapé, comme un *girls band* miniature. Carmen le consultait cinq cents fois par jour, comment pouvait-elle le supporter ?

En réfléchissant à tout ça, Lena comprit pourquoi elle évitait de s'apitoyer sur le sort de Carmen et de Bee. Parce que c'était comme si elle s'apitoyait sur son propre sort et, si elle s'y autorisait, elle risquait d'être submergée.

À ce tarif, elle se demandait dans quel état elle serait dans trois mois. Un petit tas d'angoisse noir et racorni. Encore plus noir et plus racorni que maintenant. Faute d'avoir su accommoder le chagrin, lui faire une place dans sa vie, elle se serait sûrement laissé dévorer et aurait abandonné tout espoir.

Elle marchait beaucoup en ce moment. Le long de la rivière, mais sans vraiment la voir. Elle avait l'impression que, tant qu'elle était en mouvement, elle ne laissait pas les idées noires s'installer. Ça ne fonctionnait pas toujours. Mais, de toute façon, elle ne tenait pas en place.

Les doigts rougis par le froid, elle parvint à grand-peine à glisser sa clé dans la serrure. Elle avait mal, mais elle ne retrouvait pas ses gants. Et elle ne pensait jamais à en racheter. Les petits maux, comme les doigts et les orteils gelés, tentaient en vain d'attirer son attention, à l'image des enfants du milieu dans une famille trop nombreuse. C'était l'aîné et le dernier-né qui recevaient le plus d'égards, le chagrin le plus ancien et le plus récent.

Elle trouva plusieurs messages sur son répondeur. Elle ne recevait plus que deux appels quotidiens – sa mère et Effie –, maintenant que Carmen ne l'appelait plus, mais leurs messages étaient encore plus compatissants et condescendants qu'avant. Elle n'avait aucune envie de les écouter. Elle les laissait s'accumuler dans sa boîte vocale.

Dans son minuscule appartement, elle s'assit à son bureau sans enlever son manteau. Elle croisa les bras et regarda fixement le plafond.

Elle ne voulait pas regarder autour d'elle car les photos, les dessins qui restaient sur les murs – ceux qu'elle n'avait pas arrachés ou cachés – lui rappelaient une époque, un monde, une Lena qui n'existaient plus. Elle ne voulait plus rien ressentir, plus rien voir, plus rien imaginer.

Elle agita la souris de son gros mammouth d'ordinateur, qui reprit lentement vie, affichant sa punition quotidienne, sa version à elle du fond d'écran de portable de Carmen : l'une des rares photos qu'elle n'avait pas supprimées, elles quatre le jour de leur remise de diplôme, avec leurs lourdes robes noires et leurs chapeaux bizarres sous le bras ou en équilibre sur le sommet du crâne, entourées de leurs proches. Cette photo représentait l'apogée de sa vie, un moment où elle était pleine d'espoirs et de joies. Elle avait le bras autour du cou de Tibby, elle était si souriante, elle avait l'air si heureuse, si ouverte, si naturelle qu'elle se reconnaissait à peine.

Mais peu de temps après, il y avait eu une fêlure, sa personnalité avait changé, elle n'était plus jamais redevenue la même. Elle dévisagea ses amies, Tibby, puis Bee, Carmen et à nouveau Tibby.

Ses amies avaient fait d'elle ce qu'elle était. Sans elles, elle n'était plus la même. Elle était férocement attachée à cette identité, à leur amitié. Elle s'y cramponnait, elle la vénérait, elle l'idolâtrait même, au lieu de construire sa vie d'adulte. Pendant des années, elle n'avait mangé que les miettes de ce festin, croyant que cela suffirait à la nourrir.

Et qu'était-ce donc que ce grand festin ? C'était l'idée qu'elles se faisaient de l'amitié, de la force qu'elle leur donnait, de l'amour inconditionnel qu'elles se portaient l'une à l'autre, le soutien, la sécurité, la franchise, la liberté qu'elle était censée leur offrir. Une idée assez prometteuse pour lui permettre de survivre pendant des années de famine.

Mais c'était fini. Et des questions perfides la torturaient. Ce festin avait-il seulement existé ? Pour de vrai ? Comment ce qui venait de se produire avait-il pu arriver alors ? Comment Tibby avait-elle pu leur cacher tant de choses ? Si ce soutien, cette force étaient réels, comment se faisait-il qu'elle ait abandonné la partie ? Comment avaient-elles pu la laisser faire ? Comment avaient-elles pu la laisser s'éloigner d'elles à ce point ?

Il n'y avait qu'une seule réponse : c'était impossible. Si ç'avait été réel, ce ne serait pas arrivé. Elle n'aurait pas fait ça. Donc ce n'était pas vrai.

Lena n'avait pas grappillé les miettes d'un festin, elle avait passé des années à jeûner. Toutes ces années, elle mourait de faim, et elle s'était tellement bercée d'illusions qu'elle était devenue incapable de se nourrir seule.

Elle posa les yeux sur la lettre que Tibby lui avait laissée. Elle trônait là, sur son bureau, depuis des semaines. Elle examina l'écriture de Tibby, les quatre lettres de son prénom au verso, et au recto la mention « ne pas ouvrir avant le 15 décembre ». Elle l'avait tellement regardée qu'elle n'avait plus de secrets pour elle. « Je pourrais l'ouvrir maintenant », se dit-elle. Mais immédiatement, comme chaque fois, elle se dégonfla. Elle l'ouvrirait plus tard. Tibby avait dit pas avant le 15 décembre, elle n'avait pas spécifié combien de temps après.

La sonnerie du téléphone la tira de ses pensées. Elle le contempla sans même envisager de tendre la main pour décrocher. Elle attendit quelques instants avant d'écouter le répondeur. Sa voix de robot lui apprit qu'on était le 24 décembre, détail qu'elle avait complètement occulté.

« Len, c'est moi. Je suis dans le train. On ne va quand même pas te laisser passer Noël toute seule. Là, je suis à… New Haven, il me semble que c'est la dernière gare qu'on a traversée. Dans mon précédent message, je te disais que je serais chez toi vers une heure, mais j'ai l'impression que ce sera plutôt vers la demie. Rappelle-moi. »

Lena faillit s'étrangler. Effie était en route. Elle venait lui tenir compagnie pour Noël et c'était bien la dernière chose au monde dont Lena avait envie.

Elle aurait dû se douter qu'elle ne pourrait pas faire l'impasse sur Noël. Après l'avoir harcelée sans relâche pour qu'elle vienne passer les fêtes chez eux à Bethesda, ses parents avaient (apparemment) laissé tomber. Mais elle aurait dû savoir que ce n'était qu'une feinte.

Elle aurait dû écouter son répondeur. Elle aurait pu réagir alors qu'Effie était encore à New York, et non pas en train de foncer vers Providence. Elle aurait pu la convaincre de rester là-bas. Maintenant qu'elle était en route, qu'est-ce qu'elle pouvait bien faire pour s'en débarrasser ?

Elle connaissait trop bien sa sœur. Elle n'allait pas arrêter avec ses questions et ses confidences, le dîner au restaurant, les cadeaux, la nuit entre sœurs dans le même lit. Elle n'allait pas la lâcher une seconde. Elle allait s'immiscer dans sa tranquillité chérie comme un ver dans une pomme.

Lena enfouit son visage dans ses mains. Et si elle l'appelait tout de suite ? Avant qu'elle soit dans l'état de Rhode Island ? Quelle excuse pourrait-elle bien inventer pour lui faire tourner les talons ? Lui dire qu'elle avait la lèpre ? Un lit infesté de punaises ? Pas de chauffage ni d'eau chaude ?

Non, quand Effie était en route, rien ne pouvait l'arrêter. Lena devinait que ses parents étaient pour beaucoup dans cette visite surprise et qu'ils la finançaient sans doute. Si elle n'y prenait pas garde, Effie leur réserverait une suite dans un palace avec massages et manucure à toute heure.

Il n'y avait qu'une seule chose à faire. Lena n'avait qu'à se montrer tellement odieuse, imbuvable et invivable que sa sœur repartirait dès le lendemain. C'était tout simple, et elle n'aurait pas à se forcer.

Jones avait décidé, sur un coup de tête, qu'ils iraient passer Noël à Fresno, en Californie. C'était l'occasion de présenter sa fiancée à ses parents avant le mariage.

Voilà pourquoi Carmen se retrouva assise à table dans la salle à manger d'une modeste maison de la banlieue de Fresno le soir du réveillon entre M. et Mme Jones seniors.

Il y avait un sapin en plastique dans le salon, un cake sur le buffet de la cuisine, et c'était tout. Pas de messe, pas de champagne. Ils s'assirent à table pour manger sans même éteindre la télé.

– Je n'entends pas ce qu'il dit, s'agaça M. Jones tandis qu'il attaquait son jambon.

Carmen n'avait pas l'impression que Jones disait grand-chose, mais elle bondit de sa chaise pour baisser le son.

– Non, dans l'autre sens, ordonna M. Jones.

Elle comprit alors qu'il voulait entendre le présentateur, pas son fils.

– Ah… d'accord, désolée.

Carmen se rappelait que, petite, elle rêvait de pouvoir manger devant la télé, mais que sa mère refusait catégoriquement, même quand elle était malade.

– Délicieux, fit-elle à l'adresse de Mme Jones en désignant le jambon.

– Merci, j'ai fait un glaçage au sirop d'érable.

– Ah ! C'est très bon.

– Je peux vous donner la recette si vous voulez.

– Ah, oui, d'accord. Je ne cuisine pas beaucoup, mais j'aimerais vraiment apprendre.

Elle regretta aussitôt d'avoir dit ça et jeta un coup d'œil paniqué à Jones, mais il regardait fixement l'écran.

– Vous aimez cuisiner ? demanda-t-elle.

Elle se sentit encore plus stupide devant l'air perplexe de Mme Jones. Elle allait passer pour une petite fille pourrie gâtée pour qui la cuisine était un hobby, pas une nécessité.

– C'est un citronnier ? fit-elle en montrant la fenêtre.

– Oui.

– C'est l'avantage de vivre en Californie, hein ?

Elle parlait trop vite, elle le savait. Le silence s'éternisa avant que Mme Jones ne lâche un :

– J'imagine.

Au bout d'un moment, Carmen abandonna

et laissa la télé faire la conversation. Elle comprenait mieux pourquoi Jones avait choisi ce métier.

En étalant ses nouilles dans son assiette, elle pensa à Bridget. Elle avait regardé la distance entre Fresno et San Francisco sur Internet. Elle aurait pu l'appeler, elle avait beaucoup hésité, mais maintenant qu'elle était sur place, elle savait qu'elle ne le ferait pas. Si elle avait su comment entamer la discussion, elle aurait peut-être décroché son téléphone. Mais elle ne savait pas quoi dire. Elle ne pouvait pas demander à Bee comment elle allait. Elle ne pouvait pas lui annoncer qu'elle allait se marier. Les entrées en matière les plus banales lui semblaient ridicules et elle ne se sentait pas capable d'aborder des sujets plus personnels.

– Si tu veux, demain soir, on ira au cinéma, proposa Jones un peu plus tard, après avoir dit bonne nuit à ses parents.

En montant dans leur chambre, Carmen remarqua une photo dans l'escalier, sans doute Jones et son frère aîné. C'était la seule photo de ce dernier qu'elle avait aperçue dans la maison. Les deux garçons mordaient à pleines dents dans d'énormes tranches de pastèque. Jones devait avoir sept ans. Carmen s'arrêta pour la regarder, mais il ne l'attendit pas, il continua à monter. Elle regarda fixement son dos en se demandant si, dans cette famille, on mentionnait parfois l'existence de ce frère mort. Elle essaya d'imaginer la conversation à table, avec la télé qui braillait dans le fond.

Elle s'était souvent demandé pourquoi Jones prenait les choses ainsi. Elle commençait à comprendre.

Bridget se réveilla sur la plage de Stinson peu après le lever du soleil. Elle se redressa pour contempler l'océan. Chaque vague venait et repartait, comme la barre d'un trapèze, l'invitant sans relâche à la suivre. Et si elle acceptait ? Si elle entrait dans l'eau, si elle s'enfonçait dans le lit des vagues. Tibby l'avait bien fait, pourquoi pas elle ?

Elle pensa à Tabitha, l'infirmière. Ça, c'était une lourde décision à prendre. C'était la plus lourde des lourdes décisions, qui réglait d'un seul coup toutes les autres décisions plus légères.

Tabitha aurait été déçue. Et, curieusement, en cet instant, c'est sa réaction qui comptait, plus que celle de son père, de Carmen, de Lena ou d'Eric.

« Moi, je ne vous ferai jamais un truc pareil », pensa-t-elle à nouveau.

Le soleil du matin creusait un trou au sommet de sa tête. Elle en avait eu sa dose. Il ne pleuvait donc jamais par ici ? Pour la première fois de sa vie, elle se surprenait à rêver d'une bonne grosse averse new-yorkaise.

Elle ouvrit son sac et en sortit l'enveloppe que Tibby avait laissée pour elle. Elle n'était pas censée l'ouvrir avant deux semaines, mais elle s'en fichait. Tibby n'avait plus son mot à dire. Si elle voulait faire valoir ses droits, elle n'aurait pas dû s'en aller. Bridget envisagea même un instant de la jeter à l'eau sans la lire, mais elle ne put s'y résoudre.

Elle la déchira. À l'intérieur, il y avait une autre enveloppe à ouvrir encore plus tard accompagnée d'une lettre. Elle la déplia.

Ma chère Bee l'abeille,

Je t'imagine en train de lire cette lettre assise au soleil, une ou deux semaines avant la date prévue.

Tu as l'impression que je t'ai abandonnée, et je te comprends. Tu es sûrement au stade de la colère, et si ce n'est pas encore le cas, ça viendra. C'est normal que tu sois furieuse. Tu comptais sur moi, je ne suis plus là.

Si je le pouvais, je donnerais tout pour être encore auprès de toi. Crois-moi. L'idée de ne pas connaître la suite de ta vie, ma Bee chérie, me rend malade. Tout me rend malade.

Je pense que, de nous quatre, c'est pour toi que c'est le plus dur. J'aimerais pouvoir adoucir ta peine. J'aimerais faire en sorte que tu saches que tu es forte, que tu es aimée. Et que tu trouveras ta voie parce que tu as quelque chose qui m'a souvent manqué. La foi. Pas forcément en Dieu, non, mais en un jour meilleur. Tu es la lumière, l'espoir, Bee. Même si tu tombes très bas, tu l'auras toujours en toi, ce truc qui te rend différente de ta mère. Et, j'en ai bien peur, de moi.

J'imagine ton esprit comme une chose légère, jaune, ébouriffée, volante et bourdonnante. Même quand tu es au plus mal, c'est là, en toi. C'est toi.

La colère de Bee s'évapora instantanément et le chagrin revint. Elle préférait la colère. Elle dominait sa colère, elle la possédait, alors que c'était le chagrin qui la possédait. Comme un torrent si violent qu'il menaçait de l'emporter jusque dans l'océan, pas parce qu'elle avait choisi de s'y jeter, mais parce qu'elle n'avait pas assez de force pour lui résister. C'était peut-être ce qui était arrivé à Tibby. Elle n'avait peut-être rien pu faire.

– Pourquoi tu fais toujours cette tête-là ? demanda Effie, assise en tailleur sur le lit.

Il n'était pas encore quatre heures et Lena avait déjà épuisé tous les sujets de conversation consensuels.

– Et toi, pourquoi tu parles si fort ? répliqua-t-elle.

Elle se demandait si les murs de son petit appartement se sentaient aussi perturbés qu'elle par ce vacarme après des semaines de silence solitaire.

– Je ne parle pas fort. Je parle, c'est tout.

Lena n'avait pas envie de discuter. Effie adorait discuter. Plutôt mourir d'ennui que de se lancer dans une grande discussion.

Le portable de sa sœur n'arrêtait pas de vibrer mais elle semblait se faire un devoir de ne pas décrocher. Ce qui ne l'empêchait pas de le consulter toutes les cinq secondes.

– Comment ça va, avec le mec, là ?

Lena mit quelques instants à répondre. Effie avait un besoin vital de parler, les mots, c'était son oxygène. Si elle était en manque, elle serait peut-être tentée de rentrer plus tôt chez elle.

– Quel mec ?

– Celui qui ressemble au gars qui fume des pétards dans *Scoubidou*.

– Qu'est-ce que tu racontes ?

– Le mec qui essaie de se faire pousser la barbe. Celui qui fait des sandwiches.

Lena aurait bien continué à faire semblant de ne pas comprendre, mais si elle faisait trop de mystères, cela risquait d'intriguer sa sœur.

– Tu veux parler de Drew, dit-elle platement.

– Oui, voilà, Drew. Qu'est-ce qu'il devient ?

– Rien. Il bosse au snack. Et il prépare son expo.

Effie secoua la tête d'un air impatient.

– Tu sors toujours avec lui ?

Lena poussa un soupir. Elle prit sa panière à linge et se mit à plier ses T-shirts.

– On se voit de temps en temps.

La vérité, c'est qu'elle ne l'avait vu qu'une fois depuis son retour. Pour lui dire qu'elle voulait faire une pause. Comme si entretenir la moindre relation l'épuisait. Elle lui avait sorti le discours classique « ça n'a rien à voir avec toi, c'est moi » et il avait accepté sans opposer de résistance.

Pas d'éclats. Pas de discussion. Lena haussa les épaules.

Effie pianota sur son portable puis le reposa.

– Pour être honnête, je ne sais pas quelle réponse j'espérais. Ça me désole de te voir perdre ton temps avec un loser pareil. Mais en même temps, ce serait rassurant de savoir que tu es en contact avec un autre être humain. Ouais, ça rassurerait papa et maman. Même papa, je t'assure.

Pas d'éclats. Lena serra les dents. Sa sœur avait le don de faire de petites réflexions qui jetaient de l'huile sur le feu. C'était difficile d'éviter les éclats, et même l'explosion.

– Ne t'inquiète pas, Ef. Je vais très bien. J'ai des contacts humains. Vous devriez arrêter de vous en faire, dit-elle d'un ton posé et lénifiant. Je donne des cours deux après-midi, un soir et un matin par semaine. Je passe du temps à l'atelier. Je croise sans cesse les autres professeurs.

Comme ça n'avait pas du tout l'air d'intéresser sa sœur, elle poursuivit :

– J'assiste à une conférence pratiquement toutes les semaines. J'ai aidé Susan… Murphy à faire sa présentation Powerpoint…

Lena commençait à être à court de détails rasoirs à donner, quel dommage. Le regard d'Effie avait dévié vers son téléphone mais elle n'avait pas encore osé le prendre.

– J'ai plein de contacts humains.

– Mais des amis, tu en as ?

C'était bien sa sœur d'aller droit au but et d'appuyer là où ça faisait mal, de ruiner tous ses efforts en déjouant ses minables manœuvres d'évitement. Lena avala sa salive, priant pour que son visage reste impassible.

– Bien sûr.

– Je ne veux pas parler de tes anciens amis. Des nouveaux copains, ici. Que tu vois régulièrement.

Voilà pourquoi Lena regrettait tant de ne pas avoir écouté son répondeur et trouvé un moyen d'échapper à cette visite. Elle voulait que sa sœur rentre chez elle. Elle n'avait pas envie de la voir.

– Bien sûr, répéta-t-elle en se penchant pour prendre sa panière à linge.

Elle alla la déposer sur son bureau, puis lentement, chaussette par chaussette, elle entreprit de ranger ses vêtements.

Lorsqu'elle eut réussi à se recomposer une expression, elle se retourna vers sa sœur. Elle s'éclaircit la voix. Cela lui coûtait d'aborder volontairement le sujet de son boulot chez *OK! Magazine* parce que ses articles people et les filles superficielles avec qui elle travaillait lui donnaient des boutons. En plus, cela risquait de lui faire plaisir.

Mais ça faisait deux heures et demie qu'Effie était là, et Lena n'avait plus d'autre solution. Elle soupira à nouveau avant de s'asseoir par terre.

– Alors, comment ça va, au journal ?

Si nous sommes maîtres des mots que nous n'avons pas prononcés, nous devenons esclaves de ceux que nous avons laissés échapper.

Winston Churchill

Lena fut obligée d'accepter de dîner au restaurant. Elle choisit un endroit bondé et bruyant, où il était impossible de réserver si bien qu'on mangeait sous le regard envieux des gens affamés qui attendaient la table. Elle savait que ça allait être dur, mais si ça pouvait lui épargner l'inspection au rayon laser et les remarques au napalm de sa sœur, ça valait le coup.

Effie commanda un Martini et du saumon fumé, puis un tournedos et deux verres de bordeaux très cher. Elle n'était pas plus fortunée que Lena, mais elle s'habillait bien mieux et se débrouillait pour manger gratis aussi souvent que possible. Leurs parents ne devaient pas se douter du genre de repas qu'ils finançaient ce soir.

Lena prit un verre de vin. Elle n'en avait pas bu la moitié qu'elle se sentait déjà écarlate et un peu pompette. Ce déballage de décorations dorées la déprimait complètement. Quand avait-elle bu pour la dernière fois ? Avec Kostos, sur le canapé de ses grands-parents. Elle posa sa main fraîche sur sa joue en feu.

L'éclairage baissa, la musique ralentit. Ella Fitzgerald entonna un chant de Noël. Effie commanda un fondant au chocolat accompagné d'une boule de glace vanille avec deux petites cuillères.

– Je suis contente d'être là, avec toi, Len, déclara-t-elle. On a besoin de sa famille dans des moments pareils.

Lena jeta un regard autour d'elle. Effie commençait à verser dans le sentimental juste au moment où le restaurant se vidait. Elles se retrouvaient dans un endroit intime, propice à la discussion sérieuse. Où étaient les hordes de clients énervés attendant qu'elles libèrent leur table ?

– Comme quand Mamita est morte, tu m'as soutenue. Je n'avais pas compris à quel point elle comptait pour moi avant qu'elle disparaisse.

Effie ferma les yeux en poussant un soupir mélodramatique.

Elles étaient sur un terrain glissant, elles se rapprochaient dangereusement des sujets sensibles.

Lena regarda fixement la porte, paniquée. Où étaient passés les gens ? Pourquoi n'y avait-il personne dans ce restaurant ? Tout son beau plan s'effondrait. Maudite Providence ! Cette ville ne méritait vraiment pas son nom.

Au bord des larmes, Effie prit la main de sa sœur.

– D'abord Mamita, et maintenant Tibby, j'ai du mal à y croire.

Lena était pétrifiée. Elle sentait monter un haut-le-cœur, mais elle se disait que si elle ne bougeait pas, pas du tout, ça allait passer. Elle repensa à la fois où elle s'était empoisonnée avec une crevette pas fraîche, elle avait espéré qu'en restant allongée dans son lit, elle la découragerait de remonter et de ressortir.

Mamita avait quatre-vingt-douze ans. Tibby, vingt-neuf. Mamita avait eu des enfants, des petits-enfants, un mari qu'elle aimait, un restaurant à tenir. Tibby, malgré son talent, sa créativité, tout l'amour qu'elle avait à donner, n'avait rien eu de tout ça. Mamita avait vécu une vie bien remplie alors qu'il y avait un tel trou noir dans celle de Tibby qu'elle n'avait pu le supporter. « Ne bouge pas. Ne bouge surtout pas. » Tout allait remonter.

– Je suis vraiment vraiment désolée pour Tibby.

C'était le Martini et le bordeaux qui parlaient à la place de sa sœur.

Lena espérait que son demi-verre de vin n'allait pas répondre.

– Je sais à quel point elle te manque, Len. Elle me manque aussi.

– QU'EST-CE QUE TU RACONTES ? rugit Lena entre ses dents serrées.

Elle ne pouvait plus se retenir. Tout remontait.

– Si, je t'assure. On a eu quelques différends, mais ça ne veut pas dire que je ne l'aimais pas.

Bon sang. C'était parti. Lena se voyait, penchée au-dessus des toilettes, la bouche pleine de bile. Son estomac se soulevait. Il n'y avait plus qu'à tout laisser sortir en priant pour que ça aille mieux après.

– Tu ne l'aimais pas, éructa-t-elle. Comment oses-tu dire ça ? Je sais que c'est faux.

Effie parut blessée. Elle était très forte pour ce genre d'expression. Lena n'envisagea pas une seule seconde que cela puisse être sincère.

– Tu étais vraiment furieuse pour l'histoire avec Brian.

Une autre vague de nausée.

– Il aimait Tibby, il ne t'aimait pas, et tu ne l'as pas digéré, répliqua Lena. Tu lui en as toujours voulu, je le sais.

C'était amer et violent quand ça sortait.

Effie avait les yeux brillants.

– Tu me prends pour qui ?

– C'est pour ça que tu nous as volé le jean. Et tu l'as perdu !

Tandis que ses souvenirs fielleux remontaient à la surface, Lena retrouva la superstition enfantine qui ne l'avait jamais vraiment quittée. Si elles avaient encore eu le jean magique en leur possession, rien de tout cela ne se serait produit. Le jean n'aurait pas laissé arriver ça, ni à Tibby, ni à aucune d'entre elles. Le jean les aurait protégées.

– Tu ne me l'as toujours pas pardonné ? Tu m'avais pourtant assuré que oui, mais visiblement tu ne me le pardonneras jamais.

Lena pinça les lèvres. Elle chassa les larmes de ses joues d'un revers de main. Et voilà, elles étaient toutes les deux en larmes en train de se crier dessus. Heureusement que le restaurant était presque vide, en fin de compte. Ella Fitzgerald continuait à chanter les aventures de Frosty le bonhomme de neige, indifférente à leur dispute.

– Ce n'est pas vrai, répliqua Lena un ton plus bas.

– De toute façon, ce n'est pas à Tibby que j'en voulais. Ni à Brian. C'est à toi, avoua Effie.

Lena sentit son menton trembler, ses épaules frémir.

– Je t'en voulais d'avoir pris son parti contre le mien. Je t'en voulais de toujours préférer tes amies à moi. Je suis ta sœur, quand même ! Ça ne veut rien dire pour toi, n'est-ce pas ?

Lena la vit se lever.

– Mais si, protesta-t-elle faiblement.

– Non, je le sais !

– Effie !

– Je suis venue te voir pour te soutenir, Lena.

Mais c'est impossible, parce que je ne compte pas assez pour toi.

Lena pleurait à gros sanglots maintenant. Elle enfouit son visage entre ses mains.

– Ce n'est pas vrai, hoqueta-t-elle.

Effie fouilla dans son sac et posa cinq billets de vingt dollars sur la table. Les joues ruisselantes de larmes, elle rangea sa chaise et tourna les talons.

Lena garda longtemps les yeux rivés sur la porte du restaurant, dans l'espoir qu'elle allait revenir.

Bridget revint sur ses pas pour rejoindre Bolinas. Elle poussa la porte du Sea Star Inn, la première auberge qu'elle trouva sur sa route parce qu'elle mourait de faim. Elle commanda des œufs, des saucisses, des toasts et encore des toasts.

Les guirlandes accrochées un peu partout et les chants de Noël à la radio lui rappelèrent qu'on était le 24 décembre.

– Vous avez une chambre pour ce soir ? demanda-t-elle à la serveuse qui devait également être la patronne.

L'endroit était tellement délabré qu'il devait être dans ses moyens, tout du moins, elle l'espérait.

Pour quarante dollars, elle obtint une petite chambre avec salle de bains sur le palier. Elle s'allongea sur le lit grinçant, alors que le soleil se couchait. Lorsqu'elle se réveilla au milieu de la nuit, elle entendit la pluie battre les carreaux.

Après deux jours à dormir dans un lit et manger de vrais repas, elle n'avait plus un sou. La serveuse-propriétaire, Sheila, la croisa dans l'entrée avec son sac sur le dos.

– Vous partez déjà ? Dommage.

– J'aimerais bien rester, mais je suis à sec.

En voyant la femme pâlir, elle ajouta avec empressement :

– Je veux dire, je peux payer ma note.

Elle sortit son portefeuille.

– J'ai juste assez, mais après… fini !

Sheila acquiesça. Elle avait noué un bandana sur ses cheveux, exactement comme Greta, la grand-mère de Bridget.

– J'ai pas mal de petits boulots à faire ici. Je pourrais vous offrir le gîte et le couvert si vous êtes prête à travailler.

Bizarrement, dans sa bouche, le mot « travailler » avait autant d'attrait qu'un énorme milk-shake à la banane.

– J'adorerais vous donner un coup de main, répondit Bridget.

– Ça marche, alors. Remontez poser vos affaires dans la chambre et on commencera par la cuisine.

Ce soir-là, Bridget appela Eric de l'antique téléphone à pièces installé dans l'entrée. Elle composa le numéro de son bureau, sachant qu'il n'avait aucune chance de s'y trouver à cette heure. Elle lui laissa un message pour lui souhaiter un joyeux Noël et lui dire qu'elle l'aimait. Elle avait autre chose à ajouter, mais elle en fut incapable. Elle raccrocha, le cœur battant à tout rompre.

Le lendemain matin, elle appela Tabitha, l'infirmière du planning familial.

– Vous avez prévenu votre petit ami ?

– Pas encore, non.

– Vous avez l'intention de le faire ?

– Je ne sais pas.

Bridget tripotait le petit battant par où l'on récupérait sa monnaie.

– J'ai combien de temps ?

– Combien de temps pour quoi ?

– Pour prendre ma décision. Enfin, pour interrompre…

– Bridget, vous devez être enceinte de neuf semaines environ. C'est encore tôt. Selon la loi de l'état de Californie, vous pouvez interrompre votre grossesse jusqu'à vingt-quatre semaines. Mais une fois que vous aurez bien réfléchi et pris votre décision, je vous recommande de ne pas attendre. D'après mon expérience, passé quatorze semaines, c'est beaucoup plus dur.

– Vous voulez dire que ça fait plus mal ?

– Plus mal au cœur, oui.

De retour dans le sanctuaire de sa chambre, Lena rangea avec précaution les affaires de sa sœur dans un carton. Elles avaient beau être éparpillées dans toute la pièce, on ne pouvait pas les manquer. Les bouteilles de vernis fuchsia et turquoise, le collant vert grenouille, les deux chaussettes de Noël, les boots dorées à hauts talons, le string en dentelle rose encore enveloppé, le gel, le spray, la mousse pour les cheveux dans leurs flacons fluo... Ils détonnaient, trop festifs, trop parfumés, trop colorés pour que l'appartement terne de Lena puisse les digérer.

Lena contempla, accablée, le joyeux assortiment. Effie était venue équipée pour fêter dignement Noël entre filles avec manucure, pédicure, masque de beauté et maquillage au programme. Elle avait l'intention de donner un coup de jeune au tiroir à sous-vêtements de Lena. De relooker sa coiffure. Elle avait menacé de lui télécharger de nouvelles chansons sur son iPod. Elle était venue avec pour mission de lui changer les idées. Et ça, elle savait le faire.

Même Lena était obligée de le reconnaître.

« Il faut aimer les gens tels qu'ils sont », lui avait un jour dit Tibby.

Elle scotcha soigneusement le carton et le mit près de la porte afin de le déposer à la poste. Effie voulait lui apporter de la joie, des moments d'intimité partagée et ça, Lena ne pouvait le supporter. Elle ne méritait pas sa sœur.

« Ce n'est pas que tu ne comptes pas pour moi, bien au contraire, Effie », lui dit-elle dans sa tête.

Elle avait retrouvé son silence pesant, rien ne venait plus perturber sa misérable petite vie. Elle se percha sur le bord de son lit, assise sur ses mains. C'était ce qu'elle voulait, non ?

Effie était repartie sans même avoir passé la nuit chez elle. Lena n'avait pas de vernis, ni aux mains, ni aux pieds. Elle n'avait pas fêté Noël. Ses cheveux étaient aussi ternes qu'avant. Elle était à nouveau seule, lugubre et renfermée. Elle avait fait ce qu'il fallait pour faire fuir sa sœur, peut-être pour de bon cette fois-ci.

Elle se laissa tomber sur son lit, la joue contre la couverture qui grattait. C'était bizarre tout de même, cette habitude de vouloir à tout prix ce qui la rendait malheureuse.

Lena se réveilla en sursaut au milieu de la nuit. Elle scruta un moment le plafond, les yeux grands ouverts. Elle se leva, parcourut les deux mètres qui la séparaient de son bureau et s'assit sur sa chaise.

Son appartement n'avait qu'une seule grande fenêtre, face à la bouche d'aération. Le soleil et la lune ne pouvaient pénétrer dans la pièce qu'une heure le jour et une heure la nuit. La lune filtrait justement à travers les immondes panneaux grillagés, éclairant la lettre qui attendait sur son bureau jour après jour, nuit après nuit.

Lena regarda le carton posé près de la porte. Elle pensa à Effie. Sans qu'elle l'ait vraiment décidé, ses mains saisirent l'enveloppe et l'ouvrirent. Elle se regardait agir, incrédule, mais avait-elle seulement autre chose à faire ? Qu'avait-elle d'autre à attendre ? Qu'espérait-elle donc devenir ?

On pense toujours qu'on a le choix entre aller de l'avant ou faire du surplace, mais c'est faux. Tant que le cœur bat, que le sang coule dans les veines, que l'air emplit les poumons, on avance. Le pincement au cœur qu'elle éprouvait en pensant à Tibby n'était pas loin de l'envie. On ne peut pas faire du surplace, sauf quand on est mort, pourtant Dieu sait si Lena avait essayé.

C'était déjà dur pour elle d'aller de l'avant, mais le faire sans Tibby, c'était impossible. Comment pouvait-elle continuer sans elle ? Ce n'était plus le même monde maintenant qu'elle n'était plus là. Elle ne savait pas comment vivre dans ce monde. Mais avait-elle seulement le choix ?

Puis vinrent les pensées plus noires. Tibby pensait qu'elle avait le choix et elle avait dit non. Non à la vie. À elles quatre. À Lena. La petite fille en elle n'arrivait pas à croire que Tibby l'ait abandonnée de son plein gré.

Pourquoi ? Pourquoi avait-elle fait ça ? Pourquoi ne leur avait-elle pas dit ce qui se passait ? Pourquoi avait-elle laissé les choses aller si loin ? Voulait-elle leur faire mal, le plus mal possible ?

Lena ne pouvait pas se résoudre à le croire. Même si c'était vrai, son esprit ne l'acceptait pas. Par conséquent, elle se retrouvait écartelée, un pied de chaque côté du précipice, incapable de faire un pas d'un côté ou de l'autre. Elle ne pouvait pas accepter ce qui s'était passé. Mais avait-elle seulement le choix ?

Elle avait tendance à fuir l'information, car généralement l'information était sans pitié.

Elle se tourna vers le carton. Elle imagina Effie, toute seule à bord du train, dans sa jolie tenue de Noël. Qu'allaient-elles devenir ? Elle ne tenait plus en place.

Les mains moites, elle ouvrit l'enveloppe et sortit son contenu. Il y avait une lettre, tapée, sur deux pages recto verso. Et deux autres petites enveloppes cachetées. Sur la première, elle lut son prénom tandis que sur la deuxième, si fou que cela puisse paraître, était écrit : « Kostos ».

Lenny,

Difficile d'imaginer que ta vie continue sans moi. Je suis tellement attachée à toi que je ne peux m'empêcher de me voir toujours à tes côtés, même si je ne suis pas là en chair et en os.

Ce qu'on laisse en quittant cette vie, ce sont les gens qu'on aime. Mais on reste un peu en eux. Je suis ravie d'être en toi, Lenny. Derrière ton beau visage. Si tu m'acceptes, j'aimerais continuer à vivre en toi. Et en Bee, et en Carmen. Car, en fait, c'est là que j'ai toujours vécu.

Je regrette tellement de ne plus être là pour te pousser, t'embêter, t'éperonner. Alors, pardonne-moi, mais je le fais quand même. Je vais te confier une mission. Je joins à cette lettre deux enveloppes, une pour toi, une pour Kostos. Pas pour créer un cérémonial mystérieux et inutile mais pour éviter que tu fasses obstruction, comme tu sais si bien le faire. J'aimerais que tu remettes cette lettre à Kostos de la main à la main, en personne. C'est beaucoup te demander, j'en suis consciente, mais tu le feras, je suis convaincue que je peux compter sur toi.

Il faudra attendre la date indiquée sur les enveloppes pour les ouvrir. Je suis casse-pieds, je sais. Tu vas te sentir obligée de le faire parce que je ne suis plus là, mais j'y ai longuement réfléchi.

Tu m'en voudras ou tu m'en seras reconnaissante, peu importe – sache que j'ai fait ça parce que je t'aime. Que ça marche ou pas, j'espère que tu me pardonneras de m'immiscer ainsi dans ta vie.

Autre chose encore. Pourrais-tu passer voir Alice de temps en temps ? Pas souvent, tous les deux mois à peu près. Sans évoquer aucun sujet sérieux, aucun souvenir triste. Bien sûr, j'aimerais que tu continues à voir Nicky, Katherine et mon père, mais c'est Alice qui en aura le plus besoin.

Désormais, Lena avait deux lettres qui la hantaient au lieu d'une. Deux enveloppes cachetées avec une date en mars. Et, en plus de devoir se fuir, et fuir Tibby, elle avait aussi envie de fuir Kostos.

Mais, si insurmontable que cela paraisse, Tibby lui avait confié une mission. Deux si on comptait Alice. Ces missions étaient des choses objectives, comme son cœur qui battait, son sang qui coulait, qui l'aideraient à aller de l'avant qu'elle le veuille ou non.

Pas de stylo,
pas d'encre, pas de table,
pas la place, pas le temps,
pas possible, pas envie.

James Joyce

Le plus fou, quand on préparait son mariage, c'était qu'on avait beau en faire un maximum, on pouvait toujours en faire plus. Il y avait toujours quelqu'un à appeler, une question à poser, un truc à acheter. On pouvait y projeter toutes ses angoisses, tous ses désirs, le moindre caprice, y consacrer son énergie, ses journées entières, le mariage prenait tout.

Et tout ça, dans la joie et la bonne humeur. De jolies couleurs claires, des interlocuteurs charmants. Qui encaissaient votre argent avec le sourire.

Un mariage, c'était l'opportunité de tout contrôler. De présenter son couple, sa vie, son futur mari exactement comme on le souhaite, avec l'avantage que ce soit fixé sur des millions de photos. Puis de pouvoir se figurer que ce jour-là, c'était bien nous, au naturel, et pas une mise en scène qu'on avait suée sang et eau, payée de notre poche et de notre personne pour réussir.

Et contrôler, c'était également choisir ce qu'on voulait ou pas à son mariage.

– Maman, tu sais quand Carmen senior va à Porto Rico ? demanda innocemment Carmen en téléphonant à sa mère entre deux prises.

– De début mars à mi-avril.

– Quand exactement au mois d'avril ? Le 12 ? Le 16 ?

– Je ne sais pas, plutôt vers le 16. Tu n'as qu'à l'appeler. Pourquoi ?

– Je dois fixer la date du mariage.

– Ce ne sera pas avant le 16, hein ?

– Eh bien…

– Carmen !

– Quoi ?

– Tu n'as pas l'intention de te marier alors qu'Abuela n'est pas là, quand même ?

Sa mère était bien trop perspicace pour ce genre de choses.

– Bah, si elle est à Porto Rico, je ne voudrais pas l'obliger à…

– Carmen, que ta grand-mère soit à Tombouctou ou ailleurs, il n'est pas question qu'elle rate ton mariage. Même si elle doit entrer dans l'église en rampant, elle sera présente.

Carmen se dit que le moment était sûrement mal choisi pour préciser que la cérémonie n'aurait pas lieu à l'église.

– Maman ! fit-elle avec la voix d'une gamine de cinq ans. C'est un mariage en petit comité, tu sais.

Sa mère soupira.

– Libre à toi de ne pas inviter ton futur mari si tu veux, mais Abuela tiendra à être là. Franchement, Carmen, oublie cette idée ! Elle imagine ton mariage depuis le jour de ta naissance.

Carmen jeta un coup d'œil à sa liste d'invités en soupirant.

– Très bien.

– Carmen ?

Elle raccrocha au moment où un nouvel assistant passait la tête dans la loge.

– Oui ?

Elle ne se rappelait plus son nom.

– On a besoin de toi sur le plateau.

– Déjà ? ronchonna-t-elle comme si elle était maquillée, coiffée et payée uniquement pour préparer son mariage sur son iPhone.

Le matin, Bridget désherbait le misérable jardin du Sea Star Inn ; l'après-midi, elle réparait son muret en pierre. Le soir, elle lavait les verres et les assiettes derrière le bar, où les odeurs lui soulevaient le cœur. Et durant tout ce temps, elle pensait à Tibby.

Au début, elle avait chassé ces pensées de son esprit, dorénavant, elle les laissait venir. Les souvenirs, les questions, les hypothèses.

Certains jours, elle partait de quand elles étaient petites et progressait au fil du temps : le lycée, la fac. Les années jean magique. Puis après leur diplôme quand Tibby vivait à New York, partageant son temps entre son boulot de serveuse et l'écriture de scénarios. Neuf mois plus tard, elles l'avaient rejointe, avec Carmen. Elle revoyait les deux ans et des poussières où elles avaient toutes les trois partagé un appart sur l'avenue C, avec Lena qui squattait souvent. Ensuite, Tibby avait emménagé avec Brian, d'abord à Long Island, puis à Greenpoint puis à Bedford-Stuyvesant, toujours à la recherche d'un loyer moins élevé. Tibby essayait de vendre ses textes, de faire produire ses films et Brian montait sa boîte de logiciels.

Un an plus tard environ, peu après leur vingt-septième anniversaire, elle avait disparu. Elle s'était envolée pour l'Australie sans prévenir. Bridget avait voulu lui faire une surprise en passant chez elle pour Halloween, habillée de pied en cap en Indiana Jones avec le chapeau, le fouet et tout, un paquet de pommes d'amour sous le bras. Elle avait trouvé porte close. Elle avait eu beau sonner, frapper, il n'y avait personne. Finalement, elle s'était hissée jusqu'à la fenêtre pour regarder à l'intérieur : l'appartement était vide.

Tibby leur avait envoyé un mail peu de temps après pour expliquer leur départ soudain : Brian avait trouvé un boulot vraiment bien payé, ils en avaient seulement pour trois ou quatre mois. « En Australie, rien que ça ! » avait-elle écrit.

Les premiers temps, elle leur envoyait des mails régulièrement. Ce n'était pas très facile de lui téléphoner sur son portable, mais elle était tout de même joignable. Elle leur avait envoyé des cartes virtuelles un peu cucul pour Noël. Mais les mois avaient passé. Trois, quatre, six... huit. Elles attendaient son retour. En vain. Elles n'arrêtaient pas de lui demander : « Mais quand est-ce que tu reviens ? » Bridget mettait en intitulé de tous ses mails : « Quand ? Quand ? Quand ? »

Elle avait cessé de leur donner des nouvelles au bout de quatre mois, juste au moment où elle aurait dû rentrer. Après ça, elles avaient eu très peu de mails, et leur ton avait changé. Soudain, elle était devenue très vague sur sa date de retour.

Elles avaient mis quelque temps avant de s'en rendre compte, de s'apercevoir que ce n'était pas l'une d'elles qui était concernée mais les trois. En juin, elles étaient allées dîner ensemble à New York pour en parler. Elles avaient essayé de se rassurer.

– Elle doit bosser sur un gros coup, avait supposé Carmen. C'est toujours comme ça quand elle est en pleine écriture de scénario.

– Peut-être qu'avec Brian, ils ont décidé de

passer l'été dans la brousse ou d'aller plonger le long de la Grande Barrière de Corail, avait suggéré Bridget. Tant qu'à être là-bas, moi, j'en aurais profité. Et ils n'ont peut-être pas le téléphone ni Internet.

Les mails que Tibby leur avait envoyés pour leurs anniversaires ne donnaient aucun détail précis sur sa vie. Maintenant qu'elle y repensait, ils étaient étonnamment impersonnels.

C'était à ce moment-là que les problèmes avaient commencé, diagnostiqua Bridget. Elles ne s'étaient pas préparées au départ de Tibby. Elles n'avaient pas su comment le prendre. Elles avaient du mal à admettre qu'elle soit si loin. L'ennui, ce n'était pas la distance, ça, elles savaient gérer. C'était que, pour la première fois, l'une d'elles restait sciemment, délibérément injoignable. Elles n'arrivaient même pas à le concevoir.

Elle avait l'impression qu'à partir de là, elles étaient restées bloquées dans le temps. Elles ne l'avaient jamais exprimé clairement, mais elles auraient considéré comme une trahison de prendre du bon temps ensemble sans Tibby, de faire de gros changements, de permettre qu'il leur arrive quoi que ce soit d'important sans qu'elle en soit partie prenante. Elles attendaient que Tibby revienne, moralement, si ce n'est physiquement, pour reprendre le cours de leur vie. Elles n'avaient jamais accepté son absence. Elles ne savaient pas vivre autrement que toutes les quatre ensemble.

Voilà pourquoi Bridget, pourquoi toutes les trois, elles avaient été aussi ravies et soulagées à la perspective de ce voyage en Grèce, pourquoi elles avaient toutes pensé que cette période frustrante et déconcertante de leur vie allait enfin se terminer. « On va de nouveau être réunies ! » Bridget s'apercevait *a posteriori* que, même si ce n'était pas de son fait, elles s'étaient laissé séparer.

Pourquoi Tibby aurait-elle voulu cela ? Pourquoi était-elle partie comme ça ? C'était ce qu'elle n'arrivait pas à comprendre.

D'autres fois, elle partait à rebours, en commençant juste avant qu'elles ne reçoivent les billets d'avion pour la Grèce. Elle essayait de reconstituer les faits, en remontant le fil du temps, jour après jour, jusqu'à l'époque où elle avait l'impression de connaître encore Tibby.

Dans sa tête, elle cherchait une explication, la pièce manquante du puzzle. Peut-être que Brian l'avait quittée, lui avait brisé le cœur. Et c'était pour ça qu'elle avait coupé les ponts. Pourtant, elle se serait sûrement confiée à elles, dans ce cas...

Bridget aurait aimé interroger Brian et Alice, la mère de Tibby. Ils étaient sans doute au courant. Cependant, la crainte qu'ils n'en sachent pas plus qu'elle l'emportait sur son désir de comprendre. Elle avait réussi à trouver le courage d'appeler Alice quelques jours plus tôt, mais la conversation n'avait mené à rien. Visiblement, elle pensait que sa fille s'était tout simplement noyée. C'était un drame, un accident, point final. Tibby n'avait peut-être pas envie qu'elle apprenne la vérité et, en tout cas, Bridget ne tenait pas à être celle qui la lui révélerait.

Un soir, elle avait emprunté l'ordinateur de Sheila pour chercher la trace de Tibby en Australie. Elle avait dû s'y reprendre à plusieurs fois, mais finalement, en entrant son nom, elle avait fini par trouver une adresse. Les mains tremblantes, elle l'avait localisée sur une carte. Elle avait zoomé, zoomé jusqu'au beau milieu de la ville avant de passer en mode photo satellite. Il s'agissait d'une petite ville. Un village, même. Elle avait parcouru toutes les rues, examiné tous les bâtiments. Elle se demandait à quand remontaient les prises de vue et si l'une des silhouettes qu'elle apercevait pouvait être Tibby.

C'est à ce moment-là que lui était venue l'idée. Elle savait quoi faire. Et elle regrettait douloureusement de ne pas y avoir songé quand Tibby était encore en vie.

C'était sûrement lâche de vérifier qu'Effie ne serait pas à Bethesda le week-end où elle projetait de s'y rendre, mais Lena était assez lâche, elle le reconnaissait. Elle appela sa mère et son père tour à tour pour leur annoncer qu'elle venait et tâter un peu le terrain. Sa mère aurait été capable de pousser le vice jusqu'à faire venir les deux sœurs le même jour sans les en avertir, mais pas son père. Il laissait toujours échapper ce qu'il n'était pas censé dire et oubliait à l'inverse de transmettre les choses qu'il était censé dire. Et ce sans aucune mauvaise intention. Il n'était pas doué, c'est tout.

– Ma chérie, je suis tellement contente de te voir, répéta sa mère pour la troisième fois tandis que Lena s'asseyait dans la grande cuisine étincelante pour boire le thé qu'elle lui avait préparé.

Il y avait trop de lait, trop de miel à son goût, mais c'était bon quand même.

– Moi aussi, je suis contente.

Elle s'efforçait d'être sincère sans pour autant laisser entendre qu'elle était prête à faire son mea culpa.

Elle s'attendait à ce que sa mère lui saute dessus à la première occasion pour la bombarder de questions et éclairer de ses éblouissantes lumières maternelles tous les recoins sombres et douloureux de son âme. Mais non. Ari n'avait rien dit. Elle rangeait tranquillement ses courses dans les placards.

– Quand est-ce que tu as prévu de voir Alice ? lui demanda-t-elle une fois le dernier sac roulé en boule et fourré à la poubelle.

Lena haussa les épaules. C'était le moment du week-end qu'elle redoutait le plus.

– Je lui ai juste dit que je passerais dans l'après-midi.

Sa mère hocha la tête.

– Tu veux que je t'accompagne ?

Lena releva les yeux, surprise. Elle avait oublié, avec l'âge, que sa mère pouvait faire quelque chose de ce genre pour elle, qu'elle pouvait vraiment essayer de l'aider activement. Elle avait l'air anxieuse mais pleine de bonne volonté. Lena était impressionnée.

Elle réfléchit.

– Merci, c'est vraiment gentil de me le proposer, mais je crois qu'il vaut mieux que j'y aille seule.

– OK, fit Ari.

– Tu l'as vue récemment ?

– Une ou deux fois.

– Je parie que tu lui as apporté à manger.

– Des tonnes.

Rien que d'y penser, Lena avait l'eau à la bouche.

– Des *spanakopita*[1], je parie. Nicky adore ça.

– Entre autres.

---

1. NdT : feuilletés au fromage et aux épinards.

Sa mère s'assit, ce qui lui arrivait rarement. Elle paraissait pensive.

– Ce n'est pas facile de savoir quoi faire.

Lena se demanda s'il était trop tard pour ressembler un peu plus à sa mère.

– Au moins, tu essaies. Au moins, tu fais quelque chose.

Alice voulut d'abord lui faire un café. Assise à la table de la cuisine, Lena la regarda tenter de rassembler tout ce qu'il lui fallait. Des filtres à café. Pas de filtres à café. Elle cherchait de façon désordonnée, dans des endroits improbables, le frigo, sous l'évier. Ensuite, le moulin ne fonctionnait pas. Mais elle avait le mode d'emploi quelque part. Et le lait ? Ils n'avaient plus de lait. C'était un étrange renversement de situation pour Lena.

– Ce n'est pas grave, je n'avais pas trop envie de café, de toute façon, dit-elle.

Alice était accroupie, en train de vider le placard sous l'évier.

– Je crois qu'on a du café soluble.

Lena aurait aimé trouver les mots pour qu'elle se détende, qu'elle s'asseye un instant avec elle, mais Alice avait déjà composé le numéro de Loretta, la baby-sitter qu'ils avaient depuis des années, pour lui demander où était le café en poudre. Lena comprit qu'Alice n'avait aucune envie de s'asseoir avec elle. Et pour cause, Lena elle-même avait la sensation de ne pas tenir en place.

Alice ne voulait pas non plus croiser son regard ou laisser s'installer le moindre silence entre elles. Risquer un temps mort où elles auraient dû parler de Tibby, de ce qui lui était arrivé, dire à quel point elle leur manquait. Visiblement, c'était ce qu'elle redoutait par-dessus tout.

Alice dénicha le mode d'emploi jauni du moulin à café au-dessus des placards. Lena avait l'impression de se voir. Quand elle paniquait, elle croyait arriver à masquer habilement son désarroi, mais maintenant qu'elle se retrouvait de l'autre côté du miroir, il était évident que non.

Lena n'avait pas l'intention de la forcer à parler de quoi que ce soit si elle n'en avait pas envie, car elle était bien placée pour la comprendre. Elle ne voulait pas aborder de sujet triste ou douloureux. Elle aurait juste voulu qu'Alice s'asseye un instant. Pour pouvoir lui dire qu'elle tenait à elle. Rendait-elle les choses aussi difficiles aux gens qui l'aimaient ? Comme sa mère ? Comme Carmen, Effie ou Bee ? Comme Tibby ?

– Ça va, Nicky, en classe ? demanda-t-elle d'un ton dégagé.

Elle savait qu'il avait quitté le lycée public qu'elles avaient toutes fréquenté pour passer dans le privé.

Pour la première fois, Alice releva la tête.

– Pas trop mal. Plutôt bien, même.

– Il est dans un excellent établissement, je crois. Ça doit être plus dur que dans le public.

Le visage rayonnant de fierté, Alice se retourna et s'approcha d'elle en confirmant :

– Oui, il travaille beaucoup plus qu'avant, et il a B en général. Il a eu un A en physique, il était super content.

Lena acquiesça.

– Je n'ai jamais eu un A de ma vie en physique.

Alice s'appuya timidement contre la table.

– Ce n'est pas du tout le même genre. Il a passé deux nuits blanches à bosser son dernier contrôle d'histoire.

– Waouh ! siffla Lena.

Alice rit en secouant la tête.

– Pas comme vous, les filles, qui preniez des bains de soleil sur le toit la veille des exams…

Elle s'interrompit. Différentes expressions se succédèrent sur son visage. Les larmes lui montèrent aux yeux. Elle baissa la tête et se mit à tripoter son alliance.

Lena entendit les rouages de la machine à angoisse se remettre en route en grinçant. Elle aurait aimé pouvoir les faire taire. Mais pour une fois, elle était battue : la machine à angoisse d'Alice faisait beaucoup plus de bruit que la sienne. Enhardie par cette constatation, Lena se sentit un peu plus forte.

« Il va falloir qu'on s'en sorte vaille que vaille », pensa-t-elle.

Perry ne pouvait pas lui prêter cette somme. Bridget le savait parce qu'elle l'avait appelé.

– Je suis désolé, lui avait-il dit, mais on est déjà à découvert et on a eu du mal à payer le loyer ce mois-ci. En juillet, ça ira sans doute mieux, quand j'aurai un boulot, je te donnerai ce que je peux.

Elle appela son père à deux reprises. C'était agaçant, cette manie de ne jamais répondre au téléphone. Elle ne laissa pas de message car elle n'avait pas de numéro à lui donner pour la rappeler.

Tant pis. En désespoir de cause, elle prit le car jusqu'à San Francisco et alla trouver Eric à son bureau. Elle n'avait pas réussi à se démêler les cheveux, qui menaçaient de se transformer en dreadlocks mais, au moins, elle les avait tirés en arrière et attachés proprement. Lorsqu'elle lui fit ses adieux après trois semaines au Sea Star Inn, Sheila la tint à bout de bras et l'observa d'un regard approbateur en décrétant :

– Bah, t'as fait du bon boulot.

Eric fut surpris de la voir, tellement surpris que son visage exprima joie et soulagement avant toute chose. Il la serra aussitôt dans ses bras.

– Je suis content que tu sois là. Content que tu ailles bien.

Lorsqu'ils s'assirent ensemble, il y eut des larmes mais pas de reproches.

– Je me suis fait un sang d'encre pour toi.

– Pardon, dit-elle.

Elle était touchée qu'il l'aime encore autant après ce qu'elle lui avait fait. Ça lui crevait le cœur de devoir lui cacher des choses.

– Désolée d'être partie comme ça. Désolée de ne pas avoir appelé. Désolée de venir pour te demander ce que je vais te demander.

Il lui prit la main et contempla ses doigts un à un. Il avait un regard compréhensif, pas accusateur. Il était triste pour elle. Il connaissait son histoire. Il savait qu'elle en avait gardé des séquelles.

– Pourquoi es-tu là ?

– Je ne reste pas. Je suis venue t'emprunter de l'argent.

Il acquiesça. Elle pensait qu'il allait lui demander pourquoi, pour quoi faire, mais il se retint. Elle aurait presque voulu qu'il la questionne, qu'il proteste et qu'il peste, comme ça, elle aurait pu lui en vouloir au lieu de ressentir ce manque terrible.

– Combien ?

Elle n'y avait même pas réfléchi.

– Euh…

Elle calcula rapidement. Combien coûtait un

billet pour l'Australie ? Elle n'avait qu'à prendre un aller simple, elle verrait plus tard pour le retour.

– Mille ? Huit cents, ce serait déjà pas mal.

– OK.

Non seulement il était beau, mais il faisait partie d'elle. Il avait des auréoles sous les bras et une tache d'encre sur les doigts.

– Tu m'accompagnes à la banque ?

– Évidemment.

Il la prit par les épaules et ils marchèrent tranquillement, au même rythme. Ça lui faisait chaud au cœur, ça lui faisait mal au cœur de le retrouver.

Elle l'attendit dans le hall de la banque tandis qu'il passait au guichet. En la rejoignant, il lui tendit une enveloppe.

Elle baissa les yeux pour ne pas qu'il voie à quel point elle était émue.

– Merci, murmura-t-elle. Je ne le mérite pas.

– Tu repars tout de suite ?

Elle regarda fixement son pantalon légèrement froissé, ses chaussures de ville élimées. Elle était tentée de rester. Ils auraient pu aller manger au resto à Chinatown. S'enfermer dans les toilettes pour faire l'amour.

Soudain, le visage de Tabitha lui traversa l'esprit. Elle posa la main sur son ventre. Et si elle lui disait ? Et si elle lui racontait tout ? En était-elle capable ? Mais dès qu'elle essaya de trouver les mots, sa vue se brouilla et elle eut l'impression qu'elle allait s'évanouir. Elle avait des fourmis dans les jambes et un irrépressible besoin de bouger.

Impossible.

– Oui, je repars tout de suite, dit-elle.

Elle se pencha pour l'embrasser sur la bouche. Un baiser passionné malgré tout. Si elle restait trop longtemps auprès de lui, elle n'arriverait pas à repartir et elle savait qu'elle ne pouvait pas rester.

Elle descendit Pine Street en direction de Powell. Elle avait un poids sur la poitrine. Elle ne put s'empêcher de jeter un regard en arrière malgré elle. Elle tourna la tête et le vit, toujours là, qui la regardait s'éloigner. Il ne lui adressa ni signe de la main ni sourire. Il avait l'air triste. Quand elle se retourna une seconde fois, il était parti.

Elle n'ouvrit pas l'enveloppe avant d'être à la station de bus, pour payer son ticket. Il ne lui avait pas donné les mille dollars qu'elle avait demandés. Il lui en avait donné dix mille.

Les parents de Lena ne la bombardèrent pas de questions ni de conseils comme elle le craignait. Ils l'emmenèrent dîner dans un restaurant libanais où ils commandèrent sept plats dans lesquels piocher, accompagnés d'une bouteille de vin, et ils discutèrent de la situation économique préoccupante de la Grèce.

– Ça ne va pas être facile de vendre la maison avec la crise, affirma son père.

Lena autorisa son esprit à vagabonder sur le chemin qui menait chez ses grands-parents pour bien mesurer la douleur avant d'y entrer.

Puis elle s'éclaircit la voix.

– C'est un endroit touristique, pas de problème. Si un coin de Grèce arrive à s'en tirer, ce sera Santorin.

– C'est ce que je lui ai dit, acquiesça sa mère.

– Il faut vraiment que j'aille sur place, fit son père d'un ton résigné.

Le simple fait de prononcer cette phrase semblait l'avoir exténué.

– Je ne peux pas tout laisser pourrir un an de plus.

Lena pensa à Kostos, assis par terre au milieu de ses outils, en train de démonter la porte de derrière. Le plaisir de l'évocation contrebalançait la douleur.

– Il a déjà reporté le voyage deux fois, intervint Ari.

– J'avais un gros dossier à plaider.

Lena hocha la tête, compréhensive. Mais elle savait que ce n'était pas à cause du gros dossier que son père faisait cette tête. Elle imaginait ce qu'il ressentirait en se retrouvant plongé dans le monde de ses parents – leurs vêtements, leur odeur –, obligé d'assumer la culpabilité de les avoir négligés pendant si longtemps. Il avait toujours reporté ses visites à plus tard, quand ça se calmerait au boulot, promettant de rester longtemps, peut-être même de prendre un congé sabbatique, et finalement il n'était jamais venu.

Son père ne parlait jamais de tout ça. Il leur parlait du procès qu'il plaidait ou de rien du tout. Était-il trop tard pour lui ressembler un peu moins ?

Lena pensa aux deux enveloppes cachetées glissées entre les pages de son carnet de croquis. Le cœur battant, elle se souvint de sa mission.

– Si tu veux, je pourrais y aller, proposa-t-elle.

Son père se tourna vers elle comme si elle s'était volatilisée pour réapparaître avec un tout nouveau visage.

– Comment ça ?

– Je pourrais aller en Grèce vendre la maison.

– Toute seule ? s'étonna-t-il – à croire qu'elle avait encore douze ans.

– Oui, bien sûr.

Le soulagement commençait à poindre sur son visage crispé.

– Tu crois que tu pourrais faire ça ?

– Mais oui ! Je connais la maison. Je connais le coin. Pas besoin d'être avocat ni d'être né là-bas pour vendre une maison, j'imagine.

– En revanche, il vaut mieux parler grec, remarqua sa mère.

Son père leva la main.

– Pas forcément. Tout le monde parle anglais là-bas, de nos jours.

– Il ne faudrait pas qu'elle se fasse avoir. Il vaut mieux pouvoir lire les contrats, insista Ari.

Maintenant que son père avait entraperçu une issue, il était déterminé à ne pas la laisser filer. Lena n'eut même pas l'occasion de leur annoncer qu'elle parlait presque couramment grec. Il était tellement exalté à l'idée de ne pas avoir à y aller lui-même qu'il aurait accepté d'y expédier Bubbles, le chat du voisin, à sa place.

– Lena pourra me faxer la paperasse ou me l'envoyer par mail. Je superviserai tout d'ici. De toute façon, je ne m'attends pas à empocher une fortune.

Il aurait sans doute donné le feu vert à Bubbles pour toute proposition de vente au-dessus de cinq euros, meubles compris.

Ari était nettement moins enthousiaste.

– Tu es sûre de vouloir retourner là-bas si vite, Lena ? demanda-t-elle, sincèrement préoccupée.

Son mari ouvrit la bouche pour répliquer, mais elle le fit taire d'un simple regard.

– Oui, s'empressa de répondre Lena, j'y ai beaucoup pensé…

Sa mère posa la main sur la sienne.

– C'est très gentil de proposer de t'en charger,

ma chérie. Mais tu devrais prendre le temps d'y réfléchir avant de te décider.

Elle jeta un nouveau coup d'œil glacial à son mari, qui semblait au bord de l'implosion.

Lena acquiesça.

– Parce que tu sais, ça risque de prendre un moment de vendre cette maison, ajouta sa mère.

– Pas forcément, intervint son père.

– C'est du boulot.

– Pas tant que ça.

– Et ça coûte cher d'aller là-bas.

– Je paierai le billet d'avion, bien entendu, promit son père.

Lena avait envie de rire.

– J'y réfléchissais depuis un moment. Ce n'est pas une lubie soudaine, affirma-t-elle, curieusement détendue. J'ai beaucoup de souvenirs douloureux là-bas, c'est sûr. Mais j'ai besoin d'un peu de changement. Je tourne en rond en ce moment à Providence.

Elle était surprise de l'avouer aussi ouvertement.

Ses parents n'en revenaient pas non plus. Au lieu de l'assaillir de questions, ils attendirent qu'elle poursuive.

– Je ne peux pas continuer à refouler le chagrin. J'ai besoin d'agir. Ce projet me donnera un but. Je pense que c'est une bonne idée.

Ari hocha la tête. Elle garda ses cinquante

questions et ses mille commentaires pour elle. Lena lui en fut reconnaissante.

Elle se vit à la place d'Alice qui retournait toute la cuisine pour esquiver la discussion, face à sa mère qui voulait juste qu'elle s'asseye et se calme un peu.

Son père joignit les mains, ravi.

– Moi, je pense que c'est une excellente idée.

J'avais vu la naissance
et la mort,
Mais je les pensais
différentes.

T. S. Eliot

Carmen avait fait une liste des cent dix-neuf choses qu'elle était censée faire. Et une liste de la seule chose qu'elle n'était pas censée faire. Hélas, c'était la deuxième qui occupait toutes ses pensées.

Elle avait glissé l'enveloppe de Tibby encore cachetée dans son tiroir à lingerie. Au début, c'était pour la voir tous les jours. Puis elle l'avait enfouie dans le fond pour ne plus la voir. Mais finalement ses sous-vêtements étaient trop transparents pour cacher quoi que ce soit.

Parfois, elle la sortait pour la tâter, la soupeser, la secouer, essayant de deviner ce qu'elle contenait. Parfois, elle examinait l'écriture de Tibby, en se demandant si elle était pressée lorsqu'elle avait noté son nom dessus. Parfois, elle la gardait sur elle toute la journée. Mais elle ne l'ouvrait pas.

Jusqu'à ce fameux soir où elle rentra après avoir pris un verre avec son attachée de presse.

Elle avait bu un gin tonic et deux verres de vin alors qu'elle était à jeun.

Cela faisait trois jours qu'elle n'avait rien avalé de consistant, si bien qu'elle se sentait féroce et invulnérable. Cela faisait plus d'une semaine qu'elle n'avait rien dit ni pensé de consistant, si bien qu'elle se sentait creuse. En plus, Jones n'était pas là, si bien qu'elle se sentait adulte, enfin presque. Elle avait l'impression que rien ne pouvait l'atteindre. Tout du moins en attendant que les brumes de l'alcool se dissipent.

Elle sortit l'enveloppe de son tiroir et l'ouvrit. «*Hit me with your best shot*[1] », pensa-t-elle, si creuse que rien de mieux ne lui venait à l'esprit que des paroles de Pat Benatar. Elle vida le contenu sur son lit.

Ébahie, elle découvrit un iPhone. Elle l'examina rapidement. C'était le dernier modèle, avec le maximum de mémoire et un appareil photo super top qui prenait aussi des vidéos. Celui qu'elle avait justement envie de s'offrir, mais qu'elle ne pouvait pas parce qu'elle n'avait pas encore assez de points pour changer de mobile et qu'il coûtait la bagatelle de six cents dollars. Elle qui s'attendait à avoir le cœur brisé, elle se retrouvait avec l'iPhone de ses rêves.

1. NdT : «Frappe-moi de toutes tes forces!»

Un petit mot l'accompagnait.

Carma,
Brian m'a acheté cet engin. Je pense qu'il te servira plus qu'à moi.

Bisous,
Tibby

Et c'est tout ? C'était trop simple. Il y avait une lettre pliée au fond de l'enveloppe.

Carmen,
Je vais faire court, ma Carma Carmelita, parce que de toute façon, j'ai tant de choses à te dire que ça ne tiendrait pas sur cette page. Alors je n'essaie même pas. Je te demande juste une chose : pourrais-tu venir à l'adresse indiquée ci-dessous le 2 avril ou dans les jours suivants ? Bien sûr, tu n'es pas obligée. Je sais que tu es très occupée, mais c'est à moins d'une heure et demie de New York, alors essaie de venir car j'aimerais que tu fasses connaissance avec quelqu'un.

Je t'embrasse,
Tibby

Carmen retourna l'enveloppe pour voir s'il y avait autre chose. Non. Rien qui lui donne un prétexte pour faire couler ses larmes ou pour s'apitoyer sur son sort. Elle s'était tellement préparée à pleurer, elle était tellement remontée, gonflée à bloc, pompette et affamée, qu'elle s'affala sur son lit et pleura quand même.

À l'aéroport de San Francisco, Bridget avait acheté le billet d'avion le moins cher qu'elle avait pu trouver pour Sydney. Son vol décolla aux aurores le lendemain matin. Elle regarda le dernier petit bout de côte disparaître avant de traverser plus de onze mille kilomètres d'océan. Chaque fois qu'elle jetait un coup d'œil par son hublot, c'était tout ce qu'elle voyait : l'océan. À croire qu'il n'y avait rien d'autre sur la terre que de l'eau. Elle ne savait pas ce qu'elle allait trouver en arrivant. D'ailleurs, elle ne savait même pas ce qu'elle cherchait. C'était un long trajet, peut-être pour rien. Mais elle était contente de foncer à cette vitesse, à des milliers de mètres dans les airs.

Elle se replongea dans le passé. Il lui semblait que cette incertitude permanente avait commencé aux alentours de leurs vingt-cinq ans, lorsqu'elles avaient dû rendre l'appartement de l'avenue C, où elle avait été si heureuse. C'était le seul endroit d'où elle n'avait aucune envie de partir.

Tibby avait emménagé avec Brian. Carmen s'était dégotté un nouvel agent qui lui proposait de vrais rôles. Lena avait obtenu un poste de prof qui l'obligeait à passer toute la semaine à Providence. Avec son diplôme de droit de l'université de New York en poche, Eric avait trouvé un travail qui l'occupait au moins douze heures par jour. Et Bridget, elle, que faisait-elle pendant ce temps-là ? Elle passait d'un petit boulot à l'autre, elle promenait des chiens, elle bossait pour le service d'entretien des jardins publics quand il faisait beau, elle avait appris à danser sur des rollers à Central Park avec un gars dingue de chez dingue – rien d'ambitieux ni de bien payé, son but était simplement de passer le plus de temps possible en plein air.

Quand elles avaient quitté cet appart, c'était clairement le moment de passer à autre chose, de grandir. Mais avait-elle réfléchi à son orientation, exploré les différentes possibilités ? Avait-elle cherché un emploi qui lui aurait convenu ? Non. Elle s'était baladée d'un canapé-lit à un sac de couchage, de squat en squat, d'une lubie à l'autre pendant un an et demi, avant de sauter dans un avion pour partir vers l'autre bout du pays. Quand tu ne sais pas quoi faire, bouge.

Elle contempla l'océan au-dessous d'elle. Traverser un continent, c'était déjà quelque chose. Mais passer dans l'autre hémisphère, ça, c'était un truc dément.

Elle prit à l'aéroport de Sydney un train qui la mena au centre-ville, puis un autre vers le sud pour rejoindre Bowral, en Nouvelle-Galles du Sud. Elle découvrit une jolie ville avec des cafés, des magasins et quelques galeries d'art. Moins dépaysante qu'elle ne l'aurait cru finalement, peut-être parce qu'elle l'avait étudiée en long, en large et en travers sur l'ordinateur de Sheila au Sea Star Inn.

L'adresse correspondait à un bungalow qui avait un air de famille avec celui de Perry et Violet, mais dans une version aux antipodes du leur. Alors que celui de Perry était gris-mauve, celui-là était jaune d'or. Celui de Perry était coincé entre deux bâtiments identiques tandis que celui-là était blotti dans son pré. La minuscule cour de Perry était bordée d'une rangée de vieux eucalyptus au feuillage sombre, celle-ci côtoyait un petit bois aux frondaisons plus vertes que vertes. Même la lumière rosée de fin d'après-midi semblait différente ici, les ombres s'étiraient d'une autre manière aux pieds de Bridget.

Tibby avait-elle vécu ici ? Y avait-elle passé des vacances ? Quelques semaines ou plus longtemps ? Était-ce le dernier endroit où elle avait vécu ou l'avait-elle quitté depuis longtemps ?

C'était le monde en négatif, à l'envers. L'eau des toilettes tournait dans l'autre sens, lui avait appris un gars dans le train. Bowral était célèbre pour les magnifiques tulipes qui fleurissaient toute la ville au printemps – c'est-à-dire en septembre. L'automne était le printemps, l'hiver était l'été, le gris était jaune, le soir était le matin. Peut-être que la mort était la vie. Peut-être qu'ici Tibby était vivante.

Bridget flottait au-dessus du trottoir en béton. Elle était épuisée, complètement perdue. Rien n'aurait pu la surprendre, elle était ouverte à tout.

Elle remarqua une voiture, garée à l'arrière de la maison. Elle monta les quelques marches qui menaient à la véranda ombragée. La moustiquaire était fermée mais la porte ouverte. Elle frappa contre le cadre en bois. Elle entendait une voix à l'intérieur. Elle entrebâilla la moustiquaire.

– Y a quelqu'un ? fit-elle.

Elle avait l'impression que, à nouveau, elle quittait un monde pour pénétrer dans un autre. Une nouvelle ère s'ouvrait.

Elle le vit s'avancer vers elle, à contre-jour. Elle distinguait juste une silhouette noire. Une silhouette qui avait quelque chose de familier, mais pas complètement. C'est quand il ne fut plus qu'à quelques mètres d'elle qu'elle le reconnut vraiment.

– Bee, fit-il.

Il sortit sur la véranda, pieds nus, aussi perplexe qu'elle. Elle le serra dans ses bras. Il lui parut plus mince, plus fragile qu'autrefois.

– Tibby m'avait bien dit que tu nous retrouverais, constata-t-il lorsqu'elle le lâcha, mais je ne pensais pas que tu ferais le trajet jusqu'ici.

Avant même que Bridget ait pu poser la moindre question, une autre silhouette surgit du fond de la maison. Une toute petite silhouette. Elle s'approcha, sous ses yeux ébahis.

La petite forme se hissa sur la pointe des pieds pour ouvrir la moustiquaire et la laissa claquer derrière elle. Il s'agissait d'une petite fille, qui s'agrippa aux jambes de Brian.

Bridget la dévisagea, complètement subjuguée : les grands yeux noisette, le menton pointu, la bouche sérieuse. Elle connaissait ce visage. La mort était bien la vie, le présent était le passé. Elle était retournée au temps de son enfance pour retrouver son amie.

Brian prit la petite fille par la main.

– Bee, je te présente Bailey, la fille que j'ai eue avec Tibby.

Lena était rentrée à Providence, dans son petit studio sombre. Elle avait repris sa petite vie vide, solitaire et silencieuse mais, cette fois, c'était différent : elle avait un projet.

Quand on a un projet, c'est bien plus facile de se faire passer pour quelqu'un d'autre. Par exemple, on peut se prendre pour Alice, la jeune fille astucieuse qui menait l'enquête dans les livres de son enfance, pour Maria de *La Mélodie du bonheur* ou bien pour Mary Poppins, la gouvernante qui avait plus d'un tour de magie dans son sac.

Dans son rôle d'Alice la détective, Lena chercha le numéro de la maison de vacances de Kostos à Santorin et le composa. Elle ne resta pas assez longtemps dans son personnage pour laisser un message mais rappela à trois reprises dans la semaine. La troisième fois, quelqu'un répondit enfin. Une voix de femme. Lena demanda timidement en grec si Kostos était là.

– Non, il ne reviendra pas avant la mi-février.

Elle avait la voix rude et grave d'une dame plus toute jeune et sans doute assez forte.

– C'est de la part de Lena Kaligaris, une vieille amie de Kostos.

– Vous avez un accent.

– Oui, je suis américaine, mais mes parents sont grecs.

– Je m'appelle Aleta, je m'occupe de la maison. Vous devriez essayer de le joindre à Londres.

– Ah, oui.

Alice la détective aurait-elle osé demander son numéro ?

– Vous êtes Lena, c'est ça ? Vous voulez que je lui dise que vous avez appelé ?

– Non, non, pas la peine, s'empressa-t-elle de répondre, cent pour cent Lena et zéro pour cent Alice.

Elle raccrocha, le cœur battant – il n'avait visiblement pas été convaincu par son interprétation.

Bon, et maintenant ? Elle ne pouvait pas attendre aussi longtemps pour aller en Grèce. Elle n'allait tout de même pas traverser l'Atlantique sans en profiter pour remettre à Kostos la lettre de Tibby. Elle consulta les sites de comparateurs de prix des vols. Elle pouvait faire escale à Londres en allant à Santorin. C'était moins cher qu'un vol direct pour Athènes et ça coupait le voyage en deux.

Elle tira la lettre de condoléances que Kostos lui avait envoyée à la mort de Mamita du fond de son tiroir à sous-vêtements. Il avait noté son adresse à Londres au dos de l'enveloppe. Elle vérifia sur Internet, mais il n'y avait pas de numéro de téléphone.

Il aurait mieux valu appeler avant de se lancer et d'acheter le billet transitant par Londres. Mais quand elle s'imagina en train de décrocher le combiné pour lui téléphoner, elle fut presque soulagée de ne pas avoir trouvé son numéro.

Elle avait son adresse. Elle se débrouillerait bien pour obtenir son numéro d'une façon ou d'une autre, même si elle devait rappeler Aleta. Encouragée par son personnage de Maria de *La Mélodie du bonheur*, qui savait prendre des risques quand il le fallait, elle tenta le tout pour le tout et réserva son billet.

Bridget regarda Brian faire dîner Bailey. Puis la laver.

Elle était encore assez menue pour prendre son bain dans l'évier. Il l'avait assise sur le bord du grand bac en émail, les pieds dans le fond, et elle glissait ses petites mains sous le filet d'eau. Elle cria que c'était trop chaud puis rit parce que c'était trop froid. Quand ce fut juste à la bonne température, il mit le bouchon.

Elle se mit debout sur le plan de travail et il lui ôta sa robe par la tête, puis il lui enleva sa couche. Brian coupa l'eau et poussa le robinet afin d'éviter qu'elle ne se cogne la tête.

De temps à autre, Bailey posait des yeux intrigués, et même un peu suspicieux, sur Bridget. Celle-ci soutenait son regard sans répondre.

Brian lui dit d'aller poser son sac dans la chambre d'amis. Il lui montra où étaient rangés les draps et les serviettes de toilette. Puis il l'invita à venir pour l'histoire du soir de Bailey. Elle les suivit donc au premier étage, toujours sans un mot. Elle s'assit par terre, complètement perdue, et l'écouta raconter *Bonsoir Lune* deux fois.

Elle n'essaya même pas de toucher Bailey ou de lui adresser la parole. Lorsque Brian l'embrassa, elle resta timidement sur le pas de la porte. Elle était incapable de prononcer un mot. Ce n'était pas Bailey, le problème. C'était elle.

Elle redescendit dans la cuisine et rangea distraitement les restes du dîner. Elle était littéralement sans voix. Elle n'arrivait pas à chasser l'impression qu'une facétieuse machine à voyager dans le temps l'avait replongée en enfance. Cette mini-Tibby la renvoyait à l'époque où elles étaient encore toutes petites.

Aux antipodes de son monde, elle avait perdu le fil de sa propre existence. Comme s'il lui suffisait de fermer les yeux pour se retrouver à n'importe quel moment de sa vie.

Elle sortit s'asseoir sur les marches de la véranda. Scrutant la nuit noire, elle remarqua qu'il y avait des lucioles. Où qu'on soit dans l'espace ou dans le temps, on retrouve ces petites bestioles lumineuses.

Brian la rejoignit. Elle se remémora le moment où il était entré dans l'histoire, en tant que personnage du documentaire de Tibby, le fameux *Comment passer un été pourri à Bethesda*, l'année de leurs seize ans. « Hé, mais on ne te connaît pas encore, avait-elle envie de lui dire. On est trop petites. »

Ils restèrent un moment assis côte à côte sans parler tandis qu'elle essayait de remettre de l'ordre dans la chronologie des événements.

– Elle a quel âge ? demanda-t-elle finalement.

– Vingt mois.

Il avait l'air épuisé. Elle distinguait les arabesques bleu violacé de ses veines sous ses yeux et sur ses tempes.

– Et tu es son père. J'ai du mal à croire que tu sois papa.

– J'ai l'impression de l'avoir toujours été.

– Et Tibby est sa mère.

Elle lui jeta un regard puis détourna vite les yeux en corrigeant :

– … était sa mère.

Brian lorgnait ses chaussures. À sa posture, on devinait qu'il était à bout.

– Elle lui ressemble tellement, c'est troublant.

Il acquiesça, toujours sans la regarder. Il n'avait pas envie d'en parler, elle le comprenait. À la façon dont il baissait la tête, on voyait qu'il n'en avait pas du tout envie.

Pour la première fois depuis la Grèce, Bridget ne put empêcher Lena et Carmen de faire irruption dans son esprit. Elles n'étaient pas au courant. Il fallait qu'elles sachent.

– Ça t'ennuierait si… si je prévenais Carmen et Lena ?

Il parut gêné.

– Pour Bailey ? Tibby ne vous avait rien dit ?

– Non, elle…

– Alors je préférerais attendre. On rentre aux États-Unis le mois prochain. Tibby voulait vous la présenter en personne.

– C'est vrai ?

Bridget avala péniblement sa salive. Ce que Tibby voulait… c'était difficile à suivre.

– C'est pour ça qu'on revient, ajouta-t-il.

– Oh…

C'était une ouverture mais elle était trop bouleversée pour savoir quoi en faire.

– Le mois prochain. Le camion de déménagement est réservé pour le 21 mars.

– Et vous irez où ?

– On a acheté une propriété en Pennsylvanie. Une ferme. C'est Tibby qui l'avait choisie.

Elle attendit qu'il en dise plus, mais il se tut.

Au bout d'un moment, il reprit :

– Comment tu nous as retrouvés ?

– J'ai trouvé l'adresse sur Internet.

Elle avait un peu honte de le reconnaître. Mais elle ne pouvait pas savoir. Elle s'était imaginé que cette adresse serait la première étape d'une longue enquête pour retrouver la trace de Tibby. Elle ne s'attendait pas à tomber dessus du premier coup.

– Je croyais que tu devais venir nous retrouver en Pennsylvanie, fit Brian.

– Comment ça ?

– Tibby m'a dit qu'elle vous avait envoyé une invitation.

Bridget se redressa soudain.

– Une invitation ? Peut-être. Je n'ai pas encore ouvert sa lettre.

En prononçant ces mots, elle se rendit compte qu'elle s'était encore montrée trop impulsive, qu'elle aurait dû réfléchir avant d'agir.

– Je suis désolée de débarquer comme ça, sans prévenir.

Brian secoua la tête.

– Pas de problème. Ça m'a juste un peu surpris.

Tandis qu'il arrachait un bout de lacet qui partait en lambeaux, elle tenta de voir son visage. Elle se demandait ce qui leur était arrivé, avec Tibby. Quelle épreuve ils avaient traversée. Était-ce leur couple qui ne fonctionnait plus ? Ou le bébé qui n'était pas désiré ?

Brian était sa seule source d'information. Et avec sa tête baissée, sa posture raide, elle ne voyait pas comment lui poser la question. Elle ignorait même s'il comprenait vraiment…

– Je voulais juste savoir ce qui s'était passé, avoua-t-elle brusquement. Tu pourrais me raconter un peu sa vie, votre vie, ici ? Parce que j'aimerais savoir…

Brian se leva. Il la regarda un instant avant de se détourner.

– Je ne suis pas en état de parler de ça maintenant, Bridget.

– Mais… je voudrais juste…

Bridget se mit également debout.

– Vous vous disputiez beaucoup ? Elle regrettait de t'avoir suivi ici ?

Elle savait en les posant que ce n'était pas les bonnes questions.

Impuissante, elle vit Brian rentrer dans la maison en claquant la porte derrière lui. Elle était blessée, dépassée par les événements. Elle ne pouvait pas le suivre. Que pouvait-elle faire ?

Peut-être qu'il lui en voulait. Ou peut-être pensait-il qu'elle lui en voulait. Il n'avait sans doute pas envie de compter les points.

Ou alors, il ne savait pas ce qui s'était réellement passé. Peut-être était-il convaincu, comme Alice, qu'il s'agissait d'un accident tragique. Ou bien il connaissait la vérité et il était aussi bouleversé, perdu et malheureux qu'elle. La mort de Tibby avait peut-être fait voler en éclats son monde, comme le sien.

Elle attendit qu'il n'y ait plus un bruit dans la maison pour aller reprendre ses affaires dans la chambre d'amis. Elle était presque au bout de l'allée lorsqu'il la rattrapa.

– Ne pars pas, Bridget !

Elle vit qu'il avait pleuré et elle s'en voulut. Elle était venue en pensant qu'il jouerait les figurants dans sa tragédie personnelle, qu'il lui donnerait la pièce qui manquait au puzzle de sa vie pour qu'elle soit supportable. Mais il avait sa propre tragédie à affronter. Avec un bébé en plus. Comment pouvait-elle lui demander de revivre ce drame juste pour son propre bien-être ?

– Il vaut mieux que j'y aille, dit-elle.

– Non. Tibby ne me le pardonnerait jamais si je te chassais.

Elle vit que son visage s'était entrouvert.

– Tu préfères rester seul, je le vois bien.

Elle était vraiment désolée pour lui. Ces trois

derniers mois, elle était complètement partie en vrille, mais lui ? Il n'avait même pas pu. Il était au bord de l'effondrement, prêt à s'écrouler, comme un squelette aux articulations branlantes. Elle ne pouvait pas exiger quoi que ce soit de lui. Elle s'était trompée, elle ne trouverait pas de réponses ici.

– Écoute…

Au moins, maintenant, il s'adressait à elle et non au pilier de la véranda.

– J'ai un gros projet à boucler au boulot. J'aurais dû le terminer depuis deux mois, mais je… Enfin, bref, il faut que je tienne le coup pour le finir avant qu'on parte. Je ne refuse pas de parler de Tibby, mais je ne suis pas prêt. Pas tout de suite.

Il y avait quelque chose de si sincère dans son visage, cette manière de ne pas cligner les yeux, de ne pas froncer les sourcils, qu'elle en était touchée. Elle s'en voulait d'avoir été aussi égoïste. Bizarrement, elle avait aussi un peu peur de lui, du terrible malheur qu'il avait laissé croître sous son toit.

Elle leva les yeux vers le ciel. Si elle voulait retracer le chemin qui avait mené Tibby dans l'abîme, elle allait devoir le faire sans lui.

Bridget avait complètement oublié ce qui se tramait dans son utérus. Ça lui revint à l'esprit lorsqu'elle se coucha dans la chambre d'amis ce soir-là. Sans panique. Sans coup au cœur. C'était très abstrait. Mais même abstraitement, ça ne lui plaisait pas du tout.

Elle revit les gestes assurés de Brian qui baignait Bailey, puis lui lisait une histoire. Il savait quand lui changer sa couche, ce qu'il fallait lui donner à manger, comment l'habiller pour la mettre au lit. Elle s'en sentait parfaitement incapable. Ça lui semblait aussi impossible, aussi improbable que de se retrouver face à une classe d'étudiants pour leur donner un cours de chimie. Ça lui était totalement étranger.

Elle se demanda si sa mère avait ressenti la même chose. Elle revoyait encore son expression perplexe lorsqu'elle devait lui mettre ses patins à roulettes ou lui ôter un morceau de chewing-gum des cheveux. C'était trop lui demander, trop compliqué, trop étranger à sa vie.

Peut-être Tibby avait-elle également ressenti cela.

Lève les yeux…
tu les verras
Les étoiles savantes,
Bien au-dessus
de l'idolâtrie et
des lieux communs.

Dorothy Dunnett

Même si cela lui faisait bizarre de se maquiller et de s'habiller correctement sans appeler Effie ou Carmen pour leur demander conseil, Lena releva néanmoins le défi. Elle vida tout son placard sur son lit et essaya toutes les tenues possibles et imaginables.

Entre la robe chemisier bleu marine et la jupe en vichy avec le petit haut blanc, elle se posta face au miroir, en sous-vêtements. Elle se scruta avec attention et franchise, ce qui ne lui était pas arrivé depuis bien longtemps. Elle avait passé tellement d'années à s'habiller discrètement, pour passer inaperçue et avoir l'air sérieux plutôt que pour se mettre en valeur.

« Bon sang, dire que tu es si jolie et tu t'habilles comme un sac ! Quel gâchis ! » avait coutume de râler sa sœur.

Mais était-ce encore vrai ? Pouvait-on encore dire qu'elle était jolie ? À quoi bon gaspiller de l'énergie pour camoufler une beauté qui n'était peut-être plus qu'un souvenir ?

Elle s'approcha de la glace, si près que ses deux yeux se confondirent en un gros œil de cyclope, la forçant à reculer. Honnêtement, elle n'aurait su le dire. Ses cheveux, encore épais et brillants, n'avaient pas vu le coiffeur depuis deux ans, ils pendouillaient, trop longs et sans forme. Ses yeux étaient toujours de cet étrange vert amande très pâle. Ils s'étaient même éclaircis avec l'âge. Difficile de dire si c'était joli.

Elle avait minci. Attention, elle n'était pas du genre Kate Moss, et la nouvelle Carmen Lowell ne l'aurait certainement pas jugée assez filiforme à son goût, mais pour des gens normaux, elle était bien. Enfin, elle croyait, tout du moins. Elle plissa les yeux, mal à l'aise. Elle aurait aimé que Kostos la trouve jolie. C'est tout. Voilà le seul intérêt qu'il y avait à être jolie.

Elle allait sur ses trente ans. Peut-être, dans dix ou vingt ans, aurait-elle des regrets : « Pourquoi n'en ai-je pas profité quand j'étais encore belle ? Pourquoi ai-je passé mes plus belles années tout en noir à fixer mon regard sur la pointe de mes chaussures ? Pourquoi n'ai-je jamais osé porter du rouge ou du fuchsia ? Pourquoi ai-je toujours refusé qu'Effie me maquille ? »

Lena retourna fouiller dans son placard. Elle avait bien un truc rouge à se mettre, mais encore fallait-il qu'elle remette la main dessus. Il s'agissait d'une robe en soie – ou peut-être en satin –, toute simple, mais courte et près du corps. Celle que Tibby et Carmen lui avaient choisie pour son premier vernissage dans une galerie d'art, une expo de groupe à Larker. Mais Lena s'était dégonflée et habillée en marron à la place.

Effie aurait eu dix tenues d'un rouge pimpant à lui prêter sans hésiter et avec plaisir. C'était toujours trop grand, mais sa sœur savait arranger ça, avec une ceinture ou une épingle de nourrice. Elle la transformait d'un coup de baguette magique en créature mille fois plus jolie, mais aussi mille fois plus mal à l'aise.

L'idée de faire la paix avec Effie lui semblait aussi éreintante que de courir le triathlon, elle allait suer sang et eau, mais c'était faisable. En revanche, renouer avec Carmen, c'était plutôt comme essayer de construire une machine à remonter le temps avec des ustensiles de cuisine. Elle ne voyait pas du tout comment s'y prendre, elle n'était même pas sûre que ce soit possible.

Parfois, le soir, dans son lit, elle imaginait la journée de Carmen. Ou bien celle de Bridget. Elle les voyait vaquant à leurs activités habituelles. Bee grimpait une colline à vélo, s'achetait un *falafel* à un stand à l'entrée de Dolores Park ou ingurgitait un *burrito* de la taille d'un nouveau-né chez Pancho. Carmen était dans son camion-loge, garé sur la 7e Avenue, en train de se faire maquiller, un café dans une main, un scénario dans l'autre et son iPhone sur les genoux. Elle se faufilait entre les tables d'un restaurant bondé, à la suite de Jones, caché derrière ses immuables lunettes noires et prétentieuses.

Mais dès qu'elle essayait de se figurer ce qu'elles avaient en tête, ce qu'elles pouvaient penser, si elles savaient des choses qu'elle ignorait, elle n'y arrivait pas. Elle ne parvenait pas à imaginer comment elles vivaient le drame qui s'était abattu sur elles ou les souvenirs qui pouvaient leur revenir en mémoire. Ce qu'elle avait fait sans effort pendant la majeure partie de sa vie lui était maintenant impossible. Elles lui étaient presque devenues étrangères, elle ne pouvait les voir que de l'extérieur.

C'est pour Bridget qu'elle s'inquiétait le plus. Car c'était elle qui avait les plus grandes failles. En outre, elle était incapable de se rendre compte qu'elle allait mal et de faire quoi que ce soit pour y remédier.

Son instinct maternel sur pilote automatique refusait de lâcher Bee. Tous les deux ou trois jours, elle lui laissait un message ou lui envoyait un mail, sachant pourtant pertinemment qu'il irait se perdre dans les profondeurs du cyberespace. Mais elle ne pouvait pas faire autrement.

Une fois, elle téléphona même au père de Bee et lui laissa un message. Elle ne fut pas vraiment étonnée qu'il ne la rappelle pas, mais quand même. C'était lourd d'avoir comme elle des parents qui voulaient absolument régler tous ses problèmes, mais des parents qui ne les remarquaient même pas, ce n'était guère mieux.

Lorsque le téléphone sonna, la surprenant en pleins préparatifs de bagages, elle fut si surprise qu'elle décrocha. Seule sa mère persistait à l'appeler, et elle avait pris l'habitude de s'adresser directement à la boîte vocale de son portable, car celle de son fixe était pleine.

– Lena ?

– Oui.

– Pourquoi as-tu annulé les rendez-vous des deux prochaines semaines ?

C'était une voix forte, qui parlait grec.

– Ah… Eudoxia, bonjour.

– Tu pars ?

– Oui.

– Pourquoi tu ne me l'as pas dit ? Tu vas où ?

Elles se confirmaient maintenant leur rendez-vous du mercredi après-midi par mail. Elles ne s'étaient pas parlé au téléphone depuis des années.

Lena prit une profonde inspiration. Elle essaya de s'imaginer en Mary Poppins, toujours de bonne humeur et pleine de ressources. Une Mary Poppins qui parlait grec, qui plus est.

– Je pars pour Santorin.

– Tu retournes là-bas ? Mais pour quoi faire ?

Elle se remémora le temps béni où Eudoxia n'était qu'une voix au téléphone, puis une étrangère qui parlait fort en engloutissant des pâtisseries. Hélas, il était révolu depuis longtemps. C'était agaçant de constater que, dès que les gens tenaient un peu à elle, ils s'intéressaient à ce qu'elle faisait, commençaient à s'inquiéter pour elle et se sentaient concernés par ce qui lui arrivait. Lena aurait aimé posséder un interrupteur pour contrôler les sentiments des autres. Ainsi, elle aurait pu l'allumer quand elle se sentait assez ouverte, généreuse et disposée à leur donner de l'amour en retour. Et l'éteindre les autres jours, quand elle avait envie de se terrer dans son coin, toute seule, et qu'elle n'avait absolument rien à offrir à autrui.

– Je vais mettre en vente la maison de mes grands-parents.

– Oh…

Ça se compliquait. Ce « oh » signifiait qu'Eudoxia n'allait pas en rester là.

– Mon père est bien content que j'aie proposé de m'en charger.

– J'imagine. Tu pars quand ?

– Demain.

– Mon Dieu. Et quand reviens-tu ?

– J'ai pris un billet open pour le retour. Je ne sais pas combien de temps ça va me prendre.

– Ça ne te chagrine pas de retourner là-bas, après ce qui s'est passé ?

Lena n'avait pas besoin de réfléchir pour traduire ses pensées, elles lui venaient naturellement en grec.

– Si, bien sûr, mais tout me chagrine. Ça me chagrine autant d'être ici que là-bas. Ça me chagrine d'y penser, mais je ne peux pas m'en empêcher. Ça me chagrine de marcher, mais je ne tiens pas en place. Il faut que j'agisse.

– Oh, ma pauvre, s'apitoya Eudoxia.

Lena sentit les larmes lui monter aux yeux. Elle pensa à la mère de Tibby.

– C'est dur pour tout le monde.

– Tu veux que je vienne avec toi ?

Lena était abasourdie, mais la proposition était faite avec une telle spontanéité qu'on ne pouvait douter de sa sincérité. Elle mit un instant à s'imaginer avec Eudoxia, traversant l'aéroport, puis cheminant sur les sentiers escarpés d'Oia.

– C'est très gentil de ta part, Doxie…

– J'ai des économies, tu sais. Je te tiendrais compagnie. Et je t'aiderais à vendre la maison. Je suis douée pour ça. Anatole dit que j'arriverais à vendre la Bible au pape.

Lena se vit sonner chez Kostos la lettre de Tibby à la main au côté d'Eudoxia. L'image la fit presque sourire. Si jamais la vieille dame rencontrait « son beau jeune homme », elle n'avait pas fini d'en entendre parler.

– Je prends l'avion tôt demain matin.

– Je peux faire mes bagages en un rien de temps. J'aime voyager léger.

Les yeux de Lena débordèrent et les larmes roulèrent sur ses joues.

– Je suis touchée, vraiment. Mais je ne peux pas te demander de laisser Anatole si longtemps. Il risquerait de se laisser mourir de faim ou de solitude. Et puis je pense que je vais bien me débrouiller, ça ne me dérange pas de partir toute seule.

Eudoxia soupira. Elle se tut un instant avant de reprendre :

– Comme tu voudras. Mais si jamais tu changes d'avis, tu peux m'appeler ce soir à n'importe quelle heure. Je serai chez moi.

– D'accord, Doxie. Merci.

– Ce sera l'occasion d'améliorer ton grec.

En raccrochant, Lena s'allongea sur son lit et pleura tout son saoul. Heureusement qu'on ne pouvait pas éteindre l'interrupteur d'amour, en fin de compte, parce que parfois, même si l'on n'en voulait pas, c'était ce dont on avait besoin.

– J'ai eu une idée, annonça Brian à Bridget le lendemain matin.

Elle leva les yeux de l'ordinateur où elle essayait de trouver un billet de retour, se rendant compte soudain qu'elle avait pris un aller simple et qu'elle n'avait aucun plan pour la suite des événements.

– En fait, je voudrais te demander une faveur, dit-il.

– OK, fit Bridget.

Elle était en mode pénitence, accorder une faveur, c'était dans ses cordes.

– Je t'ai parlé du gros projet sur lequel je bosse en ce moment ?

– Oui.

– Eh bien, j'ai pensé que tu pourrais me donner un coup de main.

Elle se tourna vers lui.

– Euh, je n'y connais rien en informatique, mais…

– Non…

Il sourit presque.

– Tu pourrais peut-être t'occuper de Bailey quelques jours, pendant que je travaille.

– Oh…

Maintenant elle se sentait ridicule, ce qui lui arrivait rarement.

– Eh bien…

Elle ne voyait pas comment elle aurait pu lui dire non.

– Je n'y connais pas grand-chose non plus question bébé, tu sais. J'ai peur de ne pas savoir m'y prendre.

– Bee, pas besoin de diplôme pour ça. Dis-toi juste que c'est une personne comme toi, sauf qu'elle porte une couche et qu'elle a besoin de manger et de dormir un peu plus souvent.

Elle hocha la tête, pas franchement convaincue, en se demandant s'il voulait juste la rassurer ou s'il se moquait d'elle.

– Mais si tu ne veux pas, je comprendrai, ajouta-t-il.

– Non, non, je veux bien. Je vais essayer.

Elle s'entendit accepter avant même de l'avoir vraiment décidé.

– Merci, ça va beaucoup m'aider, affirma-t-il.

Il avait l'air sincère.

– Ça me fait plaisir, répondit-elle.

Ce n'était pas sincère, ce qui lui arrivait rarement. Elle espérait qu'elle n'avait pas l'air aussi abattue que Brian.

Carmen se tenait au milieu du magasin Vera Wang, déterminée à acheter la robe de mariée la plus chère de New York, lorsqu'elle entendit la sonnerie annonçant un appel de son agent sur son portable.

– Salut, Lynn.

– Ma chérie ! J'ai une nouvelle incroyable à t'annoncer. Grantley Arden a commencé le casting de sa fiction sur Katrina, il veut te rencontrer. Les bureaux de la prod sont à La Nouvelle-Orléans. Il tient à ce que tu viennes pour discuter avec lui et les deux producteurs. Matt Damon a déjà signé.

– Tu plaisantes ?

– Non.

– C'est quand ?

– Ils veulent te voir le mois prochain, le 28. Ça te laisse un peu de temps. Mais je pense que tu devrais arriver un peu avant pour te mettre dans l'ambiance. Tu y es déjà allée ?

– Non.

– Bon, alors vas-y. Tu vas te balader, écouter parler les habitants, leur accent, manger ce qu'ils aiment, t'imprégner de l'esprit des lieux. C'est un film sur la ville. Il faut vraiment que tu t'immerges dans La Nouvelle-Orléans. C'est ce que Grant n'arrête pas de me répéter. Je t'envoie le scénario par mail dès que je l'ai.

– Je tourne jusqu'au 24 mars.

– Tu partiras tout de suite après, alors. Et prévois de rester une semaine de plus au cas où ils veuillent te filmer ou te faire rencontrer l'équipe. Je ne veux pas te voir rentrer les mains vides.

Carmen raccrocha, le cœur battant. La vendeuse lui proposa mille et une robes, mais elle ne les voyait même pas. Comment pouvait-elle se concentrer sur les robes de mariée en un moment pareil ?

Elle remercia la vendeuse et s'excusa avant de ressortir de la boutique. Elle arpenta Madison Avenue en appelant tous les membres de son équipe, et ensuite Jones.

– C'est dément ! s'exclama-t-il. Tu as des détails sur le rôle ?

– Non. Pas encore.

– Carmen, c'est un gros coup. Sûrement le plus grand rôle qu'on t'ait proposé jusque-là.

Elle dut éloigner le téléphone de son oreille tant il criait.

– Je sais.

Après Jones, elle appela sa mère.

– C'est un genre d'audition alors ? demanda-t-elle.

Sans masquer son agacement, Carmen répliqua :

– Non, ils veulent me rencontrer. À mon niveau, on ne passe plus d'auditions, maman, ajouta-t-elle d'un ton méprisant qui n'était pas sans rappeler celui de Jones, pensa-t-elle.

– Ah, bon. D'accord.

Sa mère essayait de suivre, mais quoi qu'elle fasse, Carmen n'était jamais réellement satisfaite. C'était toujours trop. Ou pas assez.

– Mais oui, c'est un peu comme une audition, en quelque sorte, admit-elle.

– Ils vont recevoir d'autres actrices pour le rôle ? demanda-t-elle.

Ce que Carmen interpréta comme : « Tu ne l'as pas encore obtenu alors pas la peine de prendre la grosse tête. »

Après avoir raccroché, elle hésita à appeler son père mais préféra éviter. À l'inverse de sa mère, il s'imaginerait aussitôt que c'était dans la poche. Et il irait crier sur tous les toits qu'elle avait obtenu le premier rôle. Normal puisque, pour lui, Carmen était une fille virtuelle.

Elle rentra chez elle avec un sentiment de frustration grandissant. Comme si elle venait de sortir d'un trois-étoiles sans avoir rien mangé. Elle aurait voulu annoncer la nouvelle à quelqu'un d'autre, mais elle ne pouvait pas appeler Bee. Ni Lena. Et sûrement pas Tibby. Franchement, elle avait le don de transformer le miel en vinaigre.

Elle avait toujours la même impression : tant qu'elle n'avait pas annoncé la nouvelle aux trois autres filles, ce n'était pas réel. Elle pensa à son futur mariage, qu'elle peinait à organiser sans y mettre aucun cœur. Sans ses amies, sa vie n'était pas une vie.

Pour le voyage, Lena s'habilla en marron mais elle glissa la robe rouge dans son sac. Elle profita des sept heures de vol pour rassembler son courage et, dès que l'avion atterrit à Heathrow, elle se rua dans les toilettes des dames. En se contorsionnant, elle ôta son pull, son T-shirt et son pantalon. La cabine était minuscule et elle n'arrêtait pas de se cogner les coudes.

– Ça va ? demanda une voix de l'autre côté de la cloison.

– Oui, oui, désolée, marmonna-t-elle, à demi dévêtue et affreusement gênée.

Lorsqu'elle ressortit, la robe, toute froissée,

remontait derrière. Elle vit dans le miroir que ses cheveux étaient aplatis d'un côté. Elle avait de gros cernes. Et le collant noir n'allait pas du tout avec la robe. Abattue, elle repensa au surnom qu'on lui avait donné au lycée : Aphrodite. « Qu'est-ce que tu es devenue, ma pauvre ? »

Elle retourna dans la cabine et se tortilla jusqu'à ce qu'elle ait réussi à ôter le collant et remettre ses ballerines. Elle considéra ses jambes nues. Elles étaient blanches mais, au moins, elle s'était rasée la veille. Est-ce qu'il faisait froid à Londres au mois de février ? Elle baissa à nouveau les yeux. Elle avait déjà les mollets marbrés et la chair de poule. « Je ne suis vraiment pas douée. »

Elle se brossa les cheveux, appliqua soigneusement mascara et rouge à lèvres. Fit une tentative avec l'ombre à paupières mais on aurait dit qu'elle avait un cocard. Elle se lava le visage et recommença tout. Au troisième essai, elle laissa tomber l'ombre à paupières. Elle mit ses créoles en or.

Après avoir vu des dizaines de gens entrer puis ressortir, entendu des bébés pleurer pour qu'on leur change leur couche, assisté au débordement spectaculaire d'une cuvette bouchée, Lena contempla enfin le résultat dans le miroir. Puis elle sortit de son sac l'enveloppe mentionnant la précieuse adresse.

« Je ferais mieux d'appeler avant », pensa-t-elle. Mais elle n'avait pas le numéro. Et d'après l'opératrice qu'elle avait eue en ligne, il n'était pas répertorié. Elle se sentit cependant sottement rassurée d'avoir une vraie personne habitant à Londres à l'autre bout du fil.

C'était un peu bizarre de débarquer comme ça. Mais, de toute façon, sa démarche était bizarre. C'était bizarre que Tibby ait écrit à Kostos. C'était bizarre que Lena ait parcouru des milliers de kilomètres pour la lui remettre en personne sans même savoir ce qu'elle contenait. Mais c'était sa mission et elle allait la remplir, et en robe rouge, en plus.

Elle revit le visage de Tibby sur la photo de la remise des diplômes, celle qui la hantait tous les jours en apparaissant sur son écran d'ordinateur. « J'aurais voulu savoir mieux t'aimer, pensa-t-elle, mais je fais ce que je peux. »

Ne te cache pas
derrière ta peur
ou personne ne verra
que tu es là.
Tu es là.

Cat Stevens

En février, il faisait froid à Londres. Ça n'avait rien d'étonnant. Dans le train, Lena s'assit au fond du wagon, avec son manteau épais comme une feuille de papier à cigarette sur les jambes. Regrettant d'avoir ôté son collant, elle courut presque de la gare à la station de métro.

Elle avait cherché l'itinéraire depuis longtemps et l'avait vérifié plusieurs fois depuis.

Kostos habitait sur Eaton Square, non loin de King's Road. Quand il vivait à Londres autrefois, peu après leur rencontre, c'était dans le quartier de Brixton, juste au-dessus d'un pub et en face d'un snack baptisé Speedy Noodle. Elle se rappelait exactement ce qu'elle avait éprouvé en recevant sa première lettre et en reconnaissant son écriture, plutôt soignée pour un garçon. Elle se revoyait encore écrire son adresse avec application, enveloppe après enveloppe, lorsqu'elle lui répondait.

Brixton Hill, Lambeth. C'était le début d'un poème pour elle. Un concentré d'émotions. Eaton Square, un peu moins. C'était nouveau, ça n'avait pas la patine du temps et des souvenirs. Elle trouvait que ça sonnait moins bien, que c'était plus froid, moins évocateur. Mais tout de même impressionnant. Combien de fois avait-elle regardé fixement cette adresse en essayant de se représenter la rue, la maison, le Kostos qui y vivait, l'ambiance, l'atmosphère des lieux?

En sortant du métro à la station Sloane Square, elle mit quelques minutes à se repérer. À deux reprises, elle partit dans la mauvaise direction, croyant avoir reconnu un nom sur une plaque.

Finalement, elle trouva la bonne rue, et les numéros allaient dans le bon sens. Quatorze, seize, dix-huit.

Elle s'arrêta pour consulter le plan qu'elle avait imprimé. Ce devait être un peu plus loin dans cette rangée de maisons de ville imposantes et luxueuses. Alors il habitait là-dedans?

Elle ralentit. Cet endroit lui semblait de plus en plus froid. Elle avait les jambes congelées. Elle vérifia sur l'enveloppe où il avait noté son adresse, puis de nouveau sur le plan.

Intimidée, elle scrutait les maisons, l'une après l'autre. Elles étaient bien trop immenses pour n'abriter qu'une seule famille, elles devaient être divisées en appartements. Restait à espérer que le nom de Kostos serait indiqué quelque part, sur la sonnette, ou la boîte aux lettres.

Elle avançait à petits pas, luttant contre un vent imaginaire. Arrivée devant le numéro 28, elle leva les yeux. Il s'agissait d'une maison en pierre d'un blanc éblouissant, avec un perron ouvragé. Deux arbustes bien taillés encadraient une impressionnante porte laquée de noir.

Elle chercha un interphone, une liste de noms, mais il n'y avait qu'un élégant bouton dans une plaque de cuivre poli. Il n'y avait qu'une seule boîte aux lettres, en cuivre également. C'était donc sa porte, avec ses jolis petits arbres… et ça, c'était ses fenêtres… Allait-elle vraiment oser gravir ce perron, appuyer sur ce bouton ?

À Oia, elle l'avait trouvé bien moins intimidant en chair et en os qu'elle ne le craignait, mais là, elle était de nouveau très impressionnée. Il était riche, puissant. Il habitait un hôtel particulier en plein cœur de Londres. Il déjeunait avec le ministre des Finances. Qu'est-ce que Tibby s'imaginait en lui adressant cette lettre ? Et elle, qu'est-ce qu'elle s'imaginait en la lui portant ?

Non, mais franchement, qu'est-ce qu'elle était venue faire ici ? Ce n'était pas son monde. Elle avait l'impression d'avoir été ajoutée dans le paysage par un trucage sur Photoshop. Cette mission était ridicule et puérile, elle n'en était quand même plus au stade de passer des petits mots comme en cinquième.

Elle leva de nouveau les yeux vers la maison. Il était sept heures moins le quart, heure de Londres. Les lumières étaient allumées. Il devait être chez lui.

Elle regarda de nouveau la fente de la boîte aux lettres, au milieu de la porte. Et si elle y glissait son enveloppe, ni vu ni connu ? Qu'est-ce que Tibby entendait par « en personne » ?

Elle grimpa la première marche du perron et sortit la lettre de son sac. Elle grimpa la deuxième marche et contempla la fente en cuivre étincelant. Elle grimpa la dernière marche, poussa le battant et, sans respirer, y fourra la lettre et tourna les talons. Puis elle redescendit les trois marches et se figea.

Non, elle ne pouvait pas faire ça. Et si elle s'était trompée ? S'il n'habitait plus à cette adresse ? Enfin, quand même, elle était venue jusqu'ici pour lui remettre cette fichue lettre en personne, elle allait donc le faire.

Tibby essayait visiblement de la pousser à être moins poule mouillée, elle n'allait pas la lâcher maintenant. De toute façon, elle n'avait plus rien à perdre.

Lena fit volte-face et remonta les marches du perron. Elle glissa la main dans la fente, tira la lettre de la boîte et appuya sur la sonnette avant de changer d'avis.

Son cœur battait à tout rompre. Elle revoyait Kostos il y avait trois mois à peine, qui la tenait par les chevilles, allongé face à elle sur le canapé.

Elle allait y arriver, elle en était capable. Peu importait qu'il ait une maison immense, qu'il brasse chaque jour des millions de dollars. Il l'appréciait. Il l'avait même aimée – au point de lui acheter une bague et d'envisager de l'épouser. Bon, d'accord, il avait jeté la bague dans la caldeira en la maudissant mais, à une certaine époque, il tenait à elle.

Elle se concentra sur l'image de Kostos assoupi sur le canapé de ses grands-parents en attendant que la porte s'ouvre.

Mais ce ne fut pas lui qui l'ouvrit. Ce fut une grande brune en robe de soirée et talons hauts, avec du rouge à lèvres rose foncé. Peut-être que Kostos n'habitait plus là.

Lena dut aller chercher sa voix, cachée au fond de son estomac, pour demander :

– Est-ce bien ici que demeure Kostos Dounas ?

Elle frissonna malgré son manteau.

– Oui, confirma la femme, que voulez-vous ?

Elle avait l'air soupçonneux et pas franchement accueillant.

Lena baissa les yeux vers son enveloppe en murmurant d'une petite voix :

– J'ai quelque chose pour lui.

La femme tendit la main.
– Je peux lui remettre.
Lena fixa son regard sur ses ongles impeccablement manucurés et le saphir qui brillait à son majeur. Puis elle posa à nouveau les yeux sur l'enveloppe portant l'écriture de Tibby. Ça, c'était pire que la boîte aux lettres. Elle savait que ce n'était pas ce que son amie souhaitait.
– Serait-il présent, à tout hasard ? demanda-t-elle timidement.
La femme la toisa. Lena se sentait effroyablement mal à l'aise et congelée.
– Vous êtes une de ses amies ?
– Oui, une très vieille amie, répondit-elle avec bravoure.
La femme semblait hésiter. Elle la détailla, ses jambes nues, son manteau élimé. Elle recula d'un pas, se tourna vers l'escalier.
– Chéri, tu as de la visite, lança-t-elle d'un ton guilleret, comme si Lena n'était qu'une attraction, amusante et bizarrement vêtue.
Elle était pétrifiée. Comment se faisait-il qu'elle n'ait même pas envisagé cette possibilité ? Évidemment, il était le « chéri » de quelqu'un. Bien sûr. Ce n'était plus un étudiant qui partageait avec quatre colocataires un appartement en face de Speedy Noodle, et lui écrivait des lettres enflammées. C'était un homme puissant qui habitait un luxueux hôtel particulier dans un quartier chic, le « chéri »

d'une femme qui avait un saphir au doigt et le regard noir.

Lena croisa les bras, protection dérisoire, et se posa enfin LA question : cette femme était-elle SA femme ?

Lorsqu'ils s'étaient vus à Santorin, il n'avait pas mentionné qu'il était marié, mais l'occasion ne s'était pas non plus présentée. Il était venu parce qu'il avait eu pitié d'elle, et qu'il avait toujours adoré ses grands-parents. Et elle ne l'avait pas interrogé sur sa vie. Ce n'était pas comme s'il lui avait délibérément caché quelque chose. L'idée de sortir avec elle ne lui avait sans doute même pas traversé l'esprit un seul instant.

Lena chercha des yeux l'escalier et, mortifiée, elle vit Kostos descendre les marches. Il était également en tenue de soirée, mais il n'avait pas boutonné sa chemise jusqu'en haut ni noué sa cravate. Il devait sortir de la douche car il avait encore les cheveux mouillés.

Elle engloba la scène d'un seul regard : la femme d'une beauté vénéneuse qui se tenait sur le seuil, le Kostos resplendissant qui descendait l'escalier, leur magnifique intérieur dans cette superbe maison, la gerbe de lys roses sur la table de l'entrée. Clic. Elle grava l'image dans sa mémoire, une image dévastatrice.

Elle avait l'impression d'être une enfant. Non, plus petit qu'un enfant, moins précieux. Une souris. Non, plus petit qu'une souris, moins vivace. Sa vie s'était tellement ratatinée et racornie qu'on aurait pu la souffler comme une boulette de papier dans le tube d'un stylo.

Kostos s'arrêta au bas des marches et mit un temps à comprendre qui elle était. Il était sans doute surpris. Mais elle n'aurait su en dire plus car elle avait baissé les yeux. Elle n'osait plus regarder.

Elle tendit la lettre de Tibby d'une main tremblante et la femme la prit.

– Désolée de vous avoir dérangée, déclara-t-elle, sincère.

Elle tourna les talons et fila aussi loin de cette maison que ses jambes engourdies pouvaient la porter.

Dès que Brian eut refermé la porte de son bureau à l'arrière de la maison, Bridget embarqua pour un voyage dans le temps.

Il commença par un face-à-face au-dessus d'un bol de céréales.

– Bee, fit Bailey. Bee-bee. Beeeeee. Bee.

– Oui, répondit Bridget avec une note de fierté dans la voix, c'est moi.

Elle venait de s'apercevoir que son nom était un vrai bonheur à prononcer pour un jeune enfant.

Bailey renversa son bol, inondant la table de lait et de Rice Krispies, ce qui la fit rire.

Bridget repensa au conseil que lui avait donné Brian. Il y avait quand même une différence entre Bailey et elle. Bridget n'aurait jamais fait ce genre de chose.

Elle nettoya la table. La journée allait être longue.

Elle se creusa la mémoire. Qu'aimait-elle faire quand elle avait l'âge de Bailey ?

– On va dehors ? proposa-t-elle.

Elle sortit la fillette de sa chaise haute et la posa par terre, puis la prit par la main pour la conduire dans le jardin.

La pelouse était d'un vert lumineux. La végétation bourdonnait. Le monde semblait tellement neuf et jeune, comme si rien de grave et de sérieux n'était jamais arrivé par ici.

– Waouh, il y a un ruisseau ! s'écria Bridget.

– Ruisseau, répéta Bailey.

Bridget la guida sous l'auvent de feuillages jusqu'au bord de l'eau. C'était le ruisseau idéal, il lui rappela celui qui traversait le petit bois, au bout de l'ancienne rue de Tibby. Le temps s'arrêtait presque quand elles étaient là-bas, elles y avaient passé un nombre d'heures incalculable.

– Regarde, on peut le traverser en marchant sur les pierres.

Comme Bailey n'arrêtait pas de glisser, elle l'aida à sauter d'une pierre à l'autre. Elle espérait juste qu'en la tenant par le bras elle ne risquait pas de lui déboîter l'épaule. La petite fille regarda fixement l'eau qui filait entre ses pieds de ses grands yeux étonnés. Peut-être avait-elle peur ?

– Encore, décréta-t-elle une fois qu'elles furent de l'autre côté.

– D'accord, fit Bridget.

Elles retraversèrent le ruisseau, tanguant et glissant sur les grosses pierres. Bridget aurait été incapable de dire si Bailey appréciait ou si elle détestait.

– Encore, répéta-t-elle.

Et elles recommencèrent.

Elles passèrent et repassèrent d'une rive à l'autre, jusqu'à ce que Bailey fasse un faux pas et pose le pied dans l'eau. Elle leva les yeux pour voir la réaction de Bridget.

Celle-ci sourit.

– Ha ! C'est froid, hein ?

Le visage sérieux de Bailey se fendit d'un sourire rayonnant.

– Ha ! Ha, ha !

Un sourire similaire se dessina sur les lèvres de Bridget.

– Ha, ha, ha !

Après avoir apprivoisé le ruisseau, elles cherchèrent des choses à attraper. Au début, Bridget captura une bestiole à longues pattes à la surface de l'eau. Elle ouvrit sa paume pour lui montrer. Bailey la toucha du bout du doigt, fascinée. Comme Bridget ignorait de quel genre d'insecte il s'agissait, elle dit juste :

– Regarde la bébête.

– Bébête, répéta Bailey, en couvant Bee d'un regard admiratif, comme si c'était un véritable génie.

C'était plutôt agréable d'être en compagnie de quelqu'un de si facile à impressionner.

Bridget reposa doucement l'insecte sur l'eau. Elle avait grandi tout de même car, enfant, elle l'aurait écrabouillé au creux de sa main ou avec une pierre. À l'époque, elle ne voyait guère plus loin.

Elles s'assirent sur des rochers et trempèrent leurs mains dans l'eau pour pêcher des écrevisses. Bridget brandit triomphalement sa prise, qui agitait frénétiquement ses petites pattes dans les airs.

– Oh… la grosse bébête, souffla Bailey, intimidée.

L'écrevisse gigotait tellement qu'elle n'osait pas la toucher.

– Ça ne mord pas, la rassura Bridget en la lui faisant frôler pour qu'elle sente comme c'était visqueux.

– Mordre ! fit Bailey en faisant claquer ses mâchoires d'un air malicieux.

– Non, ça ne mord pas. Et on ne mord pas non plus.

Bailey trouvait ça drôle. Elle ouvrit grande la bouche et partit d'un éclat de rire un peu forcé. Bridget vit qu'elle avait seulement une petite dizaine de dents, toutes regroupées sur le devant, et un grand vide où pousseraient les molaires.

– Tiens, tu peux la remettre à l'eau, dit-elle.

Elle la posa délicatement dans la paume de Bailey.

– Doucement…

Trop tard, la fillette avait refermé son petit poing avec un craquement sinistre.

– D'accord… dis au revoir.

Bailey jeta l'écrevisse écrabouillée dans le ruisseau en criant gaiement :

– Au revoir ! Au revoir !

« Pourquoi m'as-tu fait subir ça, Tibou ? Pourquoi ? »

Lena marcha, marcha droit devant. Sans même consulter le plan de Londres qu'elle avait soigneusement annoté.

C'était peut-être pour qu'elle admette ce que tout le monde avait compris depuis longtemps : Kostos était passé à autre chose. Il n'était plus pour elle.

Tibby n'avait sûrement pas envisagé les choses sous cet angle, car elle avait toujours surestimé Lena. Mais elle voulait sûrement lui faire comprendre qu'il était également temps pour elle de passer à autre chose.

Lena traversait les quartiers les uns après les autres sans les voir.

Au bout d'un moment, elle finit par être trop congelée et trop épuisée pour continuer. Elle ne voulait pas s'asseoir dans un restaurant ou boire dans un bar toute seule, aussi s'engouffra-t-elle dans un supermarché qui était ouvert tard.

Elle arpenta les allées sans but, puis s'approcha de la vitrine. Il faisait noir dehors alors que le magasin était très éclairé, si bien qu'elle ne voyait rien à part son reflet. Elle qui voulait se changer les idées en regardant les passants, elle se retrouva face à elle-même dans sa robe rouge, toute gênée.

Elle s'était fait des idées. Même si elle avait du mal à l'admettre, elle s'était carrément fait un film. Elle allait sonner chez Kostos, vêtue de sa robe rouge, et le reconquérir. Il la verrait sous un nouveau jour et se rendrait compte qu'il l'aimait toujours, qu'il n'avait jamais cessé de l'aimer. Au lieu de prendre la lettre, il la prendrait, elle, dans ses bras, et toutes ses craintes, toutes ses appréhensions s'évaporeraient. Elle lui laisserait prendre sa vie en main puisqu'elle ne savait plus trop quoi en faire.

Voilà pourquoi elle avait essayé d'être séduisante et glamour, mais dans le contexte, face à sa femme (ou sa petite amie, ou sa fiancée, qu'importe), sur le perron de son superbe hôtel particulier, ses efforts paraissaient pathétiques. En robe rouge ou en marron, elle ne trompait personne : elle n'était rien d'autre qu'une petite fourmi timide. En principe, elle n'était pas du genre à se faire de faux espoirs. Dommage que même cette piètre qualité lui ait fait défaut, cette fois.

C'était le moment qu'ils avaient passé ensemble à Santorin qui l'avait perturbée. Elle s'était sentie si proche de lui. Sur le coup, elle s'était dit qu'elle n'attendait rien d'autre de lui, mais ce n'était pas vrai.

Elle s'en voulait terriblement, mais elle lui en voulait également un peu.

– Puis-je vous aider ? lui demanda une jeune caissière.

Lena se retourna vers elle et la regarda fixement avant de se rappeler où elle se trouvait.

– Non, merci. Désolée, répondit-elle, tête baissée.

Elle ressortit dans le froid et se remit à marcher.

Peut-être qu'en continuant à avancer droit devant elle, elle finirait par arriver à Brixton ? Mais elle avait la désagréable impression qu'il n'y avait d'ici aucun moyen de se rendre là-bas.

Elle se revit, dix ans plus tôt, gravissant la colline d'Oia au clair de lune pour le rejoindre dans leur petite oliveraie.

– Un jour…, lui avait-il promis en grec.

Elle ne parlait pas du tout grec à l'époque, et elle avait eu beaucoup de mal à comprendre ce que ça signifiait.

À l'époque, ce mot était un espoir, un trésor précieux, un bon cadeau pour l'avenir. Elle l'avait soigneusement rangé et chéri, attendant le bon moment pour l'encaisser.

Attendre, attendre. C'était son truc. « Un jour », ça lui donnait un prétexte pour attendre sans faire grand-chose d'autre. Finalement, cela n'avait rien d'un cadeau, c'était un virus fatal avec une longue période d'incubation.

Elle l'avait cru sincère, mais évidemment il n'en était rien.

Elle se rappelait presque mot pour mot la conversation qu'ils avaient eue ce jour-là. Il lui avait demandé si elle était amoureuse de quelqu'un d'autre et elle avait répondu :

– Je ne suis pas sûre d'en être capable.

Et il avait répliqué :

– Je suis sûr d'en être incapable.

Elle faisait comme si elle avait oublié cet échange, mais c'était faux. Elle était adolescente à l'époque, il n'était guère plus vieux ; ça excusait tout, n'est-ce pas ?

Non, pas du tout. Pas pour le coffre-fort qui lui tenait lieu de cœur. « Je suis sûr d'en être incapable. » Elle se cramponnait à cette déclaration comme s'il l'avait signée de son sang.

Alors que c'était du vent. Elle repensa à cette femme, si belle, si méprisante dans sa robe noire. « Oh, que si, tu en es parfaitement capable. »

Les gens n'arrêtaient pas de dire des choses qu'ils ne pensaient pas vraiment. Tout le monde semblait en prendre son parti. Mais pas Lena. Pourquoi croyait-elle dur comme fer à ce qu'on lui disait ? Pourquoi prenait-elle tout au pied de la lettre ? Pourquoi s'imaginait-elle bien connaître les gens quand ce n'était visiblement pas le cas ? Pourquoi voulait-elle continuer à prétendre que rien ne changeait alors que tout lui prouvait le contraire ?

Peut-être parce que, elle, elle ne changeait pas. Elle croyait ce que les gens lui disaient et demeurait fidèle à elle-même. Toujours.

Jadis, on m'a adoré,
moi aussi.

William Shakespeare

Évidemment, il se mit à pleuvoir. Vers dix heures du soir, trempée, congelée, Lena finit par s'arrêter à un endroit qui portait bien son nom, Houndsditch[1]. Elle prit racine, debout sous un Abribus. Son vol ne décollait pas avant dix heures le lendemain matin.

Elle avait tout soigneusement prévu, tout sauf où elle allait passer la nuit. Pourquoi ? Sûrement un coup de son inconscient. Au fond, tout au fond d'elle-même, elle était intimement persuadée que, à la seconde où elle se retrouverait face à Kostos, tout s'arrangerait comme par magie. Du genre « ils se marièrent, vécurent heureux et eurent beaucoup d'enfants », on referme le bouquin, l'histoire se finit bien, on imagine ce qu'on veut.

Maintenant qu'elle se retrouvait coincée à Houndsditch, autant essayer de comprendre.

---

1. NdT : littéralement, « le fossé aux chiens ».

Qu'est-ce qu'elle s'était imaginé ? Qu'il l'enlacerait, là sur le perron ? Franchement ? Qu'il la prendrait dans ses bras pour la déposer sur son lit et lui faire l'amour toute la nuit ?

Elle rougit rien que d'y penser, plus de honte que de désir. Non, elle n'avait sans doute pas été jusque-là. Même au fond du fond de son subconscient, elle n'avait pas de fantasmes aussi audacieux.

Un groupe d'hommes en costume lui jeta des regards insistants en passant. L'un d'eux fit un commentaire qu'elle n'entendit pas mais qui fit rire les autres. Avec sa robe rouge et ses jambes nues, son maquillage dégoulinant, elle avait sans doute l'air de faire le trottoir.

Elle n'avait même pas envie d'essayer de trouver un hôtel à cette heure et, de toute façon, elle n'avait pas de quoi payer. Par principe, elle avait une carte à débit immédiat, et non une carte de crédit, et elle n'avait pas grand-chose sur son compte. Elle n'avait pas prévu ça. Son père avait tout payé d'avance, y compris le billet d'avion et l'extension de service pour que son portable fonctionne en Europe. Elle avait deux cents dollars en chèques de voyage, mais elle ne voulait pas tout dépenser dès le premier jour.

Que faire ? Elle sortit l'horaire des trains de son sac. Si elle voulait prendre le dernier, elle avait intérêt à se dépêcher.

Elle devait d'abord aller prendre le métro à Aldgate, la station la plus proche. Elle quitta à regret son Abribus, où au moins elle était au sec, pour passer au stade postdésenchantement de cette aventure.

Bridget commença à avoir faim avant Bailey, ce qui lui fit une fois de plus mettre en doute les conseils que lui avait donnés Brian. Elle ne savait pas trop quoi préparer.

– Qu'est-ce que tu voudrais manger à midi ? demanda-t-elle.

Bailey la fixa d'un regard impassible.

– Tu aimes les yaourts ?

– Oui.

– Tu aimes les pommes ?

– Oui.

– Tu aimes les crackers ?

– Oui.

– Tu aimes les épinards ?

– Oui.

– Tu aimes les champignons vénéneux ?

– Oui.

– Bon, d'accord, laisse tomber.

Bridget sortit des crackers, éplucha une pomme et coupa quelques morceaux de fromage.

Bailey avait déjà fourré tout ça dans sa bouche avant que Bridget s'aperçoive qu'elle mangeait plus de sable qu'autre chose.

Elle la sortit de sa chaise haute et la porta jusqu'à l'évier sous son bras comme un ballon de rugby. Elle glissa la main sous le robinet pour vérifier la température.

– Faut se laver les mains, expliqua-t-elle en les lui passant sous l'eau.

Lorsqu'elle la rassit dans sa chaise, Bailey avait toujours la bouche pleine.

– Tu as du mal à mâcher, hein? demanda Bridget en se rappelant soudain qu'elle n'avait pas de molaires.

Elle dut lui glisser un doigt entre les lèvres pour lui vider la bouche, tout recouper en morceaux plus fins dans une assiette et recommencer du début.

Elles picorèrent les petits dés avec appétit.

« On est à peu près pareilles, sauf que j'ai plus de dents », constata Bridget.

Elles partagèrent un yaourt à la fraise. Enfin, Bridget mangeait pendant que Bailey aspergeait la table et le sol en se servant de sa cuillère comme d'une catapulte. Bridget réfléchit. « Ouais, c'est une idée. »

Après déjeuner, Bailey n'avait qu'une envie : retourner au ruisseau. Cette fois, c'est elle qui prit la main de Bridget pour la conduire jusqu'au bord de l'eau. Elles enfoncèrent leurs pieds dans la boue du rivage. Bridget remua les orteils, Bailey l'imita. Bridget eut un coup de folie : elles s'assirent toutes les deux dans la gadoue. Pourquoi pas ? Elles étaient déjà sales, de toute façon, et il faisait doux.

C'était génial parce que, petites, Bee et Tibby adoraient faire des gâteaux de boue. Bridget forma un petit tas et fit mine de le porter à sa bouche.

– Miam, miam, le bon gâteau !

Bailey entra aussitôt dans le jeu. Elle prit une poignée de terre pour la fourrer dans sa bouche. Elle avait déjà une moustache marron au-dessus des lèvres quand Bridget l'arrêta en riant :

– Hé, non, ça ne se mange pas vraiment. On fait juste semblant !

Ça convenait tout à fait à Bailey. Elles firent semblant de manger des kilos de boue. Ensuite Bee modela une tortue, puis une étoile de mer. Quand Bailey eut compris que ce n'était pas pour manger mais pour jouer avec, elle l'imita et fabriqua ses propres bestioles, pas très réussies.

Bridget avait les ongles noirs de boue, les cheveux hirsutes. Sentant la fraîcheur de la boue à travers son pantalon et la chaleur du soleil sur sa tête, elle ferma les yeux et s'imagina qu'elle était redevenue toute petite et qu'elle jouait avec son amie Tibby au bord du ruisseau. Même en entrouvrant un œil, l'illusion ne se dissipait pas. La jeune personne qui était à côté d'elle avait la même intensité dans le regard, le même enthousiasme, le même visage de lutin, les mêmes cheveux tout fins qui refusaient de pousser passé un certain point.

Bridget avait remonté le temps. Elle se retrouvait en compagnie de Tibby, en train de faire ce qu'elles aimaient faire ensemble autrefois. Son esprit ralentissait enfin, vibrant de moins en moins fort pour atteindre un état proche du silence, et c'était tout ce qu'elle pouvait espérer pour le moment.

Lena arriva à la porte d'embarquement exactement onze heures avant le départ de son vol. Elle avait toujours cru que personne au monde n'arrivait jamais aussi en avance que son père, mais elle venait de battre son record. Elle se brossa les dents puis se nettoya le visage à l'un des quatorze lavabos (elle avait compté) des toilettes pour dames.

De retour à la porte d'embarquement, elle s'assit devant la grande vitre pour regarder les avions décoller, mais il n'y avait pas beaucoup de mouvement à cette heure-ci. Elle tenait à rester éveillée, car qui sait ce qui aurait pu lui arriver. Elle passa un bras autour de son sac, au cas où.

Elle s'était peut-être assoupie quand, soudain, elle sentit quelque chose vibrer. Elle mit un moment à comprendre qu'en fait il s'agissait de son portable. Elle avait oublié qu'on pouvait la joindre, même ici. Elle le sortit du sac et décrocha sans même regarder le numéro. De toute façon, c'était soit son père, soit sa mère. Plus personne d'autre ne l'appelait.

– Lena ?

– Oui ?

Ses neurones s'activèrent. Ce n'était pas son père, et encore moins sa mère.

– Où es-tu ?

Hébétée, complètement perdue, elle demanda :

– Qui est-ce ?

– C'est Kostos.

Ses neurones passèrent à la vitesse supérieure, fonçant dans une direction différente. Comment avait-il eu son numéro ?

– Comment as-tu eu mon numéro ?

– J'ai téléphoné à ta mère.

Merde. Au moins, maintenant, elle savait qui allait l'appeler ensuite.

– Qu'est-ce que tu es venue faire à Londres ? lui demanda-t-il.

Le voir. Lui donner une lettre. Tomber dans ses bras, vivre heureuse et avoir beaucoup d'enfants. Elle ne pouvait lui avouer aucune facette de la vérité.

– Je suis juste en escale.

– Tu vas où ?

Là non plus, elle ne pouvait pas lui dire la vérité. Entre Londres et Santorin, il allait croire qu'elle le harcelait. Elle ferma les yeux, se creusant la tête pour trouver quelque chose.

– En Italie. Pour voir les œuvres.

On aurait dit qu'elle lisait un dialogue de film. Elle avait horreur de mentir.

– Tu restes combien de temps ?

– Je repars demain matin.

– Lena, tu as fait tout le trajet jusque chez moi. Pourquoi avoir pris la fuite comme ça ?

« Parce que tu vis dans un hôtel particulier avec une femme superbe et terrifiante. Parce que tu as ruiné tous mes espoirs et piétiné mon amour-propre. Parce que tu m'avais promis qu'un jour… et que tu ne le pensais même pas. »

– Je voulais juste te remettre cette lettre. J'ai eu l'impression de vous déranger, toi et ta…

– Ma… ?

– Ta…

Lena ne savait pas comment la qualifier et elle ne voulait pas être obligée de poser la question.

– Tu veux parler d'Harriet ?

– Je veux parler de la personne qui m'a ouvert la porte. Nous ne nous sommes pas présentées.

– Oui, Harriet.

Il avait l'air mal à l'aise.

– Vous êtes mariés ? Vous vivez ensemble ? demanda-t-elle, plus surprise encore par sa propre audace que par ses tendances masochistes.

– Non, on n'est pas mariés, on vit juste ensemble. Lena, où es-tu descendue pour la nuit ? Je sais qu'il est tard, mais j'aimerais passer te voir, ça t'ennuie ? J'aimerais vraiment qu'on discute de vive voix.

Elle savait exactement de quoi il voulait discuter et elle n'avait aucune envie de l'écouter. Dans un coin de sa mémoire devaient encore résonner les mots qu'il lui avait dits autrefois, il y avait plus de dix ans, lorsqu'il l'avait anéantie en épousant Mariana moins d'un mois après lui avoir promis de l'aimer à jamais. « Je t'aime. Je t'aimerai toujours. »

Il devait culpabiliser, comme il avait culpabilisé à l'époque. Il avait dû lire sur son visage ce qu'elle ressentait. Elle avait voulu faire bonne figure, mais elle n'était pas très douée. Surtout pas lorsqu'il était dans les parages. Au moins, cette fois, elle ne s'était pas effondrée.

Cette fois. Combien de fois allait-elle laisser cet homme lui briser le cœur ? C'était quoi, son problème ? Et pour être tout à fait honnête, il fallait compter les points : combien de fois avait-elle brisé le sien ?

Il allait essayer de lui faire avaler la pilule, tenter de se justifier, s'efforcer de restaurer son amour-propre blessé et de préserver leur amitié. Il voulait pouvoir continuer à se regarder dans la glace. Éviter que Mamita ne se retourne dans sa tombe.

Mais qu'ils se voient ou pas, ça n'arrangerait rien. Pour Lena, en tout cas. Au contraire.

– Dis-moi où tu es. J'arrive.

Elle n'allait certainement pas lui dire où elle se trouvait. Lui avouer qu'elle était trop pauvre et trop idiote pour avoir réservé une chambre d'hôtel.

– Tu as ta vie, Kostos, je comprends. J'aurais dû t'appeler avant de venir. Je suis désolée.

– Je t'en prie, Lena. Dis-moi où tu es. J'ai besoin de te voir.

Il avait une voix bizarre, déformée. Peut-être avait-il bu, en sortant avec Harriet, ce soir.

Elle s'aperçut alors que si elle avait si mal à la gorge, c'était à force de ravaler ses larmes. Heureusement qu'il n'était pas là pour la voir. Il n'y avait aucun témoin, à part la femme de ménage qui sortait des toilettes pour dames avec son seau et sa serpillière.

– Je ne peux pas. Je ne veux pas. C'était une erreur de venir.

– Mais non, Lena. Laisse-moi une chance.

– Je ne peux pas, répéta-t-elle.

Il fallait à tout prix qu'elle se mouche. Elle espérait qu'il ne l'entendait pas renifler.

Il se tut un instant.

– Je peux te rappeler ? Demain ?

Elle ferma les yeux et se concentra pour chasser tout sanglot et tout chagrin de sa voix.

– Non, s'il te plaît.

– Mais tu ne comprends rien.

Elle aurait voulu pouvoir se retenir, mais

c'était impossible. Elle pleurait à gros sanglots. Il allait l'entendre.

– Comprendre quoi ? Tu pourras dire tout ce que tu veux, ça ne changera rien.

Ils demeurèrent un moment silencieux. Elle écarta le téléphone de son visage un instant pour tenter de se ressaisir.

Lorsqu'il reprit la parole, il semblait résigné. Ce n'était pas la première fois qu'elle assistait à cette métamorphose chez lui. Sa voix était atone.

– Très bien. Si tu ne veux pas, je n'insiste pas.

Elle avait peur de dire quoi que ce soit. Elle préféra se taire.

– Et cette lettre, c'est quoi ? l'interrogea-t-il, visiblement intrigué.

Elle essaya de reprendre une respiration calme et régulière.

– C'est de la part de Tibby. Je ne sais pas ce qu'elle raconte. Elle m'a chargée de te la remettre. Elle a insisté pour que je te la donne en personne.

– Je vois, dit-il. Je comprends, alors, fit-il d'un ton monocorde.

Lena, elle, ne voyait pas bien ce qu'il comprenait, mais elle n'avait pas la force de le questionner.

– Nous ne sommes pas censés l'ouvrir ensemble ou quelque chose comme ça ? demanda-t-il.

Elle crut déceler une once de moquerie dans sa voix, cette fois.

– Non, je ne crois pas.

– Au verso, il est précisé que je ne dois pas l'ouvrir avant la mi-mars.

– Je sais, c'est pareil pour moi.

Les anges passent,
on s'en rend compte une
fois qu'ils ne sont plus là.

George Eliot

Jusque-là Carmen n'avait jamais eu le trac avant une audition. En général, elle s'y rendait la tête haute et la rage au cœur, en pensant « Je vais leur montrer de quoi je suis capable », avec l'assurance incroyable des filles uniques. Si elle n'obtenait pas le rôle, c'était eux qui y perdaient. Point.

Mais quand elle pensait à cet entretien, elle était beaucoup moins fanfaronne et moins sûre d'elle.

– On se marie le 17 avril. Comment veux-tu que je prépare tout si je passe une semaine et demie à La Nouvelle-Orléans fin mars, se plaignit-elle à Jones tout en se démaquillant mollement dans la salle de bains.

– Tu as ton portable. Tu pourras tout faire de là-bas, répliqua-t-il.

Elle nota qu'il ne proposait pas de prendre le relais.

– Il va falloir goûter le menu. Essayer ma robe. Comment veux-tu que je le fasse à distance ?

Jones, qui tentait de lire au lit, finit par se lasser de ses récriminations boudeuses.

– Écoute, il faut que tu te concentres sur ce rendez-vous. Je suis sérieux. Tu dois te donner à fond. Si tu veux qu'on repousse le mariage d'un mois ou deux, c'est possible.

Carmen examina le coton noirci de mascara. Jones aurait refusé de reporter le mariage pour sa grand-mère, mais il l'avait proposé de lui-même pour une audition. À ses yeux, Grant Arden était bien plus important que Carmen senior.

Avait-elle envie de le repousser ? Ou plutôt de s'en débarrasser le plus vite possible ? L'avantage, c'est qu'en fonçant tête baissée, elle n'avait pas le temps de réfléchir. De se poser trop de questions, du genre : devait-elle inviter la famille de Tibby ? Prévoir des demoiselles d'honneur ou laisser tomber toutes ces âneries ? En courant jusqu'à la salle de mariage, elle pouvait facilement enjamber les interrogations existentielles du style « Carmen, bon sang, mais qu'est-ce que tu fais ? ». Elle avait une excuse toute trouvée à servir à elle-même et aux autres : « On a improvisé ça au feeling. » Elle pourrait peut-être même la ressortir plus tard : « On aurait sûrement dû prendre notre temps. » Elle s'entendait d'ici prononcer cette phrase dans cinq ans.

– Comment ça va, vous deux ? demanda Brian le premier soir en sortant de son bureau.

Bridget et Bailey, épuisées, étaient affalées à la table de la cuisine.

Bee haussa les épaules.

– Ça va. J'crois.

Elle consulta Bailey du regard.

– Comment on va ?

Bailey l'imita, haussant les épaules également.

Brian se pencha vers elle et déposa un baiser sur son oreille écarlate.

– D'habitude, on enlève son pyjama et on s'habille à un moment donné de la journée. Et la crème solaire, c'est un plus. Mais sinon, elle a l'air en forme.

Bailey était contente de retrouver les bras de son père, qui la mit au lit juste après le dîner. Bridget dormit du sommeil du juste, long et profond.

Le matin, Bee et Bailey prirent leur petit déjeuner dehors. Elles poussèrent des cris de joie lorsqu'un oiseau jaune vint se poser sur le bord du bol de Bailey pour lui piquer un pétale de céréale. Elles en reparlèrent toute la journée.

Elles jouèrent deux longues heures au bord du ruisseau. Elles avaient trouvé une couleuvre, qu'elles taquinèrent du bout d'un bâton. Elles essayèrent de lui faire manger des céréales mais elle n'en voulait pas. Bridget sentit de nouveau remonter la brutalité enfantine qui était enfouie en elle.

L'après-midi, elles s'allongèrent sur le ventre sous la véranda pour dessiner avec des crayons de couleur. Bridget, qui n'avait jamais dépassé le stade des gribouillages, trouvait ça très amusant.

Le frottement des mines sur le papier, l'odeur de cire, c'était un vrai plaisir !

Elle se rendit compte que, contre toute attente, ce boulot lui convenait parfaitement. Comme pour les missions de travail temporaire, on changeait fréquemment d'activités, si bien qu'on n'avait pas le temps de s'ennuyer. Mais en plus, on était souvent dehors et on avait le droit de se salir. Et, le mieux, c'est qu'on pouvait faire à son idée. On aura beau dire tout ce qu'on veut, un gamin de deux ans est beaucoup plus facile à impressionner et à contenter qu'un cadre des ressources humaines.

Incidemment, Bridget se demanda quelles qualifications étaient nécessaires pour faire ce genre de job et combien c'était payé.

Lena vendit la maison en trois jours. Le premier, elle appela quatre agences immobilières différentes, le deuxième, elle nettoya de fond en comble et, le troisième, elle reçut les visiteurs. À dix-sept heures, elle avait accepté une offre d'achat, mobilier inclus. Le quatrième, elle signa la paperasse, se rendit à la banque et faxa les documents à son père. Le cinquième, elle fit venir une entreprise de déménagement et mit dans des cartons les livres, papiers et effets personnels qui devaient être expédiés à ses parents aux États-Unis. Quelle efficacité ! Elle n'en revenait pas.

Le matin du sixième jour, elle se réveilla sans rien à faire, dans une maison propre et vide qui ne lui appartenait plus vraiment. Elle n'arrivait pas à se décider à sortir du lit. Elle paressa, étendue, à regarder le soleil progresser petit à petit sur sa couverture. Elle n'avait plus de lettre à remettre de la part de Tibby. Elle n'avait plus de maison à vendre. Elle n'avait plus d'homme avec qui elle envisageait de passer sa vie.

Elle avait… quoi ? Elle avait de grands pieds. Elle avait tendance à s'apitoyer sur elle-même. Elle avait un ongle incarné au gros orteil gauche. Elle avait quatre jours à tuer avant de reprendre l'avion pour les États-Unis.

Elle resta au lit jusqu'à midi. Se fit une omelette. S'assit en tailleur devant l'armoire de sa grand-mère. Puis elle se leva et contempla les vêtements qu'elle avait gardés pour les jeter. Elle essaya le peignoir rose de Mamita et sa robe d'intérieur en synthétique, puis elle les fourra dans sa valise.

Son Bapi était mort depuis longtemps. Ses affaires avaient été rangées et données il y avait des années. Mais en explorant son placard, elle trouva au fond d'un tiroir une paire de boutons de manchette argentés en forme de lion. Elle vit aussi, encore accrochés au mur, les deux petits dessins qu'elle avait faits, lors de son premier été à Oia – l'un d'une église du village, l'autre des bateaux de pêche d'Ammoudi. Elle se rappelait, quand elle les avait montrés à Bapi, son approbation silencieuse. Quand elle était rentrée aux États-Unis, elle les avait laissés dans sa chambre. Elle n'avait pas osé les lui offrir de peur de paraître présomptueuse, mais elle était touchée qu'il les ait conservés et accrochés dans son placard. Elle était émue qu'il les ait regardés jour après jour en pensant à elle alors qu'elle n'était pas là.

Elle s'assit sur le bord de la fenêtre de sa chambre pour contempler l'eau bleue étincelante de la caldeira. On racontait que la cité perdue d'Atlantis s'y cachait. Elle imagina Tibby dans le fond. Et le jean magique aussi. Et la bague que Kostos lui avait offerte quand il pensait encore l'aimer.

Elle se représentait ce monde sous-marin comme une version aquatique du paradis, fait de calme et de sérénité. C'était la cité perdue de Lena, son univers alternatif, la vie dont elle rêvait mais qu'elle n'aurait jamais.

Plus tard dans la semaine, après avoir passé la matinée au bord du ruisseau, Bridget et Bailey essayèrent de se construire une cabane avec quelques planches de bois dénichées dans l'appentis. Elle s'écroula au bout d'une heure, ce qui les amusa beaucoup plus que si elle était restée debout. Elles la reconstruisirent encore et encore, de plus en plus branlante, en riant aux éclats chaque fois qu'elle s'effondrait.

Le soir, Brian travailla tard. Après dîner, elles s'installèrent sur les marches, à l'arrière de la maison, pour voir le soleil se coucher et le ciel s'assombrir. Elles repérèrent deux chauves-souris, puis la traînée lumineuse d'une luciole. Bridget se mit à hurler comme une gamine de deux ans :

– Une luciole ! Tu l'as vue ? La petite lumière volante ?

Bailey la fixa du regard, à la fois incrédule et intriguée. Elle n'osait rien dire avant d'avoir vu par elle-même et, en ça, elle lui rappelait sa mère.

– Allons chercher un bocal pour en attraper une, proposa Bridget, surexcitée.

Elle courut dans la cuisine avec la petite sur les talons. Elle dégotta un bocal en verre sur une étagère. Les yeux écarquillés, Bailey la regarda percer des trous dans le couvercle à l'aide d'un couteau pointu – Bridget se demanda distraitement combien de couteaux elle avait fichus en l'air en faisant ça depuis sa naissance.

Elles retournèrent à l'extérieur. Bailey avait l'air impressionnée. Elle n'était sûrement pas souvent sortie dehors la nuit.

– On va lui mettre un peu d'herbe pour qu'elle soit bien à l'aise dans sa nouvelle maison, proposa Bridget avec enthousiasme. Tiens, regarde.

Elle arracha un brin d'herbe et le déposa dans le bocal.

Ça, c'était tout à fait à la portée de Bailey. Elle s'accroupit pour cueillir les brins d'herbe et les glisser un à un dans le bocal. Bridget eut du mal à l'arrêter.

– J'en vois une ! annonça-t-elle. Regarde !

Elle tendit le doigt. Bailey se figea, pieds nus sur la pelouse dans son pyjama blanc. Elle ouvrait de grands yeux attentifs.

– Regarde bien, insista Bridget en posant le bocal.

Elle poursuivit une luciole et l'attrapa dans ses deux mains. Elle la rapporta à Bailey, s'agenouilla et entrouvrit les doigts lentement. La petite voulait voir sans trop oser s'approcher.

– Waouh ! fit Bridget lorsque l'insecte s'illumina.

– Waouh ! répéta Bailey, subjuguée.

Bridget le laissa s'envoler et la petite le suivit des yeux. Elle se mit à sauter sur place.

– Attrape ! Encore !

Bridget se mit à courir après les lucioles. Bailey courait aussi, sans but, au comble de l'excitation.

– Je l'ai ! annonça Bee.

La fillette accourut. Cette fois, elle se pencha

tout près et poussa un petit cri quand la bestiole s'éclaira.

– On peut la mettre dans le bocal, fit Bridget.

Bailey émit une suite de sons bizarres qui se termina par « bocal ».

Accroupie pour que Bailey puisse voir, Bee tint l'insecte au creux d'une main et ouvrit le bocal de l'autre en le coinçant entre ses genoux. Puis elle y lâcha la luciole. Elle entendait Bailey respirer fort.

– Allez, vite, on remet le couvercle pour ne pas qu'elle s'échappe.

Une fois le bocal refermé, Bee le lui tendit. Bailey le tenait à bout de bras et le lâcha dans l'herbe avec un petit cri dès que la luciole s'alluma. En riant, Bridget le ramassa et le lui remit entre les mains.

– C'est chouette, hein ?

Bailey regarda dans le bocal, puis leva les yeux vers elle.

– Encore ?

– Tu veux que j'en attrape une autre ?

Elle acquiesça.

– D'accord, mais tu peux essayer aussi.

La petite eut du mal à poser son précieux bocal pour chasser les lucioles, mais finalement elle dut s'y résoudre. Elles coururent comme des folles dans l'herbe. Bailey écartait grands les bras, essayant tant bien que mal d'imiter sa nouvelle idole.

Dès que Bridget eut glissé un autre insecte dans le bocal, elle la fixa de ses yeux avides.

– Encore ?

– Une autre ?

– Une autre !

Elles continuèrent ainsi jusqu'à ce qu'il y ait neuf lucioles dans le bocal. Bridget trouvait ça tellement amusant qu'elle avait du mal à s'arrêter et Bailey était insatiable.

– Il n'y a plus assez de place, finit par s'esclaffer Bridget.

– Une autre ! réclama Bailey.

– Il y en a trop là-dedans. Elles risquent de se battre.

Bailey se figea aussitôt, intéressée.

– Elles risquent de se mordre, précisa Bee.

La petite fronça les sourcils d'un air inquiet.

– Non, je plaisante. Ça ne mord pas.

– Pas mordre, lança Bailey en faisant claquer ses mâchoires.

– Pas mordre.

Brian sortit sur le pas de la porte.

– Qu'est-ce que vous fabriquez ?

Bailey se jeta sur lui, pressée de lui montrer son trésor.

Bridget resta en retrait, le sourire aux lèvres, un peu gênée de s'être laissé emporter, mais tout de même fière d'avoir suscité autant de joie.

Bailey tenta d'expliquer l'aventure à son père,

mais les mots se bousculaient dans sa bouche. Heureusement, le bocal lumineux parlait de lui-même.

– Waouh ! s'exclama Brian en la portant à l'intérieur avec son bocal serré contre elle. Waouh. Waouh.

Bridget nettoya la cuisine avec un intense sentiment de satisfaction tout en écoutant Brian calmer sa fille avant de la mettre au lit.

En allant se coucher, une ou deux heures plus tard, elle s'arrêta devant la chambre de Bailey et entrouvrit tout doucement la porte. Elle fit quelques pas et sourit en la voyant dans son lit à barreaux, le bocal au creux des bras, avec les lucioles qui brillaient toujours à l'intérieur.

Bridget bâillait tellement qu'elle pensait s'endormir à peine la tête sur l'oreiller, mais elle ne parvint pas à trouver le sommeil. Elle ne cessait de se retourner dans ce petit lit, dans la chambre d'amis de cette maison où avait vécu Tibby. Il y avait des raisons tellement évidentes à cette insomnie qu'elle n'avait aucune envie de les approfondir. Son esprit vagabonda plus loin. Elle ne pensait pas à Tibby, ni à Eric, ni à Tabitha du planning familial ni à Carmen ou Lena. Non, elle pensait à sa mère. Les souvenirs revenaient en désordre, par flashes, tendrement nostalgiques ou carrément bouleversants.

Puis soudain, elle revint brutalement au

présent et revit le bocal que Bailey tenait au creux de ses bras. Elle se projeta dans le futur proche, quand la petite fille allait ouvrir les yeux le lendemain matin. Une telle angoisse la saisit qu'elle s'assit dans son lit et posa les pieds par terre. En se réveillant, Bailey allait trouver les lucioles mortes ou agonisantes sur un lit d'herbe fanée.

Bridget en avait tué assez dans sa vie pour savoir comment ça se passait. Les jolies bestioles lumineuses de la nuit n'étaient plus que des insectes grisâtres dans la lueur du matin, si pitoyables qu'on avait du mal à croire qu'elles aient pu être si belles.

L'idée que Bailey les découvre dans cet état lui était insupportable. Elle serait trop triste, trop déçue en voyant la magie disparue. Elle risquait de lui en vouloir, non ?

Bridget aurait dû le prévoir. Finalement, ce n'était sans doute pas une bonne idée d'essayer de capturer la lumière et la vie. Pourquoi n'y avait-elle pas pensé plus tôt ? Elle n'était qu'une misérable créature de bas étage, pas mieux qu'un cafard ou qu'un termite. Elle méritait d'être enfermée dans un bocal, ratatinée et impuissante ; là, au moins, elle ne pourrait plus faire de mal à personne.

Elle sortit sans bruit de sa chambre pour se faufiler dans celle de Bailey. Elle lui prit doucement le bocal avant de retourner dehors par la porte de derrière. Là, dans l'herbe trempée de rosée, elle défit le couvercle. Mais les pauvres bestioles ne s'envolèrent pas vers le ciel. Elles étaient tellement abattues par le drame qu'elles avaient vécu que, pour les pousser à quitter leur prison, elle dut les faire tomber par terre. Elle les regarda ramper sur la pelouse, complètement perdues.

Réveillé par une alarme de voiture stridente au milieu de la nuit, Jones constata qu'à côté de lui, Carmen scrutait le plafond, les yeux grands ouverts.

– Qu'est-ce qu'il y a ?

– Tibby veut que je me rende en Pennsylvanie le 2 avril. Si je vais à La Nouvelle-Orléans, je ne serai pas rentrée à temps.

– Comment ça, *si* tu vas à La Nouvelle-Orléans ?

Il ne s'étonna même pas du fait que Tibby puisse avoir de telles exigences.

– Ce serait un suicide professionnel de rater ce rendez-vous. Enfin, réfléchis. Que dirait ton agent ? Tu crois que tu vas recevoir beaucoup de propositions de ce genre ?

Carmen serra les mâchoires. Elle jouait les gamines capricieuses la nuit, mais elle savait déjà la conversation qu'elle aurait avec sa mère le lendemain matin.

Sa mère affirmerait : « Rien ne t'oblige à y

aller. » Et Carmen répliquerait : « Mais ce serait un suicide professionnel, maman. Que dirait mon agent ? »

Pour l'heure, elle fit valoir :

– Il n'y a pas que le travail dans la vie.

– Non, bien sûr. Mais c'est une opportunité exceptionnelle, qui ne se représentera peut-être jamais. Et tu la laisserais filer pour quoi ? Qu'est-ce que tu t'attends à trouver en Pennsylvanie, hein ? Tu ne vas pas retrouver Tibby, si c'est ce que tu espères.

Carmen lui tourna le dos. Elle glissa ses bras sous son oreiller. Elle ne voulait pas reconnaître qu'elle avait encore plus peur d'aller en Pennsylvanie qu'à La Nouvelle-Orléans. Et elle ne voulait plus que Jones la voie pleurer.

– Tu pourrais y aller à ton retour, ajouta-t-il d'une voix plus douce. Après le mariage. Tibby ne voudrait pas que tu rates une audition avec l'un des plus grands réalisateurs du monde. Elle ne voudrait pas contrecarrer tes projets de mariage.

Il lui effleura l'omoplate.

– C'est important, tout ça. Elle comprendrait.

Tibby comprendrait, oui. Elle saurait ce qui est important. Carmen était tout à fait d'accord. Mais elle aussi, elle savait ce qui était important. Et ses priorités n'étaient pas les mêmes que celles de Jones.

Je te laisserai entrer dans mes rêves si je peux venir dans les tiens.

Bob Dylan

Le lendemain matin, Bridget fut réveillée par des pleurs. Elle avait les joues trempées de larmes et une boule dans la gorge, mais les sanglots ne venaient pas d'elle. Elle ne se rappelait pas où elle était. Elle regarda fixement le plafond, tentant de se souvenir. Elle vit défiler un certain nombre de lits dans sa tête, à San Francisco, chez Perry et Violet, au Sea Star Inn… Elle dut se redresser pour que son esprit rejoigne son corps en Australie. C'était Bailey qui pleurait, au rez-de-chaussée. Elle entendait Brian s'efforcer de la consoler.

Bridget s'habilla en vitesse. Quand elle arriva dans la cuisine, Bailey serrait le bocal en verre contre son cœur en hoquetant. La veille au soir, Bee l'avait remis dans son lit après avoir relâché les lucioles. Brian lui jeta un regard désespéré.

La petite leva le bocal pour montrer à Bee qu'il était vide, mais elle était incapable d'articuler le moindre mot.

Bridget s'assit à côté de sa chaise haute.

– Les lucioles sont parties ? dit-elle.

Bailey hocha la tête. Elle avait l'air tellement triste que Bridget en avait le cœur serré. Elle se demanda si elle avait bien fait finalement. Elle ignorait quand elle avait commis la plus grosse erreur : était-ce en capturant ces pauvres bestioles ou en leur rendant leur liberté ? Ou encore en remettant le bocal vide entre les bras de Bailey ?

– Je ne sais pas comment elles ont fait pour s'échapper, remarqua Brian d'un ton légèrement accusateur, mais elles se sont envolées.

La petite fille acquiesça de nouveau.

– Je lui ai dit qu'elles étaient plus heureuses dans le ciel, seulement, elle est toujours triste.

Elle écoutait attentivement. Elle avait arrêté de sangloter, mais son visage était ravagé de larmes.

– Je suis désolée qu'elles soient parties, affirma Bridget, comprenant que Bailey ne cherchait pas une explication.

Elle n'avait pas besoin de savoir qu'elle les avait relâchées parce que, sinon, elles seraient mortes. Bee lui prit le bocal des mains et le posa sur le plan de travail, puis elle la sortit de sa chaise. Elle la cala contre sa hanche et arpenta la cuisine en la serrant contre elle tout en lui caressant les cheveux. Au bout de quelques minutes, Bailey laissa aller sa tête dans son cou.

Brian lui adressa un regard reconnaissant et partit sur la pointe des pieds dans son bureau. Bridget continua à marcher, décrivant des cercles de plus en plus grands, en lui tapotant le dos.

Bailey se moucha dans son T-shirt, ce qui lui fit étrangement plaisir. Elle la sentit se détendre dans ses bras, sa respiration se fit plus calme. Au bout d'un moment, la petite glissa son pouce dans sa bouche et devint plus lourde.

En parcourant le rez-de-chaussée sans cesser de la porter, Bridget comprit les raisons plus profondes de son chagrin. Elle se demanda alors quels mots son père avait employés pour tenter de la consoler. Sans doute « partir », peut-être même « être au ciel ». Ce qui n'était absolument pas réconfortant mais au contraire très angoissant pour une si petite fille.

Bridget sortit sur la véranda et s'installa à l'ombre dans un fauteuil en osier. Tandis que Bailey se blottissait tout contre elle, elle continua à lui frotter le dos.

Elle pensait qu'elle s'était endormie lorsque, soudain, elle se redressa. Elle sortit son pouce de sa bouche pour lui poser une question :

– Attraper encore ?

Bridget soupira. Elle avait bien envie de lui promettre qu'elles en captureraient d'autres le soir. Elles pouvaient facilement en remettre une douzaine dans le bocal. Elles pouvaient le remplir tous les soirs, si elles voulaient.

Mais elle réfléchit : elle n'avait aucune envie de revivre cette épreuve.

– Il y en a toujours dans le ciel. Les soirs d'été, tu peux en voir partout.

Bailey se rallongea sur elle, et elle recommença à lui caresser le dos.

Elle avait toujours cru que c'était mieux si les choses qu'on aimait disparaissaient sans explication. Mais sans doute Bailey aurait-elle préféré voir et savoir ce qui était arrivé. En tout cas, toutes les deux, elles avaient un point commun : elles étaient cassées au même endroit.

« Je sais ce que tu ressens », pensa Bridget. Et elle ne pensait pas seulement à Tibby. Elle avait perdu sa mère, elle aussi.

Le jour où Lena rentra de Grèce, pensant que rien ni personne ne l'attendait à Providence, elle trouva cependant une lettre chez elle. Elle sut tout de suite de qui elle provenait. Ses parents la lui avaient fait suivre.

« Chère Lena, tu m'as dit de ne pas t'appeler, alors je t'écris. »

La joie de voir son nom dans cette écriture chérie fut bientôt remplacée par une boule d'angoisse.

Le cœur battant, elle parcourut le courrier qui donnait des explications vagues et scabreuses sur la fameuse Harriet. Au téléphone, il avait dit qu'ils n'étaient pas mariés, mais c'était un euphémisme. Ils vivaient ensemble dans cette incroyable maison et elle se baladait avec un saphir au doigt gros comme une balle de golf. Ce n'était pas le genre de choses qu'on faisait si on n'avait pas l'intention de se marier. Tout du moins pas les filles comme Harriet, Lena en était convaincue.

Elle chercha des yeux des mots d'excuse, des paroles compatissantes lui demandant pardon d'avoir ruiné ses espoirs, et lui proposant de rester amis malgré tout. Il lui sortait sûrement le petit discours habituel : qu'il tenait vraiment à elle, comme si elle était de la famille, et bla-bla-bla. Toutes les fadaises qu'elle n'avait pas envie d'entendre et qu'il rêvait sûrement de lui débiter. Mais quand elle arriva enfin à stopper son esprit vrombissant pour lire ce qui était réellement écrit, elle constata qu'il n'en était rien.

Hier soir, alors que je rentrais du travail en longeant le fleuve, un souvenir de Tibby m'est revenu, et je voulais te le raconter.

Tu te rappelles ce mois d'août, il y a presque dix ans, quand vous cherchiez le jean que vous aviez perdu, à Santorin ? C'est Bridget qui m'a aperçu au détour d'une ruelle, je crois. Mais c'est Tibby qui m'a suivi. Je ne sais pas si elles t'en ont parlé.

Tibby m'a lancé : « Lena est là, tu es au courant ? » Je lui ai répondu que non. J'étais surpris de l'apprendre, surpris de me retrouver face à elle. Elle s'est présentée, mais j'avais deviné de qui il s'agissait. « Tu veux la voir ? » m'a-t-elle questionné avec une telle franchise que je me suis trouvé désarmé.

J'ai été lâche. « Elle veut me voir, elle ? »

Là, Tibby m'a toisé. Elle me jaugeait du regard.

« Tu veux la voir ? » a-t-elle répété.

Je me rappelle qu'elle s'était plantée devant moi, au beau milieu de la rue. Bridget était restée en retrait, les mains sur les hanches. J'ai tout de suite vu qu'elle hésitait. Elle se demandait si ce serait te trahir d'approcher.

Le fait de rencontrer ces deux filles m'a permis de mieux te comprendre. De te voir sous un autre jour. Après tout ce qui s'était passé cet été-là, je m'interrogeais : avais-tu seulement envie d'être aimée ? En les voyant, j'ai su que oui.

Donc Tibby, une inconnue que pourtant je connaissais, me mettait à l'épreuve. J'aurais voulu me cacher, mais impossible. Je l'ai regardée dans les yeux en répondant : « Évidemment, j'en meurs d'envie. »

Elle a hoché la tête. « Tu devrais passer à la maison cet après-midi », a-t-elle déclaré.

C'est ce que j'ai fait.

Le matin et le soir, ici à Londres, j'aime faire le trajet à pied, tout seul. Parce que je ne suis jamais vraiment seul, en fait. J'ai toujours l'impression que quelqu'un m'accompagne, mort ou vivant.

Je marche souvent en compagnie de mon père, même si je n'ai pratiquement aucun véritable souvenir de lui. Il me conseille, me guide, toujours droit et fidèle à ses principes. Il me montre que je sais quel est le bon choix, quelle que soit la situation. Parfois, c'est ma mère. Je ne me souviens pas bien d'elle non plus, alors j'invente. C'est une projection de mon esprit, comme dirait un psychanalyste. Elle change au gré de mes besoins, j'imagine. Elle me soutient.

Plus rarement, quand je suis d'humeur moins profonde, c'est l'un de mes collègues ou ma secrétaire. Souvent c'est un ami. Yusuf ou Daniel avec qui je partageais l'appartement autrefois. Aujourd'hui, hier, et avant-hier, peut-être demain, c'est Tibby qui m'accompagne.

Lena ne relut pas la lettre pendant des heures, contrairement à son habitude. Elle n'en fit pas une fixation, une obsession, un sujet d'angoisse. Enfin si, un peu, mais elle se sentit soudain investie d'une mission plus importante. Elle s'assit et lui répondit :

Toi qui as grandi dans un petit village perché en surplomb de la caldeira, penses-tu parfois à la cité engloutie, qui est censée reposer au fond de la mer ?

Moi, elle hante mes pensées et mes rêves en ce moment. Je sais que c'est idiot, mais imagine que Tibby ait été en train de nager par là-bas, à la recherche de notre jean perdu, et qu'elle ait découvert le moyen d'entrer dans cette cité. Elle a peut-être choisi d'y rester. C'est si beau, si calme, si paisible… le monde dont j'ai toujours rêvé.

Il s'agit sans doute d'une projection de mon inconscient, comme dirait ton psychanalyste. Tibby a retrouvé notre jean, et donc, selon notre mythologie personnelle, nous sommes toutes les trois avec elle.

Parfois, elle lève les yeux et contemple le soleil qui pénètre dans l'eau, rayons d'or réfractés par la mer. Elle connaît les secrets engloutis que nous ignorons.

Je me dis qu'il y a d'autres choses qui m'appartiennent dans cette cité antique. Des choses que j'ai perdues et que je regrette. Au fond de la mer se joue la vie que j'aurais pu avoir mais que je n'ai pas, qui se déroule sans moi.

Tu pourrais me répondre que c'est plutôt ma vie qui continue sans Tibby, mais ce n'est pas l'impression que j'ai. Il me semble qu'elle est partie quelque part sans moi.

Non seulement Lena écrivit sa lettre d'un trait, mais elle ne s'attarda pas sur le début, la fin ou quoi que ce soit. Elle l'imita en signant « Ta vieille amie, Lena ». Puis elle la fourra dans une enveloppe, qu'elle cacheta, timbra et fila poster au coin de la rue avant de changer d'avis.

C'était l'avantage et l'inconvénient d'une lettre manuscrite, par rapport à un mail, on ne pouvait pas lire et relire ce qu'on avait écrit après l'avoir envoyée. Une fois dans la boîte aux lettres, elle était partie. C'était un objet qui ne vous appartenait plus, un objet devenu la propriété du destinataire qui était libre d'en faire ce qu'il voulait. De sorte qu'on se rappelait l'impression générale qui se dégageait de la lettre plutôt que les mots précis qu'on avait employés. C'était ça, donner : quand on donne un objet, on n'en garde que le souvenir.

Après l'incident des lucioles, Bailey ne lâcha plus Bridget. Elle s'asseyait sur ses genoux pour manger. Elle voulait que ce soit elle qui lui lise son histoire le soir. Elle lui réclamait un bisou après celui de son père.

Ce soir-là, Bridget se coucha tôt, comme toujours. Allongée tranquillement, elle écoutait la pluie tomber. Elle se sentait triste mais sereine. Ses membres étaient lourds de fatigue. Il aurait fallu une grue pour l'arracher de son lit.

Elle pensa à Eric. Elle revit sa silhouette lorsqu'elle l'avait laissé à San Francisco. Elle pensa à Carmen et à Lena, le dernier jour, en

Grèce, quand elles n'osaient même plus se regarder, qu'elles avaient échangé le plus banal des adieux.

Elle essaya de les imaginer menant leurs vies. Carmen dans son luxueux loft, avec sa cafetière qui coûtait plus cher que toutes les affaires de Bridget réunies. Est-ce que ses cappuccinos la réconfortaient, au moins ? Peut-être. Peut-être que Carmen avait compris quelque chose qui lui échappait.

Elle se représenta Lena dans son petit studio silencieux et sombre – si sombre qu'aucune plante n'y aurait survécu. Avec son unique fenêtre obstruée par du grillage. Elle vit Lena qui dessinait ses pieds avec une telle application que, bientôt, on ne pouvait plus distinguer le croquis du modèle. Alors que Bridget savait à peine gribouiller avec des crayons de couleur. Peut-être que Lena aussi avait découvert un secret.

Pour la première fois, Bridget éprouva le vague désir de leur parler, elle espérait qu'elles s'en sortent mieux qu'elle. Une sorte de picotement, comparable au syndrome du membre amputé, sauf que c'était plus profond. Elle sentait encore des parties de son âme dont elle était privée depuis longtemps. La rupture ne s'était pas produite en Grèce trois mois auparavant, non. Mais c'était en Grèce qu'elle avait compris qu'elle les avait perdues. Pour toujours.

Ses pensées la ramenaient à Eric lorsque, soudain, elle entendit du bruit dans le couloir. Elle se redressa, mue par une soudaine montée d'adrénaline. Et si Bailey était sortie de son petit lit ? Si elle s'était fait mal ?

Finalement, pas besoin d'une grue. Elle posa les pieds par terre et reconnut immédiatement la petite silhouette qui poussait sa porte et traversait la chambre avec la grâce d'un insecte. Bailey se planta devant son lit, incapable d'y monter seule. Elle leva les bras pour que Bridget l'aide.

Puis elle se glissa sous les draps et se blottit contre elle. C'était étrange, cette couche qui crissait, cette odeur de pommade, ces doigts de pied humides sur sa cuisse.

Bailey fourra son pouce dans sa bouche et ferma les yeux.

Bridget osait à peine respirer de peur de briser la magie de l'instant. Elle glissa un bras léger dans son dos pour l'étreindre sans peser sur elle.

La pluie tambourinait sur le toit, ruisselait sur les vitres. Bailey reniflait, gigotait, bavait, s'enfonçant peu à peu dans le sommeil. Elle s'endormit si profondément qu'on aurait sans doute pu la suspendre par un pied sans risquer de la réveiller.

Il n'y avait aucune magie là-dedans. Bailey avait besoin d'une mère, comprit Bee en la serrant contre elle. « Comme nous tous. » Et comme la plupart d'entre nous, elle avait envie de dormir blottie contre un corps chaud.

Bridget ne dormait pas, mais elle ne ressentait pas non plus le besoin de bouger. Finalement, il y avait moins d'endroits à visiter dans le monde que de pensées à explorer en elle-même.

À un moment, aux premières lueurs de l'aube, elle sentit à nouveau la présence de Tibby. Dans le demi-sommeil de Bridget, elle était couchée face à elle, et elles entouraient symétriquement Bailey, si bien que leurs genoux se touchaient sous ses petits pieds. Ce n'était plus son ancienne compagne de jeux, non, cette fois, c'était une mère.

On ne brusque pas une colombe.

The Shins

Jusqu'à présent, les préparatifs du mariage avaient plutôt amusé Carmen. C'était une distraction bienvenue. Mais là, elle se retrouvait assise à la table de la cuisine, regardant la pile d'invitations, le stylo à la main, pétrifiée.

Elles étaient belles, ces invitations. Gravées sur du papier épais, pile de la bonne nuance de blanc cassé, sans conteste du meilleur goût. Elle avait réussi à occuper quatre soirées à écrire les adresses des invités sur les enveloppes, ce qui lui avait évité de penser à ce qu'elle ferait quand sa lune de miel méticuleusement planifiée prendrait fin.

Il n'en manquait plus que deux mais son stylo avait séché, toute énergie l'avait quittée. Elle avait convié les parents de Lena. Et même Effie. Maintenant, restait à inviter Lena. Elle avait convié le père de Bee, son frère et Violet, bien qu'elle soit presque sûre qu'ils ne viendraient pas. Maintenant, restait à inviter Bridget.

Elle lâcha son stylo, qui roula avec fracas sur la table en métal. Elle avait prévu de les appeler d'abord, pour reprendre contact avant d'envoyer les invitations, mais elle ne l'avait pas fait. Elle avait prévu d'écrire un petit mot pour accompagner la carte, leur dire au moins à quel point c'était étrange et difficile, mais elle n'avait pas réussi non plus.

De quoi avait-elle donc si peur ? Elle n'aurait même pas su le définir. Elle ne voulait pas avoir à aborder ce qui s'était passé. Elle ne voulait pas avoir à évoquer le secret sombre et impénétrable qu'elles étaient sans doute les trois seules à connaître. *Ce n'était pas un accident.*

Carmen refusait d'aller plus loin. Ça lui était impossible.

En dernier recours, elle n'avait qu'à se contenter d'écrire leur adresse et fourrer ces satanées enveloppes dans la boîte aux lettres. Mais, même ça, c'était au-dessus de ses forces.

Elle s'imaginait leur réaction en recevant l'invitation. « Tu vas vraiment l'épouser ? » Qu'est-ce qu'elles penseraient d'elle ? Qu'elle avait subi une lobotomie ? Et encore, c'était gentil.

Et si elle ne les invitait pas ?

Non, ce serait de la folie.

Elle essaya de s'imaginer en train de marcher jusqu'à l'autel, apercevant leurs visages dans la foule, deux invitées parmi d'autres. Mais elle n'y arrivait pas. Elle ne pouvait pas se les représenter sans aussitôt entendre les remarques sincères qu'elles ne manqueraient pas de lui faire, elles qui la connaissaient mieux que quiconque.

Elle essaya de s'imaginer en train de marcher jusqu'à l'autel sans voir leurs visages dans la foule, et c'était impossible également.

Sans elles, sa vie n'était qu'une mascarade. Avec elles, sa vie n'était qu'une mascarade. Carmen soupira et posa sa tête sur la table glacée. Sa vie n'était qu'une mascarade.

La réponse de Kostos arriva trois jours plus tard. Elle était longue, pleine d'anecdotes amusantes ou tristes, sans aucune mention de sa petite amie/fiancée Harriet.

J'ai rêvé de ta cité engloutie, l'autre nuit. C'est fou, non ? Tu m'as passé ton rêve. Merci. C'était très beau, très serein. J'y ai retrouvé des gens qui me manquaient beaucoup, pas tous morts, d'ailleurs.

Peut-on y faire un saut avec un masque et un tuba ? Tu crois que tu pourrais passer me faire un petit coucou ?

À nouveau, dès qu'elle eut fini de la lire, Lena prit une feuille et lui répondit. En écrivant, elle ne se représentait pas le physique du jeune homme désirable mais ô combien décevant, plutôt une présence bienveillante qui flottait à ses côtés.

Aujourd'hui, j'ai mis la robe d'intérieur de Mamita, tu sais, celle à carreaux roses et violets. Elle la portait sans arrêt.

Je ne sais pas pourquoi j'ai fait ça. Peut-être parce que dehors le temps est gros et pluvieux. Elle ne me va pas très bien, mais bizarrement ça m'a mise de bonne humeur. Comme si elle était encore imprégnée du soleil d'Oia et de l'énergie indomptable de ma grand-mère. J'ai toujours eu une sorte de superstition par rapport aux vêtements. Maintenant, je n'ai plus envie de l'enlever. Je crois que je vais la garder pour donner mon cours de modèle vivant.

Puis Lena prit ses pastels afin de dessiner Mamita avec ses affreuses savates en plastique rose, sur le seuil de sa maison, une main sur la hanche.

Elle mit tout son talent à capturer le regard féroce qu'elle avait en se réveillant le matin et son expression chiffonnée, encore un peu assoupie. Entre Mamita et sa meilleure amie, Rena Dounas, la grand-mère de Kostos, c'était toujours à qui se lèverait avant l'autre et se posterait sur le perron la première.

« Je suis debout depuis des heures ! » écrivit-elle en légende.

Kostos lui répondit par retour de courrier.

Quand je regarde ton croquis (je l'ai accroché au-dessus de mon bureau), je suis partagé entre le rire et l'admiration. Tu as réussi à résumer soixante-dix ans d'amitié entre nos deux grands-mères en un seul dessin.

Quel talent !

Tu verras que j'ai joint à cette lettre l'une de mes modestes créations. Il s'agit d'une ferrure de pont, au cas où tu aurais quelque difficulté à l'identifier.

Le week-end dernier, j'étais à Oia et j'ai fait du poisson pour le dîner. Mon grand-père n'avait pas l'air ravi que je sache cuisiner. Il a examiné mes mains d'un œil réprobateur. Pour lui un homme doit avoir les mains calleuses et les miennes sont sans doute devenues trop douces à son goût.

Je suis donc retourné à la forge en souvenir du bon vieux temps pour remonter dans son estime, et dans la mienne. Elle ne sert presque plus depuis qu'il a pris sa retraite, il y a dix ans. J'ai mis un temps infini à la rallumer, et encore plus à fabriquer le misérable petit objet que je t'envoie. Mais ce matin, j'étais fier d'arriver au bureau avec les mains noircies.

Tu n'as peut-être pas franchement besoin d'une ferrure de pont dans l'immédiat. En plus, elle est un peu ratée. Mais comme je ne pouvais pas t'envoyer un morceau de poisson, qui n'aurait sans doute pas bien supporté le voyage, je n'ai pas trouvé mieux.

Lena s'aperçut qu'ils s'écrivaient presque quotidiennement depuis une dizaine de jours.

Merci pour la ferrure de pont. Elle me sera bien utile quand j'aurai mon bateau de pêche.

Franchement, elle se demandait ce qu'elle faisait de sa vie avant. Ces lettres occupaient presque toutes ses pensées et tout son temps libre.

Kostos devait avoir des journées de plus de vingt-quatre heures, sûrement cinq ou six de plus, car ses lettres étaient plus longues, plus drôles, plus intéressantes que les siennes alors qu'il avait un poste important et une vie à côté.

Lena donnait quatre cours par semaine et ne voyait personne à part Eudoxia, une heure le mercredi. Elle n'avait pas mis les pieds à l'atelier pour peindre depuis le mois d'octobre.

Mais elle incluait de plus en plus de dessins dans ses lettres. Elle fit un croquis des célèbres chaussures beiges de Bapi. Elle dessina un bateau de pêche, comme ceux qu'on voyait dans le port d'Ammoudi, avec un gros plan sur une magnifique ferrure de pont. Elle peignit un olivier à l'aquarelle et le laissa sécher avant de le glisser dans l'enveloppe.

Il y avait tant de choses qu'elle ne pouvait pas lui dire. Tant de souvenirs le concernant, les concernant dans ces dessins, le plus souvent tristes. C'était les seuls sentiments, les seuls sujets qu'elle n'osait pas aborder dans ses lettres.

Kostos n'en parlait pas non plus. Sans doute pas par pure délicatesse, simplement parce qu'il ne ressassait pas ses souvenirs comme elle. Mais quelle qu'en soit la raison, il ne parlait jamais d'amour, et c'était tant mieux. Il ne mentionnait pas non plus sa fiancée/petite amie. Et c'était encore mieux.

Voilà peut-être la seule relation qui pouvait durer entre eux : abstraite, à distance, complice mais pas intime. Lena pensa à Markos, le partenaire de tennis de son père. Ils avaient joué ensemble tous les samedis matin pendant vingt ans. Mais sans jamais éprouver le besoin de parler d'eux-mêmes ou, pire, de leur vie sentimentale. Quand son père avait appris que Markos s'était séparé de sa femme, cela faisait déjà deux ans que le divorce était prononcé.

« Tu ne crois pas que nous sommes les deux dernières personnes sur terre à échanger de vraies lettres par la poste ? » lui avait demandé Lena quelques jours plus tôt. Ils n'appréciaient ni l'un ni l'autre les conversations téléphoniques ou les mails intempestifs rédigés entièrement en minuscules. Ils avaient trouvé leur mode de communication privilégié.

Elle éprouvait un étrange plaisir à le redécouvrir, à se dévoiler à nouveau en toute sincérité, mais sans trop d'ardeur.

Elle leva les yeux de la lettre qu'elle était en train d'écrire. Elle avait passé deux heures à peindre une délicate bordure de feuilles d'olivier. Difficile de nier qu'il y avait de l'amour dans ces lettres.

– Tu m'as vraiment été d'une aide précieuse. Tu nous as été d'une aide précieuse. Je ne peux même pas te dire à quel point…

Près de trois semaines avaient passé. Brian s'était assis à la table de la cuisine, une bière à la main, après avoir couché Bailey. Avec Bridget, ils avaient rarement l'occasion de discuter. Elle se couchait tôt, il travaillait tard. Il était en contact avec une équipe en Californie et une autre à Calcutta, si bien qu'il avait des horaires décalés. Et peut-être qu'ils s'évitaient un peu aussi.

– Pas la peine de dire quoi que ce soit, répondit Bridget, qui était en train d'écraser des bananes dans un saladier.

Comme Bailey en raffolait, elle avait inventé une recette de muffins à la banane. « Ça plairait à Eric », se surprit-elle à penser.

– Je ne sais pas comment te remercier.

– Pas la peine de me remercier.

Elle mélangea les ingrédients avant de sortir les œufs du réfrigérateur.

– Tu as reçu un paquet ce matin. Tu as vu ?

– Oui, oui.

Comme Bailey adorait les histoires de chiens et de monstres, Bee avait commandé des albums qu'elle se souvenait avoir aimés petite – et qu'elle avait d'ailleurs pour la plupart lus chez Tibby : *Martha Blabla* ; *Où est Spot, mon petit chien ?* ; *Bébé Monstre* ; *Gruffalo* ; *Il y a un cauchemar dans mon placard*. Elle avait aussi pris la collection complète de la *Rue Sésame* en DVD.

Elle versa la pâte à gâteau dans le moule, en s'imaginant le jour où Tibby l'avait acheté.

– Ça avance, ton boulot ? demanda-t-elle.

– Bien, bien. J'en ai encore pour une semaine et demie de travail environ. Il faut que je l'envoie avant le déménagement.

Il se tut un moment. Elle savait qu'il avait envie qu'elle reste.

– Tu veux que je reste ? fit-elle.

– Tu peux ?

– Oui.

Elle ne précisa pas qu'elle ne se voyait pas du tout partir.

Elle avait remarqué qu'il avait rapporté une pile de cartons en revenant du supermarché.

– Je peux t'aider à préparer le déménagement, si tu veux.

Elle avait énormément d'expérience dans ce domaine.

– Tu es sûre ? Tu n'es pas attendue quelque part ?

Bridget secoua la tête. Elle n'avait jamais été très douée pour faire semblant d'être occupée.

Elle se doutait que Brian se demandait sans doute ce qui lui arrivait, ce qu'était devenu Eric, pourquoi elle n'appelait personne. Mais il ne lui posait pas de questions. Il y avait tant de non-dits entre eux…

– J'aimerais pouvoir te rendre la pareille.

– Pas la peine.

Si elle avait su comment formuler les choses, elle lui aurait dit qu'elle ne le faisait pas pour lui, ni pour Bailey, ni même pour Tibby, mais avant tout pour elle.

Mais en rangeant la cuisine, elle eut une idée. Elle savait comment il pouvait la remercier. Elle risqua une question.

– Hé, Brian ?

– Oui.

Elle n'allait pas être aussi maladroite que la première fois. « Qu'est-ce qui vous est arrivé ? Pourquoi vous êtes-vous éloignés de tous vos proches ? Pourquoi n'avez-vous prévenu personne de la naissance de Bailey ? » Elle allait lui poser une question bien précise et relativement simple.

– Vous étiez mariés, Tibby et toi ?

Il la regarda, surpris. C'était simple, d'accord, mais c'était tout de même une entorse à leur accord tacite. Il hésitait. Était-elle comme lui, une fugitive ou bien une espionne, finalement ?

– Non, répondit-il.

Il dut voir qu'elle était déçue à la manière dont elle prit son verre d'eau avant de se diriger vers la porte.

– On avait prévu de se marier en rentrant aux États-Unis, dit-il. Tibby tenait à le faire avec ses parents et vous trois.

Bridget revint aussitôt vers la table.

– Mais on n'a pas pu, évidemment.

Ces « évidemment » lui servaient à éluder beaucoup de problèmes. Un abîme s'était ouvert et ils ne savaient ni l'un ni l'autre comment le refermer.

– Et du coup, j'ai eu des soucis de paperasse pour Bailey, reprit-il d'un ton plus professionnel. Elle est née ici, et comme nous n'étions pas encore mariés, j'ai dû faire des démarches afin de pouvoir quitter le pays avec elle.

Bridget hocha la tête.

– Elle n'a encore jamais vu ses grands-parents, tu sais !

Sa voix se brisa.

Justement, Bridget se posait la question. Elle opina de nouveau.

– Ni Katherine et Nicky. Ni Carmen et Lena.

C'était courageux de sa part de prononcer tous ces noms à la suite.

– Évidemment, acquiesça-t-elle.

– Mais on va arranger ça. Bientôt.

Visiblement, il était épuisé rien que d'y penser. Ça se voyait sur son visage.

Ils se turent. En sortant les muffins du four, elle lui en mit un dans une assiette. Et elle attendit quelques jours avant de lui poser une autre question en guise de paiement.

Après trois semaines d'échanges épistolaires intensifs, et pas moins de vingt lettres de chaque côté, Lena en reçut une qui se terminait sur une confidence inattendue et même carrément stupéfiante.

Le meilleur moment de la journée, c'est quand je reçois ta lettre et, juste derrière, en deuxième position, lorsque je t'écris. Et, toute la journée durant, je me dis : « Si on se réveillait dans le même lit chaque matin, ce serait le bonheur, non ? »

Sous le choc, Lena ne sut pas quoi répondre. Son cerveau court-circuité grésillait, empêchant la moindre idée de germer. Elle n'était même pas capable de sortir une feuille pour la poser sur son bureau. Elle arpenta la pièce avec une tondeuse à gazon qui rugissait dans sa tête.

Les émotions se succédaient trop vite, avec trop d'intensité dans son cœur pour qu'elle puisse les analyser : excitation, peur, et mille autres fils embrouillés qu'elle ne pouvait démêler.

Elle essaya de chercher sur Internet des infos au sujet d'Harriet, dont elle ne connaissait que l'adresse et le prénom. Elle ne trouva rien. Elle se sentit idiote.

Deux jours plus tard, elle reçut une nouvelle lettre de lui. Elle était très courte. Lena l'ouvrit avant de se dégonfler, le cœur battant d'espoir, sans bien savoir ce qu'elle espérait.

Il n'y avait qu'une page. Six mots.

Désolé. Ça ne se reproduira plus.

Ce n'était pas ce qu'elle espérait.

La tondeuse à gazon cala. Le grésillement se tut. Toute énergie la quitta. Elle se sentait soudain complètement épuisée. Elle se coucha en fin d'après-midi et ne se réveilla que le lendemain matin.

Toujours vêtue de la robe de Mamita, elle prit un morceau de papier pour écrire une unique question :

Est-ce que tu aimes Harriet ?

Elle le regarda fixement un long moment avant de le jeter à la poubelle.

Les imbéciles détestent être traités d'imbéciles.

J. D. Salinger

Bridget et Bailey jouèrent au bord du ruisseau puis arrosèrent les parterres de fleurs qui entouraient la maison. Elles rendirent visite au chat des voisins, Springs. Bailey adorait Springs, mais il ne le lui rendait pas. Il faut dire qu'elle essayait toujours de l'attraper par les pattes de derrière.

Après le déjeuner, les deux filles s'allongèrent ensemble sur le canapé et Bridget lut *Bébé Monstre* quatre fois de suite, en faisant des voix différentes.

Bailey s'endormit sur elle. Bee ferma les yeux, satisfaite, bercée par son souffle régulier.

Elle entendit de la musique s'échapper du bureau de Brian. Elle reconnut *I'll Follow the Sun* des Beatles. Avec Bailey profondément assoupie dans ses bras, elle s'autorisa à pleurer. Des larmes paisibles, presque philosophiques, mais chargées de tristesse qui, du coin de ses yeux, coulaient dans ses cheveux et ses oreilles.

« Comment as-tu pu l'abandonner, Tibby ? »

Cette question revenait la hanter, la tourmenter, la tracasser cent fois par jour, mais elle venait seulement de parvenir à la formuler clairement.

« Comment as-tu pu décider de passer ne serait-ce qu'une journée loin d'elle ? »

Bridget s'était imaginé que, peut-être, confrontée aux exigences quotidiennes d'un enfant, elle comprendrait mieux le geste de Marly et de Tibby. Mais non. Elle le comprenait encore moins. À chaque jour qu'elle passait en compagnie de Bailey, le mystère s'épaississait un peu plus.

« Comment avez-vous pu ? »

Et parce qu'elle n'était pas complètement dénuée de bon sens et de dignité, Bridget pensa à la chose qui était dans son utérus – qui n'était pas une chose, mais un être, une âme. Et elle, franchement, qu'est-ce qu'elle s'apprêtait à faire ? Qu'est-ce qu'elle avait failli faire ?

Les larmes continuaient à couler, tandis que Bailey respirait paisiblement. Bridget pleurait pour ceux qui partaient et ceux qui restaient. Pour les gens qui, comme elle, gâchaient les rares et précieux cadeaux qui leur étaient faits. Elle pleura pour Bailey, pour Tibby, pour le paquet de cellules qui se développait résolument dans son utérus et pour Marly, sa pauvre, sa pitoyable mère, qui était passée à côté de tout ça.

Lena caressait l'espoir fou que le jour portant la date fatale du « mercredi 15 mars » n'arrive jamais. Qu'il soit englouti par une faille spatio-temporelle. Que la terre dévie un peu de son orbite et passe gentiment du mardi au jeudi. Certes, dans le monde entier, les gens auraient raté leur rendez-vous chez le dentiste et leur match de foot, mais ils les auraient reportés et la vie aurait continué son cours.

Le jour où elle était censée ouvrir la lettre de Tibby serait passé sans même être arrivé et elle aurait pu poursuivre son train-train dans l'ère postdéception sans rien changer.

L'existence de Lena se réduisait à très peu de choses et, le 14 mars au soir, elle en fut privée. Elle ne distinguait même plus les mots sur les pages de son livre. Elle n'entendait plus les paroles des chansons qu'elle écoutait. Elle ne sentait plus le goût de ce qu'elle mangeait. Jusqu'au sommeil qu'elle n'arrivait pas à trouver. Elle ne voulait tout de même pas céder le peu de prise qui lui restait sur le monde au cas où le jour redouté se décide à passer sur la pointe des pieds sans qu'elle s'en aperçoive.

Peu avant minuit, elle se glissa hors de son lit pour s'asseoir devant son ordinateur. Lui, il ne saurait mentir. Si le 15 mars était tombé aux oubliettes, il l'avertirait.

À minuit pile, la date changea pour afficher : mercredi 15 mars. Était-ce par honnêteté envers elle ou par pure habitude ?

Les mots de Jules César lui revinrent en mémoire. « Le jour est arrivé. Oui, mais il n'est pas passé. »

Fallait-il l'ouvrir dès maintenant ? Elle pensa à Kostos. Quelle heure était-il là où il se trouvait ? Plus tard. Il devait sans doute déjà avoir lu la sienne. Non, il n'était pas si tard que ça. Il devait être encore au lit. Elle s'empressa de chasser cette idée de son esprit au cas où il ne serait pas seul sous les draps.

Elle prit l'enveloppe dans ses mains. Elle pouvait l'ouvrir maintenant, le jour était arrivé. Mais c'était un peu pitoyable de se lever au milieu de la nuit pour ça. Pas dans l'esprit de Tibby. Et elle, elle voulait suivre l'esprit, pas la lettre.

Elle se recoucha avec la lettre et la tint serrée dans sa main jusqu'au matin.

À six heures, elle s'efforça de prendre un air détaché. Elle mangea un *bagel* avec détachement. Puis sortit acheter le *New York Times*. La date y était inscrite en toutes lettres : « mercredi 15 mars ». Il devait être aux alentours de midi à Londres.

Dès qu'elle rentra chez elle, elle fonça sur

son lit, prit l'enveloppe et l'ouvrit. Il y avait deux choses à l'intérieur. Une feuille pliée et une autre enveloppe à son nom, plus petite. Au dos était indiqué : «À ouvrir le 30 mars.»

Ça allait continuer longtemps ? Elle la posa sur sa table de chevet avant de déplier la feuille qu'elle était désormais autorisée à lire. C'était une sorte d'invitation, imprimée sur ordinateur.

C'est le jour (ou jamais).
Merci de venir à l'adresse suivante
le 2 avril à 16 h (heure de la côte Est).
Si vous décidez de venir,
soyez vous-même et personne d'autre.

Et soyez conscient que ce voyage pourrait durer le restant de votre vie.

Si vous décidez de ne pas venir, la fin est différente mais c'est également un début.

Bridget attendit trois jours avant le déménagement, alors qu'elle aidait Brian à mettre les livres du salon dans des cartons, pour lui poser une nouvelle question.

– Est-ce que Tibby voulait de cet enfant ?

À titre de paiement, il s'agissait d'une question beaucoup plus coûteuse, elle en était consciente.

Il ne répondit pas immédiatement. Il continua à empaqueter ses bouquins comme un robot.

– Oui, évidemment.

– Et toi ?
– Évidemment.
Elle s'interrompit pour lui jeter un regard impatient. Tibby avait disparu. Ça n'avait rien d'évident pour elle.
Il quitta la pièce, monta dans sa chambre au premier et elle crut qu'ils étaient revenus au point de départ, comme le jour de son arrivée.
Elle attendit un claquement de porte qui ne vint pas. Quelques secondes plus tard, elle l'entendit redescendre l'escalier. Il avait quelque chose à la main qu'il lui tendit à bout de bras. Il n'avait plus la même tête.
Elle regarda ce que c'était et retint un cri. La surprise ébranla tout son corps.
C'était une photo sous verre. En noir et blanc. Elle avait dû être prise quelques jours après la naissance de Bailey, car son visage était encore tout fripé.
Sa petite tête reposait au creux de la main de sa mère. Elles étaient joue contre joue. Tibby avait les yeux fermés. Ses taches de rousseur constellaient sa peau blanche de flocons sombres, son joli minois de lutin arborait une expression trop ancienne pour être nommée. C'était bien la Tibby que Bee connaissait, mais elle semblait partie pour une contrée lointaine et étrangère où elle ne pouvait pas la suivre.
La photo suffit à lui faire comprendre. Elle sentit les larmes monter, sans rien de paisible ni

de philosophique cette fois. La photo répondait à sa question, largement, coûteusement.

En la rendant à Brian, elle constata qu'il pleurait également. Il s'assit, le menton dans les mains, secoué de sanglots. Elle se recroquevilla dans l'autre fauteuil, en position fœtale.

Ils restèrent ainsi longtemps, face à face. Sans échanger un mot. Mais contrairement à la première fois où elle était allée trop loin, l'atmosphère n'était pas tendue.

Elle décida de ne plus lui poser de questions pendant un moment.

Lena avait envisagé d'annuler son café hebdomadaire avec Eudoxia, mais pour quoi ? Pour rester assise sur son lit à contempler le mur en ruminant. Était-ce vraiment ce dont elle avait besoin ?

– Hou, là ! Qu'est-ce qui se passe, ma chérie ? s'exclama Eudoxia en la voyant. Il y a quelque chose qui ne va pas.

Lena regarda sa tasse, puis Eudoxia, et sa tasse à nouveau. Ça lui semblait vraiment bizarre de raconter ce qui lui arrivait.

Mais pourquoi ?

Parce que ce n'était pas son genre.

Mais pourquoi ?

Parce qu'elle était hésitante, peu sûre d'elle, et qu'elle préférait garder ses doutes et ses failles pour elle.

Elle s'aperçut qu'elle se tordait les mains comme Mamita. Ou plutôt comme une Mamita sous amphétamines. Elle avait beau préférer cacher son petit bazar intérieur et ne montrer que le résultat fini, il fallait reconnaître que, en ce moment, il n'y avait que du bazar et aucun résultat. Elle ne pouvait quand même pas passer sa vie à se cacher... Enfin si, elle pouvait. C'était même le chemin qu'elle prenait. Mais l'expérience passée lui avait appris que, en cas de grosse difficulté, si on avait le courage de s'ouvrir à une amie, cela pouvait faire beaucoup de bien.

– Tibby a laissé une lettre pour moi et une pour Kostos. Elle nous demande de nous rendre un certain jour, à une certaine heure en Pennsylvanie, dans un endroit dont je n'ai jamais entendu parler. On doit y aller tous les deux.

Eudoxia parut abasourdie.

– Mais pour quoi faire ?

C'était tellement étrange comme question que Lena eut du mal à répondre.

– Pour qu'on se retrouve, J'imagine. Qu'on se retrouve et qu'on reste ensemble.

Eudoxia parut comprendre.

– Et si vous n'y allez pas ?

– Ben, on laisse tomber et on passe à autre chose.

– Tibby te demande de prendre une décision, au lieu de passer ta vie à l'attendre.

– Je ne passe pas ma vie à l'attendre.

– Lena…

– Mais ça suppose que je veux sortir avec lui. Et si je ne veux pas ?

– Je vois bien ton expression quand tu prononces son nom.

– Qu'est-ce que ça prouve ?

Eudoxia pencha la tête sur le côté.

– Voyons, présentons les choses autrement : est-ce que tu as envie de passer ta vie sans lui ?

Lena se rappela le moment des adieux sur le quai du ferry.

– Mais ça ne veut pas dire que je veux la passer avec lui.

Pourquoi les gens essayaient-ils sans arrêt de réduire le monde à une série de choix binaires, blanc ou noir, A ou B, ceci ou cela ?

Eudoxia n'avait pas l'air convaincue.

– On s'est fait plus de mal qu'autre chose, s'emporta Lena. C'est vrai. On ne sait que se faire souffrir tous les deux. Si on demandait à Kostos : « Lena t'a-t-elle causé plus de plaisir ou de peine ? », je suis sûre que, s'il est honnête, il répondrait comme moi.

Eudoxia se contenta de secouer la tête.

– C'est complètement idiot.

Lena eut l'impression qu'elle l'avait giflée.

– C'est idiot ? Merci beaucoup.

Mais la vieille dame n'avait pas l'air de regretter.

– Vous étiez malheureux parce que vous étiez séparés. Si vous étiez ensemble, vous seriez heureux.

Ça ne pouvait quand même pas être aussi simple, si ? C'était impossible, il n'y avait pas moyen. Leurs souffrances étaient réelles et terribles, fatales et psychologiquement complexes.

Non ?

C'est alors qu'une chose des plus bizarres se produisit. Lena eut la sensation que sa conscience s'était déplacée de son corps à celui d'Eudoxia. Soudain, elle se retrouvait dans le corps massif et généreux de la vieille dame et se voyait à travers ses yeux rusés. Ce qui changeait radicalement sa vision des choses. Effectivement, tout cela paraissait complètement idiot. Et ridicule. Encore un truc stupide auquel Lena s'était raccrochée. Encore un chapitre de sa mythologie personnelle, qui lui faisait considérer les choses les plus simples comme effroyablement compliquées et terrifiantes.

Lena se sentit toute bête lorsqu'elle réintégra son corps. Si elle ne tenait pas à vider son sac en public, alors il était grand temps de payer l'addition et de rentrer chez elle. Hélas, elle s'aperçut que c'était impossible. Le sac était trop lourd.

Lena dévisagea Eudoxia. Elle se sentait bête, certes, mais pas apaisée. Tous les problèmes n'étaient pas réglés.

– Ça fait quatorze ans qu'on se connaît et on a à peine échangé deux ou trois baisers. On ne peut quand même pas s'engager à l'aveuglette sans savoir si l'on se convient mutuellement.

Eudoxia chassa l'objection d'un revers de main.

– Anatole et moi, on ne s'était jamais embrassés. Autrefois, les couples ne s'embrassaient pas avant. C'est depuis que les gens ont commencé à faire tout le reste qu'il y a eu une épidémie de divorces.

– Tu crois ?

Lena avait voulu prendre un ton impertinent et sarcastique, mais c'était tombé à plat.

– Évidemment. C'est tant mieux pour vous. Vous avez tout à découvrir.

Alors qu'elle tournait en rond, empêtrée dans ses doutes, Eudoxia se dressait comme un roc avec ses certitudes.

Lena abattit sa carte maîtresse :

– Ah... autre chose. Je crois qu'il va se marier.

La vieille dame haussa les épaules d'un air philosophe.

– Dans ce cas, il ne viendra sans doute pas.

Lena bondit de sa chaise, outrée.

– Il ne viendra sans doute pas ? Et ça ne te dérange pas plus que ça. Tu m'encourages à y aller tout en pensant qu'il ne viendra pas ?

– Je ne pense pas qu'il ne viendra pas.

– Mais tu penses que c'est possible.

– Bien sûr que c'est possible.

– Mais s'il ne vient pas ? Tu imagines l'angoisse si je me retrouve à l'attendre toute seule là-bas ?

Eudoxia reprit brusquement son sérieux.

– C'est ce que tu fais depuis une éternité.

Preuve qu'elle n'avait plus aucun amour-propre, Lena appela Eudoxia trois heures à peine après l'avoir quittée au café.

– Tu crois qu'il va venir ?

– Je l'ignore, ma belle.

– Tu as l'air si sûre de toi, comme si tu savais ce qui va se passer.

– Non, je sais juste ce que j'aimerais qu'il se passe.

– Mais à ton avis, qu'est-ce qui *va* se passer ? insista Lena comme une gamine de cinq ans. Tu en penses quoi ?

– Je pense qu'il faut que tu prennes cette décision seule. Je pense que tu dois essayer de déterminer ce que tu veux et tenter de l'obtenir. C'est la seule chose à faire. Le reste est hors de ton contrôle.

– Oui, oui, je sais.

– En grandissant, on apprend qu'il y a une phrase, très courte, toute simple, qui apporte bien plus de réconfort que de longs discours. Et je vais te la confier… Prête ?

– Prête.

– Au moins, j'ai essayé.

Lena soupira.

– OK, j'ai compris.

Elle ne savait plus quoi dire.

– Mais tu crois qu'il va venir ? À ton avis ? Dis-moi ce que tu en penses, vraiment.

– Je pense que Tibby était une fille sensée. Je pense qu'elle t'aimait.

C'est quand on se pose la question de ses propres limites qu'on n'arrive pas à les dépasser.

Evelyn Waugh

Avant de prendre l'avion pour La Nouvelle-Orléans, Carmen passa à l'Apple Store pour faire transférer sa ligne de son ancien téléphone à celui que Tibby lui avait donné.

Elle dut faire la queue, puis attendre une éternité que le vendeur réussisse à importer ses contacts, si bien qu'en sortant de là, elle était en retard.

En rentrant, elle vit que la voiture qu'elle avait réservée l'attendait déjà en bas de chez elle pour l'emmener à l'aéroport. Elle monta finir ses bagages en vitesse, descendit, puis remonta aussitôt parce qu'elle avait oublié sa trousse à maquillage. Lorsque le chauffeur s'engagea sur l'autoroute, elle avait une demi-heure de retard sur son planning.

« Ça devrait aller », se rassura-t-elle. Les compagnies aériennes prévoyaient toujours large pour l'embarquement. Elle voulut passer le temps en lisant ses mails et en donnant quelques coups de fil, mais son portable ne démarrait pas correctement. Elle l'éteignit. Le transfert n'était peut-être pas à effet immédiat.

Elle tira le magazine *People* qui était glissé dans la pochette du siège avant. Elle adorait lire ce genre de ragots autrefois. À la fac, entre Dostoïevski et Marx, elle dévorait *Us Weekly* et *OK!* avec l'impression de pénétrer dans le monde magique des célébrités. Mais plus elle connaissait l'envers du décor, moins elle appréciait ces lectures. À chaque page qu'elle tournait, elle voyait les ficelles grossières destinées à manipuler le lecteur. Dans les reportages, elle devinait le marchandage, les échanges de politesses. Jadis, les photos de stars sur le tapis rouge lui faisaient tourner la tête ; désormais, elle ne voyait que Botox, fausses dents, régimes et Scotch double-face.

Sans doute avaient-elles perdu leur attrait depuis que Carmen s'était vue sur l'une de ces images, prise à la remise des Golden Globes. Pour un novice, cette photo semblait sûrement tout aussi glamour que les autres. Elle, elle savait toute la sueur qu'il y avait derrière, le goût atroce qu'elle avait dans la bouche faute d'avoir avalé quoi que ce soit trois jours durant, les agrafes qui maintenaient sa robe, les journalistes qui aboyaient son nom, et ce sourire forcé qui lui donnait des crampes. Ça n'avait absolument rien de magique.

– À quelle heure est votre vol ? la questionna le chauffeur.

Carmen releva la tête.

– Euh… Six heures moins le quart, je crois…

Elle baissa les yeux vers son iPhone, toujours hors service. Les horaires du vol étaient dans ce maudit téléphone. Le nom et le numéro de la compagnie aérienne également. Elle aurait bien aimé savoir l'heure qu'il était, mais c'était aussi ce satané engin qui lui servait de montre. C'était comme si son opérateur avait coupé toute connexion à son cerveau.

– Ça va être serré, annonça le chauffeur.

– Comment ça ?

Tout à coup, elle se rendit compte qu'effectivement la voiture n'avait pas bougé depuis un moment. Elle regarda par la fenêtre. Puis elle se pencha pour voir par le pare-brise.

– Qu'est-ce qui se passe ?

– Il doit y avoir un accident. On est bloqués.

Elle apercevait le Triboro Bridge au loin, des milliers de voitures les en séparaient. Elle entendait des sirènes résonner derrière eux, mais l'autoroute était tellement saturée que personne ne pouvait s'écarter pour laisser passer les véhicules de secours. Un concert de Klaxon s'éleva.

Sur le tableau de bord, Carmen vit qu'il était cinq heures.

– Vous ne pouvez pas sortir de là ?

Le chauffeur lui jeta un coup d'œil par-dessus

son épaule. Il ne pouvait aller nulle part. Il ne prit même pas la peine de répondre à une question aussi stupide.

Elle essaya de rallumer son téléphone mais il s'éteignit aussitôt. C'était peut-être un problème de batterie, mais où pouvait-elle la recharger ?

Un quart d'heure s'écoula sans que rien ne bouge autour d'eux, à part deux voitures de police et une ambulance qui réussirent enfin à se faufiler dans l'embouteillage.

– Merde ! répétait Carmen toutes les deux minutes.

Elle regardait son téléphone, de plus en plus paniquée. Que faire ? Elle ne pouvait pas appeler la compagnie aérienne, elle ne pouvait pas appeler son manager, elle ne pouvait appeler personne. Mais comment faisaient les gens quand les iPhone n'existaient pas ?

Elle lut *People* de la première à la dernière page, jusqu'aux petites annonces scabreuses de la fin. À moins le quart, elle marqua un temps d'arrêt et releva la tête. Elle avait officiellement raté son avion.

– Qu'est-ce qu'on fait, alors ? demanda le chauffeur.

– Emmenez-moi quand même à l'aéroport. Je vais essayer de trouver un autre vol.

Elle n'était que la moitié d'elle-même sans son téléphone.

Le seul point positif, c'est qu'elle n'avait pas

rendez-vous avec l'équipe avant mardi. Elle n'aurait qu'à s'imprégner de l'atmosphère locale en accéléré.

Elle lut le *New York Times* et même le *Financial Times*, quel exploit. Lorsqu'elle put enfin sortir de la voiture et entrer dans l'aéroport, il était dix-neuf heures vingt. Elle fila directement au comptoir de Delta Airlines et mit son destin entre leurs mains.

– Je vous en prie, trouvez-moi une place sur le prochain vol pour La Nouvelle-Orléans.

L'hôtesse pianota frénétiquement sur son clavier pendant cinq bonnes minutes.

– Il n'y a pas une seule disponibilité avant mardi après-midi.

– Quoi ?

– Désolée.

Elle enfonça encore quelques touches sur son clavier.

– Mais on est samedi, comment ça se fait ? protesta Carmen.

La fille haussa les épaules.

– Aucune idée.

– Vous êtes sûre ?

Elle regarda à nouveau son écran. Elle s'appelait Daisy et sa couleur était complètement ratée. Mieux valait attendre un peu avant de commencer à la haïr.

– Désolée, répéta-t-elle. Tous les vols sont déjà en surréservation.

– Vous pourriez vérifier sur les autres compagnies ?

– Non, je ne…

– S'il vous plaît ?

Carmen mourait d'envie d'enjamber le comptoir pour pianoter elle-même sur cet ordinateur. Elle était en manque cruel d'interaction multimédia.

– D'accord, je vais voir, soupira Daisy.

Elle regardait, secouait la tête, regardait, secouait la tête. Carmen avait du mal à supporter le cliquetis de ses ongles sur les touches. Quelle idée d'avoir des griffes aussi démesurées lorsqu'on passait la journée à taper sur un clavier !

– Alors ? finit-elle par exploser.

Daisy décrocha son téléphone. Elle marmonna deux trois mots et, cette fois, hocha la tête à plusieurs reprises. Enfin, elle releva les yeux pour annoncer :

– Il y a un grand festival de musique à La Nouvelle-Orléans, ça commence ce week-end et ça se prolonge la semaine prochaine. C'est pour ça que tous les vols sont complets jusqu'à mardi.

– Tous ?

– Tous.

– Qu'est-ce que je vais faire ?

Carmen aurait préféré pouvoir s'en remettre à quelqu'un de plus compétent que Daisy.

Et visiblement, celle-ci aurait préféré pouvoir servir quelqu'un de plus sympathique que Carmen.

– Attendre jusqu'à mardi ? suggéra-t-elle.

– Je ne peux pas attendre ! rugit Carmen. J'ai un rendez-vous capital mardi. Le rendez-vous le plus important de toute ma carrière.

Daisy était tout de même un être humain.

– Vous n'avez qu'à descendre en voiture.

– Je n'ai pas de voiture.

– Vous pouvez en louer une.

– Je ne peux pas conduire pendant cent sept ans toute seule !

Carmen n'était même pas sûre que son permis soit encore valable. Elle conduisait environ deux fois par an, quand elle allait voir sa mère, David et Ryan.

– Vous pourriez prendre le train ? proposa Daisy en la couvant d'un regard maternel.

Carmen comprit alors qu'il suffisait de faire le bébé pour réveiller l'instinct maternel de n'importe qui.

– Il y a un train qui va à La Nouvelle-Orléans ?

Elle avait effectivement oublié l'existence de ce moyen de transport. Avant, elle aimait bien prendre le train. Une fois, elle avait voyagé en couchette pour aller chez son père en Caroline du Sud. Elle avait trouvé ça génial.

– Sûrement, reprit Daisy. Mais ça doit prendre un moment.

– Vous pouvez vérifier pour moi ?
– Moi ?
– Oui, sur Internet.
– Vous feriez mieux d'appeler Amtrak.
Carmen hésitait : si elle fondait en larmes, là, maintenant, est-ce que ça jouerait en sa faveur ?
– Je n'ai pas de téléphone. Mon portable ne marche pas.
Daisy jeta un regard autour d'elle pour vérifier que sa hiérarchie ne risquait pas de lui tomber dessus en pleine recherche extra-aérienne.
Soudainement, Carmen la trouvait charmante.
Daisy lança son navigateur internet et pianota sur son clavier. Elle haussa les sourcils.
– Vous n'allez pas me croire… Il y a un train qui part de Penn Station à dix heures moins cinq ce soir et qui arrive à La Nouvelle-Orléans à cinq heures et quart.
– Demain matin ?
– Lundi matin.
– Vous me faites marcher.
– Non.
Daisy lui sourit.
– Vous seriez là-bas à temps pour votre rendez-vous.
Carmen réfléchit. Il faudrait qu'elle s'immerge dans la culture locale à la vitesse de la lumière. Mais elle n'avait pas trop le choix.
– Il est presque huit heures. Vous devriez y aller, lui conseilla Daisy.

– Oui, vous avez raison. Eh bien… merci.
– Bonne chance, fit-elle d'un ton sincère.
Carmen se retourna plusieurs fois en sortant du terminal. Bizarrement, elle avait du mal à quitter Daisy. Elle était vraiment seule à ce point ?

Lena marchait le long de la rivière. Ces derniers jours, elle venait souvent se promener par là. Le froid était glacial, mais elle ne le sentait pas. Il aurait pu tomber des grêlons gros comme des balles de ping-pong, la rivière aurait pu sortir de son lit et l'emporter, elle ne l'aurait sans doute pas remarqué.

« Qu'est-ce que je vais faire ? Qu'est-ce qu'il va faire ? Non, non, non. Qu'est-ce que je vais faire ? (Qu'est-ce qu'il va faire ?) »

Stop ! Ce n'était pas à elle de décider. Elle ne pouvait décider que de ses actes. C'était une variante du dilemme du prisonnier. Le dilemme des amoureux. Elle devait faire ce qu'elle avait à faire indépendamment de ce qu'il faisait lui. Elle devait faire le bon choix. Pour elle.

Elle repensa à ce que sa sœur lui avait dit des années auparavant, un jour où elle hésitait à prendre un risque dans sa relation avec Kostos : « Il faut avoir confiance. »

Elle comprit avec un sacré temps de retard qu'Effie ne l'enjoignait pas de faire confiance à Kostos. Elle ne voulait pas dire qu'il serait là, se jetterait à son cou et la désirerait plus que tout au monde. Non, Effie lui conseillait d'avoir confiance en elle-même. De *se* faire confiance car, même s'il ne venait pas, elle ne s'écroulerait pas. D'avoir l'assurance nécessaire pour tenter sa chance, mais aussi encaisser un échec. Était-elle assez forte pour encaisser l'échec ? Était-elle assez forte pour éviter l'échec ?

Carmen entra dans la boutique de téléphonie la plus proche de la gare et mit le gars qui se tenait derrière le comptoir au défi :

– Je vous donne cent dollars si vous arrivez à faire fonctionner ce téléphone dans les dix minutes.

– On ferme dans cinq minutes, m'dame, répliqua le jeune employé boutonneux.

Carmen lui jeta un regard noir. Il n'avait donc aucune ambition ? Il n'était même pas motivé par l'appât du gain ? Si le reste de la population était à l'image de ce gamin, le pays allait dans le mur.

– Je vous donne cent dollars si vous arrivez à faire fonctionner ce téléphone dans les *cinq* minutes, répéta-t-elle plus lentement.

Visiblement, elle le terrifiait. Il n'avait pas la trempe d'une Daisy. Il déglutit d'un air anxieux.

– Je vais essayer.

– Je vous en prie.

Elle ferait peut-être bien de lui dire qu'elle

passait à la télé. Elle n'aimait pas ça, mais parfois ça marchait sur ce genre de type.

Il alluma le portable. Appuya sur quelques boutons puis tapa le code.

– Il fonctionne très bien.

– Vous voulez rire ?

Elle le lui arracha des mains.

– Pour les cent dollars, c'est pas la peine, déclara-t-il, bon prince.

– Merci, cingla-t-elle avant de quitter le magasin.

Elle réussit à acheter son billet de train avec sa carte de crédit sans incident. Il n'y avait plus de couchettes disponibles, mais le train possédait une voiture-restaurant où elle pourrait dîner.

Elle feuilleta les magazines de mode du stand de journaux. Mais elle n'en avait pas besoin. Son téléphone fonctionnait, ça lui suffisait. Elle pourrait lire le scénario, passer des coups de fil. Envoyer des mails, s'occuper des préparatifs du mariage. Jouer à faire atterrir des avions. Avec un téléphone opérationnel en main, elle regagnait peu à peu toute son assurance.

Elle monta dans le train bien à l'avance, laissa aller sa tête contre le fauteuil et ferma les yeux. Difficile d'imaginer qu'elle avait vécu toutes ces péripéties sans même en informer Jones. C'était toujours vers lui qu'elle se tournait pour pleurnicher. Il comprenait ses hésitations et ses revirements. Il les attendait presque.

Carmen était contente d'avoir les deux sièges pour elle dans ce train sombre. Elle était ravie qu'il n'y ait personne en face ni derrière. Si la batterie de son téléphone tenait le coup, le voyage ne serait peut-être pas si terrible que ça.

Elle somnola un peu jusqu'à Newark où le train fit un arrêt. De nouveaux passagers grimpèrent à bord. Elle posa son gros sac à main sur la place d'à côté. Elle suivait les gens du regard, croisant les doigts pour qu'ils passent leur chemin. Finalement, un groupe de voyageurs s'arrêta à son niveau. Un homme avec un petit garçon et un bébé. Il vérifia le numéro des places de l'autre côté de l'allée. « Non, non, pourvu qu'ils ne s'asseyent pas là », supplia-t-elle intérieurement. Elle l'entendit s'adresser à son fils en espagnol.

Tous ses espoirs s'évanouirent lorsqu'elle les vit s'installer. Le petit garçon, surexcité, posait un tas de questions à son père. Et le bébé n'allait sûrement pas tarder à se réveiller en hurlant. Bon sang. C'était bien la dernière chose dont elle avait besoin. Et si elle allait voir le contrôleur pour changer de place ?

Il restait huit jours avant la date fatidique, cinq avant que Lena puisse ouvrir la dernière enveloppe de Tibby. Et elle ne faisait plus qu'une chose, jour après jour, heure après heure. Pourtant, ce n'était pas bien et elle le savait. Elle faisait ça seule, bien trop tranquille dans son petit studio. Elle aurait voulu se sevrer de cette sale manie et, pourtant, elle n'avait pas le choix, elle continuait : elle attendait.

Que pouvait-elle faire d'autre ? Elle ne tenait pas en place et pourtant elle était coincée, en suspens, elle ne voyait pas quoi faire d'autre qu'attendre, attendre et attendre encore. En angoissant un peu, quand même.

Elle avait envisagé plusieurs fois de relire les vingt précieuses lettres que Kostos lui avait écrites, mais quelque chose l'en avait empêchée. « Je ne veux pas les changer en souvenirs, comme tout ce qui me reste de lui. » Elle n'avait aucune envie de les encadrer pour les exposer dans son musée historique de Lena et Kostos. Elles finiraient sans doute par y entrer, mais elle voulait les garder en vie encore un peu.

Alors qu'elle scrutait l'enveloppe cachetée, une idée des plus étranges lui traversa l'esprit. Et si elle l'ouvrait tout de suite ? Et si elle n'attendait pas ?

« C'est tout simple. Qu'est-ce qui m'en empêche, après tout ? »

Le sang battant à ses tempes, elle ouvrit l'enveloppe avec un tel empressement qu'elle faillit déchirer son contenu.

Ma douce Lena,

Je sais que j'ai été un peu brusque en tentant

de prendre ta vie en main. Et toi, tu sais sûrement que, même si c'est très maladroit, ça partait d'une bonne intention.

Tu n'as pas le temps, Lenny. Voilà le conseil le plus amer et le plus douloureux que je puisse te donner : si tu ne prends pas ce que tu veux maintenant, tu ne l'auras jamais.

Je sais que tu as toujours détesté les choix binaires, blanc ou noir, oui ou non, A ou B. Tu optes chaque fois pour la réponse C, la troisième voie, qui trop souvent ne mène nulle part. Là, je te demande de choisir entre A et B.

Pour être honnête, je t'avoue que je préfère l'option A. J'ai l'impression que je comprends Kostos. Je ne crois pas qu'il t'ait oubliée. Il est comme toi, il attend. Il reste en retrait de peur de t'effrayer s'il fait un pas vers toi. Et si c'est lui qui fait le premier pas, il aura toujours un doute. Il faut que tu fasses la moitié du chemin. Personne ne t'aime et ne te connaît mieux que nous, les filles de septembre, mais dans le genre, Kostos m'impressionne.

Si tu choisis l'option B, je promets de te laisser tranquille, de ne pas t'ennuyer avec d'autres lettres ou requêtes. Et je laisserai Kostos en paix aussi. (À vrai dire, je n'ai pas vraiment le choix.) Je ne serai ni déçue ni triste, où que je sois, sois-en sûre. Parce que tu auras choisi ta voie, sans reporter la décision à plus tard, et c'est ce que je veux.

Tu t'imagines peut-être que tu auras droit à ton quota de bonheur total en repoussant toujours l'échéance, mais ça ne marche pas comme ça. Il faut de la pratique pour être pleinement heureux. C'est en vivant qu'on vit plus fort. Et en attendant qu'on attend plus encore. Chaque jour passé à attendre est un jour de moins à vivre. Chaque jour passé seule te renferme un peu plus sur toi-même. Chaque fois que tu repousses le moment de vivre ta vie, tu es de moins en moins capable de la vivre. Désolée de te faire la leçon, mon amie, mais mon corps me lâche et j'ai la tête à pontifier aujourd'hui.

(J'avoue caresser l'espoir secret que tu ouvriras cette lettre avant la date fatidique.)

Vis pour moi, Lenny, car je n'en suis plus capable et Dieu sait si je le regrette.

Durant l'heure suivante, Carmen eut très envie d'ouvrir la fenêtre pour sauter du train en marche. Et ce pour deux raisons.

D'abord, le bébé. Alors qu'elle venait d'allonger le dossier de son fauteuil au maximum, qu'elle avait enfin obtenu que Kevin le contrôleur – comme l'indiquait son badge – lui apporte un oreiller et une couverture, il se mit à crier. Au début, ce n'était que de petits jappements espacés, qui se rapprochèrent et s'amplifièrent jusqu'à ce qu'il braille à pleins poumons.

« Non, c'est une blague ! » pensa-t-elle en

jetant un regard appuyé à l'homme qui était vraisemblablement le père de ce bébé. Mais… tiens, où était donc passée la mère ? Était-elle montée avec eux ? Restait à espérer qu'elle était aux toilettes et que, quand elle reviendrait, le bébé se tairait.

Et deuxièmement, son téléphone. Une fois que les hurlements l'eurent complètement réveillée et qu'elle eut abandonné l'espoir de se rendormir, elle prit son téléphone. Mais l'écran resta noir. Bon, pas de panique. C'était un téléphone un peu caractériel, voilà tout. Elle appuya sur le bouton un long moment. Toujours rien. Il était sûrement déchargé. Elle déroula le fil du chargeur et dénicha une prise. Elle le brancha et attendit. Ça pouvait prendre quelques minutes. Elle connaissait le rythme biologique de ces fichues machines mieux que le sien.

Enfin, il s'éveilla. Le petit cercle lui demandant de patienter se mit à tourner et l'écran s'éclaira. Mais quand elle vit l'icône apparaître, son cœur s'emballa, cognant à coups sourds sur fond de hurlements de bébé comme dans un film d'horreur.

C'était l'icône fatale qui ordonnait de connecter le téléphone au compte iTunes d'origine sous peine de plantage total. Et elle n'avait pas d'iTunes sous la main. Le compte mère, puisque tel était son nom, se trouvait sur le

Mac de son loft, avec son écran immense et inutile. Sa fille-téléphone était moins autonome qu'elle ne voulait bien le croire.

Carmen l'éteignit et le ralluma sans aucun espoir. Même icône.

– Merde, souffla-t-elle.

Elle aurait dû culpabiliser de dire des gros mots devant de jeunes enfants mais, en l'occurrence, c'est eux qui auraient dû se sentir coupables.

– Merde, répéta-t-elle.

Elle envisagea différentes solutions. À qui pouvait-elle aller se plaindre ? Qui pouvait-elle tenter de corrompre ? Qui pourrait-elle essayer de séduire ?

Personne. Personne. Personne. Elle était seule face aux zéros et aux un de l'engin qui se fichait pas mal d'elle. Elle adorait son téléphone, mais il ne le lui rendait pas.

Elle éprouva un vague ressentiment envers Tibby. Bonjour, le cadeau. Puis elle se ressaisit, horrifiée. Elle ne pouvait quand même pas en vouloir à Tibby alors qu'elle était morte ?

Elle s'aperçut qu'elle était en sueur. Son cœur battait trop vite. Elle ne pouvait appeler personne ! Elle ne pouvait envoyer aucun message ! Elle ne pouvait pas lire le scénario ! Il fallait qu'elle appelle Jones pour lui dire qu'elle ne pouvait pas l'appeler !

Elle regarda fixement le plafond du train.

Puis scruta la nuit, dehors, les volutes de pollution grisâtres, les lueurs des usines du New Jersey, du Delaware ou d'elle ne savait où. Elle ne pouvait pas passer trente-deux heures enfermée dans ce train sans personne à qui parler et sans rien à faire. Impossible.

« Tu ne vas pas te suicider pour un téléphone », fit la voix de la raison dans sa tête. « Oh, que si », rétorqua une voix beaucoup moins raisonnable.

Elle reposa la tête sur son oreiller en s'efforçant d'inspirer profondément, de calmer les battements de son cœur. Mais elle était privée de tous les petits trucs qui la réconfortaient d'habitude. Appeler sa mère ? Impossible. Regarder la météo ? Impossible. Mettre à jour son profil Facebook ? Impossible. Chercher ses rivales sur Google ? Impossible. Lire son horoscope ? Impossible.

Comme une droguée, elle était tellement sur les nerfs qu'elle avait envie de s'arracher la peau. Comme une droguée, elle échafaudait les plans les plus abracadabrants : elle n'avait qu'à descendre à Baltimore s'acheter un nouveau téléphone. Elle raterait son rendez-vous, et alors ? Ou bien, elle pouvait offrir mille dollars à qui voudrait bien lui vendre le sien ! Mieux : elle n'avait qu'à en voler un ! Peu importe qu'elle n'ait pas accès à ses mails ou à ses contacts. Et tant pis si les seuls numéros qu'elle connaissait par cœur étaient ceux de Lena, Bee et Tibby.

Comme une droguée, elle navigua entre nausée et désespoir toute la nuit. Elle fut peut-être même victime d'hallucinations, car elle crut voir des araignées.

À un moment, dans l'océan de son malheur, elle se rendit compte que le bébé s'était tu et que sa mère n'était toujours pas revenue.

Ignorant quand
l'aube viendra,
J'ouvre toutes les portes.

Emily Dickinson

Dès l'aube, Carmen avala plusieurs gobelets de café. Elle feuilleta le misérable magazine du train.

Elle tua le temps en discutant avec Kevin le contrôleur, qui venait d'une petite ville portant le nom champêtre de Goose Creek[1], située à quelques kilomètres de Charleston. Mais il n'avait jamais entendu parler de la rue où vivait son père.

Elle retourna au bar s'acheter un sachet de noix. Elle supplia Inez, la serveuse, de lui vendre un truc à lire, mais elle n'avait rien, à part un jeu de cartes. Inez finit par fouiller dans son sac pour en tirer le numéro de *People* que Carmen avait passé une heure et demie à éplucher dans les embouteillages.

La tête basse, elle retourna à sa place. Elle

1. NdT : littéralement, le « ruisseau aux oies ».

n'était encore jamais restée aussi longtemps sans vérifier ses mails, passer un coup de fil, se connecter à Facebook ou Twitter.

Que faisaient donc les gens avant l'invention des portables ? C'était une vraie question. Elle aurait aimé le savoir. Et elle, comment s'occupait-elle autrefois, quand elle n'avait pas encore de téléphone ? Elle se rappelait les longs trajets en voiture pour aller à Bethany Beach ou, pire, à Fort Myers en Floride chez son grand-oncle et sa grand-tante. Que faisait-elle ? Elle ne pouvait pas lire, ça la rendait malade.

Même si c'était difficile à imaginer, elle connaissait la réponse. La jeune Carmen dépourvue de portable regardait par la fenêtre en laissant ses pensées vagabonder.

Étonnant, non ? Carmen était bien trop fatiguée pour feindre l'indignation, elle était sincèrement perplexe : lui arrivait-il encore seulement de penser ?

Elle regarda par la fenêtre, en essayant de déterminer où elle se trouvait. Il lui semblait avoir entendu le haut-parleur annoncer un arrêt en Caroline du Nord. Elle remarqua que la végétation était de plus en plus verte et dense au fil du voyage. À New York, les arbres étaient encore nus et dépouillés pour la plupart. Ici, la nature bourgeonnait, elle était en pleine éclosion. À mesure que le train progressait vers le sud, il pénétrait dans le printemps. En quelques heures, ils avaient fait un bond de plusieurs semaines en avant.

Elle avait le mal du pays. Tous ces arbres en fleurs, les cerisiers japonais, les cornouillers, les magnolias, et les autres, les roses dont elle avait oublié le nom, lui rappelaient son enfance, le quartier où elle vivait autrefois, les pluies de pétales dans les cheveux comme une neige de printemps. Il y en avait sans doute également à New York, mais elle ne les avait pas remarqués.

S'ils étaient en Caroline du Nord, alors ils allaient bientôt arriver en Caroline du Sud. Elle était de plus en plus nostalgique. Si elle avait survolé tous ces endroits en avion, elle n'y aurait pas pensé un seul instant, mais là, elle allait traverser l'état où son père était parti s'installer quand elle avait six ans – objet de tant de fantasmes, puis de déceptions. Où elle était venue en vacances, où elle avait grandi. Elle y avait rencontré son demi-frère, Paul. Et aussi sa sœur, Krista. Mais c'était l'ombre de Paul qui planait sur tout l'état, il lui conférait sans le vouloir une certaine aura mélancolique. C'était là que son père avait épousé Lydia, là qu'elle était tombée malade, là qu'elle était morte. C'était triste d'y passer sans leur faire signe.

Un cri du bébé lui fit relever la tête. Elle avait la gorge nouée, sans savoir si la disparition de Lydia l'avait affectée plus qu'elle ne le croyait, finalement, ou si la mélancolie de Tibby l'avait contaminée via ce téléphone inutile.

Cette fois, le bébé ne pleurait pas, il gazouillait en souriant. Il essayait de dire quelque chose, articulant des syllabes qui ressemblaient à des mots sans en être. C'était une fille. Elle avait la peau mate, des yeux noirs immenses et de jolies boucles brunes. « Mais tu verras, j'avais les cheveux comme ça, quand j'avais ton âge », pensa Carmen.

Elle constata que la mère n'était pas aux toilettes comme elle l'avait d'abord supposé. Visiblement, elle n'était pas là du tout. Elle eut pitié du pauvre père à l'air chiffonné. Il en fallait du courage pour faire un si long voyage seul avec les deux petits. « Il n'avait sans doute pas d'autre solution », ne put-elle s'empêcher de penser.

Elle continua à les observer du coin de l'œil. Malgré son air chiffonné, le père conservait une certaine dignité, assez rare chez les parents de jeunes enfants. Il portait un T-shirt gris et un blouson en jean délavé sur un pantalon en toile sombre. Autour d'eux, la plupart des gens avaient ôté leurs chaussures, mais pas lui. Les siennes étaient à bout pointu, en cuir marron, genre homme d'affaires stylé. Usées, mais élégantes.

Elle devina qu'il n'était pas portoricain. Cependant, il était grand pour un Mexicain.

Elle n'avait pas fait attention tout à l'heure quand il parlait, mais maintenant, elle était curieuse d'entendre son accent pour tenter de savoir d'où il venait.

Il avait les cheveux très noirs, longs et raides. Il lui rappelait Ralph Macchio, dans le premier *Karaté Kid*. Elle se mordit la lèvre pour ne pas rire. Elle avait eu un gros faible pour cet acteur. Et, soudain, elle pensa à Jones, avec son crâne rasé.

Le père leva les yeux vers elle, comme s'il sentait qu'elle les regardait. Elle lui sourit, en signe de paix après tous les coups d'œil assassins qu'elle leur avait jetés et les jurons qu'elle avait murmurés. Le visage de l'homme s'éclaira légèrement, mais on ne pouvait pas qualifier ça de sourire.

Dans sa tête, elle supplia le petit garçon de dire quelque chose à son père. Ce qu'il finit par faire pour lui annoncer qu'il avait besoin d'aller aux toilettes. Son accent ne l'avança guère, elle attendit donc avec impatience la réponse du père. Mais il était incroyablement économe de ses mots, elle l'avait remarqué. Il se contenta d'acquiescer. On aurait dit la version latino de Paul. C'est alors qu'il se leva et fit quelque chose d'assez surprenant. Il se tourna vers elle.

– Excusez-moi. Pou-pourriez-vous… garder… le bébé? demanda-t-il dans un anglais approximatif.

Il ne pouvait pas savoir qu'elle parlait espagnol.

Sous le coup de la surprise, elle ne put faire autrement que d'accepter. Il s'était dit que c'était une femme, qui avait peut-être des enfants. Il supposait qu'elle saurait quoi faire. Il ne pouvait pas se douter qu'elle était actrice.

– On revient vite, lui promit-il en lui tendant la petite fille.

Et il partit vers l'avant du wagon, tenant la main de son fils qui ne cessait de se tortiller.

Carmen prit donc le bébé sur ses genoux. Au début, elle n'était pas du tout à l'aise. Elle essaya de se remémorer quand Ryan était tout petit. Mais pour être honnête, elle avait dix-huit ans à l'époque et elle ne le prenait pas souvent dans ses bras. Tibby, qui était sa marraine, s'en était beaucoup plus occupée qu'elle.

Carmen tenta de serrer le bébé contre elle au lieu de le tenir à bout de bras comme un virus contagieux. Elle posa son énorme couche sur ses cuisses. La petite la dévisagea de ses yeux immenses. Elle ne revendiquait rien, elle se contentait de regarder.

– Coucou, pupuce, fit Carmen.

Elle lui sourit et, pour sa plus grande satisfaction, le bébé lui rendit son sourire. Elle la fit sauter un peu sur ses genoux. Son sourire s'élargit. Carmen n'en revenait pas : c'était fou de se faire des amis aussi vite !

– Coucou, poupoune ! renchérit-elle d'une voix charmeuse.

Le bébé le prit comme un compliment et sourit d'autant plus. Elle essaya d'attraper le nez de Carmen dans sa petite main, mais celle-ci se recula.

Elle était en train de lui expliquer tout ce qu'il y avait à savoir sur les cheveux quand le père et son fils revinrent.

Le père lui adressa un véritable sourire cette fois. Il lui reprit le bébé en la remerciant, mais la petite ne voulait pas lâcher Carmen. Elle se pencha vers elle en tendant les bras et se remit à pousser ses petits jappements.

Carmen avait rarement été aussi flattée. Plus flattée même que lorsque Bobbi Brown lui avait dit qu'elle avait une bonne ossature.

– C'est bon, je peux la garder un peu, proposa-t-elle.

De toute façon, elle n'avait rien d'autre à faire, alors.

– Ça… dérange pas ? demanda le père.

– Non, non, pas du tout.

Elle fit sauter le bébé sur ses genoux. Puis elle arrangea sa robe et sa couche, lui caressa les cheveux.

– Tu es très jolie, ma puce.

Elle se tourna vers son père pour demander :

– Comment elle s'appelle ?

– Clara.

– Oh, c'est joli !

Tout en parlant au bébé, elle se demandait pourquoi elle ne s'adressait pas à eux en espagnol. Plus étonnant encore, comment se faisait-il que le père n'ait pas remarqué qu'elle était latino ? Malgré ses cheveux méchés et son accent aussi lisse que celui de la plupart des actrices new-yorkaises, elle se figurait que c'était évident. Ça se voyait, non ?

Lorsqu'elle était avec Jones, elle avait l'impression que ça sautait aux yeux. « Ah, le voilà, avec sa petite amie latino. » Elle imaginait les remarques de ses collègues et amis : « Il est cool, il va se marier avec une Portoricaine. » Elle s'efforçait d'estomper ce côté « exotique » pour lui plaire. Elle avait arrêté de caqueter et de s'esclaffer en espagnol avec sa mère. Elle domptait sa chevelure rebelle à coups de lisseur. Elle tenait à distance sa grand-mère ainsi que ses nombreux oncles, tantes et cousins pour ne pas le gêner et préserver l'image pittoresque qu'il avait des Portoricains.

Son agent et son manager lui avaient souvent répété : « Il ne faut pas que tu sois la Latino de service. Ne te laisse pas enfermer dans un rôle, tu peux tout jouer. » Son attachée de presse avait même refusé une interview au magazine *Latina*. « On vise plus haut, ça risquerait de te fermer certaines portes », avait-elle expliqué.

Et maintenant, Carmen se demandait où elle

en était, finalement. Qu'en penserait Carmen senior ? Avait-elle tellement estompé sa vraie nature qu'elle était devenue une autre ?

Clara lui tira les cheveux avec enthousiasme et elle mit un temps infini à retirer chaque mèche de son petit poing poisseux. Comme le bébé commençait à manifester son impatience, son père sortit un biberon de son sac. Carmen s'en saisit avec soulagement. Elle installa Clara contre elle en essayant de se rappeler comment on donnait le biberon. La petite fille savait visiblement très bien comment s'y prendre, mais elle la laissa faire pour lui donner l'impression d'être utile. Elle lui sourit sans lâcher la tétine. Tout son visage souriait, jusqu'à ses yeux qui pétillaient. C'était touchant, ce désir de communiquer, d'entrer en relation avec l'autre. « On est tous comme ça, au départ ? » se demanda Carmen.

Elle inclina son fauteuil et se détendit, bercée par les bruits de succion réguliers. Clara se fit plus lourde dans ses bras, le biberon glissa sur le côté. Elle remua un peu, puis Carmen s'aperçut qu'elle s'était endormie. Elle lui prit doucement son biberon pour le poser sur le siège d'à côté. Puis elle la cala bien au creux de son bras et étendit la couverture sur elles deux. Carmen se tourna alors vers la fenêtre et regarda le printemps défiler au-dehors.

Elle pensait à beaucoup de choses. Surtout

à ce qui allait se passer en Pennsylvanie, le 2 avril, et à tous les regrets qui lui serraient la gorge. Mais Clara dormait sur elle, elle lui faisait assez confiance pour s'endormir tout contre son cœur. Si misérable qu'elle puisse être, ça suffisait à la réconforter.

– Allô, Doxie, c'est Lena.
– Lena ? Où es-tu ?
– À l'aéroport.
– Où vas-tu ? Oh, c'est vrai…
Elle s'interrompit pour faire un bruit bizarre.
– Tu y vas, ça y est ?
– Oui, confirma Lena.
– Mais c'est un peu tôt, non ?
– Je n'en peux plus d'attendre. Je vais le rejoindre à Londres.
– Tu pars à Londres en avion ?
– J'ai vendu un tableau à une amie de ma mère. Il est assorti à son canapé.
– Je te trouve changée, ma fille.
Après avoir raccroché, Lena composa un second numéro, les doigts tremblants. Même dans un élan soudain, c'était dur.

Elle tomba directement sur la messagerie, sans que ça sonne. Elle n'aurait pas cru ça de Carmen qui chérissait son téléphone plus que tout au monde.

Lena ne savait pas quoi faire. Elle avait enfin quelque chose à dire, mais pas de Carmen pour l'écouter. Ce n'était pas du tout le genre de truc à confier à un répondeur, seulement elle n'avait pas le choix.

– Carmen, c'est Lena. J'ai découvert quelque chose. Tibby ne s'est pas suicidée.

Un sanglot lui échappa.

– Elle ne voulait pas mourir. Elle avait un problème. Elle savait qu'elle allait mourir, mais elle ne voulait pas. Je ne sais pas ce qui s'est véritablement passé, c'est ce qu'elle dit dans sa lettre qui me l'a fait comprendre. Et je suis sûre, sûre que c'est vrai.

Lena s'aperçut qu'elle pleurait à chaudes larmes en parlant, devant la porte d'embarquement D7.

– Je sais bien que, de toute façon, elle n'est plus là. Alors peut-être que ça ne change rien…

Elle s'essuya le nez d'un revers de main.

– … mais je crois que ça change tout.

Quelque part entre Gastonia, en Caroline du Nord, et Spartanburg, en Caroline du Sud, Carmen redonna Clara à son père. Son grand frère s'approcha. Elle avait bien vu qu'il était jaloux que cet idiot de bébé ait sympathisé avec elle et pas lui. Elle lisait en lui comme dans un livre ouvert, ce qui la poussa à s'interroger : quel âge mental avait-elle réellement pour être parfaitement raccord avec les émotions d'un gamin de trois ans ?

Sur le chemin de la voiture-bar, il se présenta : il s'appelait Pablo. Il lui tendit la main de façon tout à fait naturelle. Elle la prit. C'était normal pour lui mais, pour elle, ça voulait dire beaucoup.

Elle se revit alors donner la main à différents stades de sa vie : à sa mère, à sa maîtresse. Main dans la main avec Bee, qui la trimballait à travers la cour, sans jamais la lâcher. Elle se rappelait la sensation de la minuscule menotte de Tibby qui se tortillait dans la sienne. Quant à Lena, il fallait la tirer. Elle lambinait, traînait, dès qu'il fallait aller quelque part, même acheter une glace. Pourtant, ça avait beau les ralentir, elles se tenaient la main, toutes les trois, toutes les quatre de front parfois. Pour quelle raison ? Et quand avaient-elles arrêté ? Au CP, peut-être ? À un moment, ça commençait vraiment à faire bébé. Mais elle avait dû être la dernière à abandonner.

Pablo voulait un Snickers et Carmen allait le lui acheter lorsqu'elle se rappela ses abus de sucreries quand elle avait son âge. Pour chaque fête, Halloween, Noël, c'était une véritable orgie toujours suivie de larmes. Elle se revoyait encore pleurer avec son petit panier de Pâques rose à la main.

Elle l'assit sur le bar le temps de consulter la carte.

– Tu as déjà goûté une pomme avec du

fromage ? lui chuchota-t-elle en espagnol – à croire qu'elle lui révélait un secret d'envergure internationale.

Il secoua la tête, intrigué.

– Séparément, c'est bon, mais ensemble, c'est tellement délicieux que ça ne devrait pas être permis.

Ça lui plut beaucoup.

– Tu veux que je te montre ?

Elle jeta un regard circulaire, comme pour vérifier que personne ne pouvait les surprendre.

Il haussa les sourcils en acquiesçant.

Elle acheta deux pommes ainsi qu'un paquet de crackers et de fromage, puis se munit d'un couteau en plastique. Ils s'installèrent ensemble à une table. Il s'agenouilla sur la chaise d'en face et se pencha vers elle pour ne rien rater de ce qu'elle faisait. Carmen coupa la pomme en fines tranches. Il suivait ses moindres mouvements, l'eau à la bouche.

– On ne goûte pas tout de suite parce que, pour l'instant, c'est juste de la pomme, lui rappela-t-elle en espagnol.

Elle coupa le cheddar en petits dés orange.

– Maintenant, fais exactement comme moi, ordonna-t-elle.

Elle posa un dé de fromage sur une tranche de pomme. Il l'imita. Elle les porta à sa bouche.

– Prêt ?

Il sourit, tout excité. Les enfants adorent

faire tout un cérémonial des choses les plus simples. Elle était comme ça, petite. Pour peu qu'on sache y mettre les formes, elle marchait à fond.

– Bon, on y va.

Elle glissa le petit sandwich dans sa bouche et il fit de même. Il était tellement enthousiaste qu'il n'en sentit sans doute même pas le goût. Il guettait sa réaction. Elle ferma les yeux en hochant la tête pour mieux savourer. Il fit pareil.

– C'est bon, hein ?

– Trèèès bon.

Ils en mangèrent une dizaine chacun, expérimentant différentes configurations : en sandwich, en tour, en brochette…

Il voulut rapporter les derniers morceaux à son père pour lui faire goûter.

– J'ai le droit ? demanda-t-il en espagnol.

– *Sí*, le rassura-t-elle.

Son père les mangea avec plaisir, suivant avec application les nombreux conseils de Pablo. Il joua le jeu, conscient qu'il s'agissait d'un mets réservé à une élite.

Carmen se rassit tandis que le petit racontait ses aventures, complètement dans le désordre. Son père l'écoutait avec une patience admirable. Il acquiesçait sans relever les incohérences. Carmen se souvenait que sa mère faisait pareil quand elle était petite.

Le père de Pablo n'était guère plus âgé qu'elle – la petite trentaine, sans doute – mais il paraissait vraiment adulte. Comme s'il avait sauté le pas, contrairement à elle.

Jones avait presque quarante ans, mais elle n'était pas sûre qu'il soit passé dans l'âge adulte non plus. Peut-être fallait-il avoir des enfants pour cela – ce que Jones refusait catégoriquement.

Carmen se renfonça dans son siège et regarda par la fenêtre. De temps à autre, elle jetait un coup d'œil à la petite famille, de l'autre côté de l'allée.

Clara faisait la sieste. Pablo était assis par terre, en train de jouer avec les lacets de son père. Elle était fière de ne pas lui avoir acheté de Snickers.

Il y avait une différence capitale entre la dernière fois que Lena était venue au 28, Eaton Square et celle-ci. Cette fois, elle était déchaînée.

Cette fois, elle ne fut pas intimidée ni déçue lorsque Harriet, la compagne, vint lui ouvrir. Elle avait les boutons de manchette en forme de lion de son grand-père dans la poche de son jean et elle était prête à tout. Kostos aurait pu lui claquer la porte au nez trois fois de suite, elle aurait sonné à nouveau pour lui dire ce qu'elle avait à lui dire. Elle avait parcouru plus de la moitié du chemin, elle irait jusqu'au bout. «Au moins, j'ai essayé», elle pouvait le dire.

Cette fois, Harriet n'avait pas la même allure. Elle était en jean, sans talons, elle avait presque l'air d'une personne normale. Pas complètement – elle avait deux fois plus de maquillage sur la figure que Lena n'en portait pour le bal de fin d'année du lycée –, mais c'était déjà mieux.

Harriet la dévisagea en tentant de la situer. Lena n'avait pas la même allure non plus, elle le savait. Elle était également en jean, les cheveux tirés, avec une chemise noire. Elle se sentait tout à fait adulte. La dernière fois, elle était pétrifiée de peur. Cette fois, elle était folle à lier.

– Est-ce que Kostos est là? demanda-t-elle poliment.

D'un ton peu amical, Harriet répliqua :

– On s'est déjà vues?

Même pas peur.

– Oui, il y a deux mois.

Les yeux d'Harriet changèrent. Elle sembla prendre de la stature.

– Vous vous appelez comment?

Lena s'éclaircit la voix.

– Lena Kaligaris.

– Pourquoi êtes-vous venue?

– Pour parler à Kostos.

– Il n'est pas là.

Harriet fit un pas en avant, pourtant Lena ne recula pas.

– Vous savez quand il doit rentrer ?

Harriet hésitait visiblement entre lui claquer la porte au nez et lui répondre. Mais dans son regard, Lena vit une lueur de curiosité. Une curiosité malsaine.

– Aucune idée. Sans doute jamais.

– Ce n'est pas sa maison ?

– Si, mais il n'habite plus ici. Il a déménagé. Je pensais pourtant que vous seriez la première au courant.

Lena refusait de battre en retraite. Elle tint bon.

– Non, je ne le savais pas.

– Lena Kaligaris… Ce n'est pas à vous qu'il a écrit toutes ces lettres ? Pourtant, il me semble bien que oui. C'est vous qui avez fait les dessins qu'il a collés au-dessus de son putain de bureau et sur son miroir. C'est bien vous, non ?

– Euh oui, très probablement, confirma Lena sans se laisser intimider, mais sans aucun sarcasme.

Qui sait ? Kostos échangeait peut-être des lettres avec dix autres correspondantes. Avec lui, elle n'était pas à une déception près.

Harriet laissa échapper un petit rire amer.

– Selon lui, il s'agissait de lettres « purement amicales ». C'est drôle, hein ? Personnellement, je ne veille pas jusqu'à deux ou trois heures du matin pour écrire à mes amis. Quand il est parti d'ici, le mois dernier, j'aurais juré que c'était pour vous rejoindre.

Lena secoua la tête en regardant le paillasson.

– Eh bien, non.

– Bonne chance pour le retrouver, alors. Transmettez-lui mes salutations. C'est un homme étrange, vraiment. Jamais complètement avec vous. Ma grand-mère m'avait prévenue : « Ne couche jamais avec un homme qui n'a aucune intention de t'épouser. » J'aurais dû l'écouter. Mais je m'en tire avec une belle maison, non ?

– Tu as été mon ami, répondit Charlotte. C'est, en soi, déjà formidable.

E. B. White

Ce n'était pas sa ferme en Pennsylvanie.

En tant que vieille connaissance de passage et baby-sitter non officielle, Bridget n'avait aucun droit dessus. Mais après trente-deux heures de voyage et un demi-tour du monde avec une fillette en sueur cramponnée à ses basques, après près de cinq mois – ou même carrément plus de deux ans – de flou complet, lorsqu'elle pénétra dans la cour ombragée de peupliers, elle se sentit chez elle.

Elle ignorait jusqu'à cet instant qu'elle adorait les vieilles fermes sur dix hectares de terrain, pelouse, forêt et champs, avec grange aménagée, cottage pour les amis, garde-manger et glacière. Elle n'avait jamais désiré tout ça. Mais en découvrant les lieux, avec Bailey dans les bras, elle se dit qu'elle en avait sûrement rêvé sans le savoir.

Peut-être parce que l'endroit était vert et en fleurs en cette belle journée de printemps précoce. Peut-être parce que c'était Tibby qui l'avait choisi et qui avait prévu d'y vivre. Ou à cause du petit être qui se développait dans son utérus et qui égayait son quotidien.

– C'est pour les animaux, ici, expliqua-t-elle à Bailey en scrutant la pénombre des box de la grange. Comme dans *Le Petit Monde de Charlotte*. On pourrait avoir des cochons, des moutons, des ânes. Et des chevaux.

Elle préférait ne pas trop chercher ce qu'elle entendait par ce « on ».

– Et aussi…

Bailey prit son élan pour bien prononcer :

– … une raignée.

– Je parie qu'il y a déjà plein d'araignées, assura Bridget en désignant les toiles qui ornaient tous les coins du bâtiment avec enthousiasme, comme si elles avaient gagné au Loto.

Elle emmena Bailey dans la cour ombragée, au milieu des bâtiments à bardeaux.

– Ici, on pourrait faire un potager. Planter des tomates, des fraises, des citrouilles.

– Des banas ?

– Peut-être pas de bananes, non, mais on pourra en acheter.

Brian était dans la cuisine, encore vide, en train d'essayer de préparer un petit encas. Bridget posa Bailey sur le plan de travail.

– C'est toi qui l'as achetée ?

– Quoi ? Cette maison ? La ferme, tu veux dire ?

– Oui.

– Oui.

– Tout ?

– Tibby est tombée sous le charme en voyant les photos.

– Waouh !

Ce n'était pas le grand luxe. Bee savait bien que ça n'avait pas coûté des millions, mais quand même.

– Et puisque j'ai réussi à terminer mon programme, on ne sera pas obligés de la vendre.

Il paraissait un peu plus détendu.

– Tant mieux.

Elle sentait que c'était une façon de la remercier, et ça lui fit chaud au cœur.

Elle avait toujours su que Brian était une sorte de surdoué de l'informatique. Elle avait entendu dire que sa boîte commençait à décoller, sans y prêter vraiment attention.

– C'est quoi comme genre de programme ?

Elle ignorait pourquoi elle n'avait pas songé à poser la question plus tôt.

– Un jeu. Un jeu de simulation.

Il tira des clés de sa poche et les lui tendit.

– Je ne suis pas encore entré dans la glacière, je ne l'ai vue qu'en photo. Tu me diras ce que tu en penses.

Elle laissa Bailey pour traverser la pelouse. La glacière était l'un des derniers bâtiments, à la lisière des bois, à une vingtaine de mètres de là. En approchant, elle découvrit qu'un petit ruisseau passait juste derrière.

C'était une maison miniature, en bardeaux blancs, comme la ferme, tout en hauteur. En fait, pas besoin de clé, elle eut juste à pousser la porte.

Elle resta là, sur le seuil, complètement abasourdie. Elle avait l'impression de l'avoir déjà vue, ou d'en avoir rêvé. Le rez-de-chaussée était constitué de deux pièces carrées, une petite et une grande. La plus spacieuse abritait une cuisine ouverte. Quant à l'autre, elle était éclairée par un immense puits de lumière. Une échelle menait à la mezzanine, mansardée, peinte tout en blanc, avec une fenêtre de toit, par laquelle on apercevait le ciel et le feuillage vert des arbres.

Elle monta voir, puis redescendit. Au fond de la petite pièce du rez-de-chaussée, elle découvrit une autre porte. Elle permettait d'accéder à une véranda qui enjambait le ruisseau. Elle s'y posta, incrédule. Des moustiquaires tendues entre les montants de bois de la véranda permettaient d'être à l'air libre, face à la forêt, tout en restant protégé. Elle n'aurait jamais cru qu'une maison, un bâtiment fermé, puisse s'ouvrir ainsi sur la nature. Il y avait une vieille méridienne en fer forgé dans un coin. Et entre les lames de bois, elle vit l'eau couler sous ses pieds. Elle n'en revenait pas : l'odeur de la forêt, le chuchotis du ruisseau, et toute cette lumière. C'était presque trop beau pour être vrai.

Complètement sous le charme, elle revint dans la cuisine et tendit les clés à Brian. Il ne les prit pas.

– Alors, c'est comment ?

– Parfait, souffla-t-elle, émerveillée.

– Tibby savait que tu dirais ça.

Lorsque le train marqua l'arrêt à Toccoa, juste après être entré en Géorgie, Kevin le contrôleur les quitta pour être remplacé par Lee. Ce dernier avait un style un peu martial. Il demanda aussitôt à tous les passagers de présenter leurs papiers d'identité.

Carmen sortit son permis de conduire qui, après vérification, était encore valide. Lee examina longuement le billet et le permis, puis la regarda comme si elle avait quelque chose à cacher. « Ça ira pour cette fois », semblait dire son regard lorsqu'il la laissa pour passer de l'autre côté de l'allée.

Elle n'écouta que d'une oreille distraite la conversation entre le contrôleur et le père de famille qui s'efforçait de le comprendre malgré son débit précipité. Il tira son permis de son portefeuille. Puis ouvrit sa valise pour y prendre son passeport. Ce n'était pas un passeport américain mais Carmen n'aurait su dire d'où il venait.

Lee donna des signes d'agacement lorsque le père se mit à chercher les billets partout, pour finalement les retrouver dans l'album de coloriage de Pablo. Lee le contrôleur n'apprécia guère les décorations dont le petit garçon avait orné les billets. Il haussa le ton.

– Ce que vous ne semblez pas comprendre, monsieur…

Il approcha le permis de ses yeux furieux.

– … monsieur Moyo, c'est que je dois voir les papiers de ces enfants.

Carmen se redressa sur son siège. Le contrôleur parlait si fort que sa voix résonnait dans tout le wagon.

Évidemment, le père commença à perdre ses moyens. Il lui tendit à nouveau les billets.

– Regardez… pour le garçon.

Il n'avait pas de billet pour Clara mais une sorte de forfait jeune enfant.

– Bébé… trop petit.

– J'ai bien vu les billets, pas la peine de me les montrer à nouveau !

Le père le dévisagea, stupéfait.

– Comprenez-vous un seul mot de ce que je vous raconte, monsieur Moyo ? Je veux voir les papiers des enfants. Ce sont vos enfants ?

Il parlait trop vite. Avec son anglais basique, le père ne suivait plus. Le cœur de Carmen se serra. Heureusement que les deux petits dormaient.

– Pardon ? fit le père.

– Ce sont VOS ENFANTS ?

Le visage du père se figea un instant.

– Oui. Mes enfants.

– Merci, fit Lee d'un ton sarcastique. Maintenant, il faut que vous me donniez la preuve que ce sont bien vos enfants et que vous voyagez avec eux en toute légalité. Si vous en êtes incapable, je vais devoir vous faire descendre de ce train.

Le père secoua la tête.

– Pardon ?

– Je vais devoir vous faire DESCENDRE DU TRAIN.

Carmen n'y tint plus. Elle se leva brusquement.

– Excusez-moi, fit-elle, monsieur… euh… Lee.

Elle avait bien envie de le traiter d'espèce d'enculé, mais elle se retint.

– J'ai l'impression que vous ne parlez pas très bien l'espagnol, et l'anglais de M. Moyo n'est visiblement pas à la hauteur de vos attentes. Je peux donc peut-être vous aider, poursuivit-elle d'une voix affable. Pourquoi ne m'expliquez-vous pas ce qu'il vous faut ?

Lee le contrôleur la toisa d'un œil assassin, tentant de juger si elle se moquait de lui.

– Je fais mon travail, mademoiselle. Je dois vérifier l'identité de ces gamins.

Le regard du père allait de l'un à l'autre.

Carmen lui adressa un sourire qu'elle voulait rassurant.

– Ce type est un sale con, lui glissa-t-elle en espagnol, mais tant que vous ne lui aurez pas montré les papiers d'identité des enfants, il ne vous lâchera pas. Vous avez quelque chose ? Passeport ? Acte de naissance ?

Il la dévisagea, surpris.

– Ah, c'est ça qu'il veut ? fit-il en espagnol. Bien sûr, désolé, j'aurais dû m'en douter. J'ai leurs actes de naissance dans ma valise.

Carmen l'aida à sortir les papiers. Il tendit les deux actes de naissance au contrôleur, qui les examina de mauvaise grâce.

– Quand on veut vivre dans ce pays, il faut parler anglais, bougonna-t-il en passant dans le wagon suivant.

Carmen secoua la tête. Le père laissa échapper un soupir de soulagement, puis lui tendit la main.

– Roberto.

– Carmen, répondit-elle en la serrant.

Elle alla se rasseoir à sa place. Lorsqu'elle tourna la tête, elle croisa le regard de Roberto.

– Merci, Carmen, lui dit-il d'un ton grave.

– Mais de rien, répondit-elle avec le même sérieux.

Elle eut beau fermer les paupières, elle continuait à voir ses yeux. Pourquoi le regard qu'il posait sur elle la touchait-il à ce point ? Elle aurait voulu comprendre. Il y avait là quelque chose qui résonnait au plus profond d'elle-même, dans un recoin presque oublié de son âme.

Elle voyait les arbres défiler au fil des kilomètres et, tout à coup, un lac, une clairière qui s'ouvrait. Quand, soudain, elle comprit. Tout du moins en partie. Aux yeux de Roberto, elle était une adulte. Il l'avait aidée à sauter le pas et, l'espace d'un instant, elle s'était tenue sur l'autre rive avec lui. Il la considérait avec respect.

C'était ça. Et cela avait un impact immense sur elle.

Malgré l'adrénaline qui coulait dans ses veines, Lena eut quelques difficultés à échafauder la deuxième phase de son plan. Elle s'était extirpée d'une vie entière d'immobilisme pour arriver à Londres tambour battant, avec ses boutons de manchette en forme de lion, et elle se retrouvait toute seule, sans spectateur pour son grand numéro.

Kostos était peut-être au travail ? Elle pouvait sans doute le trouver à son bureau. Elle s'imagina débarquant dans ce temple de la finance ; leurs retrouvailles auraient lieu au beau milieu du hall d'entrée, sous le regard de cinq hôtesses d'accueil. Mince, ce serait gênant.

Un lundi soir, à dix-huit heures. C'était possible. Elle connaissait le nom de son entreprise car il avait posté l'une de ses lettres dans une enveloppe siglée. Elle obtint donc le numéro auprès des renseignements téléphoniques et le composa.

– Je souhaiterais parler à Kostos Dounas, s'il vous plaît, annonça-t-elle après avoir été orientée au standard.

Ce devait être sa secrétaire.

– Désolée. Il n'est pas là.

Le tambour de Lena ralentit quelque peu.

– Vous savez s'il sera là demain ?

Le silence était pesant.

– Non, je ne crois pas. Je pense qu'il est parti pour l'étranger.

– Pouvez-vous me dire quand il doit revenir ?

– Non, j'ai bien peur que non.

– Ah… puis-je vous demander si… ?

– Je crains de ne pouvoir vous fournir aucune autre information.

Il devait être en Grèce. C'était la piste suivante. Elle avait toujours le numéro de sa maison à Oia. Elle l'appela.

Après avoir laissé sonner un temps infini, elle allait raccrocher lorsqu'une femme bourrue répondit. Lena connaissait cette voix.

– Bonjour. C'est Aleta ? demanda-t-elle en grec.

– Oui, qui est à l'appareil ?

– Lena Kaligaris. Une amie de Kostos. Il est là ?

– Non, mais je l'ai eu il y a deux jours. Il m'a dit qu'il partait en voyage. Il ne savait pas quand il rentrerait.

– Oh… Il n'a pas dit où il allait ?

– Non, il n'a rien dit.

On ne peut pas
rester indéfiniment
un simple œuf.
Il nous faut éclore
ou pourrir.

C. S. Lewis

À quatre heures, Carmen donna son biberon à Clara et, devant l'insistance de Pablo, elle lui fit goûter de petits bouts de pomme et de fromage. Le bébé préférait visiblement les tripoter que les manger et en recracha la moitié, ce qui ne découragea cependant pas son frère.

– C'est bon, hein ? fit-il en anglais.

Il avait entièrement confiance en son jugement : s'il avait aimé, elle allait forcément apprécier. Carmen se l'expliquait ainsi : il n'y avait pas si longtemps encore, Pablo était comme Clara, du coup, il la prenait au sérieux et la considérait comme une personne à part entière, contrairement à certains adultes.

Carmen essaya de lui apprendre à jouer à la bataille pendant que Roberto allait se promener dans le train avec Clara dans les bras. Pablo s'emmêlait un peu les pinceaux, mais il voulait à tout prix gagner. Elle devait se retenir de rire en voyant son expression féroce chaque fois qu'il croyait avoir remporté une carte.

Roberto leur rapporta des sandwiches et des sodas pour le dîner. Carmen se jeta dessus sans arrière-pensée. C'était la première fois en plus de quinze ans qu'elle mangeait quelque chose sans avoir calculé les calories au préalable. Quant aux sodas, depuis le collège, elle avait oublié qu'il existait autre chose que des sans sucre.

Elle ne pensait même plus à son audition. C'était à mille lieues de ses préoccupations. De toute façon, elle ne pouvait (elle ne voulait ?) pas faire accélérer le train.

Elle apprit que Roberto était né au Chili mais qu'au fil du temps, il était remonté progressivement vers le nord. Il avait vécu en Colombie et au Costa Rica, puis il avait fait ses études au Mexique et il y était resté jusqu'à ce qu'il rencontre sa femme, il y avait quatre ans de cela, et qu'il s'installe au Texas avec elle.

Tout en mangeant son sandwich aux crudités, Carmen essaya d'imaginer sa femme. Quelle chance d'avoir épousé Roberto et d'avoir eu ces deux enfants. Elle se représentait une juge de la Cour suprême avec le corps de Salma Hayek.

Elle n'avait pas vu Roberto sortir un portable. Il devait pourtant en avoir un. Sa femme lui avait-elle téléphoné ? Et lui ? Peut-être en se promenant dans le train. Ou alors ce n'était pas le genre de couple à s'appeler sans arrêt. Contrairement à Jones et elle.

Carmen se demanda combien de fois il avait tenté de la joindre et ce qu'il devait penser. Il fallait qu'elle trouve un moyen de le prévenir. En même temps, il lui semblait tellement loin, au sens propre comme au figuré. Alors que l'avion vous dépose ici ou là sans vous donner l'impression de bouger, le train permet de vraiment prendre conscience des distances.

Elle regarda le soleil se coucher, Clara sur les genoux. Elle n'arrêtait pas de lui faire des bisous sur la tête, en espérant que ça ne dérangerait pas sa maman. Elle lui chanta toutes les berceuses et les comptines que sa mère lui chantait enfant. La plupart étaient en espagnol, et quand elle avait un trou, Carmen le comblait en inventant les paroles. M. Pablo Non-c'est-pas-comme-ça intervint plusieurs fois, sans pour autant être capable de lui dire le vrai texte.

Petit à petit, le silence et la pénombre s'installèrent dans le wagon. Carmen était sûre que le vacarme régulier des roues allait lui manquer quand elle descendrait du train. Il lui semblait presque aussi familier que le battement de son cœur.

Roberto mit Clara dans sa coque, posée face à lui dans l'allée. Il allongea Pablo en travers de deux places et le borda avec une couverture.

Carmen l'observait, admirative. Il s'y prenait

vraiment bien, un véritable expert. La plupart des pères sont toujours un peu maladroits, comme s'ils attendaient que la mère intervienne avant qu'ils ne fassent une bêtise. David, son beau-père, était de ce genre. Mais Roberto donnait l'impression d'avoir fait tout ça des centaines de fois. Pour lui, ça semblait tout naturel.

Une fois les enfants couchés, il resta un moment debout dans l'allée, puis se tourna vers elle.

– Je peux m'asseoir à côté de vous ? demanda-t-il.

– Bien sûr.

Elle s'empressa de ranger son sac à main. Dire qu'au début du voyage, elle redoutait plus que tout que quelqu'un s'installe à cette place. Maintenant, elle en était ravie.

– Attendez, je reviens, dit-il soudain.

Cinq minutes plus tard, il était de retour avec deux canettes de bière et un brownie. Elle déplia sa tablette pour qu'il puisse les poser. Ils partagèrent le gâteau tout en sirotant leur bière, savourant cet instant.

– Alors, parlez-moi de vous, commença-t-il en espagnol. Vous êtes d'où ? Comment se fait-il que vous soyez bilingue ?

Elle lui expliqua avec plaisir que sa mère était arrivée de Porto Rico quand elle était jeune. Puis elle lui raconta son enfance à Bethesda, dans la banlieue de Washington.

Elle lui parla des filles de septembre, mais de façon sélective. Elle ne pouvait pas évoquer le passé sans les mentionner, alors elle s'en tint aux chapitres les plus joyeux de l'histoire. Enfin presque. Elle lui confia que ses parents avaient divorcé, que son père était parti. Généralement, elle racontait cet épisode comme si c'était arrivé à quelqu'un d'autre. Cette fois, elle était au centre du drame. Peut-être parce qu'il avait reculé d'un cran dans la liste de ses tragédies personnelles – elle préférait en parler pour passer sous silence les plus terribles.

Elle revint sur son adolescence – les crises, le premier été du jean magique et le dernier. Elle était surprise de s'ouvrir si facilement à lui. La pierre qu'elle avait lancée dans la vitre, le mariage de son père, ses difficultés avec David, le mariage de sa mère. La remise des diplômes, la naissance de Ryan, sa première année à la fac de Williams, le premier voyage en Grèce. Elle décida de s'arrêter là.

Roberto l'écoutait attentivement. S'il trouvait ça ennuyeux, il ne le montra pas. Avec une empathie naturelle, son visage réagissait aux moindres péripéties du récit.

Lorsqu'elle s'interrompit, elle constata que leurs canettes étaient vides. Ils avaient fini le brownie depuis longtemps. Elle se faufila entre le fauteuil de devant et lui pour aller chercher des provisions à la voiture-restaurant. Quand elle revint, il avait toujours l'air pensif.

Elle reprit sa place en se faufilant à nouveau et lui tendit sa bière.

– À votre tour, maintenant. Vous voulez bien me parler de vous ?

Il s'exécuta. Il lui raconta les quelques souvenirs qu'il avait du petit village de montagne où il était né. Il était le dernier d'une famille de quatre enfants, et le seul garçon.

Carmen intervint pour dire qu'elle était également la petite dernière et se rendit compte aussitôt que c'était complètement faux, mais il eut le tact de ne pas relever.

Il lui expliqua que ses parents étaient des hippies. Ils venaient tous deux de familles cultivées de Santiago, mais après leur mariage, son père avait voulu reprendre une ferme et sa mère écrire des poèmes. Ils avaient décidé de vivre des fruits de la terre et de leur créativité. Après des années de vaches maigres, ils avaient dû se rendre à l'évidence : son père n'était pas plus doué pour les travaux des champs que sa mère pour la poésie. Ils étaient revenus à Santiago, son père avait trouvé un emploi dans une usine de Bogotá. Ils ne manquaient de rien, mais ils n'étaient pas heureux non plus.

Il avait hérité des rêves brisés de ses parents, comme tous les enfants. Il voulait être poète. Il s'était engagé en politique, sans grand succès.

Il avait passé deux semaines en prison avant de se retirer complètement de la scène. Il avait filé au Costa Rica où il avait appris à surfer. Il avait atteint un certain niveau (elle en déduisit qu'il était sûrement devenu champion du monde). Mais alors qu'il donnait des cours à de riches touristes dans un complexe de luxe, il s'était aperçu qu'il devenait idiot. Il était parti pour Mexico s'inscrire à l'Universidad Nacional Autónoma, en littérature et sciences économiques ; il avait obtenu une licence, puis un master. C'était là qu'il avait rencontré sa femme, Teresa.

Son expression changea du tout au tout. Son récit s'interrompit de façon abrupte, un peu comme le sien. Tandis qu'il scrutait par la fenêtre la lune presque pleine, elle regardait son profil, perplexe. S'il avait voulu qu'elle lui pose des questions, elle l'aurait senti. Il n'y tenait visiblement pas.

Elle replia ses jambes sous ses fesses. À l'annonce d'un arrêt à Tuscaloosa en Alabama, elle pensa à Bee, car sa grand-mère, Greta, vivait non loin de là. Elle se demanda où se trouvait Bridget en cet instant. Pour la première fois depuis le jour où leur monde avait volé en éclats, en Grèce, elle s'autorisa à céder à la mélancolie : Bee lui manquait.

Après un long silence, Roberto reprit la parole, d'une voix légèrement différente. Elle avait envie de le toucher. Ce n'était pas du désir, ni une quelconque attirance sexuelle. Elle voulait juste lui offrir du réconfort, le soutenir, sans savoir pourquoi. À cause de cette tension dans sa voix.

Teresa était une Américaine, originaire du Mexique, qui vivait au Texas. Elle était étudiante en lettres et artiste céramiste.

« *Était*, nota Carmen. Toujours au passé. »

Ils s'étaient mariés à El Paso. Il avait cherché du boulot. Ils vivaient chez ses parents à elle. Ils avaient eu Pablo. Roberto exposait les faits sans la moindre émotion. Il avait voulu retourner à Mexico, où il aurait pu enseigner à l'université, mais elle préférait qu'il obtienne la nationalité mexicaine d'abord. Il avait entrepris les démarches. En attendant, il tenait un magasin de tapis. Ils avaient eu Clara.

Il s'interrompit à nouveau. Elle posa sa main sur la sienne. Elle avait peur de ce qui allait venir.

– Pas besoin d'en dire plus, fit-elle.

Elle avait la gorge serrée, les larmes aux yeux et elle ignorait pourquoi. Mais les chapitres les plus joyeux étaient derrière eux, elle le sentait. Elle se doutait de l'issue de l'histoire.

C'était étrange, ce besoin de se confier. Demain, ils seraient à La Nouvelle-Orléans, et elle avait l'impression que c'était sa dernière nuit sur terre. Comme s'ils voulaient tout se dire avant de se quitter. Leurs destins se croisaient pour quelques heures avant de bifurquer dans des directions opposées. C'était leur seule chance de pouvoir tout dire, de susciter la compassion d'un inconnu, d'obtenir son absolution.

– Lorsque Clara a eu six semaines, nous sommes allés à Mexico pour la présenter à ses grands-parents. Teresa est sortie dîner avec des amis.

Il s'interrompit.

Elle entendait son souffle rauque.

– Elle est rentrée tard. Elle s'est fait renverser par une voiture sur le Paseo de la Reforma.

Carmen serra sa main entre les siennes, sans doute beaucoup trop fort. Il avait eu le courage de le lui raconter, bon sang, le moins qu'elle puisse faire, c'était d'avoir le courage de l'écouter. Mais elle n'osait pas croiser son regard. Elle connaissait la fin de l'histoire.

Pourquoi un homme aurait-il fait un voyage pareil seul avec deux enfants s'il avait eu une épouse ? Impossible. Sa femme ne l'avait pas appelé parce qu'elle n'était plus là. Roberto donnait l'impression d'avoir fait ces simples gestes de parent des centaines de fois, parce qu'il les faisait tous les jours, seul. Papa ne faisait pas son malin pour se donner en spectacle en attendant que maman rapplique. Il n'y avait plus de maman.

Il baissa la tête. Elle garda sa main dans la

sienne. Puis il se leva et quitta le wagon. Elle le suivit du regard, étudiant son dos, la forme de ses épaules, le rythme de ses pas.

C'était vraiment étrange. Après quelques heures en sa compagnie, elle avait l'impression d'en savoir plus sur lui que sur Jones, qu'elle côtoyait depuis trois ans et demi. Non seulement elle en savait plus sur Roberto, mais elle le connaissait. Il lui avait montré ses failles, contrairement à Jones. Peut-être que Jones n'en avait pas.

Quand Roberto revint quelques minutes plus tard, il avait deux bières à la main et il s'était recomposé un visage plus serein. Il lui tendit une canette et ils trinquèrent. « À quoi ? se demanda-t-elle. Aux confidences. »

C'est en sentant le bouton de manchette lui rentrer dans la cuisse alors qu'elle s'asseyait sur la banquette inconfortable du hall d'embarquement de la British Airways qu'elle y pensa. Allez savoir pourquoi. Elle n'attendit pas de se dégonfler. Elle chercha le nom dans sa liste de contacts et l'appela.

Pour une fois, ça répondit.

– Allô ?

– Ef?

– Lena ?

– Oui, c'est moi.

– Salut.

Le ton était morose. Effie semblait sur ses gardes, mais il fallait s'y attendre.

– Je te demande pardon, Effie. Sincèrement. Je me suis mal comportée avec toi. Et je suis désolée d'avoir mis si longtemps à le reconnaître.

Effie ne répondit pas tout de suite. Elle respirait fort.

– Ce n'était pas entièrement ta faute, fit-elle finalement d'une voix tremblante. Tu n'avais pas tort sur tous les points. J'ai aussi commis des erreurs.

– Mais moi, c'était bien pire, Ef. Tu es venue pour m'aider. Tu avais apporté toutes ces affaires. Tu as fait un effort et pas moi. Je ne t'ai même pas laissé une chance.

– Non, c'est vrai.

– Je sais.

Lena l'entendit se moucher avant de reprendre :

– C'est pour ça que j'ai gardé les deux cents dollars que papa et maman m'avaient donnés pour m'acheter des super bottes de cow-boy.

– Tu as osé ? s'esclaffa Lena.

Effie se moucha à nouveau.

– Je te les prêterai.

– Tu sais qu'elles ne m'iront pas.

– J'ai pris la taille au-dessus, j'ai tout prévu.

– Ah, bon ? C'est gentil.

– Hé, Lenny ?

– Mm ?

– Je suis désolée pour le jean. Vraiment.

– Je sais. C'est pas grave.

Et cette fois, Lena était sincère. Ce n'était pas à cause de ça que Tibby était morte. En fait, c'était tant mieux : là où elle était, le jean lui tenait compagnie.

Elles se dirent au revoir en reniflant. Après avoir raccroché, Lena regarda la piste avec une sensation de bien-être inattendue. L'avantage avec Effie, c'est qu'on ne se sentait jamais seul quand on l'avait au bout du fil. Elle croyait ne pas pouvoir aider Lena parce qu'elle n'était rien pour elle. Elle se trompait.

Après la troisième bière, ce fut à nouveau au tour de Carmen. Elle n'avait pas fini son histoire, Roberto le savait. Il attendait.

Elle commença par les deux premières années après la fac, quand elle s'était installée à New York. Elle ne lui épargna aucun des petits boulots de sa longue liste : hôtesse d'accueil, préposée au vestiaire, serveuse, employée de télémarketing, styliste culinaire. Elle lui avoua le temps qu'elle avait tenu avant de se faire virer : son record le plus long (sept mois) et le plus court (une heure et demie). Elle s'attarda sur la période la plus heureuse, les deux ans en colocation avec Tibby et Bee dans l'appartement monstrueusement sordide de l'avenue C, avec Lena qui dormait par terre dans le salon quatre soirs sur sept.

Elle éprouva le besoin de préciser :

– À l'époque, j'étais plus… plus plus…

– Comment ça ? Plus grosse ? s'étonna Roberto qui semblait avoir du mal à y croire.

– Non. Si, un peu, mais surtout plus… Carmen. Plus présente.

Elle lui raconta ses débuts d'actrice : son premier rôle dans le film *Sex and the City*, où le seul mot qu'elle avait à dire avait été coupé au montage ; puis dans un épisode des *Experts*, où elle prononçait exactement sept mots avant de se faire buter, et enfin cette formidable pub pour un traitement contre la chute des cheveux qui lui avait permis de payer son loyer pendant deux ans. Puis venait le moment où elles avaient toutes fini par aller vivre chacune de leur côté. Elle avait rencontré Jones et, peu après, elle avait obtenu son rôle dans *Enquêtes criminelles*.

Elle se tut et regarda par la fenêtre. Quelle heure pouvait-il bien être ? De toute façon, elle ne dormirait pas, cette nuit.

Elle reprit avec le cancer de Lydia, la rémission, et la rechute. Puis elle arriva au moment où Tibby était partie. Où elle avait déménagé, beaucoup plus loin que d'habitude, cette fois. Ce n'était pas la distance, le souci, c'est qu'elle avait rompu tout contact et que ça se prolongeait. Il y avait eu une certaine confusion entre elles. Qui l'avait eue la dernière ? Il fallait absolument que quelqu'un lui parle. Elles avaient reçu trois mails dans l'année et encore, elles n'avaient pas l'impression que c'était Tibby qui les avait écrits.

– On s'est dit que ce n'était pas grave. Je ne sais pas pourquoi, on s'imaginait qu'elle allait rentrer, qu'on allait retrouver notre Tibby d'avant. Je crois qu'on refusait de voir la réalité en face et d'admettre qu'elle avait vraiment coupé les ponts. On attendait patiemment son retour.

Carmen posa la main sur sa joue.

Elle poursuivit avec les billets d'avion pour la Grèce. Leur enthousiasme. L'atterrissage. Et toutes les trois qui tendaient le cou pour tenter d'apercevoir Tibby à l'aéroport. La joie, l'excitation. Une nouvelle vie qui commençait. Elle le sentait. Et puis… Et puis…

Elle replia ses jambes contre elle. Et posa la tête sur ses genoux.

Et puis le coup de téléphone. La police. Le déni. La stupéfaction. Le chaos : il fallait appeler les parents de Tibby ; personne ne savait comment joindre Brian. Le silence s'était installé entre elles. Il y avait tout ce que Tibby leur avait laissé. Et soudain la découverte, la terrible, l'implacable découverte : ce n'était pas un accident. Et après… Et après… Et après, c'était effectivement une nouvelle vie.

Elle releva finalement la tête vers lui. Il partageait sa tristesse. C'était encore plus criant que si elle se regardait dans un miroir. Il prit son visage entre ses deux mains immenses et l'attira contre sa poitrine. Il la serra fort et tout se dénoua.

Elle traversa l'état du Mississippi et passa en Louisiane la tête toujours enfouie dans sa chemise, blottie dans ses bras. Quel mystère mystérieux. À voir comme elle se cramponnait à lui, on avait du mal à croire qu'ils s'étaient rencontrés deux jours avant, c'était comme si elle le connaissait depuis toujours, comptait sur lui, dépendait de lui depuis le début.

L'une des particularités de Carmen, c'est que les gens auxquels elle tenait vraiment l'entouraient depuis toujours. Elle n'avait pas admis une seule autre personne dans ce cercle restreint depuis sa naissance. Ils étaient réunis sur la photo mythique où on la voyait, petite boule fripée âgée de quelques heures à peine, dans les bras de ses parents, entourée de bébé Bee dans ceux de Marly, bébé Tibby dans ceux d'Alice, bébé Lena dans ceux d'Ari. Comparée à elle, Lena, qui n'avait pourtant que trois semaines, paraissait déjà prête à entrer en fac de droit.

En la lui montrant la première fois, sa mère lui avait dit :

– On était tous là, à tourner en rond, en attendant que tu arrives.

Pas besoin d'autre photo. Ça résumait sa vie entière.

Il y a des gens qui déploient leurs charmes pour attirer les autres, être entourés, aimer et être aimés. Ce n'était pas le genre de qualité que Carmen avait développé. Elle tenait à Paul, elle éprouvait de la tendresse pour David et Lydia. Elle avait même eu un gros faible pour un certain Win, une fois. Mais il n'existait pas au monde de club privé plus exclusif que le cœur de Carmen : il fallait connaître Carmen Lowell depuis son premier jour pour en faire partie.

La taille dudit cœur n'était pas en cause. Elle le savait. Elle avait grand cœur. Elle aimait passionnément, violemment, peut-être trop fort, même. Mais elle ne pouvait pas allonger la liste des élus. Pour être honnête, elle avait toujours été convaincue que c'était impossible. Comment avait-elle pu croire un instant qu'elle allait épouser Jones ? Quelle drôle d'idée !

En plus, en lui disant oui, elle avait allégrement accepté de tirer un trait sur toute possibilité d'avoir des enfants. Sans hésiter. Et pourquoi ? Parce qu'elle se croyait également incapable de les aimer. Son cœur affichait complet, merci bien. Fermé, verrouillé, rideau baissé, il n'acceptait plus de nouveaux membres. Pourquoi en aurait-il été autrement avec un bébé ?

C'est alors que Carmen pensa à Tibby. À cette affreuse sensation de manque, cette douleur physique que lui causait son absence, l'impression qu'on lui avait crevé le cœur et qu'on l'avait laissé là, ouvert, déchiré. Et que tous les portables, tous les préparatifs de mariage, toutes les robes à froufrous du monde ne pourraient le refermer. Et c'était peut-être aussi bien ainsi.

D'un œil, elle vit les premières lueurs de l'aube poindre à l'horizon. Elle était là, dans les bras de cet homme, auquel elle s'était ouverte complètement. Fallait-il une tragédie pour que son cœur soit capable d'accepter un nouveau membre ?

Sachez que je ne
donne pas de leçons,
ni de petites pièces,
Quand je donne,
C'est de moi-même.

Walt Whitman

Comme le camion de déménagement ne devait pas arriver avant le lendemain et que seuls quelques matelas avaient été livrés, Bridget, Bailey et Brian allèrent manger une pizza en ville.

Bailey avait à peine croqué trois bouchées de sa part et une tranche de pepperoni qu'elle s'endormit sur les genoux de Bridget. Ils se retrouvèrent donc face à face avec plein de pizza à manger et de silence à combler.

Bridget se sentait étrangement remuée. À cause de la ferme, de la glacière où Brian lui avait dit de poser ses affaires. À cause des plans mystérieux de Tibby. À cause de mille et une choses qui n'avaient plus aucun sens. C'était cruel, sans doute, de coincer Brian au-dessus d'une pizza et de la tête de sa fille assoupie, mais elle ne pouvait plus garder toutes ses questions pour elle.

Elle fut un peu surprise par celle qui sortit la première.

– Pourquoi Tibby ne nous a-t-elle pas prévenues qu'elle était enceinte ? Pourquoi ne nous a-t-elle rien dit quand Bailey est née ?

Brian la jaugea d'un regard difficile à interpréter. Comme s'il la soupçonnait de jouer avec lui, de lui demander des choses qu'elle était déjà censée savoir.

– Parce qu'elle venait d'apprendre qu'elle était malade.

Malade. Le mot tourbillonna sur la table comme une pièce de monnaie avant de s'abattre lourdement. Bee avait l'impression de le voir posé là, immobile et si pesant. Elle ne savait pas quoi en faire. Elle sentait qu'il fallait y aller avec précaution.

Elle se racla la gorge.

– Comment ça, malade ?

Il avait encore cet air à cran, impatient.

– Malade, comme malade. Elle avait la maladie de Huntington. C'est à ce moment-là qu'on l'a appris.

Bridget prit une profonde inspiration. Elle baissa les yeux vers le visage paisible de Bailey, puis les releva. Elle avait l'impression d'entrer dans un océan glacé et très agité. Elle glissa une mèche de cheveux derrière son oreille.

– C'est quoi, Huntington ?

Brian fronça les sourcils. Il devait pourtant bien se douter qu'il ne s'agissait pas d'une simple question rhétorique. Ils se jaugèrent un moment, figés face à face dans un duel de regards.

– C'est une maladie dégénérative, lâcha-t-il, comme si c'était évident et qu'elle aurait dû le savoir. Qui a fini par la tuer.

Il aurait été impossible de suivre le flot des pensées de Bridget, filant dans toutes les directions. Elle n'arrivait plus à respirer. La seule solution était de reprendre ses pensées, lentement, une à une.

– C'est pour ça que vous êtes partis pour l'Australie ?

Brian repoussa son assiette.

– On s'est installés là-bas en octobre, pour mon boulot. On devait y rester trois mois puis rentrer. En novembre, on a appris qu'elle était enceinte. Elle a passé des examens…

Il prit sa bière d'une main tremblante.

– Le diagnostic a été posé avant Noël. La seule bonne nouvelle, c'était que le bébé n'était pas porteur du gène responsable de la maladie. Sur le coup, j'avais du mal à imaginer avoir cet enfant, mais Tibby ne pouvait pas imaginer ne pas l'avoir, quelles que soient les conséquences. Mais elle redoutait de rentrer aux États-Unis après ça. Là-bas, rien de tout cela ne semblait vraiment réel, alors que vous trois, ses parents, ses proches, vous étiez bien réels. Elle ne savait pas comment vous l'annoncer. Elle ne pouvait pas vous parler du bébé sans mentionner la maladie. Elle ne voulait pas le faire par téléphone. Il fallait que ce soit de vive voix. Elle voulait vous présenter le bébé en personne et redoutait que vous remarquiez ce qui lui arrivait. Elle préférait sans doute vous laisser l'image de la Tibby d'avant.

Bridget joignit les mains pour tenter de maîtriser leur tremblement. Mais il s'étendit à ses épaules, ses mâchoires, et jusqu'à ses jambes. Elle dut serrer les dents pour les empêcher de claquer.

– Ensuite, il nous a fallu un moment pour trouver où elle serait soignée ici, aux États-Unis. Où on pourrait s'installer.

– Elle savait qu'elle allait mourir, articula Bridget, lentement.

– Seulement, elle ne pensait pas que ça arriverait si vite. Pas au beau milieu de votre séjour en Grèce, tu dois bien t'en douter. J'étais inquiet pour elle, mais elle était convaincue de pouvoir faire le voyage seule. Elle n'avait pas envisagé que ça puisse se produire là-bas. Après la Grèce, après vous avoir tout dit, elle devait se rendre à Washington pour l'annoncer à sa famille. Bailey et moi, on devait la rejoindre là-bas. Elle voulait qu'on se marie au milieu de vous tous. On a acheté cette maison. Elle espérait avoir la chance de la voir avant de se faire hospitaliser. Son état se dégradait rapidement. On savait que ça arriverait. Mais pas si vite.

Lorsqu'il se tut, il desserra les poings. Bridget vit la marque de ses ongles au creux de ses paumes.

Elle lui prit les mains.

Il se dégagea.

– Tu ne peux pas imaginer le temps qu'elle a passé à tout préparer, à vous écrire ces lettres. Je pensais que tu savais tout ça.

Il prit une gorgée de bière, laissa échapper un long soupir, tenta de ravaler ses larmes. Le face-à-face recommençait et Bee était incapable de soutenir son regard. Elle aurait voulu garder un visage impassible, mais elle ne pouvait pas. Elle ne pouvait plus respirer. Elle n'y comprenait rien. Elle ne pouvait pas lui dire que le plan de Tibby ne s'était absolument pas déroulé comme prévu. Qu'elles ne l'avaient même pas vue en vie.

Il lui lança un regard noir, ne supportant plus de partager ce silence pénible. Elle ne savait rien qui vaille la peine d'être partagé. Finalement, il était mieux seul.

– Qu'est-ce que tu t'étais imaginé ? la questionna-t-il.

Elle revit tous les scénarios qu'elle avait envisagés. Toutes ces idées et les idées qu'elles avaient engendrées. Difficile de s'en défaire subitement.

Tibby n'avait pas plongé dans la caldeira pour mettre fin à ses jours. Peut-être s'était-elle souvenue de la fois où elles s'étaient baignées toutes ensemble à Ammoudi. Peut-être avait-elle voulu revivre ce bonheur, ressusciter la magie de l'instant. Elle était malade, sans doute plus faible qu'elle ne le pensait, mais elle n'avait pas voulu mourir.

Elle releva les yeux, s'efforçant tant bien que mal de les fixer sur Brian. Elle n'allait pas lui dire ce qu'elles s'étaient imaginé. Ce qu'elles avaient supposé. Cette idée qui les avait dévastées et qu'elles n'osaient même pas énoncer clairement.

Le menton tremblant, elle murmura entre ses lèvres serrées :

– On ne savait pas.

Roberto raconta le dernier chapitre de son histoire alors que les enfants dormaient et que le soleil se levait sur le lac Pontchartrain. Il y avait encore les ultimes remous, le chœur final avant de pouvoir refermer le livre.

Il avait trouvé un poste de gérant de garage dans le Queens. Ils habitaient chez son vieil oncle, le frère de sa mère, et Roberto prenait des cours d'anglais le soir. Il n'avait pas les moyens de payer un loyer. Ni une nounou. La sœur de Teresa, qui vivait à Metairie avec son mari, avait proposé de s'occuper des enfants jusqu'en septembre afin de lui laisser le temps de mettre assez d'argent de côté pour repartir du bon pied.

– C'est là que vous les emmenez ? fit Carmen, comprenant l'horreur de la situation.

– Je crois que c'est le pire, dans l'histoire.

Elle avait du mal à prendre la mesure de tout ça. On était bien loin de ses préoccupations habituelles, de ses petites craintes comme froisser les Shaw en ratant le dîner de répétition de leur gala de charité. Le monde de Roberto était un monde d'adultes.

Ils restèrent un moment silencieux. Ils attendirent que le train ait fini de traverser le lac, que les enfants soient réveillés. La nuit n'était plus là pour les couvrir, leur ménager un espace d'intimité. Il fallait en finir, et vite.

– Et Jones alors, qu'est-ce qu'il devient ? lui demanda finalement Roberto.

– Oh… On est censés se marier le mois prochain.

Il parut surpris.

– Ah, bon ?

– Ouais.

Elle haussa les épaules.

– Mais ça ne va pas se faire.

– Ah bon ?

– Non.

– Il est au courant ?

– Pas encore. Il va falloir que je lui dise.

Elle se grignota la peau du pouce. Dans l'ordre des choses, annuler leur mariage ne semblait pas le plus urgent.

– Honnêtement, ça ne va pas le déranger tant que ça, à mon avis.

Carmen était censée s'imprégner de l'atmosphère de La Nouvelle-Orléans en accéléré. Elle était censée parler, bouger, manger (rien qui fasse grossir cependant) comme ses habitants, constater les dégâts causés par l'ouragan et visiter au moins un cimetière selon les ordres stricts de son agent. Et lire le scénario également, bien entendu.

Le problème, c'est qu'elle ne pouvait pas se résoudre à les quitter. Pour traverser le hall de la gare et rejoindre le parking des cars, elle portait Clara dans un bras et tirait son sac à roulettes de l'autre, tandis que Pablo se cramponnait à son petit doigt. Roberto avait pris les deux énormes valises, plus le gros sac, le sac à langer et le siège-auto.

Comment allait-il faire tout seul ? Carmen avait beau savoir qu'il s'était très bien débrouillé les huit derniers mois, maintenant elle était là pour s'inquiéter du moindre détail : le premier car, le second, la petite voiture qui risquait de tomber de la poche de Pablo, le biberon de Clara. Comme s'ils ne pouvaient plus faire un pas sans elle. À moins que ce soit elle qui soit incapable de faire un pas sans eux.

Ils finirent par arriver à la gare routière. Elle ne pouvait pas les quitter, mais elle n'avait guère le choix. Elle ne pouvait pas monter dans le car et les accompagner à Metairie. Elle s'imagina saluant la sœur de Teresa d'un signe de main :

– Coucou, je suis la fille qu'ils ont rencontrée dans le train.

Elle avait déjà donné à Roberto son numéro de portable (en espérant arriver à le faire fonctionner un jour), son adresse à New York (« bien que je ne pense pas y rester très longtemps encore »), jusqu'au numéro de son hôtel à La Nouvelle-Orléans. Il lui avait donné son numéro de portable aussi. Elle ne savait pas pourquoi. Ça ne servait pas à grand-chose. C'était juste un moyen de repousser le moment des adieux. Il avait sa vie. Elle, la sienne.

– Fais attention à ta voiture, dit-elle à Pablo. Sa couche a l'air lourde, dit-elle à Roberto. Il reste assez de lait en poudre pour tenir jusque là-bas ?

Elle s'aperçut qu'elle s'était mise à sangloter.

Le car arriva. Elle serra Roberto un peu trop longtemps dans ses bras. Ils allaient le rater à cause d'elle. Elle enfouit son visage dans sa chemise pour cacher ses larmes aux enfants. Elle avait honte de pleurnicher comme ça.

Roberto lui posa un baiser sur le front, puis sur la joue. Avec une main dans son dos et l'autre sur son oreille. Maintenant il s'inquiétait pour elle en plus de tout le reste. Ce n'était pas ce qu'elle voulait.

Il lui fallut prendre sur elle pour ne pas s'effondrer en embrassant Pablo et Clara une dernière fois. Elle était actrice après tout. « Non, je ne fonds pas en larmes en sentant votre odeur. Non, je ne m'écroule pas sur place. »

Elle se tint droite et calme pour leur faire au revoir de la main, ils lui firent signe par la fenêtre du car. Ils étaient trop loin pour la voir trembler, non ? Elle s'efforça de rester digne.

Jusqu'à ce que le car tourne au coin de la rue.

Là, elle se décomposa.

« *WTF*[1] ? hurlait une voix dans sa tête lorsqu'elle s'assit en plein milieu du trottoir pour pleurer. Qu'est-ce qui m'arrive ? »

Elle se traîna jusqu'à la station de taxi. Et pleura durant tout le trajet jusqu'au Ritz-Carlton. Elle laissa son sac dans le hall, mais ne monta pas tout de suite dans sa chambre. Elle marcha jusqu'au bord du Mississippi. Elle arpenta les bords du fleuve, dans un sens, puis dans l'autre.

Ah, ça, elle était plongée dans l'ambiance. De la couleur locale, il y en avait. Un bateau à vapeur, des gens qui criaient, s'affairaient, vendaient toutes sortes de trucs. Elle était censée s'en imprégner, elle le savait, pourtant elle n'arrivait pas à penser à autre chose qu'à la petite

1. NdT : *What the Fuck?*, qu'on pourrait traduire par : « C'est quoi, ce bordel ? »

voiture glissant de la poche d'un enfant qu'elle ne reverrait probablement jamais.

Bridget dormit sur un matelas posé à même le sol de la glacière. Une longue nuit et presque la moitié du lendemain. Parfois, elle avait l'impression que son esprit fonctionnait mieux endormie qu'éveillée.

Elle fit des millions de rêves, lui sembla-t-il, qui s'arrêtaient, reprenaient, s'entrecroisaient. Dans ses rêves, il y avait son grand-père, et Billy de son ancienne équipe de foot à Burgess, dans l'Alabama. Il y avait sa copine Diana qui habitait maintenant la banlieue chic de New York avec son mari et leurs deux enfants. Elle revit la cuisine de l'ancien appartement de Carmen à Bethesda et les chaussures qu'elle portait pour le bal de terminale. Elle rêva qu'elle se faisait piquer par une abeille. Elle rêva du lac où elle animait l'activité kayak avec Eric, au stage de foot. C'était en Pennsylvanie, aussi. Elle rêva qu'elle nageait avec lui dans les eaux turquoise de Baja. Elle avait quinze ans et tout ce qu'elle voulait, c'était qu'il lui fasse l'amour.

Elle rêva du week-end à Rehoboth avec Tibby, Carmen et Lena, juste avant leur entrée à l'université. Elles s'étaient retrouvées toutes les quatre sur la plage au beau milieu de la nuit et, blotties les unes contre les autres, elles avaient discuté jusqu'à l'aube. Dans son rêve, elles étaient autour d'un feu de camp et les flammes illuminaient leurs visages de leur lueur changeante.

Lorsque Bridget rouvrit enfin les yeux, Bailey la regardait fixement, penchée sur elle, à dix centimètres à peine du bout de son nez.

– Salut, bébé ! fit-elle d'une voix ensommeillée.

– Salut, Bee-Bee.

Elle se redressa tandis que Bailey la rejoignait sur le matelas. La fille de Tibby. Jamais plus elle ne pourrait quitter cette enfant.

Elle constata qu'une lumière dorée filtrait par la fenêtre de toit. Elle n'avait aucune idée de l'heure qu'il était.

– Alors, quoi de neuf ? Ton lit est arrivé ?

– Ton lit arrivé ! s'écria Bailey.

– On va voir ?

Elles se levèrent pour aller dans le bâtiment principal. Bailey passa devant, jetant des coups d'œil réguliers par-dessus son épaule pour voir si elle suivait bien.

Pour la première fois, Bridget regretta d'avoir jeté son portable à la mer. Carmen était de nouveau Carmen. Lena était Lena. Le passé avait repris sa place derrière elles. Elles n'avaient pas laissé tomber Tibby. Elles avaient beau être infiniment diminuées sans elle, elles étaient bien les filles qu'elles pensaient être. Elles lui manquaient. Elle avait envie de leur dire ce qu'elle savait. Elle avait envie de leur dire que Bailey était venue au monde et qu'elle l'éclairait de sa présence. Bon sang, ce qu'elles lui manquaient, les quatre filles comme autrefois.

Le petit lit de Bailey était arrivé, mais pas seulement. Après que le camion de déménagement eut déchargé son contenu sur la pelouse, c'était un camion de chez Pottery Barn qui avait livré trois canapés de tailles variées, une demi-douzaine de fauteuils, des tables et des chaises, des bureaux, des lits, des chevets. Un autre camion apporta un assortiment de tapis et de lampes. Bridget et Bailey assistaient à tout ça assises dans l'herbe, criant et battant des mains comme des supporters à un match de foot.

Bee regardait Brian diriger les opérations, impressionnée. Elle était douée pour déménager, empaqueter, partir, mais pas pour acheter des affaires et encore moins pour les agencer.

Certains meubles commençaient à s'entasser devant la glacière.

– Ça ne te dérange pas ? fit-il. J'ai acheté le nécessaire pour commencer.

– C'est chez toi, répondit Bridget.

– Non, chez toi.

– Mais non, Brian, enfin.

– Si, c'est Tibby qui l'a dit.

Bee scruta son visage, croyant y lire du ressentiment. Mais non. Pendant son sommeil, il lui avait pardonné son ignorance.

– Ils peuvent les poser à l'intérieur, alors ?

– Évidemment.

Avec Bailey, elles regardèrent les livreurs apporter une table de cuisine, un bureau, un petit canapé, différents types de chaises, deux lampes à poser et un lampadaire et même une tête et un pied de lit. Une fois que tout fut à l'intérieur, elles entrèrent pour tout essayer et jouer à la maison. C'était aussi amusant pour l'une que pour l'autre.

Bridget repensa au grand lit à baldaquin qu'Eric avait acheté et qui l'avait tant bouleversée. Elle ne voyait pas pourquoi. Cette fille était désormais une étrangère à ses yeux. En regardant Bailey sauter sur le gros matelas à ressorts, elle n'arrivait pas à comprendre ce qui lui avait pris.

Carmen resta à errer dehors jusqu'à la tombée de la nuit. Si elle remarquait à peine ce qui se passait autour d'elle, elle était en revanche très concentrée sur ce qui se passait à l'intérieur. Après des années sans enchaîner plus de trois pensées à la suite, cela lui semblait plus important que la « couleur locale ».

Elle finit par entrer dans un Apple Store et assista avec une certaine ambivalence à la résurrection de son iPhone. Surtout quand s'affichèrent les petites icônes lui annonçant qu'elle avait vingt-sept messages vocaux, dix-neuf SMS, et quatre-vingt-dix-neuf mails. Elle eut alors un élan de gratitude pour le mystérieux et souvent récalcitrant téléphone de Tibby.

Elle se contenta de le glisser dans sa poche arrière, sans consulter aucun des messages. Tout en marchant, elle imaginait ce qu'aurait pu être son voyage en train, dans un univers parallèle, si le portable avait fonctionné. Elle aurait appelé tous ses contacts, bavassé, répondu à cent quarante-cinq messages tout en jetant des regards haineux au bébé qui pleurait et à son pauvre père débordé de l'autre côté de l'allée. Elle avait l'impression d'être une Lotophage, sortant soudain d'un long rêve embrumé.

Lorsqu'elle finit par rentrer dans sa chambre d'hôtel, un voyant rouge sur le téléphone indiquait qu'elle avait un message. Manager ? Agent ? Attachée de presse ? Mère ? Fiancé ? Elle se jeta à plat ventre sur le lit et laissa vagabonder ses pensées un instant. Décidément, elle commençait à y prendre goût.

Bon, il était temps de se secouer. Elle se leva et appuya sur le bouton avec appréhension.

– Je voulais juste te dire qu'on a eu assez de lait en poudre, qu'on n'a pas perdu la petite voiture, que la couche était juste mouillée et qu'on est bien arrivés à Metairie.

Là, Roberto faisait un bruit bizarre, comme s'il étouffait une quinte de toux, avant d'ajouter :

– Merci, douce Carmen… merci pour tout.

J'aime mon corps
Quand il est avec
ton corps.
Il est alors si
radicalement différent.
Plus musclé
et mieux innervé.

e. e. cummings

Après avoir couché Bailey, Brian vint rejoindre Bridget sous la véranda de sa petite maison. Il sortit une des chaises de cuisine toute neuve pour s'y asseoir tandis qu'elle s'installait sur la méridienne en fer forgé qui grinçait. Ils écoutèrent le ruisseau qui coulait sous leurs pieds.

Alors que le jour baissait, la pluie se mit à tomber. On l'entendait marteler la fenêtre du toit. Elle changeait les arbres en vert liquide. Elle imprégnait l'atmosphère de son goût et de son odeur si particuliers. Cette petite maison claire et ensoleillée était encore plus belle quand il pleuvait.

– Même si ça ne paraît pas évident, nous reprenons notre place dans le monde, ici, déclara Brian.

– Ah, bon ?

– Ouais.

– On ne dirait pas.

– Ça va venir.
– Quand ?
– Dans deux ou trois jours.
– Vraiment ? Comment ça ?
– Tu verras.
– D'accord.
– Profite du calme pendant qu'il est encore temps, fit Brian comme pour lui-même.
– D'accord.
Il la serra dans ses bras avant de retourner dans le bâtiment principal.
– Ah, autre chose, reprit-il en sortant son téléphone de sa poche ? Tu veux que je te le prête ?
– Ton portable ? Pourquoi ?
Il le lui lança, elle le rattrapa au vol.
– Au cas où tu aurais envie d'appeler quelqu'un.
Bridget resta longtemps sous la véranda, le téléphone à la main, sans appeler personne. Elle tira le lampadaire dehors et l'alluma – par chance le fil était assez long. Puis elle s'assit en tailleur sur la méridienne en fer forgé et ouvrit la lettre de Tibby. Elle avait encore deux jours d'avance, mais elle n'éprouvait plus la moindre appréhension, cette fois.

Ma chère Bee,
Au bas de cette page, tu trouveras une adresse. J'aimerais que tu t'y rendes. C'est un peu bizarre

de ma part d'exiger cela de toi, mais tu n'es pas obligée si tu n'as pas envie. Je n'y suis jamais allée, pourtant je pense que tu t'y sentiras comme chez toi. Je me dis que, peut-être, ça te plaira tellement que tu auras envie de rester. Ça te fait sans doute rire, toi qui déménages sans arrêt, mais dans la propriété, il y a une petite maison qui me semble faite pour toi. Sincèrement. Quand tu la verras, tu comprendras.

Beaucoup de choses t'attendent là-bas si tu décides d'y aller. Entre autres ma fille qui aura deux ans en juin. C'est une sacrée surprise, j'imagine. À moins que je t'en aie déjà parlé en Grèce. Et il y a aussi Brian. Il a traversé de rudes épreuves ces derniers temps.

Le soir, quand j'ai du mal à m'endormir parce que je m'inquiète pour ceux que j'aime, je te vois souvent main dans la main avec ma fille. J'espère que Lena, Carmen et toi, vous l'aiderez à grandir. Mais c'est toi que j'imagine surtout à ses côtés. Va comprendre pourquoi – peut-être n'est-ce qu'une simple lubie. Je sais que les enfants, ce n'est pas ton truc. Pourtant, je ne peux me défaire de l'idée que tu vas lui apprendre la vie, lui transmettre ton indépendance, ta force, ta joie. J'aimerais tellement qu'elle ait ne serait-ce qu'une once de ton courage, Bee. Vraiment. J'aimerais que tu lui donnes ce que je ne pourrai jamais lui offrir, quand bien même je vivrais mille ans. Et je pense qu'elle pourrait te donner quelque chose en retour. J'ignore quoi exactement, désolée.

Autre chose. Quand je pense à toi – ce qui m'arrive plus souvent que tu ne pourrais le croire –, je suis frappée par ta beauté, toutes tes qualités, mais aussi par cette agitation perpétuelle qui te caractérise. Je t'ai vue changer cent fois de boulot, d'appart, de téléphone, de plantes, de passion. On aurait pu croire qu'une fille aussi vorace que toi aurait consommé des dizaines de petits amis, consumé des amants par milliers, pourtant, en réfléchissant, je me suis rendu compte que ce n'était pas le cas. Tu n'en as eu qu'un. Tu m'as un jour dit qu'Eric était ton port d'attache, et ça m'a marquée.

Il est tout à fait naturel de ne pas prendre la mesure des choses qui font partie de notre quotidien et de les sacrifier sans réfléchir, sans hésiter. Je te demande solennellement de ne pas commettre cette erreur.

En fait, Carmen n'aurait su dire comment s'était passée cette audition – euh… cet entretien, pardon. Elle ignorait vraiment si c'était un échec cuisant ou au contraire un succès qui s'était manifesté de façon un peu étrange.

Elle se rappelait qu'elle était entrée dans la salle de réunion d'une superbe demeure du quartier des Jardins. Elle avait reconnu Grantley Arden, qu'elle avait déjà vu en photo. Il était entouré de plusieurs producteurs et responsables. Elle en avait déjà rencontré certains en diverses occasions, alors qu'elle était au bras de Jones – qui connaissait sans doute jusqu'au nom de leur chien. Elle, elle avait oublié. Arden était en jean et casquette de base-ball, les autres en costume-cravate. Les bises claquaient dans les airs, on s'embrassait dans le vide.

Elle se souvenait vaguement d'avoir pris une chaise. Comme elle n'avait pas le scénario, on le lui prêta. Elle l'avait parcouru en vitesse le matin même sans avoir le temps d'apprendre une seule ligne de texte.

Les producteurs lui avaient longuement exposé leur projet, le concept, la vision et bla-bla-bla, à grand renfort d'hyperboles – stupéfiant, révolutionnaire, époustouflant –, sans qu'elle comprenne précisément de quoi il s'agissait. Visiblement, ce n'était pas ce qui importait, en conclut-elle.

Puis ils lui avaient demandé de lire le texte d'un des personnages – une pétasse nommée Fiona. Carmen se surprit en ne surjouant pas le rôle comme on aurait pu s'y attendre.

Cette Fiona était une vraie paumée. Carmen savait qu'elle était censée jouer la carte de l'humour, mais chaque réplique lui semblait plus tragique que la précédente. Lorsqu'elle releva la tête, elle avait les larmes aux yeux. Elle était très sensible ces derniers temps.

Il y eut un silence.

– Carmen, tu peux venir une minute ? lui demanda Arden.

Il l'attira dans un coin de la pièce et la prit par les épaules, comme dans une mêlée de rugby.

– Je vois tes veines, chérie.

– Ah, bon ?

– Oui, le sang qui coule dans chacune de tes veines.

Les mains de Carmen, se sentant vaguement responsables, hésitèrent à se cacher dans son dos. Enfin, quand même, elle allait avoir du mal à camoufler toutes ses veines.

– Désolée, murmura-t-elle.

C'était sûrement une faute professionnelle de se présenter au « rendez-vous le plus important de sa carrière » toutes veines dehors.

– Non, non, il ne faut pas t'en vouloir.

– Hum… pourquoi ?

Carmen eut la désagréable impression que des veines qui n'étaient pas visibles jusqu'à présent apparaissaient un peu partout.

– Parce que tu es comme ça, c'est tout. Malheureusement, il s'agit d'un rôle comique. Et les autres sont déjà pourvus. Mais ce que tu viens de nous donner, Carmen, c'est de l'émotion pure. J'ai le regret de te dire que notre public n'est pas prêt pour ça.

– Bon… Je ne comprends pas un mot de ce que vous me racontez, avoua-t-elle.

– Je sais. Ce n'est pas grave.

– Bon… je m'en vais, alors…

– Oui. Je t'appelle dès que je rentre à New York.

Elle le regarda dans les yeux.

– Pourquoi ?

Elle n'était pas d'humeur pour ce genre de niaiseries, aujourd'hui.

– Parce qu'il faut à tout prix qu'on fasse un truc ensemble, affirma-t-il.

Il l'embrassa, pas dans les airs, franchement, sur la joue, tout en la poussant vers la sortie.

– Vérifie que Wanda a bien ton numéro de portable.

– Je n'ai pas de portable, mentit-elle.

Il la suivit du regard tandis qu'elle s'éloignait dans le couloir.

– N'essaie surtout pas de les cacher, lui lança-t-il au moment où elle pénétrait dans l'ascenseur. Ce serait un tel gâchis !

En sortant de cette superbe demeure, Carmen savait qu'elle n'aurait sans doute pas dû être soulagée. Ils allaient tous être déçus ! Jones allait péter un câble ! Mais de toute façon, elle ne voulait plus l'épouser.

Elle savait désormais à quoi le rendez-vous le plus important de sa carrière aurait dû ressembler, et on en était bien loin.

Elle était censée avoir d'autres séances de travail avec Arden et son équipe, ils étaient censés l'engager, elle n'était pas censée quitter La Nouvelle-Orléans sans contrat. Oups. Elle était restée à peine un quart d'heure avant qu'on la renvoie chez elle. Les mains vides.

Chez elle ? C'était où, au fait ? Où était-elle censée aller maintenant ?

Elle eut aussitôt la réponse : elle devait être en Pennsylvanie le 2 avril. Elle y allait sans angoisse et pleine d'espoir.

Décidément, ça devenait une habitude chez elle de se retrouver coincée à Londres, pensa Lena. De passer la nuit sur un banc à Heathrow et d'être obligée de se brosser les dents dans les toilettes des dames avec l'impression d'être la dernière des idiotes.

Qu'est-ce qu'elle allait faire, maintenant ? On était jeudi et elle devait être en Pennsylvanie le 2 avril, c'est-à-dire dimanche. C'était un peu tôt pour que Kostos soit déjà parti là-bas. Il devait être en voyage ailleurs, il avait sûrement autre chose à faire.

Le lendemain matin, elle se sentait complètement perdue. Et triste. C'était fatigant de se traîner si longtemps tambour battant. Entre le moment où elle fondit en larmes dans le kiosque à journaux et celui où elle vomit son sandwich dans les toilettes, son portable sonna.

– Allô ?

– Lena ?

Elle eut l'impression que tout son sang affluait dans ses pieds.

– Oui. Qui est-ce ?

– Kostos. Je suis devant chez toi. Je sonne à la porte depuis des heures. Où es-tu ?

Elle ferma les yeux et écarta un instant le téléphone, tentant de maîtriser les spasmes qui secouaient son corps, mélange de larmes et de sanglots.

– Je suis à Londres. Je te cherchais.

Stupéfait, il mit un temps à répliquer :

– Mais pourquoi ? Qu'est-ce que tu fais à Londres ? On était censés se retrouver aux États-Unis, non ?

Elle fit un drôle de bruit. Une sorte d'éclat de rire. Il parlait de leur rendez-vous comme s'il n'avait pas un seul instant envisagé de ne pas s'y rendre.

– Je n'en pouvais plus d'attendre. Je voulais faire plus de la moitié du chemin.

Il y eut un silence. Lorsqu'il reprit, ce fut d'une voix chargée d'émotion :

– Oh, Lena, je ne pouvais pas attendre non plus.

Il rit.

– Je voulais faire tout le chemin.

Elle tremblait toujours.

– Moi aussi.

Elle était écarlate. Elle tremblait trop, elle riait trop pour pouvoir parler.

– J'ai tellement hâte de te voir.

Elle laissa échapper un autre bruit étrange, peut-être plus proche du sanglot cette fois – difficile de savoir. Elle était incapable d'articuler un mot.

– Lena, tu veux rester où tu es et que je saute dans le premier avion pour venir à toi ? Ou bien c'est toi qui me rejoins ?

Elle ravala ses larmes et, d'une voix étranglée, elle répondit cependant avec assurance :

– Ne bouge pas. J'arrive.

Bridget prit le portable de Brian pour appeler Eric. Il était minuit passé, neuf heures du matin pour lui. Elle sauta presque au plafond quand il répondit.

– C'est Bee, fit-elle, penaude et exaltée.

– Tu es où ?

Elle était si contente d'entendre sa voix.

– En Pennsylvanie. Au sud de Belvidere. J'ai tellement de choses à te dire.

Contre toute attente, un sanglot lui échappa.

– Ça va ?

– Ça va. Tu crois que tu pourrais venir me rejoindre ?

– En Pennsylvanie ?

– Si tu atterris à New York, c'est à un peu plus d'une heure en voiture.

– Quand ?

Elle se rendit alors compte qu'elle était

sacrément présomptueuse. De quel droit lui demandait-elle quoi que ce soit ? C'était elle qui l'avait quitté. Et ce n'est pas parce qu'elle n'allait pas bien que cela avait été plus facile pour lui.

Elle s'efforça de se calmer et de se mettre un peu à sa place.

– Je sais que tu as du travail. Tu ne peux pas partir comme ça. Quand crois-tu pouvoir te libérer ?

– Je peux partir comme ça, répliqua-t-il. Quand veux-tu que je vienne ?

– Tout de suite ? Demain ?

– Tu es sûre que ça va ?

– Oui. J'ai quelque chose d'important à te dire.

Eric ne répondit rien. Elle ne pouvait pas lui en vouloir. Ce n'était pas comme si elle était revenue à la maison. Elle ne lui avait jamais facilité les choses. Jamais, depuis le tout début.

– Bridget, tu crois que ça va me faire plaisir ?

Elle ferma les yeux.

– J'espère vraiment.

Juste après avoir loué une voiture à l'aéroport, Eric appela pour dire qu'il arrivait. Bridget ne tenait pas en place. Elle resta une heure plantée au milieu de la route à scruter l'horizon, guettant un véhicule qu'elle ne pouvait même pas reconnaître. Elle avait horreur d'attendre.

Son cœur fit un bond dans sa poitrine quand elle l'aperçut enfin à travers le pare-brise. Lorsqu'il ralentit pour s'engager dans l'allée, elle sauta sur le capot en ricanant comme une hyène. En riant, il la transporta ainsi jusque devant la maison. C'était bien la preuve qu'il l'aimait, de se laisser contaminer ainsi par sa joyeuse folie, qui le rendait fou de joie.

Il était à peine sorti de la voiture qu'elle lui sauta dessus et le plaqua au sol. Ils roulèrent ensemble dans l'herbe. C'était sans doute l'inconvénient d'avoir une petite amie aussi costaud. Il rit tandis qu'elle couvrait son visage de baisers. Elle glissa ses mains sous sa chemise. Pour lui, c'était le bonheur, un bonheur sans ombre, même après tout ça.

Enfin, elle le laissa s'asseoir. Enfin, elle le laissa même se relever et regarder autour de lui.

– C'est magnifique comme endroit. Où on est ?

– Dans la ferme que Brian et Tibby ont achetée avant qu'elle meure.

Elle secoua la tête, laissant juste un soupçon de tristesse la gagner, mais pas trop. Pas pour le moment.

– J'ai tellement de choses à te raconter.

– Vas-y, je t'en prie.

Elle le conduisit jusqu'à la glacière. Elle aurait aimé lui présenter Bailey d'abord mais elle faisait sa sieste, alors elle le guida à travers la maisonnette jusqu'à la petite véranda. C'était l'endroit parfait pour ce genre de discussion.

Ils s'assirent sur la méridienne grinçante.

– Je vais tout te raconter et ça risque de prendre un moment. Mais d'abord, j'ai quelque chose à te dire. Ce sera très court.

– OK, fit-il, un peu tendu.

Bon sang, ce qu'elle l'aimait ! Après avoir raccroché la veille au soir, elle croyait avoir compris à quel point il lui avait manqué, mais en le voyant là, devant elle, elle s'aperçut que c'était encore pire qu'elle ne le pensait.

– OK.

Elle était un peu tendue, elle aussi.

– Alors voilà…

Il avait l'air terrifié, maintenant. Elle espérait que ça n'allait pas empirer lorsqu'elle lui aurait appris la nouvelle. Elle examina la pointe de ses cheveux. Ils étaient vraiment dans un sale état. Puis elle ferma les yeux. Avala sa salive.

– Je vais… On va avoir un bébé.

– Quoi ?

Son visage resta un instant figé avant de s'éclairer.

– *Quoi ?*

– Je suis enceinte. De trois mois, je crois. Peut-être plus. Ça doit dater de la veille de mon départ pour la Grèce, précisa-t-elle avec un débit précipité.

Il suivait les mouvements de ses lèvres,

comme s'il n'entendait pas bien, comme s'il avait du mal à comprendre.

– Tu es enceinte ?

– De profil, ça commence à se voir.

Elle se leva en lui prenant la main pour la poser sur son ventre.

Il regarda ledit ventre et ladite main comme s'ils lui étaient étrangers.

– J'avais oublié de faire remplacer mon anneau contraceptif, il ne marchait plus. Enfin, c'est ce qu'a dit l'infirmière.

– Quelle infirmière ?

– Au planning familial. À Sacramento. C'est là que je m'en suis rendu compte.

Eric hocha lentement la tête. Il ne regardait plus son ventre mais son visage.

– Je suis désolée de ne pas te l'avoir dit plus tôt. Vraiment. J'aurais dû, mais… je n'y arrivais pas. J'avais peur. Je ne savais pas quoi faire.

Elle était au bord des larmes, soudainement, elle doutait de sa réaction.

– Mais il n'est pas trop tard pour… pour ne pas aller au bout, s'empressa-t-elle de préciser.

Non, c'était faux. Il était bien trop tard pour elle.

– Enfin, je veux dire que je ne t'obligerai pas à assumer… Enfin, je comprendrais si tu n'es pas prêt…

À la façon dont il la dévisageait, elle vit qu'il avait compris. Il savait que ça n'avait pas été évident pour elle. Elle s'aperçut qu'en réalité, il préférait être prudent. Si prudent qu'il n'osait même pas avaler sa salive, ni remuer un cil. Comme tout un chacun, il ne voulait pas se faire trop d'idées de peur de voir ses espoirs s'écrouler d'un coup.

– Qu'est-ce que tu en penses ? lui demanda-t-il.

– Je pense qu'on est des parents, maintenant.

– Et tu es sûre que c'est ce que tu veux ?

Elle laissa couler ses larmes.

– Oui. Sûre et certaine.

Elle avait du mal à croire qu'il ait pu en être autrement. La personne qui ne voulait pas était une étrangère pour elle.

– J'ai pris mon temps pour réfléchir. J'avoue que j'ai mis du temps à me faire à l'idée. Désormais j'en suis sûre. C'est ce que je veux.

Elle s'essuya les yeux du revers de la main et rassembla ses cheveux en queue-de-cheval.

– Maintenant la question, c'est : et toi, tu veux ?

Il s'approcha d'elle sur la méridienne grinçante. Il l'enlaça et la prit sur ses genoux. Il la serra fort contre lui et enfouit son visage dans son cou.

– Oui, je veux, fit-il d'une voix vibrante d'émotion. C'est ce que j'ai toujours voulu.

Quand Lena descendit de l'avion à l'aéroport JFK de New York, la première chose qu'elle vit, ce fut son visage. Comment avait-il réussi à se faufiler jusque-là, elle ne le saurait jamais.

Mais elle vit Kostos venir vers elle, comme au ralenti, les pans de son manteau en tweed gris flottant derrière lui. Il la regardait. Il ne souriait pas, il n'avait pas l'air triste. Il était sérieux, comme un homme sérieux en train de faire quelque chose de sérieux.

« C'est parti. » Elle marcha droit vers lui, il marcha droit vers elle, jouant des coudes dans le flot des passagers, indifférent aux cris de l'hôtesse qui voulait l'empêcher de passer. Il ne répondit pas, il ne tourna même pas la tête. Il gardait les yeux rivés sur elle et elle soutint son regard. Elle n'éprouvait aucune gêne, honte ou anxiété. Elle n'avait pas besoin de sourire pour tenter de se rassurer. Elle était sûre.

Elle avançait, sans voir les gens autour d'elle. Elle sentait en elle la même détermination qu'elle lisait sur son visage à lui. Elle se surprit à penser : « Alors, ça y est. » Elle allait vers cette nouvelle ère de sa vie, sans hésiter, sans se poser de question, sans regarder d'un côté ni de l'autre. « Je te choisis. Quoi qu'il advienne, c'est toi que je choisis. »

Elle ne s'arrêta que lorsqu'il fut juste devant elle. Ils demeurèrent un instant face à face. Ce qui se passa ensuite, elle ne savait plus trop. Il l'enlaça, elle l'enlaça. Il la souleva de terre et la serra fort dans ses bras, presque à l'étouffer.

Des flots de gens circulaient autour d'eux, l'hôtesse continuait à brailler. Il la reposa et ils s'embrassèrent comme s'ils n'attendaient que ça depuis douze ans.

Une fois que les passagers se furent dispersés, que l'hôtesse se fut lassée de brailler et fut retournée derrière son comptoir, ils relâchèrent leur étreinte et se contemplèrent à nouveau.

Il lui prit la main et ils allèrent récupérer son sac. Ils ne parlaient pas. Ils se donnaient la main comme des enfants, en balançant leurs bras, comme s'ils allaient s'envoler. Tout était possible. Tout ce qu'on désirait vraiment. Alors pourquoi pas ?

Elle lui jeta un coup d'œil. Il souriait. Elle aimait vraiment ce terminal d'aéroport.

– Hé, fit-il, tout arrive un jour.

Il avait dit ce dernier mot en grec.

Routes de campagne,
Ramenez-moi chez moi.

John Denver

Dans sa Ford Focus de location, Carmen roulait sur les petites routes sinueuses, persuadée qu'elle s'était perdue. Elle était rentrée de La Nouvelle-Orléans en avion la veille et avait passé juste une soirée à New York pour annoncer à Jones qu'elle ne voulait plus se marier.

– Tu veux dire pas maintenant ou jamais ? avait-il voulu savoir.

– Jamais, avait-elle répondu avec autant de délicatesse que possible.

Elle se demandait ce qui l'avait le plus déçu : qu'elle annule le mariage ou qu'elle soit rentrée de La Nouvelle-Orléans quatre jours plus tôt que prévu et les mains vides.

Il ne l'avait pas trop mal pris, sauf quand il lui avait dit qu'il gardait le loft. Visiblement, il s'attendait à ce qu'elle se batte pour le conserver, mais elle s'était contentée de répondre : « Très bien. » Elle ne voulait plus habiter là, de toute façon. Elle ne s'y était jamais plu autant que lui, et même si elle ne payait qu'un tiers du loyer, c'était déjà trop pour elle.

Il s'assit sur le lit pour la regarder faire ses bagages. Il lui dit qu'elle commettait une grosse erreur. Elle acquiesça, convaincue qu'il n'en était rien. Il lui dit qu'à New York, passé trente ans, même les plus belles filles ne trouvaient plus de mari. Elle acquiesça, tout en trouvant le propos franchement insultant. Il promit, magnanime, de ne rien faire qui pourrait ternir sa réputation professionnelle ; elle acquiesça, persuadée du contraire.

Elle remplit une grosse valise qui devrait lui permettre de tenir une ou deux semaines, et s'organisa pour faire expédier le reste chez sa mère. Rien ne la retenait à New York avant le mois d'août, quand le tournage de sa série reprendrait, et encore, si tant est qu'ils la gardent.

Elle passa la nuit dans un hôtel confortable et absolument pas hype, puis se loua une voiture dès le lendemain matin. Quelle sensation étrange de quitter la ville avec sa valise dans le coffre. Elle n'avait plus d'appart, plus de fiancé, et aucune idée d'où elle allait. Vraiment aucune. Elle était sortie de la carte qui était censée l'emmener quelque part au fin fond de la Pennsylvanie.

Dans sa lettre, Tibby avait annoncé qu'elle avait quelqu'un à lui présenter. Qu'est-ce que c'était que cette histoire ? Comment Tibby pouvait-elle faire ça de là où elle se trouvait ? Carmen espérait qu'elle ne s'était pas amusée à jouer les entremetteuses. Ce serait franchement glauque. D'accord, elle n'avait jamais aimé Jones – Bee et Lena non plus, d'ailleurs –, mais quand même.

Mince. Elle s'arrêta pour consulter la carte. Pourquoi essayait-elle à tout prix de se rendre à Belvidere, hein ? Elle ne serait pas moins perdue là-bas, si ?

Elle fit néanmoins demi-tour et persévéra. Même si les derniers événements lui avaient prouvé qu'elle ne savait même pas qui était vraiment Tibby, elle lui faisait confiance. C'était plus fort qu'elle. Et puis la campagne était belle, avec ses forêts, ses prés, ses vallées d'un vert printemps tendre et lumineux.

Peu après midi, elle pénétra dans une propriété. C'était le bon numéro, sur la clôture blanche. Elle remonta l'allée lentement, découvrant la jolie ferme à bardeaux, sa cour ombragée, et tous les bâtiments qui l'entouraient, dont la classique grange rouge.

Elle coupa le moteur et se pencha par-dessus le volant, hésitant à aller frapper à la porte, lorsque celle-ci s'ouvrit à la volée. Un homme grand et mince en sortit, un bébé dans les bras. Son cerveau s'emballa, tentant vainement de les identifier, quand, du coin de l'œil, elle vit une silhouette sautillante foncer sur elle. Bridget ! Comme dans un rêve, Carmen se retourna vers l'homme au bébé qui se révéla être Brian. Elle était trop surprise pour faire le moindre geste, mais Bridget ouvrit la portière et la tira hors de sa voiture.

Elle se retrouvait dans un endroit complètement étranger, et pourtant c'était la première fois depuis des mois qu'elle se sentait chez elle. Bee la prit dans ses bras et la serra longtemps contre son cœur, simplement, comme si rien n'avait changé. Après avoir tant hésité sur comment entamer la conversation, reprendre contact, Carmen s'aperçut qu'elle n'avait pas besoin de dire quoi que ce soit.

– Où on est ? demanda-t-elle.

Quand Bridget relâcha son étreinte, Brian n'était qu'à quelques mètres de Carmen. Elle allait l'embrasser, lorsqu'elle se ravisa pour regarder longuement la petite fille qu'il avait dans les bras. Elle avait la drôle d'impression de connaître ce visage, mais ça faisait longtemps qu'elle ne l'avait pas vu.

– Je te présente Bailey, fit-il.

Tibby avait eu un enfant. Carmen en resta bouche bée.

– On a tellement de choses à te raconter, fit Bridget, tout excitée.

C'était comme dans un rêve, ou comme après la mort, quand des gens disparus depuis longtemps revenaient à la vie, que les amis s'aimaient à nouveau malgré les fâcheries, que toutes les erreurs étaient pardonnées.

Bridget lui prit la main, aussi naturellement et tendrement que l'aurait fait l'ancienne Bee, et l'attira vers un petit cottage ocre, juste derrière le bâtiment principal.

– D'après Brian, Lena doit venir aussi.

Lena n'arrivait à sentir le bonheur que par contraste avec le malheur et, de fait, elle connut un bonheur intense ce jour-là.

C'était encore plus extraordinaire de faire la connaissance de Bailey, petite fille tout droit sortie de ses souvenirs, alors que sa mère avait disparu. « Tu nous as donné un moyen de continuer à t'aimer, Tibou. Sache que cette enfant ne manquera jamais de mères. » Le beau petit visage de Bailey ravivait tant d'émotions que Lena dut détourner les yeux.

Peu après être arrivée avec Kostos, Lena s'était assise un moment dans l'herbe en compagnie de Carmen et de Bridget pour voir confirmer ce qu'elle avait deviné à travers la dernière lettre de Tibby. Si pénible que soit la réalité, elle avait un sens. Maintenant que toutes les pièces de ce tragique puzzle étaient en place, les filles pouvaient savourer d'autant plus leurs retrouvailles, unies dans le malheur.

Et puis Kostos était là. Douze années de

déceptions lui avaient appris à profiter des plus simples plaisirs qu'ils vivaient ensemble : voyager assis côte à côte dans la voiture, aller lui chercher un café à la station-service (et retenir comment il le prenait pour toutes les prochaines fois), partager un Milky Way, se perdre sur les petites routes de campagne, renverser sa bouteille d'eau sur ses genoux pour qu'il l'éponge avec une serviette en papier.

Il y avait de la sensualité dans tous leurs gestes : quand elle lui mettait une pièce au creux de la main pour le péage, quand il écartait ses longs cheveux pour mieux voir la carte. Chaque fois qu'il la regardait. Chaque fois qu'elle le regardait.

Et ce regard qu'ils échangèrent en voyant le grand lit qui les attendait dans la superbe grange aménagée qu'on leur avait réservée. Chaque année passée l'un sans l'autre enrichissait ce regard.

Impossible d'attendre plus longtemps. Kostos l'entraîna dans la salle de bains pour un moment très chaud, jusqu'à ce qu'ils entendent les petits pas de Bailey claquer sur le parquet.

Tibby leur avait donné l'amour de leurs rêves, tout ce qu'ils avaient toujours désiré sans même le savoir.

Lena devinait dans chaque instant, derrière chaque seconde de bonheur, la patte de l'artiste. Tibby avait passé les quinze dernières années à écrire des scénarios, et elle leur avait offert son chef-d'œuvre.

En rejoignant les autres dans le bâtiment principal pour partager un grand plat de spaghettis, main dans la main avec Kostos, Lena leva la tête vers les étoiles pour la remercier.

Carmen ne savait pas ce qui la rendait le plus heureuse. Elle hésitait, couchée sur un matelas moelleux, qui sentait le neuf, dans son petit cottage immaculé. Si fou que cela puisse paraître, Brian avait affirmé qu'il lui appartenait.

Peut-être de retrouver Lena et Bridget, de savoir que tout irait bien pour elles, maintenant. De faire la connaissance de Bailey et de comprendre de qui il s'agissait sans que personne n'ait besoin de le lui dire. De voir Kostos et Lena venir vers elle main dans la main. Le bonheur de Lena. Le bébé de Bridget. La joie visible d'Eric.

En revanche, ce qui la rendait le plus triste, c'était sans conteste d'avoir appris ce qui était arrivé à Tibby. Ce qu'elle avait enduré. Mais finalement, c'était merveilleux de savoir qu'elle les avait toujours aimées, qu'elles ne l'avaient pas lâchée, que leur amitié n'avait pas été un mirage et qu'elles avaient bien partagé tout ce qu'elles pensaient.

Allongée dans ce lit, laissant ses pensées vagabonder, Carmen surmonta sa peur et laissa bonheur et tristesse se mélanger. Le malheur qui avait frappé Tibby n'avait rien à voir avec leur amitié, c'était hors de leur portée, hors de leur contrôle. Leur relation n'était pas en cause. Mais Tibby n'avait pas voulu le leur faire partager, et c'était tout de même un échec quelque part. Elle ne leur avait pas permis de l'accompagner dans cette période noire de sa vie. Elles n'auraient rien pu faire contre la maladie, bien sûr, mais elles auraient pu lui apporter leur soutien. Pourquoi les en avait-elle empêchées ?

« Parce que nous ne sommes pas douées pour les adieux », comprit-elle. Tibby n'avait pas su comment les quitter. Dans l'histoire des filles de septembre, c'était sans précédent. Peut-être avait-elle pensé qu'elles ne pourraient pas le supporter. « Et peut-être qu'on n'aurait pas pu. »

Carmen se souvint alors d'un étrange cauchemar que lui avait raconté Tibby. Son arrière-grand-mère Felicia avait fait empailler le jean magique pour la récompenser d'avoir obtenu son diplôme. « Mais il ne peut plus aller nulle part ! » s'exclamait Tibby dans le rêve, horrifiée. Peut-être avaient-elles oublié ce détail en cours de route. Il faut pouvoir bouger, changer. Peut-être même qu'il faut savoir se quitter.

Sur la table de nuit, il y avait un bouquet de jonquilles dans un verre. Et quelques jolis meubles dans les trois pièces du cottage.

– Tu n'auras qu'à compléter à ton goût, avait

précisé Brian. Je voulais juste que tu aies l'équipement de base, tu vois, pour commencer.

Carmen l'avait dévisagé, stupéfaite et incrédule.

– Enfin, tu n'es pas obligée, s'était-il empressé d'ajouter. C'est comme tu veux. Tu en fais ce que tu veux. En tout cas, cet endroit sera toujours là pour toi, tu peux venir quand tu en as envie.

Elle avait du mal à admettre que c'était sa maison rien qu'à elle. Tibby avait vraiment tout prévu. Elle avait tout fait pour leur faciliter les choses.

Carmen sentit ses larmes couler sur l'oreiller. Par la fenêtre ouverte, elle entendait la nature bourdonner et pépier. Bridget et Eric étaient dans leur maisonnette à l'autre bout de la cour, Lena et Kostos dans la grange, Brian et Bailey dans la ferme, juste à côté. Le cadre idéal. Rien à voir avec le restaurant vietnamien, le kiosque à journaux et le magasin de luminaires qui l'entouraient à New York.

Tibby était tellement désemparée quand elles avaient dû se séparer pour leurs études, après le lycée. Elle craignait que ce ne soit plus jamais comme avant : qu'est-ce qui les lierait les unes aux autres ? où serait leur chez-elle dorénavant ?

Bizarrement, pour la première fois de sa vie adulte, Carmen avait l'impression d'être enfin chez elle.

Si je pouvais faire
renaître en moi
Sa symphonie
et sa chanson,
Un plaisir si intense
Me transporterait
Que de musique,
forte et puissante,
Je bâtirais ce dôme
dans les airs.

Samuel Coleridge

Épilogue

Vous vous réjouirez sans doute d'apprendre que, selon le souhait de Tibby, nous avons bien célébré la dernière cérémonie du jean magique, qui n'avait pas pu avoir lieu en Grèce.

La mère de Lena nous avait envoyé le sac rapporté de Santorin en un sinistre jour de novembre et stocké depuis dans leur cave, à Bethesda.

Nous nous sommes éloignées un instant du groupe – les parents de Tibby, Nicky et Katherine nous avaient rejoints et logeaient dans la ferme avec Brian et Bailey. Nous avons décidé de nous installer dans la grange, dont le plancher ciré et le haut plafond nous rappelaient la salle de gym où nos mères s'étaient rencontrées et où le fameux rituel était né.

Le principal intéressé – le jean – était absent, mais nous sentions la présence de Tibby, et c'était le plus important.

Nous n'avons lésiné sur aucun détail. Ni les

bougies, ni les gâteaux à la fraise, ni les biscuits apéritifs au fromage, ni les larmes. Bridget a chanté à pleins poumons sur Gloria Estefan. Ça aurait bien fait rire Tibby. Nous nous sommes tenu la main. À l'adolescence, Tibby avait tendance à rechigner, mais je sais que, maintenant, elle aurait apprécié.

En contemplant le visage plein d'espoir de mes amies, je n'ai pas pu m'empêcher de jeter un regard en arrière, vers les abîmes où nous nous étions égarées ces cinq derniers mois, et même ces deux dernières années. J'ai essayé de me remémorer la première fois que nous avions ouvert ce sac, en Grèce. Mais franchement pourquoi se faire du mal ?

Tibby pouvait être fière de la métamorphose. Comment avait-elle accompli un tel exploit ? Je l'ignore. Notre amitié a ses mystères.

Où la vie va nous mener, maintenant, je l'ignore également. La famille de Tibby repart dimanche, mais nous trois, je ne sais pas. J'ai une petite maison à aménager. Une petite fille à aimer. Si jamais j'ai une audition à passer, je suis à New York en une heure. Mon cœur s'est ouvert, finalement. J'ai bon espoir pour la suite.

Eric envisage de chercher un poste sur New York, et de faire la navette trois jours par semaine afin que Bee puisse élever des animaux, cultiver un potager, et élever leur enfant avec Bailey dans un endroit où elle est heureuse.

Bridget a l'air plus adulte, et un peu plus ronde, évidemment, mais jamais elle n'a été aussi radieuse. Lena a acheté des ciseaux pour lui couper les cheveux. Je les ai lavés avec mon shampooing le plus monstrueusement cher et elle est restée des heures assise en tailleur sur mon lit à bavarder pendant que je les démêlais.

Kostos a pris un congé à son boulot. Avec Lena, ils ne vont sûrement pas rester ici éternellement, mais pour l'instant, ils ne veulent pas bouger.

– Tu te rends compte, Lena, on vit déjà ensemble, a remarqué Kostos ce matin avec un rire plein de sous-entendus. Que diraient nos grands-parents ?

Il y a deux jours, il s'est absenté dans l'après-midi. Il est revenu avec un chevalet tout neuf qu'il a fièrement installé près de la fenêtre offrant la meilleure lumière.

Et au milieu de tout ce petit monde, Bailey trottine et fait notre joie. J'ai l'impression que nous sommes tous arrivés ici tristes, esseulés, perdus, le cœur débordant d'amour. Tibby nous a donné quelqu'un à aimer. Juste ce dont nous avions besoin sans le savoir.

Elle a prénommé sa fille en souvenir de son amie Bailey, que la maladie avait emportée très jeune. Terriblement affectée par sa disparition, Tibby m'avait cependant confié qu'avant de mourir Bailey lui avait laissé tout ce dont elle avait besoin pour être heureuse. Restait à être assez maligne pour l'accepter.

Maintenant, c'est à nous d'être assez malignes pour accepter ce que Tibby nous a laissé. De faire durer la magie.

J'ignore où la vie nous mènera.

Mais je sais une chose, nous sommes prêtes à repartir. Qu'on soit ensemble ou séparées, quelle que soit la distance entre nous, nous vivons l'une en l'autre. Et nous avançons main dans la main.

Remerciements

En premier lieu et avant tout, j'aimerais remercier Jennifer Hershey. Merci également à Jennifer Rudolph Walsh, Gina Centrello, Beverly Horowitz, Leslie Morgenstein, Josh Bank et Jodi Anderson.

Je remercie aussi affectueusement mes parents, Jane et Bill Brashares, mon mari, Jacob Collins, et mes enfants, Sam, Nate, Susannah et le bébé qui va bientôt naître.

Retrouvez les cinq tomes de la série culte d'Ann Brashares en format poche :

ANN BRASHARES est née aux États-Unis. Elle passe son enfance dans le Maryland, avec ses trois frères, puis part étudier la philosophie à l'université Columbia, à New York. Pour financer ses études, elle travaille un an dans une maison d'édition. Finalement, le métier d'éditrice lui plaît tant qu'elle ne le quitte plus. Très proche des auteurs, elle acquiert une bonne expérience de l'écriture.
En 2001, elle décide à son tour de s'y consacrer. C'est ainsi qu'est né *Quatre filles et un jean*, son premier roman.
Aujourd'hui, Ann Brashares vit à Brooklyn avec son mari et ses trois enfants.
De son propre aveu, il y a un peu d'elle dans chacune des quatre héroïnes de son roman...
Et, à la question : « Votre livre contient-il un message ? », elle se contente de répondre : « S'il en contient un, c'est le suivant : aimez-vous comme vous êtes et soyez fidèles à vos amis. »

Retrouvez Ann Brashares sur son site internet :
www.annbrashares.com

Dans la collection

Pôle fiction

filles

Garçon ou fille, Terence Blacker
Ce que j'ai vu et pourquoi j'ai menti,
Judy Blundell
Quatre filles et un jean
Le deuxième été
Le troisième été
Le dernier été
L'amour dure plus qu'une vie
Toi et moi à jamais,
Ann Brashares
LBD
1. Une affaire de filles
2. En route, les filles !
3. Toutes pour une,
Grace Dent
Cher inconnu, Berlie Doherty
Qui es-tu Alaska ?, John Green
13 petites enveloppes bleues
La dernière petite enveloppe bleue
Suite Scarlett,
Maureen Johnson
15 ans, Welcome to England !

15 ans, charmante mais cinglée
16 ans ou presque, torture absolue,
Sue Limb
Trois mètres au-dessus du ciel, Federico Moccia
Le ciel est partout, Jandy Nelson
La vie blues, Han Nolan
Les confidences de Calypso
1. Romance royale
2. Trahison royale
3. Duel princier
4. Rupture princière,
Tyne O'Connell
Le journal intime de Georgia Nicolson
1. Mon nez, mon chat, l'amour et moi
2. Le bonheur est au bout de l'élastique
3. Entre mes nungas-nungas mon cœur balance
4. À plus, Choupi-Trognon...
5. Syndrome allumage taille cosmos
6. Escale au Pays-du-Nougat-en-Folie
7. Retour à la case égouttoir de l'amour
8. Un gus vaut mieux que deux tu l'auras

9. Le coup passa si près que le félidé fit un écart
10. Bouquet final en forme d'hilaritude,
Louise Rennison
Code cool, Scott Westerfeld

fantastique

Interface, M. T. Anderson
Genesis, Bernard Beckett
Promise, Ally Condie
Nightshade
1. Lune de Sang
2. L'Enfer des loups
3. Le duel des Alphas,
Andrea Cremer
Le cas Jack Spark
Saison 1 Été mutant
Saison 2 Automne traqué,
Victor Dixen
Eon et le douzième dragon
Eona et le collier des Dieux,
Alison Goodman
BZRK, Michael Grant
Lueur de feu
Sœurs rivales,
Sophie Jordan
Menteuse, Justine Larbalestier
Felicidad, Jean Molla
Le chagrin du Roi mort
Le Combat d'hiver

Terrienne,
Jean-Claude Mourlevat
Le Chaos en marche
    1. La Voix du couteau
    2. Le Cercle et la Flèche
    3. La Guerre du Bruit,
Patrick Ness
Multiversum, Leonardo Patrignani
Jenna Fox, pour toujours
    L'héritage Jenna Fox,
Mary E. Pearson
La Forêt des Damnés
    Rivage mortel,
Carrie Ryan
Angel
    Angel Fire,
L. A. Weatherly
Les chemins de poussière
    1. Saba, Ange de la mort, Moira Young

Le papier de cet ouvrage est composé de fibres naturelles, renouvelables, recyclables et fabriquées à partir de bois provenant de forêts plantées et cultivées expressément pour la fabrication de la pâte à papier.

Mise en pages : Maryline Gatepaille

ISBN : 978-2-07-066046-9
Loi n° 49-956 du 16 juillet 1949
sur les publications destinées à la jeunesse
Dépôt légal : juin 2014
N° d'édition : 266101 – N° d'impresssion : 190014.
Imprimé en France par Maury Imprimeur - 45330 Malesherbes